MÁS ALLÁ
DE LOS
CAMPOS
DE LAVANDA

Más allá de los campos de lavanda

Originally published in English under the title:
Beyond the Lavender Fields

Copyright © 2022 Arlem Hawks

Spanish translation © 2022 Libros de Seda, S.L.
Published under license from Shadow Mountain Publishing.
ALL RIGHTS RESERVED. No part of this work may be
reproduced in any form or by any means without permission
in writing from the publisher.

© de la traducción: Patricia Henríquez Espejo

© de esta edición: Libros de Seda, S.L.
Estación de Chamartín s/n, 1ª planta
28036 Madrid
www.librosdeseda.com
www.facebook.com/librosdeseda
@librosdeseda
info@librosdeseda.com

Diseño de cubierta: Deseret Book Company
Adaptación de cubierta: Rasgo Audaz
Maquetación: Rasgo Audaz

Imagen de la cubierta: : ©Matilda Delves/Trevillion Images (mujer en
primer término); ©Album/akg-images (pie del frontal: *Ejecución
de Luis XVI*, rey de Francia el 21 de enero de 1793, en la plaza de la
Revolución, de Pierre Antoine de Machy, 1723-1807); © Daniel
Balakov/GettyImages (campos de lavanda)

Primera edición: octubre de 2023

Depósito legal: M-28529-2023
ISBN: 978-84-19386-15-1

Impreso en España – Printed in Spain

ARLEM HAWKS

MÁS ALLÁ
DE LOS
CAMPOS
DE LAVANDA

Libros de seda

*Para Mary Carol, la abuela Carol, Caroline y Carolyn:
cuatro mujeres maravillosas que cambiaron el rumbo de mi vida.
Gracias por vuestra influencia y ejemplo.*

CAPÍTULO 1

Mayo de 1792
Marsella, la Provenza, Francia

Gilles Étienne se removió en la silla y se inclinó más sobre el libro de contabilidad que tenía delante. Casi siempre disfrutaba de los debates políticos, pero esa noche tenía demasiadas cosas pendientes antes de su reunión con los jacobinos.[1] Resistió la tentación de participar en la discusión entre sus compañeros de la fábrica de jabón.

—La monarquía ama a Francia —declaró el nuevo empleado mientras se encaminaba hacia la puerta.

A Gilles se le resbaló la pluma al escribir y un trazo errado manchó la página. Menudo monárquico ignorante. La monarquía solo le había traído a su país dolor y sufrimiento. Se pasó los dedos por la mata de rizos oscuros. Daubin necesitaba aquellas cifras para la mañana siguiente, pero la riña que tenía lugar detrás de él resonaba por toda la oficina, subía de tono y amortiguaba casi por completo el sonido de un carruaje que recorría la calle de la fábrica.

El otro empleado resopló.

—Los franceses hemos disfrutado de más libertad en los tres años que han pasado desde que comenzó la revolución que desde hacía siglos, tal vez milenios. —Por el rabillo del ojo, Gilles vislumbró que el joven se sacaba del bolsillo un gorro frigio, uno de los símbolos de la revolución. Era

---

1   Nota de la Ed.: Grupo político republicano surgido en la Revolución francesa que reclamaba la soberanía popular.

un verdadero atrevimiento ya que, por lo que ellos sabían, el dueño de la fábrica de jabón se había posicionado con los monárquicos—. Vamos, Étienne. Seguro que, como jacobino que eres, no soportas oír hablar de una traición tan flagrante.

—Lo que más deseo oír ahora mismo es el silencio —masculló Gilles. La brisa marina, tan leve que solo un olfateador experto podría haberla detectado, se coló por la ventana abierta del despacho. Gilles Étienne había abandonado el mar con mucho gusto dos años atrás, pero las disputas con monárquicos inflexibles casi hacían que deseara huir a la cubierta de un barco y marcharse a toda vela. Casi.

—Déjalo en paz —dijo el empleado monárquico—. Étienne sabe que no tiene verdaderas pruebas contra el rey.

Gilles apretó los dientes para intentar refrenarse y no participar en esa disputa. Tenía muchos motivos para creer que había que destituir al rey. Para empezar, por las extravagancias que le permitía a la reina. Pero no ganaría nada al discutir con alguien que ya tenía una opinión formada.

—O puede que simplemente quiera asegurarse de contar con el favor del patrón —replicó el revolucionario.

Esa afirmación tenía algo de cierta. Mantener una buena relación con Daubin significaba ganar un par de libras extra de vez en cuando. Cada aumento de salario hacía que estuviera más cerca de poder acudir con su hermano mediano a la prestigiosa escuela médica en Montpellier.

Unos pasos en la escalera pusieron fin a la discusión.

—Hasta el lunes, señores —se despidió Gilles con jovialidad mientras sus compañeros se apresuraban a salir por la puerta a su derecha. Por Dios. Qué agotadores podían llegar a ser.

Volvió a concentrarse en los números que tenía delante; no cuadraban como había esperado. Quizás uno de sus compañeros hubiese cometido un error de cálculo en alguna parte.

Un crujido en el pasillo le anunció que alguien iba a interrumpir su soledad. Se apartó la mano del pelo y se irguió. Sin duda, debía de tratarse de Daubin. Muy pocos empleados se quedaban hasta tan tarde en la fábrica.

—Gilles —susurró una voz demasiado desenfadada como para ser la del patrón. Émile, el hijo mayor de Daubin, asomó la cabeza por el umbral de la puerta del despacho con un brillo pícaro en la mirada. Aunque era un año mayor que Gilles, no siempre actuaba de un modo acorde a su edad. Tampoco lo hacía Maxence, amigo de Émile y hermano de Gilles, que le sacaba dos años.

Gilles rio y dejó la pluma dentro del tintero.

—No sabía que ibas a volver a casa. ¿Ha venido Max contigo? —Ambos solían regresar a Montpellier juntos.

—Tu hermano esperaba que estuvieras ya en tu casa, así que se ha dirigido hacia allí. —Émile mantenía la sonrisa burlona—. Hay alguien a quien deberías recibir en el despacho de mi padre.

¿Un cliente? Gilles se levantó de golpe de la silla y tomó su casaca.

—¿Has visto de quién se trata? —Daubin no tenía ninguna cita programada tan tarde. Al menos ninguna de la que hubiera informado a Gilles. ¿Sería el ministro, que había acudido a preguntar por su pedido?—. ¿Era un caballero mayor? ¿Alto y delgado?

Émile se apoyó contra el quicio de la puerta y se cruzó de brazos.

—Sí que es alta y delgada. Pero, sin duda, no se trata de un caballero.

Gilles se detuvo con la casaca a medio poner.

—¿Una dama? ¿Qué dama iba a venir a la fábrica de jabón? La mayoría de las mujeres prefieren comprar sus jabones y perfumes en la tranquila tienda de Daubin en el distrito de Noailles.

—Es una joven. Y bien vestida.

—¿Está esperando a tu padre?

El otro joven se encogió de hombros.

—Dice que tiene un asunto que tratar con él. —Algo en su despreocupación hizo que Gilles arqueara una ceja. Se traía algo entre manos.

Émile señaló con la cabeza detrás de él.

—Deberías ir a verla.

Gilles echó un vistazo a su trabajo sin terminar. Daubin no se enfadaría si lo dejaba a medias, sobre todo después de haberlo enviado a Marsella a hacer varios recados a primera hora del día. Cerró el libro de contabilidad, tapó el tintero y se levantó de la silla. Cuando hubo guardado los utensilios de escritura y despejado su mesa, se volvió hacia Émile, que seguía sonriendo.

—Como no te andes con ojo, puede que mi padre te deje esta fábrica en su testamento. —Le apoyó una mano sobre el hombro, con la mirada entornada y con gesto conspirativo—. Tengo una apuesta para ti.

Ahí estaba... No podía ser de otro modo.

—Besa a la muchacha que está ahí dentro y te daré veinticinco libras. A no ser que te asuste demasiado —continuó.

¿Por qué Maxence y Émile disfrutaban tanto de ese juego? No es que no le gustase besar a jóvenes, le gustaba mucho, pero a él le remordía más la conciencia que a su hermano o a su amigo. Y la mirada que le había dedicado Émile le hizo entender que era un verdadero reto.

Pero eran veinticinco libras...

—¿Por qué no la besas tú mismo si crees que vale eso? —le preguntó Gilles.

Al otro joven le brillaron los ojos.

—Creo que tú tienes más posibilidades que yo.

—Por supuesto que sí. Porque a las mujeres les gustan más los marineros apuestos de piel morena que los estudiantes universitarios paliduchos. —Émile tenía la tez y el cabello más claros que la mayoría de los marselleses, pese a que el resto de la familia Daubin tenía aspecto de proceder de una ciudad portuaria del Mediterráneo.

—Ya casi no pareces un marinero —le respondió su amigo—. Dos años metido en un despacho logran cambiar a un hombre.

A Gilles no le gustaba pensar en los cambios. Cada vez que su padre regresaba, le sugería que se estaba volviendo débil.

—Entonces, ¿vas a hacer el esfuerzo o tengo que ir a buscar a tu hermano para que lo haga como es debido?

—¿Tanto necesita que la besen? —Émile estaba extrañamente insistente.

Su amigo resopló.

—Toda mujer necesita que la besen. Sobre todo esta, por la cara que trae.

Gilles había acabado descubriendo que no todas deseaban que las besaran. Se detuvo en el umbral de la puerta frente a Émile.

—¿Y qué pasará si fracaso? —No podía permitirse perder veinticinco libras.

—Tendrás que hacerme compañía en la cena de bienvenida en honor a mi hermana la semana que viene. —Arrugó la nariz. A Gilles le recordó a su sobrina de seis años en lugar de a un estudiante universitario de veintitrés.

—¿La que está casada?

El gesto de disgusto de su amigo se acentuó.

—Ojalá fuera esa. No, la que no está casada.

—¿Qué es lo que temes, la cena o la llegada de tu hermana? —Aunque nunca había conocido a Marie-Caroline Daubin, había oído a Émile quejarse mucho de su hermana, la de las ideas retrógradas, que tenía la edad de Maxence.

—Ambas cosas por igual. —Émile bajó la voz—. No deberíamos celebrar cenas extravagantes ahora que el país se encuentra en este estado. Es un sinsentido poco patriótico; si no fuera porque acabaría ofendiendo a mi madre, no asistiría. —Volvió a esbozar aquella sonrisa pícara—. ¿Hay trato? —Le tendió la mano.

Gilles vaciló tan solo un momento antes de tomársela. Émile le dio un golpecito en el hombro.

—Vamos, amigo mío. Ve a por tu dama o tendrás que enfrentarte a una cena horrible.

Tras echar un último vistazo por la ventana y contemplar un cielo despejado que comenzaba a oscurecerse dando paso a la noche, abandonó la estancia. Todo aquello era una estupidez. Una dama de clase alta no iba a estar dispuesta a besarlo. Aunque las diferencias sociales fueran cosa del pasado, muchos seguían aferrándose a su posición en la sociedad como un crío se agarra al aparejo durante su primera visita a un astillero.

No iba a arriesgarse. Si esa dama resultaba ser una coqueta, aprovecharía la victoria fácil. Sin embargo, prefería enfrentarse a la hermana chapada a la antigua de Émile a que Daubin lo sorprendiera en su propio despacho intentando persuadir a una clienta reacia a pasar un buen rato.

Se acercó a hurtadillas a la puerta del despacho, intentando no hacer ruido. Por un momento, echó de menos el ánimo que le proporcionaba la revitalizante brisa del Mediterráneo frente al ambiente cargado de la fábrica de jabón.

«Compórtate como Maxence». Su hermano no solía perder cuando participaba en esos juegos. Se irguió todo lo alto que era, pero ni siquiera en esa postura podía alcanzar la estatura de Max.

La joven, que vestía un traje de amazona en un tono añil brillante, se encontraba plantada frente al gran escritorio al fondo de la estancia, de espaldas a la puerta. Un par de rizos castaños y largos se le escapaban del recogido y se le curvaban alrededor del cuello sobre el hombro. Una melodía flotaba por el despacho y Gilles tuvo que escuchar el tarareo durante varios segundos hasta reconocerla. Era la de *En el puente de Aviñón,* una vieja canción que hablaba de bailar en el puente de Aviñón.

Gilles carraspeó, lo que detuvo el tarareo, y le dedicó una inclinación de cabeza a la dama cuando se dio la vuelta.

—¿Puedo ayudarla, *mademoiselle?* —Levantó el rostro y se encontró con un par de ojos oscuros y penetrantes. La joven tenía las manos apoyadas sobre el escritorio de su jefe, como si le perteneciera.

—Solo estoy esperando, gracias.

—¿Puedo traerle algo mientras espera? —Gilles dio un par de pasos para entrar con aire despreocupado en la estancia. La dama mantuvo la cabeza alta, con los labios apretados, como si estuviese analizándolo. Él mudó poco a poco el gesto hasta esbozar una cálida sonrisa.

—No es necesario, pero gracias de todas formas —le respondió ella al fin.

—Tal vez pueda hacerle compañía mientras espera por *monsieur* Daubin. —Se detuvo a su lado, junto al escritorio.

La dama lo miró de arriba abajo, desde el cabello alborotado hasta los zapatos desgastados, para luego volver a fijarse en su rostro. Por un momento, la determinación de Étienne flaqueó. Sin duda, había pasado a considerarlo un empleado insolente. La joven arqueó una ceja, casi como si pudiera ver más allá de sus amables palabras.

—No soy de esas que necesitan atención constante. Le aseguro que estaré perfectamente bien sola.

Gilles se apoyó en el borde de la mesa, sin atreverse a mirar hacia la puerta para comprobar si Émile lo estaba observando.

—Soy el oficinista jefe de *monsieur* Daubin. No me había informado de que tenía una cita esta noche. Y mucho menos con una clienta tan hermosa. —Apoyó las manos contra la madera, lo suficientemente apartadas de los dedos enguantados de la dama como para que su cercanía no resultara intimidante. ¿Se conformaría Émile con un beso en la mano? No lo había especificado, aunque sus juegos solo contemplaban que el beso fuese en los labios.

Gilles tragó saliva, sintiendo de pronto la boca seca. Si lograba tener la oportunidad, disfrutaría al besar esos labios carnosos y de aspecto suave.

La joven dio un paso decidido hacia delante, pero deslizó los dedos por el escritorio hasta apartarlos de los suyos. ¿Estaba jugando con él?

—¿Qué asunto tiene que tratar con Daubin? —logró preguntarle—. Tal vez pueda ayudarla.

Unos botones dorados recorrían la parte delantera del vestido de la dama hasta la garganta. En un pañuelo que llevaba al cuello tenía enganchada una escarapela, blanca y diminuta, lo suficientemente pequeña como para que alguien la confundiera con una flor. No obstante, al examinarla de cerca, era imposible confundir aquellos lazos unidos.

Blancos. El color de la monarquía.

Así que era una monárquica. Se preguntó cómo habría sido capaz de recorrer la calle sin que la hostigaran por llevar ese símbolo tan a la vista. Quizá por esa vez dejara ganar a Émile. Si aquella joven era una férrea partidaria de Luis XVI y de la monarquía, prefería perder la apuesta antes que besarla.

—Me temo que no se trata de nada con lo que usted pueda ayudarme. —Sus pasos resonaron mientras se encaminaba hacia la ventana situada detrás del escritorio, quedando fuera del alcance de Gilles.

El joven la siguió, situándose a su lado mientras ella miraba por la ventana. ¿Qué asunto la traería por allí? Se movía por el despacho prácticamente como por su casa, sin que la hubiesen invitado a hacerlo. ¿Había decidido Daubin involucrarse en la contrarrevolución? Tal vez aquella dama fuese una mensajera.

La joven posó una mano sobre uno de los cristales. Por encima de las azoteas de los edificios al otro lado de la calle, los rayos de luz bañaban las chimeneas y los callejones mientras el sol se ponía en el horizonte. Aún quedaban un par de horas de luz, pero las calles empezaban a verse oscuras.

—Olvidaba lo mucho que me gusta este lugar —murmuró ella.

—¿La fábrica de jabón?

La ocurrencia hizo que la joven le dedicase una mirada despectiva.

—Desde luego que no. Me refiero a la ciudad.

Gilles posó las manos sobre el alféizar, pero ella no le prestó atención.

—¿Lleva mucho tiempo fuera? —le preguntó.

—He estado viviendo en las afueras de París estos últimos dos años.

¿Una mensajera de París? Todos los bandos de la revolución, también los monárquicos, contaban con líderes en aquella ciudad.

—No me entusiasmaba regresar —prosiguió—, pero Marsella siempre se encarga de recordarme sus cosas buenas.

—¿Sí? —Gilles se acercó un poco más, deslizando los dedos hacia la joven hasta que estuvo a punto de rozarla. Cuanto más le miraba los labios, más tentadora resultaba la idea de conquistar a esa monárquica. Era tan solo un beso; pero, aun así, el pulso le latía a una velocidad alarmante. Era algo que no había experimentado desde la primera vez que había besado a alguien. Aquella mujer tenía una actitud más elegante y segura que las muchachas a las que acostumbraba a besar. En todo caso, si procedía de París y de la aristocracia sin moral de esa ciudad, quizá tuviera más posibilidades de las que creía de ganar la apuesta...

—Aunque los jóvenes demasiado entusiastas y desvergonzados no son algo que haya echado de menos de aquí en absoluto. —La dama lo tomó por la manga. Gilles se encogió ante ese contacto inesperado, mientras ella le empujaba la mano hacia el lado contrario del alféizar—. ¿Cómo se llama? Así podré hablarle bien de usted a su jefe.

Gilles se ruborizó. Dos años atrás, antes de bajarse por última vez de la pasarela del *Rossignol,* aquel rubor habría pasado inadvertido. Sin embargo, después de pasar tanto tiempo en la fábrica, su piel, antes bronceada, hacía ya mucho que había palidecido.

Una voz áspera, que les llegó desde la puerta, hizo que ambos volviesen la cabeza.

—Ah, Étienne. ¿Sigues aquí? —Daubin entró en la estancia sin levantar la vista de entre un montón de papeles. Tiró su peluquín sobre la mesa y se frotó la calva mientras leía.

La joven miró a Gilles, esta vez con un gesto gélido; lo escudriñaba de arriba abajo.

—¿Étienne?

—Sí, Gilles Étienne. —Dio un paso atrás, por primera vez nervioso ante el escrutinio de la joven—. ¿Nos conocemos?

Daubin levantó la vista de los documentos y miró a la joven.

—¿Qué haces aquí? ¿Qué sucede?

Ella le lanzó una última mirada y él se sintió como si ella pudiera verle el alma. Y era evidente que no le gustaba lo que veía. Pasó airada junto a él mientras se acercaba hacia el señor Daubin.

Besó al caballero en la mejilla.

Gilles enarcó mucho las cejas cuando el hombre la estrechó entre los brazos, plantándole un beso en la coronilla. No pudo oír la respuesta en voz baja que le dio la dama. ¿Quién era esa joven? Creía conocer bien a Daubin tras dos años en los que no solo se había encargado de sus negocios, sino también de sus asuntos personales.

—Esperaba ver a tu hermano aquí, no a ti —dijo *monsieur* Daubin, soltando a la joven y regresando a sus papeles.

—He venido con él. Mamá no dejaba de revolotear a mi alrededor y yo necesitaba un respiro.

Gilles se quedó de piedra. ¿Su hermano?

El fabricante de jabón pareció animarse.

—¿Émile está aquí? ¿Y por qué no ha venido a verme? —Lanzó los documentos hacia el escritorio. Gilles estaba acostumbrado a ordenar de inmediato los papeles de su jefe, pero, al ser consciente de lo que estaba sucediendo, se quedó paralizado.

No... Émile no sería capaz.

Monsieur Daubin se dirigió hacia la puerta mientras señalaba a Gilles, que seguía en un rincón.

—Si quieres un té, pídeselo a él. —Y desapareció por el pasillo.

—Gracias, papá.

Étienne deseó que se lo tragara la tierra. A Émile le parecía divertido hacerle quedar como un tonto. Seguramente estaría riéndose a carcajadas en algún rincón de la fábrica por el hecho de que su amigo hubiera intentado besar a su hermana mayor.

Los zapatos de la joven repiquetearon por el suelo de madera del despacho a medida que se acercaba. Se detuvo delante, con el dobladillo de la falda sobre los zapatos de él. Volvió el rostro para mirarlo a la cara. Si él no hubiese tenido la vista clavada en el suelo, no le habría resultado difícil plantarle un beso en los labios. Pero ella no era una chica fácil de taberna y él era el empleado de su padre.

—No quiero besarle —declaró la dama—. Ni ahora ni nunca.

—¿Besarme? —soltó Gilles, ruborizado. La joven estaba al corriente. ¿Cómo podía saberlo?—. Disculpe, *mademoiselle,* pero yo nunca......

—Sé qué tipo de jóvenes son los amigos de mi hermano. —La señorita Daubin se dio la vuelta y se arrellanó en la silla de su padre. Tomó una hoja del montón que Gilles había dejado allí aquella mañana. Tras quitarse los guantes, le hizo un gesto desdeñoso en dirección a la puerta—. Puede irse.

Parecía que fuera la reina, sentada con sus mejores galas en el palacio de las Tullerías. El revolucionario que era en el fondo sintió una gran repulsa ante las órdenes de la dama, pero mantuvo la boca cerrada mientras salía a toda prisa del despacho. Aunque había intentado olvidar todo lo que había aprendido a bordo del barco de su padre, un recuerdo seguía muy vivo en él: el viento fuerte soplando contra las velas, cada una extendida y tensada, el mar salpicando la cubierta... Y su padre observando cómo la Compañía de las Indias empequeñecía en el horizonte. «Debes aprender a reconocer qué batallas puedes ganar y de cuáles debes huir», le había dicho su progenitor. «Ser sabio no es ser cobarde. Un idiota valeroso que persigue un objetivo, cuando sabe que no puede ganar, sigue siendo un idiota». Sin embargo, mientras abandonaba el despacho lo más rápido que podía, de algún modo se sintió tan cobarde como idiota.

CAPÍTULO 2

19 de mayo de 1792
Fábrica de jabón Daubin. Marsella

Mi querida prima Sylvainne:

He llegado sana y salva, y Marsella me ha dado un recibimiento acorde a su carácter. Había olvidado los modales tan laxos que tienen en esta ciudad. Pero ¿qué podía esperar con los jacobinos aferrándose tan firmemente a su gobierno?

Mamá no ha dejado de llorar desde mi llegada y ha hecho que sienta que vuelvo a tener siete años. Apenas se ha separado de mi lado desde que he llegado esta tarde. He tenido que convencer a Émile de que me dejara acompañarlo a la fábrica de jabón para no acabar desquiciada. Pero debería haberme quedado con ella. Me lo tengo merecido por confiar en que mi hermano no haría de las suyas.

Si mi tía está oyéndote leer esto en voz alta, por favor, detente aquí, ya que no creo que apruebe lo que voy a contarte a continuación.

¿Recuerdas que la última vez que visitaste Marsella acudimos a un baile público justo después de que Émile comenzase sus estudios en Montpellier? Estoy segura de que no lo has olvidado, ya que mi hermano retó a su amigo Maxence Étienne a que te besara en el trascurso de la velada. No esperaba repetir la experiencia a mi llegada. Por desgracia, mi hermano no ha dejado atrás sus juegos infantiles.

Mientras esperaba en el despacho a que mi padre terminara con sus asuntos, me vi abordada por Gilles Étienne, el hermano de Maxence, que debe de ser al menos dos años más joven que yo. Desde que entró en la estancia supe cuáles eran sus intenciones. Esa mirada seductora de ojos marrones, cómo se atusaba el cabello...... Por un momento, pensé que se trataba de Maxence, ya que nunca me había encontrado con Gilles. Pero el pobre joven no tiene la altura de su hermano, apenas es un poco más alto que yo. Tampoco cuenta con las facciones particularmente marcadas que te parecieron tan atractivas en su hermano mayor. Debo admitir que tiene una sonrisa más bonita que la de Maxence. No es tan calculadora. De hecho, puede que hasta le hubiera llegado a considerar apuesto si no hubiese sabido lo que pretendía hacer.

Sin embargo, el atractivo de la sonrisa de Gilles Étienne no le exime de estupidez. Que él, Émile o cualquier otro joven piensen que una dama corriente es lo suficientemente idiota como para besar a alguien en su primer encuentro muestra una falta de sentido común que debería invalidarlos a todos para estudiar Medicina. No sé qué es lo que les enseñarán los profesores en Montpellier, pero no creo que sea a cultivar una mente racional.

No te preocupes por mí. Puse a ese cachorrito en su lugar y abandonó la estancia con el rabo entre las piernas. Espero que la humillación le haya enseñado a mostrar más respeto ante las mujeres. No obstante, si se parece en algo a mi hermano pequeño o a su hermano mayor, no hay esperanza. ¿Por qué los hombres supuestamente inteligentes asumen que cualquier mujer a la que le dediquen una mirada y un beso robado va a enamorarse de ellos?

No importa. Las mujeres lo sufrimos desde el principio de los tiempos. Ojalá hubieras estado aquí, Sylvie, para poder compartir mis frustraciones contigo en persona y no tener que depender de la agotadora pluma. Cómo echo de menos nuestras tardes tranquilas con tu madre y tu padre en Fontainebleau. No permitas que mi hermano Guillaume descuide sus estudios. Incluso con diecisiete años, se parece demasiado a Émile. Mamá odia tenerlo tan lejos, pero yo creo que es lo mejor. No podría soportar tener dos hermanos menores

*como Émile sin acabar convirtiéndome en una verdadera Lisa² de
la antigua Grecia.*

*Transmíteles mi amor y gratitud a mi tía y a mi tío por haber
permitido que me alojara tanto tiempo con ellos y por encargarse también de la educación de Guillaume. Nuestra familia está en deuda
con la vuestra.*

*Con cariño,
Marie-Caroline*

❊ ❊ ❊

Imbécil.

Gilles bajó las escaleras airado, tirándose del cuello de la camisa. Había
coqueteado con la hija de su jefe. ¿De verdad había merecido la pena por
veinticinco libras? Si la joven le pedía a su padre que lo despidiera, ¿a dónde iba a ir? *Monsieur* Daubin era un respetado miembro de la burguesía
en Marsella. Un empleado despedido por propasarse con la hija de su patrón no sería bien recibido en ninguna fábrica de jabón ni en otras indus-
trias del distrito de Saint-Lazare.

Había caído en un juego sucio. Debería haberse dado cuenta antes, del
mismo modo que la señorita Daubin lo había calado a él enseguida. Se
puso el sombrero y abrió la puerta de golpe. En lugar de encontrarse un
paso más cerca de la facultad de Medicina, al día siguiente podría encontrarse más lejos que nunca. El letrero de la fábrica de jabón Daubin, con
sus ramitas de lavanda pintadas que caían en cascada sobre el tablón de
madera, se balanceó perezosamente. Le pareció que el chirrido que producía se burlaba de su estupidez. Maxence hubiera ido de inmediato en
busca de Émile, ya fuera para hablar o para acabar a puñetazos, pero él no
era capaz de enfrentarse a su amigo. Necesitaba irse a casa y enterrar su
vergüenza en los libros.

Bajó la cabeza y se encaminó hacia el distrito de Panier, donde vivía. La mayoría de los obreros de las fábricas ya habían despejado las

---

2   Nota de la Ed.: En la mitología griega, Lisa simboliza la ira.

calles. Varios oficinistas y secretarios personales merodeaban todavía por la zona, haciendo los últimos recados o volviendo a casa después de la jornada.

Se preguntó qué habrían preparado para cenar Florence y su madre. Esperaba que fuera algo sencillo. Y la velada sería mucho mejor si su madre no hubiera invitado a algún viejo amigo al que se hubiera encontrado en el mercado.

—¡Étienne!

Se detuvo de golpe. Su amigo Honoré Martel se apartó de la pared contra la que estaba apoyado y se le acercó.

—¿Por qué has tardado tanto en salir de la fábrica? —le preguntó el joven delgado, un par de años menor que él.

—Pues... —«Estaba intentando besar a la hija de Daubin y acabé recibiendo una dura reprimenda».

Martel sacudió la cabeza.

—Debemos darnos prisa. La reunión no tardará en empezar.

¡La reunión! Había olvidado que era sábado.

—Si siempre somos los primeros en llegar... De vez en cuando debemos dejarles ese honor a otros —bromeó.

Su amigo hizo caso omiso y se encaminó a toda prisa hacia la iglesia incautada, donde los jacobinos se reunían para hablar de la revolución. Gilles tuvo que apresurarse para alcanzarlo. Dejaría que Émile y Maxence disfrutaran de sus ridículos jueguecitos. En adelante, él se buscaría sus propios entretenimientos.

—Mientras estaba esperándote he visto al hijo de *monsieur* Daubin —dijo Honoré—. Por mucho que deteste a su padre, Émile es un buen hombre y un patriota ejemplar.

Salvo cuando decidía jugársela a sus ingenuos amigos.

—*Monsieur* Daubin no es mala gente. Es justo con sus empleados y muestra dedicación a su familia.

Martel resopló.

—Es monárquico.

—No ha declarado serlo. —Al menos, no abiertamente. Sin duda, era un hombre de negocios astuto y su comercio de jabones y perfumes se había visto perjudicado por el declive de la aristocracia. No obstante, no había apoyado abiertamente a ningún bando. Tan solo se había quejado entre dientes alguna vez de que los jacobinos estaban intentando acabar con la estabilidad y la razón.

—Daubin no paga un sueldo decente a sus trabajadores, pero él sí que vive como un verdadero aristócrata. ¿No irás a decirme que está de parte de los revolucionarios?

La actitud de Honoré Martel se debía en gran parte a que Daubin lo había rechazado para ocupar un puesto. Pero Gilles se mordió la lengua para no reprochárselo.

—Paga más que la mayoría de los jaboneros. —Aunque también era cierto que ganaba más. Los botones que adornaban el impecable vestido de su hija rozaban la extravagancia.

Martel torció los labios.

—No me puedo creer que lo defiendas.

Gilles tampoco podía creerlo. En el fondo, sabía que Daubin no era un revolucionario. Pese a que el jabonero no se había pronunciado al respecto, Émile había sido muy franco al hablar sobre las opiniones que tenían sus padres.

—No deberíamos acusarlo sin tener pruebas, ¿no? —alegó Gilles, encogiéndose de hombros—. Tomar medidas sobre acusaciones sin fundamento solo puede llevar a una situación caótica.

—A veces el caos es la única forma de lograr un cambio.

Doblaron a la calle Saint-Barbe, acercándose al puerto. Cuando estaba cerca del océano, a Gilles siempre se le aceleraba la respiración, aunque llevara dos años intentando contener esa emoción. Era como si en el fondo de su ser supiera que su lugar estaba en el mar. Generaciones de marineros tenían grabadas las rutas de las corrientes oceánicas en los huesos y habían dado su vida a las aguas, transmitiéndoles ese legado a sus descendientes. Por mucho que lo intentara, no podía huir de aquello. El mar le había dejado una profunda huella en el alma.

—Solo hay una cosa que tengo que reconocerle a Daubin —comentó Martel—. Ha engendrado a un compatriota francés excepcional y a una hija exquisita.

Gilles se ruborizó.

—¿Su hija?

—¿No la has visto? —Su amigo echó la cabeza hacia atrás—. Era una diosa. Incluso a pesar de la repugnante escarapela blanca que lucía.

Cómo no... A Honoré no le había pasado desapercibida la escarapela.

—Sí, la vi —murmuró.

—Estoy seguro —continuó el joven— de que, con la guía adecuada y apartada de la influencia perjudicial de su padre, se la podría convencer para que adoptara unas creencias más ilustradas.

Parecía improbable. La determinación con la que la joven había clavado aquellos ojos marrones en él no dejaba lugar a dudas de que no iba a permitir que ningún hombre la convenciera de nada.

Martel sonrió de un modo desagradable.

—Lo que haría por...

A Gilles se le revolvió el estómago.

—¿Ya ha regresado Sault? —Lanzó la pregunta para desviar la conversación. Ya había oído a Honoré hablar de ese modo sobre mujeres en muchas otras ocasiones. Sin embargo, se estremecía solo de pensar en tener que oír hablar en un tono tan lascivo de la señorita Daubin. Por el modo en el que la dama se comportaba y se expresaba, exigía más respeto que el que recibiría en las groseras fantasías de Martel.

Llegaron a la panadería, donde las hijas del dueño siempre los saludaban cuando iban de camino a las reuniones. Eran la distracción perfecta para acabar con esa conversación. Vieron dos rostros sonrojados y sonrientes en las ventanas.

Gilles les giñó un ojo e inclinó la cabeza, lo que le granjeó un coro de grititos de regocijo silenciados de inmediato por el cierre de las contraventanas. El mes anterior había besado a una de ellas, aunque no recordaba a cuál. Había sido un beso muy breve, pero no les confesó ese detalle a Maxence y a Émile mientras cobraba su recompensa. La muchacha se había mostrado demasiado dispuesta a besarlo.

—¡Buenas tardes, amigas! —exclamó Gilles. Un parloteo estridente siguió a su saludo. Eran unas jóvenes bastante guapas, de las que pasaban por los cafés justo cuando un grupo de hombres salía de allí para poder coquetear. Sin embargo, Gilles no tenía verdadero interés en ellas más allá de poder dedicarles algún saludo por las tardes o compartir con ellas algún beso fugaz para ganar una apuesta.

Los cuchicheos, confusos y vacilantes, continuaron incluso después de que ellos pasaran de largo.

—Has cambiado de conversación muy rápido. ¿Qué pasa, Étienne? —Martel le dedicó una mirada de soslayo—. Por lo general, sueles disfrutar de una broma cuando hay mujeres de por medio.

Eso era cierto. Pasaba muchos ratos compartiendo historias y riéndose con Maxence y sus amigos. Contaban relatos exagerados sobre escapadas con jovencitas, no todos de buen gusto. Gilles no participaba en esas conversaciones... pero sí que atendía. Y se reía a carcajadas.

Pero el rostro de la señorita Daubin, contemplándolo con desaprobación, apareció en su mente, como si estuviera allí mismo, en la calle con él.

—Solo tenía curiosidad por saber si Sault estará allí, ya que no hemos contado con nuestro líder desde hace casi un mes. —Intentó quitarse la imagen de la joven de la cabeza.

La iglesia de Saint-Cannat estaba ante de ellos. Un par de jacobinos franqueaban las puertas de madera. Gilles sacó el reloj. Quedaban dos minutos para las seis. No le extrañaba que Honoré estuviera de los nervios. Subió los escalones y dejó a su compañero saludando al resto de los miembros del club.

Había llegado el momento de pensar en asuntos más importantes que su orgullo herido, como, por ejemplo, avivar el fuego de la libertad por toda la región de Provenza. Volvió a guardarse el reloj en el bolsillo. El resquemor que sentía por la reprimenda que había recibido de una monárquica no tenía cabida dentro de aquel edificio conquistado y convertido en una escuela de revolucionarios. Pero no era capaz de olvidar la mirada y los tentadores labios de la joven.

CAPÍTULO 3

lgún día su padre compraría una casa mejor en un distrito más apacible de la ciudad. Había ganado bastante con la venta de los barcos que había capturado como para haberlo hecho ya. Gilles abrió la puerta chirriante de la parte trasera de la casa, que conducía desde el callejón a la cocina. Si iba con cautela, tal vez pudiera averiguar si su madre tenía invitados para cenar. Tenía mucha hambre, pero anhelaba la tranquilidad de su dormitorio.

Cerró la puerta con suavidad y permaneció un momento al amparo de la oscuridad mientras acomodaba la vista. Un pequeño rayo de luz se colaba por la entrada de la cocina, demasiado tenue como para proceder del comedor. Eso significaba que no tenían invitados. Ni siquiera estaba su hermano mayor, Víctor, que acudía a menudo a cenar con su esposa y sus hijas.

En el aire viciado de la cocina flotaban volutas de humo, lo que revelaba que alguien había apagado el fuego hacía poco. Se acercó a la mesa con la esperanza de encontrar alguna sobra de comida no demasiado fría. ¿Lo habría estado esperando su madre por haber olvidado, igual que él, que tenía una reunión con los jacobinos esa noche?

Se golpeó la espinilla contra algo metálico y el dolor le atravesó la pierna al tiempo que caía hacia delante. La vajilla tintineó. Gilles se agarró al borde de la mesa. Al tropezar, derramó el agua de un cubo y se mojó los zapatos.

—¡Dios Santo! —murmuró, inclinando la cabeza hacia la mesa mientras esperaba que el dolor de la espinilla disminuyera. Florence, la mujer que su madre había contratado para ayudarla en la cocina, se había olvidado de vaciar el agua de fregar antes de irse a casa.

Oyó pasos por el comedor y vio una vela en el umbral de la puerta, iluminando los rostros sorprendidos de Florence y de su madre.

—¡Ah, Gilles! —Su madre se apresuró a acercarse, pero el joven la apartó con un gesto y un gruñido.

Él se irguió y sacudió la pierna. Condenado cubo.

Florence, con el rostro pálido, dejó la vela sobre la mesa. Así que todavía no se había marchado.

—¡Disculpe, señor! ¿Se ha hecho daño? Le prepararé algo para cenar. Eso lo reconfortará. No he terminado de fregar. Ha llegado justo cuando acabábamos de... —continuó con su parloteo mientras se movía por la oscura cocina.

—¿Ha venido Maxence? —preguntó el joven, apoyándose contra la mesa. ¿Cómo iba a hacer tanto daño un simple cubo? Aunque se lo merecía después de haberse comportado como un estúpido con la señorita Daubin.

Su madre señaló hacia el techo y suspiró.

—Se ha ido arriba. Dice que le duele la cabeza. —A la mujer se le acentuaron las arrugas del ceño, que habían ido apareciéndole en los últimos dos años.

Gilles entornó la mirada, extrañado. Maxence llevaba tiempo sin retirarse con una excusa como esa. Oyó una voz masculina en el salón que resonó como un trueno en el mar, y el joven apretó los dientes. No era su hermano.

—Creo que a mí también me duele la cabeza —dijo. Debería haber esperado la llegada del *Rossignol,* pero a veces actuaba como si el barco no existiera.

Su madre lo agarró del brazo.

—Hijo, no puedes seguir evitándolo cada vez que esté en tierra.

No apartó a su madre, como sin duda habría hecho Maxence. Aunque, por supuesto, su hermano nunca pretendía faltarle al respeto, sus emociones lo sobrepasaban hasta el punto de que no era capaz de ver el dolor reflejado en el rostro de la mujer antes de marcharse furioso.

Gilles apoyó una mano sobre la de su madre, pero evitó mirarla a la cara.

—Esta noche está de buen humor —dijo ella—. Ve a hablar con él.

—No se refería a Max.

—Siempre está de buen humor. —Rara vez había visto a aquel hombre malhumorado. Pero eso no quitaba que fuera a intentar provocar a su hijo—. Estoy demasiado cansado como para discutir con él ahora. —Y eso era culpa de Émile.

—Por favor...

El joven cometió el error de bajar la mirada hacia el rostro esperanzado de su madre. ¿De verdad le estaba pidiendo demasiado? Al fin y al cabo, había vivido en un espacio reducido con ese hombre durante seis años de su vida. ¿No iba a poder soportarlo una noche por el bien de su madre?

Florence le sirvió un plato de queso y pan y un cuenco de sopa, que agradeció con un gesto de asentimiento.

—Muy bien. Hablaré con él un rato. Pero esta noche debo estudiar.

Su madre esbozó una sonrisa y le frotó el brazo.

—Sí, no descuides tus estudios. —Lo besó en la mejilla—. Gracias. Vamos, Florence. Debemos terminar de limpiar esta cocina.

Gilles cuadró los hombros y se dirigió con determinación hacia el salón. Lo encontró sentado en una butaca, con los zapatos apoyados sobre un reposapiés. El fuego que titilaba en la chimenea se reflejaba en el aro de oro que su padre llevaba colgado de la oreja y la barba de varios días, que acentuaba sus facciones marcadas.

Gilles carraspeó.

—Buenas noches, padre. —Se desplazó rápidamente hacia el sofá y tomó asiento. A continuación, se puso el plato de comida sobre el regazo. Prefería hincarle el diente a ese pan antes que contemplar aquella sonrisa maliciosa.

—Menuda forma de recibir a tu padre. Cualquiera diría que he estado fuera un día en lugar de meses. —Alto y desgarbado, no tenía la complexión de marinero que Gilles y su hermano mayor habían heredado por parte de su familia materna. Su padre llevaba el pelo oscuro rapado, igual que muchos aristócratas y burgueses para poder utilizar unas pelucas cada vez más demodés. Pero él nunca había llevado peluca. Prefería una gorra de marinero.

—¿Han pasado meses? —le preguntó el joven—. Juraría que no han sido más de un par de semanas. —Después de su último viaje juntos, cualquier aparición de su padre le parecía demasiado prematura.

El hombre soltó una risita, despertando en su hijo recuerdos de las noches largas y húmedas entre historias y canciones bajo cubierta. Su padre entrelazó los dedos y se sujetó la rodilla con las manos mientras escudriñaba a Gilles.

—¿Es que no te dejan salir de ese despacho durante todo el día? Estás tan pálido como una *navette*.

El joven le dio un gran bocado al pan para no tener que responderle enseguida. Desde que era niño, su padre se había burlado del hecho de que a este no le gustasen las galletas *navette,* secas y en forma de barco.

—¿Acaso ahora eres médico? ¿Por eso te has vuelto tan huraño y callado desde que abandonaste el mar para convertirte en un marinero de agua dulce?

Un marinero de agua dulce. Un aficionado. A Gilles le ofendió esa mofa. No había dejado atrás sus seis años en el mar a causa del miedo.

—¿Por qué no puedes aceptar el deseo de tu hijo de ser médico? —le preguntó. Dos años de provocaciones... Como si eso fuera a hacerle cambiar de opinión y regresar a su vida a bordo del *Rossignol.*

Su padre se encogió de hombros.

—Ya tengo a un hijo que intenta hacerse médico. No necesito dos.

—Y tu hijo mayor ya es marinero. ¿Por qué necesitas dos?

Su padre se reclinó hacia atrás y cruzó las piernas sobre el reposapiés.

—Víctor no navega conmigo. —El tío de su padre, que era propietario de la compañía naviera, había puesto a Víctor al mando de su propio barco hacía ya un par de años. Aquello le proporcionaba unos ingresos más elevados a un marido y padre de dos niñas—. No necesitas esa educación tan refinada para ser médico —prosiguió—. Mi cirujano puede enseñarte todo lo que necesites.

A Gilles le hirvió la sangre. Su padre disfrutaba demasiado de aquellas disputas y ese era uno de los motivos por el que él mantenía las distancias, como si tuviese la peste.

—¿Es que cuentas con un cirujano? —Dejó el plato en el sofá, a su lado, con la comida a medio terminar. Se le había cerrado el estómago.

El recién llegado se encogió de hombros, tal y como Gilles intuía. No había podido conseguir un buen cirujano tras la última travesía con él. ¿Quién iba a querer navegar con un capitán que se preocupaba tan poco por su tripulación?

—Tú podrías ser mi cirujano.

El joven resopló. No tenía ni por asomo el conocimiento necesario para velar por la salud de toda una tripulación, ni siquiera la de un pequeño bergantín. ¿Dejaría alguna vez su padre de ser tan imprudente? Tan solo tenía una formación lamentablemente mínima, por su culpa.

—Ah, vamos. No es una idea tan descabellada. —El marinero bajó los pies al suelo y se inclinó hacia delante, con los codos apoyados sobre las rodillas—. Has leído más libros que cualquier médico con formación universitaria que haya conocido en mi vida. No subestimes tus capacidades, hijo mío. Tienes una gran inteligencia y ningún profesor podrá enseñarte nada que no sepas ya.

Los libros no podían compararse con tener un verdadero profesor y la formación de una de las facultades de Medicina más antiguas del mundo. Repetían esa discusión cada vez que su padre volvía a casa durante los últimos años. Seguía esbozando aquella irritante sonrisa; Gilles apretó la mandíbula para evitar decir nada más. Se puso en pie.

—Estoy seguro de que la vida al aire libre es mucho mejor que estar sentado en una silla llevando las cuentas de la fortuna de un cerdo glotón —continuó su padre.

El joven apretó los puños en los costados.

—Ese cerdo glotón es uno de tus clientes. —Ya había defendido a Daubin dos veces en un día. Quién lo hubiera sospechado...

—No ha fletado un navío de los Étienne desde hace años. —Su padre alzó las manos en el aire—. Antes de la revolución, mi contrabando de tabaco no le parecía tan malo. Ahora no se digna ni a mirar uno de nuestros barcos.

Gilles comprendía perfectamente el cambio de parecer de Daubin. Debido a su avanzaba edad, su tío abuelo no era capaz de seguir manteniendo el orden y la disciplina entre sus capitanes, algo por lo que habían sido conocidos los Étienne en el pasado. Su jefe no quería arriesgar su mercancía.

—Prefiero trabajar para un cerdo glotón que para un pirata.

Por primera vez en esa noche, una expresión de disgusto nubló la mirada arrogante de su padre.

—Tengo una patente de corso.

—Una que no está reconocida por el gobierno actual.

Le molestó que su padre se riera.

—El gobierno actual no sabe ni lo que tiene que hacer. Tendremos una decena de gobiernos nuevos antes de que el polvo se asiente —respondió.

El joven se encaminó hacia la puerta. Ya había tenido suficiente.

—No te tenía por un monárquico.

—Y yo no creía que fueras Maxence.

Se detuvo y miró a su padre. Era mejor seguir los pasos de un aspirante a médico que los de un contrabandista y corsario ladrón con una licencia caducada. La influencia que ejercía Maxence en él acabaría convirtiéndolo en un hombre mejor.

La señorita Daubin no pensaría lo mismo.

—Tal vez debería haber seguido el ejemplo de Max y haber abandonado la vida en el mar mucho antes. A él no lo acosas para que regrese con tu tripulación. —Al menos, no desde hace tiempo.

Su padre se llevó las manos a las rodillas y se impulsó para ponerse en pie.

—Maxence nunca fue un marinero. Ni siquiera en mis mejores sueños podría haberme convencido de que tenía un futuro en el mar. —Lo señaló con el dedo—. Pero tú, hijo mío, podías anticipar cada oleaje, sentir cada tormenta antes de que descargara, percibir la más mínima variación en el rumbo. Naciste para estar en el mar. Regresa. Sé mi segundo de a bordo.

¿Su segundo de a bordo? Había deseado ocupar ese cargo al ver a Víctor desempeñar el codiciado puesto al lado de su padre. Se había propuesto alcanzar ese mismo honor, pero el sueño terminó hecho añicos después de la última travesía. Ya no quería tener nada que ver con esa vida tan despiadada que acababa con la lealtad entre amigos.

—¿Quieres que sea tu segundo y tu cirujano para no tener que pagar a tantos tripulantes? —Meneó la cabeza. Su padre haría cualquier cosa por conseguir una mayor parte del botín—. Intento dejar atrás mis años en el mar, no regresar. Desearía no haberlos vivido nunca.

Su padre retorció la comisura de la boca hacia arriba.

—El mar te ha hecho el hombre que eres. No puedes huir de él.

—Aquí estamos construyendo una nueva nación. Un lugar en el que un hombre no se encuentra atado a las cadenas del pasado.

—Excepto cuando le conviene.

Le mantuvo la mirada a su padre, que parecía retarlo mientras el inquietante resplandor del fuego se le reflejaba en la piel. No era propio de Gilles aferrarse al pasado. Por eso había decidido cambiar el rumbo de su vida y estudiar Medicina, con lo que podría ayudar a sus compatriotas en lugar de robar a extranjeros.

Le dio la espalda a su padre, divisando de soslayo a su madre plantada de pie junto a la otra puerta, escondida entre las sombras, con la mirada puesta en el suelo. ¿Cuánto de la discusión habría oído? Ya habían discutido antes sobre todo lo mencionado esa noche. Aun así, le dolió ver el rostro abatido de la mujer.

—Gilles.

No tendría que haber reaccionado a la llamada de su padre, pero vio por el rabillo del ojo el destello dorado de un objeto que le lanzó. Lo atrapó con la mano sin ni siquiera mirarlo. Se trataba de un aro de metal. ¿Tal vez fuera un pendiente de su padre? Muchos capitanes los llevaban. ¿Creía acaso que un gesto de camaradería iba a persuadirlo para que lo reconsiderara?

Gilles se lo guardó en el bolsillo del chaleco. Su padre acabaría profundamente decepcionado. Por nada del mundo volvería a pisar la cubierta del *Rossignol*. Le aguardaba la facultad de Montpellier y una vida de servicio que sí que importaba. Prácticamente echó a correr por las escaleras, intentando relajar la mandíbula tensa antes de romperse un diente. Después de aquello, no creía que esa noche fuese capaz de ponerse a estudiar.

❉ ❉ ❉

Aún no he cerrado la carta, así que te escribiré un par de líneas más. Veo que tengo espacio y me siento perdida.

   Había olvidado las peleas entre mi hermano y mi padre. Sus diferencias parecen haber aumentado desde que me marché. Les he mencionado la respuesta del gobierno a los problemas del mercado de cereales y la actitud burlona de Émile (que mantuvo desde el incidente con el pequeño de los Étienne) desapareció por completo. Papá y él se pusieron al instante a la defensiva. Mi padre señaló que la economía estaba en crisis; y Émile, que esos franceses son demasiado cobardes para luchar por un nuevo gobierno. Me sorprende que no hayan acabado a golpes. Mamá permaneció sentada, conmocionada, mirándolos con impotencia a ambos.

Émile se ha marchado hace un momento. Mamá cree que ha ido a casa de los Étienne. Odio los gritos, pero este silencio sepulcral es peor. Mamá dice que, a menudo, Émile y Maxence pasan gran parte de las noches en un café cuando están de visita, sobre todo si mi padre y el de los Étienne están en casa, pese a que, según me cuenta, el capitán no es monárquico. Debe de haber otro motivo por el que su hijo también esté en contra de su padre.

Ojalá no me hubieran hecho regresar. Al menos en París podía imaginarme la revolución como una grandiosa batalla nacional entre las tradiciones antiguas y las innovaciones desacertadas. Pero, estando aquí, veo que todo esto ha calado en el último refugio que creí a salvo del cambio. El alcance de la revolución ha corroído el corazón de cada miembro de esta familia. ¿Acaso puedo tener la esperanza de que no destruirá todo lo que toque?

M. C.

❊ ❊ ❊

Gilles estaba sentado con las piernas cruzadas sobre la cama, con el libro *Tratado de las enfermedades quirúrgicas* en el regazo. Sin embargo, en lugar de estar absorbiendo el conocimiento de Chopart sobre las enfermedades de la cabeza, no dejaba de mirar las palabras sin entenderlas.

Dos enfrentamientos en un día. Uno con la señorita Daubin y otro con su padre. Y en ambos había salido mal parado. Aunque no era capaz de quitarse el primero de la cabeza, no le habría dado muchas vueltas al de su padre si no fuera por lo abatida que se había quedado su madre después de la discusión. La mujer solo deseaba que todos sus seres queridos estuvieran unidos, a salvo y en paz. ¿Cuándo era la última vez que habían estado así? Gilles se había hecho a la mar con catorce años. Un año después, Maxence había abandonado la vida de marinero, lo que hizo que ambos comenzaran a tener esa recelosa relación con su padre.

Siete años con esa tensión en casa. ¿Cómo podía la pobre mujer vivir con ello?

Se apoyó hacia atrás sobre los codos. La luz de la nueva vela de sebo que su madre había dejado en el soporte junto a la cama proyectaba unas sombras insólitas en la oscura habitación. Los sonidos procedentes de la calle, que se colaban por la ventana, casi habían desaparecido por completo, aunque el ruido en el distrito de Panier era habitual hasta altas horas de la noche. El reloj, situado junto a un sencillo candelabro de magnífica factura, indicaba que eran las diez en punto. Esa noche, Panier se había quedado en calma pronto, aunque al día siguiente era domingo.

Los domingos ya no eran fechas señaladas, salvo por el hecho de que no se trabajaba. Desde que el gobierno se había incautado de propiedades de la Iglesia católica y había prohibido la presencia de todos los sacerdotes disconformes en sus parroquias, muy pocos marselleses se molestaban en acudir a misa. Incluso su madre, que solía ir sola todas las semanas, dejó de hacerlo cuando llegó el nuevo clero designado por el gobierno.

Gilles cerró el libro y lo tiró sobre la cama. Se levantaría temprano al día siguiente para estudiar antes del desayuno. Una hora de estudio, estando descansado y concentrado, sería más provechosa que varias de lectura distraída.

Se levantó de la cama. Desde el dormitorio de su hermano, bajo el suyo, le llegaban las voces de Émile y Maxence, acompañadas del ocasional tintineo de copas. Al principio parecían un tanto alterados, pero el tono fue relajándose. Imaginó que harían eso mismo todas las noches en Montpellier, cuando no estaban en un café. A veces se unía a ellos, pero después del episodio con la hermana de Émile aquella mañana, prefería guardar las distancias.

Echó la cabeza hacia atrás y cerró los ojos, apretando los párpados. Menudo idiota. Ya lo habían rechazado antes otras. ¿Por qué esta vez se negaba a olvidarlo? ¿Tal vez porque se trataba de la hija de su jefe? Hasta el lunes no descubriría si su estupidez había afectado a su relación con *monsieur* Daubin.

Se levantó de la cama y se puso la bata de lino. No la necesitaba en la habitación de la planta alta desde finales de la primavera y durante los meses de verano, pero en la planta baja solía hacer frío una vez que oscurecía. Tras apagar la vela, salió de su dormitorio y bajó las escaleras. Pasó con sigilo por delante de la habitación de Maxence, pese a que las carcajadas impetuosas impedirían oír sus pasos. ¿Estarían riéndose de su metedura de pata? Apretó los labios y siguió hasta la cocina.

El fuego del salón se había apagado y ya no estaba la sombra de su padre en la butaca. Solo quedaba un haz de luz que procedía de la cocina e iluminaba el estrecho comedor.

Su madre estaba sentada en el banco junto a la mesa de la cocina. Una diminuta vela iluminaba un montón de camisas y pantalones mientras el fuego comenzaba a apagarse en la chimenea. La vela era del mismo tamaño que la que Gilles había tenido en su dormitorio el día anterior. Su madre debía de habérsela cambiado por una nueva para que no se quedara sin luz para estudiar.

A sus pies había un cubo con agua, y una aguja refulgía bajo la tenue luz mientras trabajaba. Sin duda, estaba remendando y adecentando la ropa de su padre.

—¿Gilles? —No le quitó ojo a la labor que tenía entre las manos.

Su hijo entró y se sentó en el banco frente a ella. La mujer cortó con unas pequeñas tijeras un cosido de puntadas torpes que había hecho su padre y, a continuación, volvió a coser el mismo dobladillo.

—Es tarde para estar remendando —comentó el joven. Puso los brazos sobre la mesa y apoyó la barbilla en ellos.

—Si no puedo dormir, es mejor que sea productiva.

—Eres la mujer más productiva de Marsella. Y cuando estás disgustada te conviertes en la mujer más productiva de toda Francia.

La mujer esbozó una sonrisa y por fin lo miró.

—Tu hermano y tú podríais halagar hasta a los percebes pegados al casco de un barco. Si al menos aprovechaseis ese talento...

Gilles ladeó la cabeza.

—¿Aprovecharlo? Lo aprovechamos muy bien.

—Perseguir a las hijas del panadero para que os den un beso no es aprovecharlo, pequeño bribón.

El joven se encogió. Sin duda, aquello no funcionaba con las hijas de los jaboneros.

Su madre terminó de dar las puntadas y cortó el hilo al final.

—Me pregunto si serás capaz de encontrar una esposa con esos métodos tuyos.

—Tengo la suerte de no estar en el mercado para encontrar esposa todavía. —Abrió mucho los ojos, de forma inocente—. No querrás que me case ahora, ¿verdad, mamá?

La mujer extendió el brazo y le dio en la cara con la manga de la camisa que estaba cosiendo.

—No estás listo ni mucho menos para asumir esa responsabilidad. Solo desearía que tu hermano y tú dejarais en paz a esas pobres muchachas.

Gilles se apartó, riéndose.

—Solo lo hacemos por diversión.

Eso es lo que decía siempre Maxence. Por un par de libras y por pasar un buen rato. Aunque para Gilles, el jueguecito de aquel día no había acabado bien.

Su madre masculló algo que no fue capaz de entender. La mujer sostenía la aguja entre los labios mientras tiraba del largo del hilo de la bobina y lo cortaba a la medida deseada. Después, puso la aguja delante de la llama, entrecerrando los párpados mientras la volvía a enhebrar.

—Además —carraspeó—, cuando esté listo, tendré una larga lista de jóvenes entre las que elegir. —Alguna de ellas tendría que ser tan decidida y leal como su madre, tan solo debía encontrarla.

La mujer carraspeó también y clavó la aguja en otro roto. Para tratarse de un capitán, a su padre no se le daba nada bien cuidar su ropa.

—No creo que debas incluir a esas muchachas en tu lista de posibles compañeras.

—¡Por supuesto que no! Algunas de ellas no besan nada bien. A esas las quitaré de la lista. —Confió en que se riera de su broma. Su madre siempre acababa cediendo ante sus chistes. Pero la mujer solo frunció más el ceño y se puso a coser más deprisa. Se levantó de golpe, tirando la camisa sobre la mesa.

—¿Quieres un poco de chocolate?

Gilles echó un vistazo a lo que quedaba del fuego.

—¿Lo avivo?

Sin responderle, su madre se acercó a la chimenea. Tiró un pedazo de madera hacia la llama vacilante y luego tomó el fuelle para hacer que ardiera con más fuerza.

—¿Te he hecho enfadar? —preguntó él con cautela.

La mujer accionó el fuelle y removió la madera con el hierro hasta que el fuego se avivó. Sin mirar a su hijo, se encaminó hacia el sótano.

Tres personas se habían enfadado ya con él ese día. No estaba acostumbrado a eso. Arrastró la camisa hacia su lado de la mesa y tomó la aguja. Ya había remendado las camisas de su padre cuando estaba enrolado. Su padre no tenía paciencia para hacerlo él mismo. Por eso ahora su madre hacía esa labor a toda prisa y le remendaba la ropa cada vez que volvía a casa.

Echó un vistazo a las cuidadosas puntadas de su madre y continuó donde ella lo había dejado. Su zurcido no era tan preciso, pero nadie se daría cuenta si no lo examinaba de cerca. No cosía nada desde hacía años. En tierra, aquel era un trabajo de mujeres.

Los pasos de su madre anunciaron su vuelta. No eran secos como los de la señorita Daubin esa tarde en el despacho, sino suaves y resignados. La leche se le derramaba por los laterales del hervidor de cobre que llevaba. Lo dejó sobre el fogón y encendió el fuego, que silbó y crepitó contra los laterales fríos del recipiente.

—¿Por qué haces esto si a él le da igual cómo quede el remiendo? —Gilles se atusó hacia atrás los rizos que le caían sobre la ceja.

Detrás de él, se oyó el entrechocar de tarros mientras su madre sacaba el que contenía el chocolate líquido.

—Porque sí que le importa. No lo hace él mismo porque no es capaz de hacerlo bien, pero le gusta tener buen aspecto igual que a cualquiera de vosotros. —Vertió algo de chocolate en un cazo y lo dejó sobre la mesa al lado de su hijo. Entonces, regresó junto al fuego y movió la leche—. Y eso no es lo único que habéis heredado de él.

El joven dejó de coser y aguardó, pero su madre no continuó. Cuando la leche comenzó a hervir, tomó un paño para apartar con cuidado el hervidor del fuego. Añadió la leche al chocolate y luego usó un agitador para mezclarlo.

—¿Qué más hemos heredado de padre? —Clavó la aguja en la tela de la camisa y dejó la labor sobre el regazo.

Su madre dispuso dos tazas en mitad de la mesa y sirvió aquella bebida espesa y espumosa. Gilles no la probó hasta que ella tomó asiento y se acercó una taza. Su hijo la imitó, inhalando el rico aroma que desprendía del chocolate antes de llevárselo a los labios.

Tras darle un largo sorbo, su madre suspiró.

—Tu padre también era un coqueto sin remedio. Y sigue siéndolo. —Se quedó mirando la taza, con una cálida sonrisa—. Pero él tiene algo que me gustaría que Maxence y tú aprendierais.

Gilles dio otro sorbo. ¿En qué podría ser su padre mejor que Maxence o él, aparte de la navegación? Era escandaloso, entrometido y siempre tenía demasiadas ganas de pelea.

—¿Y de qué se trata?

Su madre lo miró a los ojos.

—Respeto.

Gilles escupió lo que tenía en la boca.

—¿Respeto? Te aseguro que eso no es algo que me falte. Si me vieras en el trabajo, no...

La mujer apoyó una mano sobre la suya.

—No me refiero a ese tipo de respeto. Sé que en la fábrica de jabón eres respetuoso y que por eso confía en ti *monsieur* Daubin.

—Entonces, ¿por qué dices que padre es mejor que yo? —Su progenitor no respetaba a nadie en el trabajo. Lo había sufrido en sus propias carnes. Sin duda, ese hombre exigía el respeto de los demás, pero ¿respetaba él a alguien?

—Tu padre siempre ha valorado a las mujeres. A su madre, a sus hermanas, a mí. No éramos parte de ningún juego, piezas de las que presumir como si fuéramos presas de caza.

Gilles tragó saliva para quitarse el mal sabor de boca. No podía ser por el chocolate. Aunque hablaba con dulzura, la réplica de su madre resonó en la cocina. El fuego crepitaba en la chimenea. Fijó la vista en las llamas para evitar mirarla a los ojos.

Los juegos de Maxence realmente no funcionaban así. Las muchachas siempre participaban de buen grado. Bueno, casi siempre.

—No tratamos a las chicas como si fueran animales —protestó.

39

★★★

—Ah, ¿no? —La mujer apartó la taza de chocolate a un lado y tomó otra aguja del costurero—. ¿Crees que *mademoiselle* Daubin opina lo mismo que tú sobre lo sucedido esta tarde o que se sintió como un ciervo al que intentabas cazar por el bosque?

Gilles se ruborizó. Se apresuró a darle un sorbo al chocolate, pero la canela y la nuez moscada que le había añadido su madre le hicieron cosquillas en la garganta y le provocaron un ataque de tos. Si la señorita Daubin se había sentido como un animal al que había intentado cazar, en todo caso sería una tigresa, no un ciervo.

—¿Cómo te has...? —Le picaba la garganta y se puso a toser de nuevo.

—He oído a Émile jactándose de ello cuando he subido. —Examinó otro roto, esta vez en un par de calzones—. Sé que a Maxence y a ti os gusta pasarlo bien y que no pudisteis divertiros mucho cuando estabais en alta mar con vuestro padre. Ojalá él hubiera estado más a menudo en casa para demostraros el respeto que me tiene.

Gilles se encogió.

—Te respetamos, mamá.

Su madre extendió el brazo por encima de la mesa para darle una palmadita en la mejilla.

—Sí, me respetas. Y Víctor también. Incluso Maxence, a su manera. Pero creo que olvidáis que soy una mujer. ¿Es que no se merecen el mismo respeto las demás? ¿O es que soy una excepción solo porque os parí y os crie?

No podía mirarla a los ojos. ¿Acaso era distinto? Las muchachas a las que su hermano y él habían perseguido eran mucho más jóvenes e ingenuas que su madre. Ellas se prestaban al juego. A excepción de *mademoiselle* Daubin, disfrutaban de ello. En ese caso, ¿por qué iban a ser sus actos irrespetuosos?

—Te quiero, hijo mío. —Su madre le apartó el cabello del rostro y luego se levantó del banco.

—Te quiero, mamá —murmuró Gilles.

—Apaga el fuego antes de irte a la cama. —Y entonces, se marchó. Él oyó cómo atravesaba el comedor y subía las escaleras, que crujían.

Aunque estuviera equivocada sobre la mayoría de las jóvenes, su madre estaba en lo cierto en uno de los casos. Desde el principio había sabido que *mademoiselle* Daubin no estaba dispuesta a participar en esos jueguecitos, y debería haberla dejado en paz mucho antes. Quizá debería disculparse. El estómago le dio un vuelco tan solo por pensarlo. Max se burlaría de él sin piedad si descubría que quería suplicarle perdón a la dama.

Notó contra el costado el contenido del bolsillo del chaleco. Sacó el regalo de su padre de debajo de la bata y lo sostuvo ante la luz de la vela menguante. No era ningún pendiente. Debería haberlo sabido por su peso. La luz del fuego iluminó el relieve de pequeñas palabras grabadas en el sencillo anillo de oro. *«Jamais en vain»*. «Nunca en vano».

Era el anillo de su abuela, que su padre siempre llevaba puesto en el dedo meñique. Acarició con el pulgar la caligrafía. El anillo grabado había pasado de generación en generación de la familia de su padre. ¿Por qué se lo había dado y por qué en ese momento? ¿Estaba intentando decirle que todos aquellos años en el mar habían merecido la pena?

Sacudió la cabeza y se puso el anillo en el meñique. Aunque adoraba el mar y a los hombres con los que había trabado amistad, no podía considerar esos años más que una pérdida de tiempo. Lo habían convertido en un hombre más fuerte, pero nada más. Y podría haber adquirido esa misma fuerza en cualquier otro trabajo. Tal vez su padre hubiese engañado a su madre para que creyese que era un hombre respetuoso, el mejor de los caballeros, pero a Maxence o a Gilles no podía engañarlos. Si respetaba tanto a las mujeres, ¿entonces por qué no respetaba a sus propios hombres? Era todo una farsa. Una argucia para que su madre siguiera a sus pies.

Desplazó el banco hacia el fuego. Se disculparía con la señorita Daubin y demostraría, al menos a su madre y a sí mismo, que era mejor hombre que su padre. Atizó las llamas, haciéndolas crepitar. Aunque tenía los ojos clavados en la luz, lo único que veía era la mirada intensa de una joven, unos ojos a los que tendría que mirar mientras balbuceaba una disculpa.

«Que el cielo me ayude», rogó.

CAPÍTULO 4

Gilles se quedó junto al borde del tanque, contemplando la mezcla marrón verdosa, que parecía sopa, dando vueltas en el interior. A ambos lados, unos recipientes idénticos, todos con un diámetro que superaba la altura de un hombre, se encontraban dispuestos en una larga fila. Dos trabajadores los supervisaban, empleando de vez en cuando unos palos largos para mover la mezcla de aceite y sosa cáustica.

En el libro de contabilidad había anotado la fecha junto al número del tanque. Habían comenzado a producir otro lote de jabón. ¿Cuántos más podría supervisar antes de tener que abandonar la fábrica para siempre?

—Un trabajo excelente, Luc. —Gilles cerró el libro.

El hombre, que tenía un gorro frigio asomándole por la cinturilla de los pantalones, se inclinó sobre el mango del agitador para rascar el fondo del depósito con el extremo. Unas voces apagadas llegaban desde el sótano, donde otros empleados avivaban el fuego que había debajo de cada una de las gigantescas calderas.

—Algún día dejaremos de ser esclavos de todo esto —masculló Luc. El sudor le caía por el rostro.

—Me temo que siempre habrá demanda de jabón. —Gilles se apoyó contra el muro de ladrillo, que le llegaba a la altura de la cadera y que rodeaba el tanque, y se puso el lápiz detrás de la oreja. Se remangó la camisa hasta los codos. Incluso en invierno, era extraño que se necesitara llevar ropa de abrigo dentro de la fábrica. En esa época del año, se ponía su casaca de camino a la oficina y se la quitaba de inmediato nada más cruzar la puerta del taller. Con el verano en puertas, la temperatura dentro de la fábrica de jabón era cada vez más asfixiante.

Luc gruñó.

—No habrá demanda de este jabón tan fino para aristócratas.

Esa afirmación encerraba algo de verdad. Gilles alzó un hombro. Aunque la aristocracia se desmoronara por completo, tal y como deseaban los *sans-culottes*[3] de Luc, la burguesía no desaparecería. Cualquiera que se moviese en los mismos círculos que los Daubin no renunciaría de buen grado a sus delicados jabones. Sin embargo, no le mencionó eso al empleado. Pese a que ambos se encontraban en el mismo bando de la revolución, los *sans-culottes* y los jacobinos tenían posturas completamente distintas sobre cómo conseguir sus objetivos. Gilles prefería el razonamiento ilustrado del club antes que la violencia, la destrucción y la anarquía que exhibían los *sans-culottes* de clase más baja. Pero los jacobinos se veían cada vez más obligados a depender de sus compañeros más exaltados para lograr un cambio.

El trabajador entornó la mirada.

—¿Quién es esa?

El joven miró por encima del hombro. A través del vapor que salía de los tanques vio una figura blanca que avanzaba por la fábrica. Un canotier adornado con violetas y un lazo a juego emergieron de entre la bruma de los jabones mientras la mujer se acercaba.

Gilles se enderezó, sujetó el libro de contabilidad bajo el brazo y se alisó el chaleco. ¿Qué estaba haciendo ella allí? No esperaba tener la oportunidad de hablar tan pronto con la dama, pero quizás el destino le estaba sonriendo. Una disculpa pronunciada en un rincón tranquilo de la fábrica era mucho mejor que intentar encontrar el momento adecuado durante la cena del día siguiente.

—*Mademoiselle,* no esperaba verla por aquí. —Se apresuró hacia ella, esbozando la más encantadora de sus sonrisas.

La joven Daubin no cambió su semblante serio cuando él se le acercó.

—De nuevo estoy buscando a mi padre. —Llevaba puesto uno de esos vestidos camisa de gasa que curiosamente se habían puesto de moda entre la clase adinerada. Después de que la reina hubiese lucido uno para un

---

3 Nota de la Ed.: Denominación acuñada en la Francia del XVIII para definir a los partisanos de izquierdas, de una posición social modesta. Literalmente, «sin calzones», por contraposición a las clases altas, que vestían esa prenda.

retrato, aquel vestido holgado y fruncido era alabado por huir de la extravagancia rígida de la vieja aristocracia. Mientras el jacobino que se sentía por dentro quería detestar aquel estilo, el hombre que era no podía evitar admirar lo bien que le sentaba a aquella mujer.

Étienne le dedicó una reverencia.

—Es un placer volver a verla. Me temo que es probable que su padre se haya marchado ya a la perfumería. Tiene una cita allí a mediodía. Pero, si quiere, puedo ayudarla a buscarlo. —Le ofreció el brazo antes de darse cuenta de que tenía la manga subida.

La dama lo miró y arrugó la nariz.

—Sigo sin querer besarle —dijo entre dientes, antes de darse la vuelta con la cabeza alta.

Gilles parpadeó y examinó la fábrica para ver si alguien la había oído. Los hombres seguían enfrascados en sus tareas. Parecía que esa mujer no era dada a las sutilezas. Se aclaró la garganta.

—Desde luego. Me gustaría hablar con usted sobre ese asunto. ¿Me acompaña?

Luc y algunos de los otros hombres los observaron, y Gilles dio gracias a que el calor de la fábrica justificara el rubor que se le extendía hasta las orejas. La señorita Daubin continuó caminando. Él se bajó las mangas, intentando abotonárselas con el libro aún bajo el brazo mientras seguía el paso a la joven.

—Si lo desea, puedo enviar a alguien a buscar a su padre.

—Si mi padre no está aquí, iré a buscarlo a la perfumería. —La dama observó el taller, de techos altos y con el vapor en aumento. Llegaron hasta el final de la fila de tanques, donde por fin se detuvo. Los empleados que se encargaban del último depósito dejaron de remover metódicamente su contenido para beber agua. La joven tomó el extremo de uno de sus agitadores y se lo pasó de una mano a la otra, examinándolo como si nunca hubiese visto uno. Gilles se acercó más a ella y esta se apartó con gesto de fastidio—. He dicho que no quiero su...

Gilles alzó una mano.

—Quería pedirle disculpas.

La dama alzó las cejas.

—¿Disculpas?

—Mi actitud fue reprobable. La semana pasada, en el despacho. Nunca debí intentar besarla, y lo lamento. —La mujer le clavó una gélida mirada que podría haber cortado aquellos jabones recién elaborados. Gilles se movió incómodo. ¿Debería esperar a que le respondiera? ¿Cambiar de conversación? ¿Excusarse con ir a buscar a su padre? La dama deslizó las manos por el agitador desgastado por el uso. Entonces, lo agarró con fuerza y tiró de él, igual que hacían el resto de los trabajadores a su alrededor. El palo tembló bajo sus manos, moviéndose con mucha más lentitud que los del resto de los empleados.

—¿Es eso lo que les dice a todas las jóvenes?

—¿Qué jóvenes? —preguntó. Si no iba con cuidado, se mancharía su inmaculado vestido con aquella pasta fangosa y, aunque él intentaría no reírse al presenciar esa escena, ya había vivido una situación demasiado embarazosa con ella la semana anterior.

—Todas las otras mujeres con las que prueba sus jueguecitos.

Gilles abrió la boca para protestar. Ninguna de las otras se ofendía tanto solo por pensar en besarlo.

—¿O se disculpa porque soy la hija de su jefe y así espera conservar su puesto?

—Desde luego que no. —Se apresuró a negar con la cabeza. Durante los siete días anteriores había temido una reprimenda, pero aquello no era lo que lo había llevado a disculparse. No le había dado muchas vueltas a lo que la dama podría responderle, pero, por algún motivo, esperaba ganarse su favor. Le habría bastado con algo de gratitud o una dulce sonrisa—. He estado hablando con mi madre...

La mujer ladeó la cabeza, con una sonrisa condescendiente en los labios.

—Ah, así que pide disculpas porque su madre le dijo que lo hiciera. Qué buen chico.

Gilles gimió para sus adentros. ¿Acaso no veía que era sincero? Se obligó a sonreír y a guiñar un ojo.

—Siempre hago caso a mi madre.

Los empleados que tenían asignado aquel tanque se acercaron a ellos. Gilles tomó el mango justo por encima de la cabeza de la joven y detuvo el movimiento del agitador.

—Debe tener cuidado, *mademoiselle*. Aquí es donde mezclamos el aceite de oliva con la sosa cáustica para la preparación del jabón. Se calienta demasiado a causa del fuego encendido debajo y no quiero que acabe quemándose o destrozándose el vestido.

De inmediato, ella soltó el varal y se apartó. Gilles asintió hacia los trabajadores y les devolvió el agitador. Cuando volvió junto a la señorita Daubin, ella tenía los brazos cruzados sobre el pecho.

—La pasta no está caliente.

Gilles se encogió de hombros.

—Podría estarlo.

—No lo está. El fuego se encendió esta mañana y entonces se vertieron los ingredientes. Todavía falta un rato para que la pasta alcance la temperatura deseada.

Pues sí, en eso tenía razón.

—Y debe saber que conozco cinco métodos para deshacerme de manchas de pasta de jabón de la ropa. He estado delante de los depósitos, removiendo con mi padre, desde antes de que usted naciera, así que no intente impresionarme con sus dos años de experiencia en elaboración de jabones, por favor.

En ese momento, él se hubiera sumergido en uno de los tanques para evitar aquella mirada fulminante... Y, al parecer, ella podría ayudarlo luego a eliminar las manchas de la ropa.

—No sé qué tipo de muchachas le gusta perseguir, pero si son como las que persigue mi hermano durante sus escapadas, permítame que le asegure que yo no soy como ellas.

Era hora de virar ese barco y huir. Había vuelto a meterse en una riña con esa dama, y no podía ganar. Solo esperaba que los Daubin tuvieran los suficientes invitados en la cena del día siguiente para pasar desapercibido y evitar fácilmente otra confrontación. Se limpió la frente con la manga. ¿Cómo era posible que, de repente, hiciera tanto calor en la fábrica? Los cinco trabajadores debían de haber añadido más carbón.

—Entonces, si me permite el atrevimiento, ¿qué tipo de mujer es usted? —No debería haberle preguntado eso, pensó de inmediato.

La señorita Daubin cuadró los hombros.

—De las que no disfrutan cuando un joven da por sentado que se trata solo de una cara y una figura bonita, sin conocimientos, convicciones u opiniones que la hagan merecedora de ser considerada un ser humano racional.

Gilles retrocedió un paso. Lo estaba acusando de creerse superior. ¿Y lo decía justo ella? ¿Una monárquica? ¿Y solo por intentar enseñarle algo cuando parecía completamente ajena al proceso de elaboración de jabones? Se mordió la cara interna de la mejilla mientras la dama lo miraba por encima de aquella nariz agradablemente armónica y respingona.

La joven se encaminó de nuevo hacia la puerta, observando cada depósito con el mismo gesto analítico que ponía su padre durante sus inspecciones. Él arrastraba los pies detrás, tomando las últimas anotaciones en su libro de contabilidad para terminar las notas iniciales del lote. ¿Esos aires de superioridad serían fruto de su estancia en París? Émile no tenía esa actitud allá a donde iba. Le daba igual si pasaba el tiempo con el hijo de un marinero o con un duque, siempre y cuando deseara la revolución.

Cuando llegaron a la puerta, la brisa aliviaba un poco el ambiente cargado del taller. Gilles inhaló el aire fresco para mitigar su frustración.

Una rata pasó corriendo por el rincón de la puerta. Ambos se apartaron al mismo tiempo, chocándose el uno contra el otro mientras el roedor desaparecía por un hueco oscuro. La señorita Daubin no se movió enseguida. El brillo de la luz del sol iluminó su canotier mientras miraba a Gilles a los ojos. Cuando habló, su voz había perdido en parte el tono insolente.

—Gracias.

—¿Por...?

—Por la disculpa.

Y él había llegado a pensar que la había ofendido...

—Mi hermano y el suyo no suelen disculparse por sus actos —añadió ella. Antes de que Étienne pudiera dedicarle una elegante reverencia, la dama enarcó una ceja—. Tal vez haya un rayo de esperanza y el hermano pequeño acabe siendo un hombre mejor.

Y entonces, salió hacia la soleada tarde, con su vestido blanco reflejando el intenso sol. Gilles solo pudo sonreír. No sabía qué otra cosa hacer.

La velada de la noche siguiente prometía ser interesante.

❊ ❊ ❊

25 de mayo de 1792.
Marsella

Mi querida Sylvie:

Discúlpame por enviarte otra carta antes de recibir la respuesta de la anterior. Mamá ha celebrado una cena esta noche en mi honor y vuelvo a echar de menos Fontainebleau. Lo cierto es que el lugar es perfecto. Está lo bastante cerca de París como para acudir al ballet *y participar en sus eventos, pero lo bastante alejado como para disfrutar de las comodidades de la campiña y no sufrir las molestias de las fechorías de los* sans-culottes. *Aunque debo admitir que siempre me ha parecido interesante que los jacobinos los teman tanto como lo hacen los monárquicos. Supongo que eso demuestra que cualquier ideal puede acabar llevándose a los extremos.*

De entre las dos familias que aceptaron la invitación de mi madre, solo una ha venido: los Poulin. Hemos recibido unas excusas garabateadas a toda prisa por parte de los Linville. Ni mamá ni yo podíamos descifrar la caligrafía de madame *Linville y, cuando ha intentado interesarse por su salud, habían desaparecido. Las ventanas estaban tapiadas y los sirvientes se habían ido. No parecía que nadie hubiera estado allí desde hace días. Nos imaginamos que se habrán marchado, y no es muy complicado deducir la causa.*

Mamá está devastada, ya que madame *Linville ha sido una de sus amigas más queridas. Monsieur Linville solía pasar las noches debatiendo con papá hasta las tantas sobre el deplorable estado del país. Se pronunciaba mucho más en público que mi padre. En más de una ocasión se ha ganado la ira de la muchedumbre, pero esta se ha limitado a romperle las ventanas y a gritarle en la puerta de su casa. Papá dice que últimamente había denunciado abiertamente las masacres en la Glacière de Aviñón[4] del año pasado. No me puedo ni imaginar el acoso y las amenazas que habrán sufrido los Linville antes de tener que marcharse. Me pregunto si se habrán quedado en el Continente o se habrán ido a las Américas.*

---

4 Nota de la Ed.: Ejecución de unos setenta contrarrevolucionarios, arrojados desde la torre del palacio de los Papas de Aviñón.

Cómo no, Émile estaba eufórico, ya que odia a los Linville. No deja de referirse a ellos como «emigrantes cobardes» delante de su entusiasmado público, que está formado por la hija mayor de los Poulin, quien está prendada de él, y los hermanos Étienne, a los que les sucede lo mismo.

Sí, he tenido la desgracia de pasar la noche de nuevo con los Étienne. Por eso te escribo esta carta en lugar de unirme a ellos en la habitual charla tras la cena. Los jóvenes se han reunido en un rincón con las copas, como si se encontraran en uno de sus cafés jacobinos, y debaten sobre cosas que desconocen en un tono muy serio. Mademoiselle Poulin lo escucha todo atentamente, sin importarle que su familia no se posicione con la revolución.

Te confesaré algo: sí que he encontrado un pequeño entretenimiento durante la noche. He podido comparar a los dos hermanos Étienne, lo que ha supuesto una distracción bastante fascinante, sobre todo después de un encuentro que tuve con el más joven ayer en la fábrica. Había acudido allí a buscar a mi padre debido a la angustia de mamá por la partida de los Linville. Y, no te lo creerás, pero Gilles se disculpó por haber intentado besarme el pasado sábado en el despacho de papá. Por supuesto, un momento después, procedió a explicarme en un tono condescendiente el proceso de elaboración del jabón, como si no me hubiera criado en la fábrica. Sigue pareciéndose demasiado a su hermano para mi gusto, pero su intento de reconciliación me sorprendió. ¿Alguna vez has oído a Émile disculparse por sus bravuconadas?

Gilles sigue a Maxence y a Émile como si fueran filósofos griegos de la Antigüedad. No me extraña que hayan conseguido persuadirlo fácilmente para que participara en su jueguecito e intentara besarme. Y, aunque es igual de inteligente que ellos, no es nada sensato y no me imagino al pequeño de los Étienne entre el grupo de estudiantes de Medicina de Montpellier. La sombra del marinero atezado que llegó a ser sigue presente en él. Me lo imagino más sobre la cubierta de un barco que dentro de un aula. Es demasiado presuntuoso para ser un buen médico.

Me están llamando en este instante. Luego intentaré escribirte algunas líneas más. Aunque no tendré más noticias interesantes que contarte, mi querida prima. Si estuvieses aquí, podríamos apostar si mademoiselle Poulin se marchará esta noche sin que la hayan besado.

CAPÍTULO 5

La señorita Daubin apenas había hablado con Gilles en toda la velada, ni siquiera con la meditada maniobra de Émile para sentarlos el uno al lado del otro durante la cena. El menor de los Étienne esperaba que su amigo se cansara pronto de intentar juntarlos de una forma tan evidente. En ese momento, la joven se encontraba sentada en el otro extremo de la estancia, en su escritorio, lanzando miradas de desaprobación.

—La Asamblea Nacional va a solicitar treinta y un nuevos batallones para que ayuden con la guerra —comentó Émile, antes de dar un sorbo a la copa—. Ha llegado el momento de que tomemos una decisión.

La señorita Poulin puso gesto de asombro, formando con la pequeña boca una «o» perfecta. Agitó su abanico con energía.

—No es una decisión tan sencilla como crees —replicó Gilles. No iba a eludir su responsabilidad si lo llamaban a las filas, pero la determinación de ir a la guerra no debía tomarse a la ligera.

Émile resopló.

—¿Y tu patriotismo, Gilles? Si un hombre no está dispuesto a arriesgar su vida en defensa de la libertad, entonces no la merece.

El aludido se movió incómodo en su asiento sobre el alféizar de la ventana. Por supuesto que creía en aquello. Pero una vida humana no era algo baladí.

La señorita Daubin volvía a canturrear con alegría. La canción *En el puente de Aviñón* flotaba por la estancia. Nadie más le prestó atención, ni siquiera los señores Daubin y Poulin, que hablaban despreocupadamente cerca de la chimenea. ¿Estaría la joven sumida en sus pensamientos y tarareando inconscientemente mientras escribía la carta o intentaba acallar su conversación sobre la guerra?

—Deberías tener cuidado al decir tal cosa, Gilles —gruñó Maxence, ganándose toda la atención de la joven situada a su lado, que lo miraba con los ojos muy abiertos. A Gilles no le cabía ninguna duda de que su hermano conseguiría besarla esa noche, con lo que ganaría las doce libras apostadas con Émile—. No querrás parecer Lafayette.

Émile fingió atragantarse ante la mención del general.

—No es ninguna traición pensar en la familia y el sustento de uno mismo —dijo Gilles, removiendo el contenido de su copa. Se le había revuelto el estómago de tanto hablar de la guerra que les habían declarado recientemente a Prusia y a Austria, y eso que había bebido muy poco.

—Quizás ese sea el caso de un hombre que tenga familia —intervino Émile—. Pero, por lo que sé, no tienes ni esposa ni hijos. —Meneó la cabeza—. ¿Y quién ha oído hablar alguna vez de un general tan temeroso de la confrontación como Lafayette? Ese hombre acabará en la *louisette,*[5] hacedme caso. Debe de estar conchabado con la monarquía, o con Austria y Prusia.

—¿La *louisette?* —preguntó Gilles. Una de las criadas sirvió el té y lo dispuso delante de *madame* Daubin. Esta llamó a su hija, quien a regañadientes soltó la pluma y secó la tinta de la carta. Tras apresurarse a doblar la página, se la guardó en un bolsillo y se levantó. ¿A quién podría estar escribiéndole en mitad de una velada en su honor?

—La *louisette* es una ingeniosa máquina que la Asamblea ha aprobado para llevar a cabo ejecuciones —precisó Maxence. Su mirada adoptó un brillo que no era habitual. Al menos, su hermano no lo había visto antes. Su padre siempre ponía esa expresión cuando decidía dar caza a un buque mercante en el mar—. Me sorprende que no hayas oído hablar de ella. Estoy seguro de que te lo he mencionado. El artilugio tuvo un gran éxito cuando lo probaron el mes pasado.

Gilles negó con la cabeza. Al parecer no le habían llegado noticias del invento.

---

5 Nota de la Ed.: Denominación que recibió inicialmente la guillotina, derivada del nombre del doctor que la ideó, Antoine Louis.

—Un hombre llamado Guillotin supervisó su desarrollo. Simplemente se trata de una hoja que cae desde arriba para cortarle el cuello al convicto. —Maxence bajó la mano con determinación contra la mesa. Las copas que reposaban en ella se agitaron con el golpe y la señorita Poulin dio un respingo—. No es necesario sobornar al verdugo para que el corte sea limpio. Es rápido, eficiente y compasivo.

—Querrá decir bárbaro —pronunció una voz neutral.

El frufrú de la seda anunció la llegada de la joven Daubin. Le llevaba una taza de té a la señorita Poulin, cuyo rostro había palidecido al oír hablar de ejecuciones.

—¿Alguien más quiere algo de té para acompañar esta conversación sobre la guillotina?

Maxence y Émile negaron con la cabeza, y Gilles alzó su copa todavía llena. La dama no hizo ademán de volver a la mesa a por su propia taza de té.

—¿Has venido a reprendernos por nuestro jacobinismo rastrero y a predicar tus verdades monárquicas? —le preguntó Émile.

—Ni mucho menos —respondió su hermana, tomando una silla y colocándola entre ellos. Se sentó con aplomo y extendió las faldas de su vestido lavanda y blanco—. Mamá ha insistido en que me integre.

—Pues entonces díganos, *mademoiselle* —intervino Maxence, inclinándose hacia delante—, ¿por qué es bárbaro regular las ejecuciones para que no se diferencie a la gente por su cuna o fortuna? —Su expresión maliciosa hizo que Gilles echara un vistazo en dirección a la señorita Daubin. Max ya la conocía de antes. Seguramente recordaba que tenía la lengua afilada. ¿Creía que sería una discusión fácil de ganar? El menor de los Étienne no tenía forma de advertirle a su hermano que se retirara.

—Como soy la única en esta reunión que ha visto esa nueva máquina, puedo decirle que es bastante siniestra. A no ser que la Asamblea tenga pensado ejecutar a un gran número de personas en muy poco tiempo, no es ni mucho menos necesaria. Invertir tanto esfuerzo en perfeccionar las ejecuciones es propio de bárbaros, sí.

Los jóvenes intercambiaron una mirada cómplice. Eso solo demostraba la sensibilidad de una mujer, sobre todo de una muy mimada. Gilles dejó la copa a su lado sobre el alféizar de la ventana. Esa conversación solo podría acabar siendo más interesante si Émile tuviera ganas de pelea y si su hermana estuviera dispuesta a discutir.

—¿La ha visto? —La señorita Poulin emitió un grito ahogado—. ¿En acción? ¿Fue terrible?

—Solo vi cómo cortaban coles con ella a modo de prueba. Pero la criada de mi prima estuvo presente cuando ejecutaron a un bandolero. Afirma que la facilidad con la que lo hicieron fue horrible.

—¿Y entonces cómo sugiere que ejecutemos a los enemigos del Estado? —le preguntó Gilles, recordando demasiado tarde que había decidido no entablar conversación con la señorita Daubin después de sus rotundas derrotas en encuentros anteriores.

—No creo que sea necesario ejecutar a los enemigos del Estado, ya que no confío en el método de la Asamblea para determinar quiénes son los verdaderos traidores. —Estaba sentada con las manos sobre el regazo, como si estuvieran debatiendo sobre un pasaje confuso de Rousseau en lugar de sobre una máquina de matar.

—Supongo que también menospreciará el estudio de la ciencia militar —dijo Maxence. Se inclinó aún más hacia delante, olvidando por completo su objetivo femenino de esa noche—. ¿Preferiría que nos arrodilláramos ante nuestros enemigos y les ofreciéramos Francia en bandeja de plata?

—No estoy segura de que a nuestros enemigos les importe tanto lo que queda de Francia. Solo desean la estabilidad de la región.

—¿Lo que queda de Francia? —exclamó Émile.

A Maxence se le dilataron mucho las fosas nasales.

—Sí, lo que queda de Francia —aseveró la joven—. ¿Cómo es posible que no lo veáis? Francia está hecha jirones. Vuestra gloriosa revolución nos ha alejado más que nunca de la estabilidad. ¿Acaso se ha puesto fin al motín del pan? Ni mucho menos. El pueblo francés sigue pasando hambre. En vuestra Asamblea Nacional no dejan de batallar entre ellos. —Miró a Gilles, como si lo retara a participar en la discusión—. Por favor, decidme, ¿en qué ha mejorado el país desde que el Tercer Estado asumió el control?

Gilles no pensaba inmiscuirse. La elocuencia de Maxence superaba a la suya. Se sujetó al borde del alféizar, esperando que su hermano tuviera una buena réplica. Por supuesto que las cosas iban mucho mejor con el pueblo llano al mando del país.

—Francia está hecha jirones porque sigue sufriendo a un rey incompetente —replicó el mayor de los Étienne desde el borde de su asiento—. Los jacobinos harán de la patria un tapiz como nunca se ha visto en Europa desde la caída de Roma. Pero antes, debemos deshacernos de un rey al que no le importa en absoluto el pueblo al que gobierna.

—Eso no lo sabes —respondió la señorita Daubin en voz baja.

Gilles resopló. Sí que lo sabían. Luis XVI había intentado huir del país. ¿Qué clase de rey que amara a su pueblo huiría cuando más lo necesitaban?

Émile echó la cabeza hacia atrás.

—¡Caroline! Cuidado con lo que dices, podrían tomarte por enemiga del Estado.

¿La había llamado «Caroline»? Era extraño. La mayoría de la gente como ella solía usar su primer nombre, no el segundo.

—Ah, sí. Había olvidado que los jacobinos preferís que vuestras mujeres guarden silencio. —Agitó una mano con desdén en un gesto despreocupado, como el que hubiese adoptado por algo tan trivial como olvidar que su hermano detestaba el té con azúcar.

Gilles se encogió ante esa burla tan mordaz. La dama tenía un concepto bastante cínico de ellos.

—Yo no diría... —comenzó a decir, pero Maxence impuso un elevado tono de voz para continuar:

—¿Por qué una mujer como usted se preocupa tanto por estos asuntos? —Se había reclinado hacia atrás de forma desenfadada, con una sonrisa burlona y con las manos cruzadas sobre su elegante chaleco rojo. A pesar de sus atuendos mucho más a la moda, a Gilles le recordaba demasiado a la actitud condescendiente de su padre. Salvo por los rizos rebeldes, Maxence era prácticamente una copia exacta del cabeza de familia, tanto en el físico como en los gestos—. Este es un cometido para hombres.

La señorita Daubin acarició distraídamente con un dedo las flores bordadas en su falda blanca.

—Eso no es lo que dijeron los jacobinos cuando las mujeres del mercado irrumpieron en Versalles. De hecho, recuerdo que vuestro apreciado Robespierre elogió sus esfuerzos, ya que ningún hombre había conseguido todavía traer la corte del rey a París.

Maxence se arrellanó en el asiento, exhibiendo una sonrisa condescendiente.

—*Monsieur* Maillard fue quien lideró a esas mujeres. Si no hubiera estado él a la cabeza, toda esa campaña habría sido un desastre. El que será recordado en la historia a causa de su proeza será su nombre y no el de ninguna de esas mujeres.

—¿Está defendiendo a las mujeres revolucionarias, *mademoiselle* Daubin? —preguntó Gilles con una sonrisa. Bromear un poco aliviaría algo la tensión.

La joven se volvió hacia él con los ojos encendidos.

—Las defenderé si sus compañeros masculinos no les reconocen el mérito, sí. Es nuestro país tanto como el vuestro. ¿Por qué no íbamos a intentar mejorarlo para nuestro beneficio, sin importar nuestro sexo? —Dejó de toquetear el bordado floral de la falda y se agarró con fuerza a los brazos de la silla.

Émile volvió la vista a la bebida que tenía en la mano.

—Este tipo de audacia impropia de una mujer es precisamente el problema de las jóvenes, que rechazan cada proposición que les hacen. Creen que son más listas, aunque no sea cierto. Necesitan a un marido que las dirija.

Su hermana, cada vez más indignada, daba golpecitos con el tacón de los zapatos de cuero contra el suelo de madera. Apretó los puños.

—Te equivocas —dijo en un tono sorprendentemente tranquilo—. Nunca he rechazado una proposición, ya que no he recibido ninguna.

—No me sorprende —le murmuró Maxence a la señorita Poulin, que soltaba risitas por detrás del abanico. No obstante, empleó un tono lo bastante alto como para que todos lo oyesen.

—¡Max! —le espetó Gilles. El estómago le dio un vuelco cuando miró hacia la aludida, que pese ser la única con aquellas convicciones, no estaba dispuesta a recular. Tal vez Gilles no estuviese de acuerdo con sus opiniones sobre el gobierno, pero en el fondo de su corazón sabía que muchos de sus argumentos tenían algo de cierto. Émile y Maxence expresaban lo mismo de siempre. Nada de lo que decían era nuevo y, aun así, esa noche sus comentarios parecían más duros e insensibles.

—No podría estar más de acuerdo, *monsieur* —intervino la señorita Poulin, que se ganó una sonrisa de fingida gratitud por parte de Maxence.

Qué joven parecía esa dama al lado de su hermano. No podría tener más de dieciocho años—. La revolución es un deber de los hombres.

—Entonces espero que todos vosotros acabéis marchándoos —replicó la señorita Daubin, dedicándole una mirada a cada uno de los caballeros—. Id a formar vuestros batallones. Cumplid con vuestro deber. Dejad a las mujeres atrás para que limpien vuestro estropicio, como siempre. —Se le entrecortó la voz, pero Gilles no vio que derramara ninguna lágrima ni que se le enrojecieran las mejillas.

—¿Acaso tienes alguna duda de que iremos? —le preguntó Maxence. ¿Se había acercado más a la joven Poulin?—. Me alegro de que estemos de acuerdo sobre cuáles son nuestras respectivas obligaciones.

—¿Qué joven de entre los jacobinos no sacrificaría su vida de buen grado por la causa de la libertad? —preguntó Émile.

La señorita Daubin cambió la expresión austera por una mueca de dolor, tal vez a causa de un recuerdo o una creencia. ¿O quizás acababa de darse cuenta de que, a pesar de sus profundas convicciones, su modo de pensar nunca se impondría a la fortaleza de los ideales jacobinos? Desde que se conocían, Gilles no la había visto titubear ni una sola vez. ¿Tal vez la posibilidad de que su propio hermano pudiese morir por un principio en el que ella no creía la hacía flaquear?

De pronto, el joven sintió un nudo en la garganta. Durante toda la noche había tenido la piel erizada solo de pensar en la decisión inminente que tendría que tomar: ahorrar para la universidad o irse a defender sus ideas patrióticas. Si de verdad estaba comprometido con la revolución, debería unirse a los que defendían a la patria de los prusianos y austríacos.

—Marie-Caroline —la llamó la señora Daubin desde el sofá situado cerca de la chimenea—. ¿Podrías ir a buscar el ejemplar del *Journal de la Mode et du Goût* que has traído de París? Me gustaría mostrárselo a *madame* Poulin.

¿Ayudaría más a su país con su muerte o aprendiendo a salvar vidas? ¿Acaso salvar vidas por medio de la medicina no era tan noble como defenderlas en la batalla?

—Sí, mamá —respondió la joven. Cuando se dirigió hacia la puerta, sus pasos no resonaron contra el suelo con la determinación habitual.

—¿Cómo puedes vivir con ella? —murmuró Maxence cuando se hubo marchado y los mayores retomaron su conversación.

—Llevo dos años sin vivir con ella. Antes de eso... —Émile se estremeció y luego le dedicó a Gilles una sonrisa cómplice—. Estabas condenado desde el principio a perder nuestra pequeña apuesta.

Otra vez con lo mismo.

—Sí, no tardé en darme cuenta —replicó el menor de los Étienne. Se estiró el pañuelo del cuello. De pronto, su lugar junto a la ventana le parecía demasiado caluroso, a pesar de la distancia a la que se encontraba del fuego.

—¿Una apuesta? —preguntó la señorita Poulin, acercándose aún más a Maxence. Estaba cayendo justo en la trampa. Émile perdería esas doce libras y la joven recibiría su primer beso de un hombre al que no le importaba lo más mínimo.

A Gilles se le revolvió el estómago, algo que nunca le había pasado al presenciar los juegos de su hermano. Miró hacia el reloj de la repisa. Las ocho y media. Demasiado temprano como para marcharse sin parecer maleducado. Menudo ingenuo estaba hecho. Si la señorita Poulin estaba tan dispuesta a caer en sus redes como parecía, él no tenía ningún motivo para sentir esa aprensión.

—Sí, una apuesta. La semana pasada, Gilles creyó que podría vencer a mi hermana en un juego de voluntades —respondió Émile, agitando la cabeza—. Estaba muy equivocado.

—¡¿Que yo lo creía!? —exclamó—. Estoy bastante seguro de que fuiste...

Maxence extendió un brazo para darle una palmada en la espalda mientras se reía y golpeó la copa de su hermano, que cayó al suelo y se rompió contra la madera. Gilles apartó el rostro para esquivar las esquirlas de cristal que saltaron. Los Étienne acabaron manchados de vino tinto. Con cierto retraso, la señorita Poulin chilló como si hubiera disparado un cañón entre las imprecaciones de Maxence.

—Bien hecho, Gilles —le dijo Émile, dándole un sorbo a la copa.

Como si él hubiera tenido algo que ver con aquello... Bajó la mirada hacia sus pantalones salpicados de vino. Por un momento, sintió que aquel líquido rojo que le cubría las piernas no era vino y que él no estaba sobre el pulido suelo del salón de los Daubin, sino en la cubierta destrozada por la marea del *Rossignol,* con la ropa empapada de sangre. Tragó saliva para aliviar un resquemor familiar en la garganta. Había creído que dos años viviendo en relativa seguridad habrían borrado ese recuerdo.

—Iré a buscar al servicio —masculló, esquivando el desastre de esquirlas en forma de dagas y charcos carmesíes en el suelo.

—Ya lo llamamos nosotros —dijo Émile, pero Gilles le hizo señas para indicarle que no era necesario. Podía encontrar a una criada sin problema, así que se apresuró a abandonar la estancia sin responder a las preguntas del grupo de los mayores.

Nada más cruzar la puerta se detuvo y se deleitó de la calma del silencioso vestíbulo. No solía acudir a muchas cenas de sociedad. Las de su madre eran eventos íntimos en los que solo se discutía si Maxence estaba presente. Unos cuantos candelabros, esparcidos por las mesas auxiliares, iluminaban el vestíbulo principal. Las llamas iluminaban un amasijo de seda violeta y blanca sobre la escalera.

¿La señorita Daubin?

Sentada en los escalones más bajos, tenía la mirada perdida en las baldosas de cuadros del suelo. Se rodeaba a sí misma con los brazos, como si estuviera adormecida.

—¿No se encuentra bien? —le preguntó con tono suave para no asustarla.

La joven levantó la mirada mientras él se le acercaba con cautela. Unos rizos oscuros y aterciopelados le enmarcaban el rostro y la luz de las velas titilaba sobre una mirada vacía.

—¿Cómo dice?

Las sombras del vestíbulo no disimulaban la palidez de su semblante.

—No tiene buen aspecto. —Gilles apoyó los brazos sobre el pasamanos para mirarla de cerca—. ¿Quiere que vaya a buscar a un médico?

La joven sonrió despreocupada.

—¿Hay tres estudiantes de Medicina en mi casa y ninguno se siente lo suficientemente seguro como para diagnosticar lo que me pasa?

—Solo dos. —Aunque algún día él sería el tercero.

La dama se enderezó y aquella languidez desapareció. Los recuerdos o pensamientos que la habían invadido parecían haberse desvanecido de repente.

—No estoy enferma. Y si Émile ha vuelto a apostar con usted, quiero volver a asegurarle que no tengo intención de besarle.

Gilles apoyó la barbilla sobre el puño. Eso le pasaba por preocuparse por ella.

—Si continúa diciendo eso, *mademoiselle,* va a acabar creyendo lo contrario. —Fue consciente de que la joven no le habría dado esa respuesta si no le hubiera preguntado qué era lo que la perturbaba. Cualquiera que fuese el punto débil al que había atacado Émile con su comentario, la señorita Daubin se había apresurado a recomponerse.

—Sería como besar a mi hermano pequeño. —Arrugó la nariz—. No, gracias.

—No nos conocemos tanto como para que pueda pensar eso.

—Si mi hermano le ha enseñado todo lo que sabe, no sería muy distinto

Gilles resopló.

—Beso mucho mejor que Émile.

La señorita Daubin se puso en pie y se alisó las faldas por detrás.

—Entonces, si me envía una lista de todas a las que ha besado, la compararé con la de mi hermano. Estoy segura de que comparten muchas conquistas. Así podré pedir opiniones al respecto. Con unas referencias validas, podría reconsiderar su pretensión.

—¿Su hermano lleva una lista? —preguntó Gilles, apartándose del pasamanos. Ni siquiera él recordaba los nombres de todas las chicas a las que había besado.

—Desde luego que no. —La joven dio media vuelta para subir por las escaleras, con la mirada fija en los bajos del pantalón de Gilles—. ¿Acaba de regresar del campo de batalla?

Gilles se encogió. ¡Los cristales! La extraña actitud de la dama lo había distraído.

—He tenido un pequeño accidente con la copa. Iba a buscar a alguien para limpiarlo.

Caroline frunció las comisuras de la boca. Ahora sí que lo veía como a un hermano pequeño. Él se ruborizó.

—Encontrará a nuestra cocinera y a la doncella en la cocina, al final del pasillo.

El joven se lo agradeció y se dio la vuelta, deseando desaparecer de su vista y de la casa. ¿Por qué siempre tenía que acabar esos encuentros como un completo idiota?

—Ha sido muy amable por su parte salir en mi defensa.

Cuando le llegó el sonido de su voz, se detuvo a mitad de camino.

—¿En su defensa?

—No ha estado de acuerdo con nada de lo que he dicho y, aun así, ha reprendido a Maxence cuando ha recurrido a los insultos. Eso requiere más carácter del que creía que tenía usted.

Gilles se encogió de hombros, tirándose del borde del chaleco.

—¿Acaso podemos considerarnos hombres como Dios manda si no somos civilizados con nuestros enemigos?

—Eso no se lo han enseñado los jacobinos —respondió la dama, agarrándose a la barandilla con la mano, delgada, y levantándose el bajo del vestido para poder subir por las escaleras.

—No, me lo enseñó mi madre.

La señorita Daubin inclinó ligeramente la cabeza y lo miró de un modo tan desconcertante que él se sintió como un marinero novato listo para la inspección matutina. Sin decir ni una sola palabra más, la joven ascendió por las escaleras y desapareció, dejando que él siguiera buscando a alguien que pudiera limpiar el desastre que había provocado.

❉ ❉ ❉

Ahora siento que necesito a un párroco. Ay, Sylvie. Esperaba que las mentiras acabasen una vez que regresara, pero siguen ardiendo en mi interior con la misma intensidad que el día en el que empezaron. He vuelto a mentirle a Émile esta noche, delante de sus amigos. Sobre Nicolás. Lo que no sé es dónde podré encontrar a un párroco. Mi madre lleva sin acudir a misa desde que la Constitución Civil del Clero envió a todos los curas fieles al exilio. No te preocupes por mí. Si sigue habiendo un sacerdote leal a sus votos en esta ciudad, lo encontraré. No todo está perdido, aunque la esperanza disminuya cada día. Esta semana en Marsella me ha dejado más claro que nunca que este cambio inminente no nos permitirá volver a tener la paz dichosa de la que disfrutábamos antaño. Nos aguardan secretos, guerra y división. Tendremos que ser fuertes.

Y esta noche hay otra cosa que también me ha quedado clara: Gilles Étienne es un idiota.

Pero tiene el potencial necesario para acabar convirtiéndose en un hombre decente.

Cuánto te echo de menos, prima. Mándale besos a la familia. Que Dios os bendiga.

Con cariño,
Caroline

CAPÍTULO 6

G illes se sentó a la mesa de la cocina con una vela encendida, a pesar de que la luz de primera hora de la tarde entraba por la ventana. A su alrededor había desperdigados pelos, huesos y piel. Clavó la aguja en la carne de cabra y la sacó por el otro lado de la herida. Cuando fuera un médico de verdad, no tendría que inventarse heridas simuladas para luego coserlas. Pero, por el momento, para poder practicar se tendría que conformar con una gruesa pata de cabra conseguida en la carnicería.

Se oyeron voces al otro lado de la puerta y el sonido de pasos en los escalones hizo que se detuviera a mitad de la sutura. Cuando había llegado del trabajo, solo estaba en casa Florence, que no tardó en irse a buscar algo antes de que las tiendas cerrasen. En su ausencia, le había encargado que vigilase el fuego y fue entonces cuando había sacado del sótano la pata de cabra, lista para limpiarla, cortarla y secarla.

La puerta de la cocina se abrió con un chirrido. Su madre entró cargando con una cesta. Florence la seguía de cerca. La joven charlaba con entusiasmo. Las dos mujeres se pararon en seco y contemplaron el desastre disperso sobre la mesa. Gilles le dedicó a su madre una sonrisa tímida y se encogió de hombros.

—¿Es que la cabra está herida? —le preguntó su madre, dejando la cesta junto a la puerta.

—Solo quería practicar. Anoche estuve estudiando sobre suturas.

—Ah. —Se agachó para tomar un par de botellas bajo el paño que cubría la cesta—. Y mi cocina, justo antes de la cena, era el mejor sitio y momento para hacerlo... —Su tono de voz era rotundo y severo, pero en el brillo de su mirada se advirtió una sonrisa cuando pasó junto a su hijo para llegar a la puerta del sótano.

Florence suspiró.

—¿Y se supone que tengo que preparar la cena aquí encima? Vamos a acabar comiendo pelo de cabra con el pollo.

—Lo limpiaré en cuanto termine de cortar esta carne.

Florence le echó un vistazo a la aguja.

—Parece que estás trabajando en la dirección equivocada.

Gilles saco la aguja del ligamento y deshizo los puntos que ya había hecho.

—Creía que tardaríais mucho más.

Su madre regresó del sótano y Florence la ayudó a atarse el delantal.

—Me he encontrado con *madame* Daubin y su hija mientras compraba vinagre —declaró—. Me dijo que le agradó mucho que acudieras a cenar a su casa la semana pasada.

—Es una mujer muy amable, aunque algo errada. —Apenas conocía a la esposa de su patrón. Lo único que sabía era que procedía de una familia aristócrata. Émile se había enfurecido cuando los Daubin habían enviado a su hermano pequeño a vivir con su tío, que era el tercero en la línea de sucesión para convertirse en barón. Pero, a diferencia de los aristócratas de los que se quejaban los jacobinos en sus reuniones, la señora Daubin no se había comportado como si estuviera por encima de sus invitados. Trató a Gilles con tanto respeto como si fuera amigo suyo, a pesar de que tan solo era el empleado de su esposo.

—Las he invitado a cenar con nosotros, pero tenían otros planes.

A Gilles le dio un vuelco el corazón. Menos mal que no había podido ser. No podía concebir estar atrapado en su propio comedor bajo la mirada de desaprobación de la señorita Daubin.

Florence le entregó un cuenco para que dejara en él la carne de la cabra.

—Qué extraño que una familia monárquica tenga un hijo tan revolucionario.

—¿Los Daubin son monárquicos? —preguntó su madre—. Creía que habías dicho que *monsieur* no apoyaba ni a un bando ni a otro.

Gilles apartó los desperdicios de la cabra a un lado para hacer espacio para la carne. Profirió una maldición cuando la aguja cayó de la mesa y acabó en el suelo.

—Se guarda sus opiniones sobre el asunto para sí, pero su hija es muy franca sobre sus lealtades para con el rey. —Llevaba los últimos cuatro días dándole vueltas al gesto atormentado que había puesto la joven en las escaleras. Había comentado con su madre detalles sobre la sabrosa comida y los pocos invitados que habían asistido, pero se había callado la parte de las riñas y los comentarios crueles de Maxence. Después de esa cena, se había sentido aliviado, quizá por primera vez, cuando su hermano había regresado a Montpellier.

—*Mademoiselle* Daubin parece una joven encantadora.

¿Encantadora? Él no habría empleado esa palabra.

—Es guapa.

Su madre frunció los labios mientras recogía una lechuga de la cesta.

—Tiene mucho ingenio. Creo que Maxence se llevaría muy bien con ella si dejara de una vez de perseguir a mujeres por las que no tiene ningún interés.

Otra vez con lo de perseguir a las muchachas. ¿Por qué insistía su madre tanto en el asunto?

—Eso solo podría suceder si ella no tuviera unos sentimientos tan firmes hacia la monarquía. Maxence nunca se casaría con una monárquica. —Deslizó el cuchillo a lo largo de la pata de la cabra, separando el resto de la piel de la carne—. Ni yo tampoco —añadió en un murmullo.

Maxence y la señorita Daubin. Menudo disparate. Su madre tenía la mejor de las intenciones, pero eso era porque no los había visto discutir. Era incompatible con su hermano. Cortó la carne en pedazos y los dejó caer con demasiada fuerza dentro del cuenco para luego salarlos y secarlos. Él tenía muchas más posibilidades de casarse con Marie-Caroline Daubin que Max. Lo demostraba la facilidad con que su hermano había conseguido ofenderla en la cena.

La mayoría de las mujeres solían llorar ante cualquier contratiempo. Menos su madre, por supuesto. Y la esposa de Víctor, y su abuela. Ser mujer de un marinero tenía algo que las hacía más fuertes. Sin embargo, ese no era el caso de la señorita Daubin, que parecía más dispuesta a gritar que a llorar cuando algo le disgustaba. Aun así, las palabras de Maxence le habían dolido. Lo vio en su mirada cuando se la encontró sentada en las escaleras.

Hizo girar la pata para poder retirar mejor la carne que quedaba alrededor del hueso. Su hermano había dicho cosas similares e hirientes otras veces y él siempre les había restado importancia. Maxence no era tan cruel como parecía con sus comentarios. Ni mucho menos. Igual que la señorita Daubin tampoco tenía tan mal carácter como insinuaba Émile. Simplemente era apasionada al defender su causa.

Cortó la carne en silencio, dándole vueltas al asunto mientras su madre troceaba la lechuga para la ensalada y Florence asaba el pollo. Durante los últimos dos años, que él pudiera recordar, ambas habían trabajado de ese modo todas las tardes, aunque normalmente Florence solía hablar más. Él prefería la tranquila compañía de ambas mujeres cuando su padre y Max no estaban en casa. En su fuero interno se preguntaba por qué no se había casado con Florence para mantener las cosas tal y como estaban. No es que sintiera nada por ella, aparte de una agradable camaradería. Florence se había casado hacía justo un año, ¿cuánto tardaría en dejar aquel trabajo para tener hijos? La casa se quedaría demasiado tranquila solo con su madre y él la mayoría de las noches.

—¿Dónde está padre? —preguntó. Por un momento, había olvidado que estaba en tierra.

—En el muelle —le respondió su madre sin darse la vuelta—. Parte rumbo a Nápoles la semana que viene y el *Rossignol* necesita reparaciones.

Entonces se trataba de una breve parada en el puerto. No pensaba quejarse por ello.

Unos golpes en la puerta principal resonaron por toda la casa y Florence se apresuró a ir a abrir. No tardó en volver.

—Es Jean Sault, *monsieur* Gilles. Lo he acompañado hasta el salón.

¡Jean Sault! Gilles se levantó del banco de la mesa.

—¿Quién es ese? —preguntó su madre.

—El presidente de mi club de jacobinos. —¿Cómo podía su madre haberlo olvidado? Se apresuró a limpiarse los jugos de la carne de las manos en la palangana dispuesta cerca de la puerta. En los meses que llevaba como miembro, Sault jamás lo había visitado en su casa.

—Buenas tardes, *monsieur* —lo saludó Gilles mientras entraba en la estancia, extendiendo la mano para tomar la de Sault—. ¿A qué debo este honor?

El caballero pasó por alto las cortesías y le dio la mano con firmeza. Casi en la cuarentena, el abogado tenía una sonrisa que le hacía parecer uno de los exaltados jóvenes patriotas de su división.

—¿Trabajando en la cocina, *monsieur* Étienne?

Por Dios..., se le había olvidado quitarse el delantal. Se lo desabrochó y lo lanzó despreocupadamente sobre una silla.

—No creía que fuera de los que disfrutaban de las labores femeninas —continuó el caballero.

No estaba teniendo en cuenta que, en los barcos, todos los cocineros eran hombres.

—Solo estaba cortando la carne para secarla y que mi padre se la pueda llevar en la travesía —replicó, provocando un gesto de aprobación de Sault—. ¿En qué puedo ayudarle?

—Parto hacia Aix este viernes con el objetivo de reclutar. Me preguntaba si podría encargarse de abrir Saint-Cannat para la reunión del sábado.

—Sí, desde luego. —Aquello quería decir que no podría hacer horas extra en la fábrica de jabón. No supondría un problema, ya que solo era un día. Tendría que estar en la iglesia requisada lo más temprano posible. No suponía un gran honor, pero al ser alguien tan nuevo en la causa no podía evitar sentirse orgulloso de que el presidente confiara en él.

Sault le entregó la llave del templo.

—Martel dirigirá la reunión. Si puede, abra la iglesia y ciérrela luego, al acabar —le indicó—. Detesto perderme la oportunidad de conversar con mis hermanos, pero ¿hay mejor excusa para perdérmelo que exponer a más franceses a la luz de los principios jacobinos, que mostrarles cómo liberarse de la opresión y empoderar a los ciudadanos?

Gilles se guardó la llave en el bolsillo del chaleco.

—Un placer poder ser de utilidad.

Sault le dio un apretón en el hombro.

—Ojalá cada división de los jacobinos, de aquí a Calais, tuviera miembros tan fieles como usted, Étienne. Esta revolución prosperará gracias a la valerosa juventud de Francia. Usted, amigo mío, se interpondrá entre nosotros y el despotismo que nos amenaza desde dentro y desde fuera.

Gilles asintió. «Espero que todos vosotros acabéis marchándoos», les había dicho la señorita Daubin. Como si hubiera dudado de su convicción.

Gilles había demostrado que podía ser un jacobino tan dedicado a la causa como ella a sus ideales monárquicos.

Mientras Gilles se despedía de Sault, se preguntó si la joven se burlaría de él o lo alabaría cuando anotara su nombre en la lista.

✿ ✿ ✿

29 de mayo de 1792.
Marsella

Querida Sylvie:

Puedes estar segura de que, pese a los grandes esfuerzos por parte de la revolución de destrozar a la Iglesia, he dado con un sacerdote leal. Además, es el mismo que presidía Saint-Cannat cuando mi familia era miembro de aquella parroquia. Llevaba años sin ver al padre Franchicourt y, aunque ha envejecido considerablemente, sigue teniendo la misma fortaleza que tanto admiraba cuando era niña.

Como podrás imaginar, se mantiene oculto y celebra una misa privada en el desván de la casa en la que se esconde. Solo acudieron el domingo nuestra cocinera, la anciana pareja que le da cobijo y tres personas más. Los propietarios de la casa me dedicaron miradas recelosas al acudir por primera vez. Espero que lleguen a considerarme una amiga y no me vean como una amenaza.

El acto de confesión fue mucho más incómodo, ya que el pequeño desván no contaba, como el tuyo, con espacio para un confesionario. Así que he decidido no mentir la próxima vez que salga a colación cierto asunto, aunque sea solo para evitar tener que confesarme. Por supuesto, estoy bromeando. Ahora en serio, mi familia merece saber lo de Nicolás, incluso después de lo que ha pasado. Debería haber sido más lista y no soñar con la felicidad en mitad de una revolución. Aunque rezo porque el asunto del matrimonio y las proposiciones no vuelva a salir delante de Gilles y Maxence Étienne.

El desván es un triste sustituto para una iglesia. El padre Franchicourt ni siquiera cuenta con un misal en el que leer la misa. Me pregunto si los revolucionarios habrán dejado los libros en la iglesia o si los habrán destruido cuando atacaron la capilla. El sacerdote dice que usan el edificio como lugar de reunión para un club jacobino. ¡Lo que hay que oír!

Ojalá pudiera acudir allí y ver qué es lo que han dejado. Si todavía viviéramos cerca, no podrían echarme del lugar. ¿Qué derecho tienen los jacobinos de arrebatárnoslo? ¿Es que no han tenido suficiente con quitarnos nuestro gobierno? No, son avariciosos y controlarán cada detalle de nuestra vida, a no ser que alguien les plante cara. Tal vez acuda a Saint-Cannat después de todo, aunque sea solo para demostrar que los jacobinos no tienen tanto poder como ellos creen. Recuperar lo que por derecho le pertenece a la Iglesia no es robar, ¿no?

Me imagino cómo estarás palideciendo, Sylvie. Estaré alerta y nadie sospechará nada. Además, tampoco sé cómo sacaré los libros de allí si doy con ellos. Es una pena que los aros de bolsillo pasaran de moda hace tanto tiempo. Creo que ni siquiera mamá tiene ya los que lucía cuando yo era niña. Podría guardarme ahí varios libros y sacarlos así de la iglesia. Aunque admiro la moda actual que tiende hacia la forma natural de la mujer, me parece terriblemente inadecuada para cometer crímenes contra la revolución.

Debes contarme todas las novedades que tengas sobre monsieur Le-Grand. En tu última carta no lo mencionaste y debo saber si ha hecho algún avance más. ¿Creías que, tras mi partida, me había olvidado de todos tus apuros? ¡Desde luego que no! No he pensado en otra cosa desde que llegué a Marsella. Aquí los solteros más codiciados son los hermanos Étienne. Por tanto, no tengo ningún entretenimiento y debo vivirlos indirectamente a través de tus divertidas interacciones con caballeros decentes. Te suplico que me informes sobre cómo progresa todo. Tal vez convenza a papá de que me acompañe a Fontainebleau si llegas a algún acuerdo.

Mientras tanto, rezo por ti y por Francia. Estoy segura de que esta locura no puede continuar eternamente.

Con cariño,
Marie-Caroline

❀ ❀ ❀

★★★

Gilles se acomodó en su banco en la iglesia de Saint-Cannat, a un par de filas de la parte delantera. Esa madera dura era mucho menos cómoda que su silla en la oficina de la fábrica de jabón. Restos flagrantes de esculturas decapitadas rodeaban la capilla. Los miembros de su club, como Martel, consideraban que esa imagen simbolizaba la fuerza del fervor revolucionario. Pero las tristes figuras solo lograban hacer que se sintiese más incómodo. Durante la mayoría de las reuniones se comportaba como si no estuvieran allí. Sin embargo, esa noche no era capaz de apartar la mirada de ellas.

Martel se encontraba plantado ante el grupo de mercaderes, oficinistas y artesanos con una hoja de periódico en la mano y el cabello rojizo escapándosele del gorro.

—Marsella es la mayor esperanza que tiene esta nación —manifestó—. Pero si no nos aseguramos de que sus ciudadanos se mantienen fieles a la verdad y a la rebelión, ¿cómo vamos a lograr tener éxito?

Un caballero mayor asintió en señal de aprobación.

—Marsella tiene más espíritu que cualquier otra comuna en Francia. —Se extendieron murmullos de orgullo entre los asistentes—. ¿Cómo podemos hacer más de lo que ya estamos haciendo?

—Sí, somos fuertes —intervino otro hombre—. Pero los contrarrevolucionarios también lo son. Los monárquicos intentan pasar desapercibidos, pero están esperando entre las sombras una oportunidad para atacar.

Gilles se resbalaba en la lisa madera del banco. Cuando se apoyó para erguirse, le dio con el pie a algo que había bajo el banco de delante.

—Y si los enemigos del estado se hacen con el control de los puertos de Marsella, podrían matar de hambre a toda Francia. —Martel asintió. Tenía aspecto de ser un líder entrado en años en lugar del hombre más joven de su sección en el club.

Gilles agachó la cabeza para ver qué era a lo que le había dado una patada. Un libro negro encuadernado en piel se encontraba abierto y bocabajo en el suelo, con un par de páginas arrugadas en el centro. Lo sacó de allí. La luz de la tarde, que se colaba a través de las altas ventanas sobre la entrada, iluminó una cubierta grabada. Pasó las páginas y vio que, una tras otra, contenían textos en latín. Era una especie de libro de oraciones. ¿Cómo no habían visto aquello cuando saquearon la iglesia antes del inicio de la revolución?

—Necesitamos nuevos reclutas y los necesitamos para hoy mismo. —Honoré Martel rodeó el busto de un diplomático estadounidense cuyo nombre Gilles no recordaba. Lo habían colocado sobre un cajón en la parte delantera de la iglesia, donde antes solía encontrarse el busto de Mirabeau, un líder de la revolución. Ese hombre era su inspiración para esa tarde—. No mañana ni la semana que viene. Hoy. Pronto convocarán a los hombres para luchar por la libertad de Francia y ¿quién protegerá nuestro hogar si no tenemos compañeros de armas que sigan cumpliendo con las obligaciones de los jacobinos en nuestra ausencia?

Gilles estuvo a punto de volver a tirar el libro debajo del banco. Como jacobino, esa debería haber sido su reacción. No obstante, la encuadernación maltratada y las hojas arrugadas hacían que lo viera como un cachorrito desamparado. Solo era un libro. Y, además, uno de un credo a punto de desaparecer en el país. No había necesidad de pisotear una de las últimas reliquias de la religión en Marsella.

Echó un vistazo a su alrededor y lo escondió entre la espalda y el respaldo del banco, para que no quedara a la vista de los demás. Cuando hubiera cerrado el edificio, encontraría un lugar en el que dejarlo. Así sería otra persona la que podría decidir sobre su destino.

—¿Étienne?

Gilles se irguió y se encontró con la mirada inquisitiva de Martel.

—Mis disculpas... ¿Cuál era la pregunta?

—Se ha propuesto que podrías acompañarme en mi campaña a los Altos Alpes —le aclaró su amigo.

¿Los Altos Alpes? Quedaba a más de un día de camino. Gilles vaciló.

—Estoy... Estoy seguro de que podremos organizarlo. —¿En qué momento había decidido Honoré liderar una campaña él mismo? A *monsieur* Daubin no iba a gustarle que le pidiera una semana libre para viajar, y mucho menos si el objetivo del viaje era reclutar adeptos para los jacobinos.

No dejó de darle vueltas al asunto mientras Martel cerraba la reunión. Su padre se marcharía pronto, lo que supondría abandonar a su madre. Era cierto que contaba con Florence durante el día, pero ¿y por la noche? Max se encontraba a un día de viaje de allí y, por lo tanto, no era de gran ayuda. Su padre no tenía ningún reparo en dejarla sola durante meses.

Tampoco es que lo necesitara a él, pero la propuesta de su club le había dejado un mal sabor de boca.

Se levantó con los demás, ocultando el libro bajo el brazo, entre la casaca y el chaleco. Los hombres abandonaron la mal iluminada iglesia y escupieron a los pies de un santo desfigurado que se hallaba cerca de la puerta. Varios llevaban puestos gorros frigios como los que usaban los *sans-culottes*.

Gilles aguardó hasta que todos los miembros del club hubieron salido antes de acercarse arrastrando los pies hasta Honoré, que estaba retirando el busto de escayola de la parte delantera de la iglesia. Lo colocó en una fila de bustos de Rousseau, Mirabeau y otros héroes revolucionarios que usaban para presidir sus reuniones.

—Gracias por ofrecerte voluntario a acompañarme —dijo su amigo, colocando la figura para alinearla con el resto.

¿Ofrecerse voluntario? Había sido otra persona la que lo había propuesto. Y Gilles había estado demasiado distraído con aquel estúpido libro como para ver quién había sido.

—Me gustaría hablar contigo sobre eso. ¿Cuánto tiempo estaremos fuera? —Resultaría complicado estar fuera una semana, pero si trabajaba horas extra antes y después, tal vez Daubin no se enojara tanto.

Honoré Martel se limpió las manos sobre los pantalones.

—De tres semanas a un mes, supongo. El tiempo suficiente para establecer los clubes y enseñarles los principios de los jacobinos.

Gilles arqueó mucho las cejas.

—¿Un mes?

—Ningún sacrificio es demasiado grande para la patria —le respondió su amigo, encogiéndose de hombros.

—Y... ¿Y tu jefe ha accedido a esto?

—Desde luego. Sabe la importancia que tienen estas campañas. —Escudriñó a Gilles—. ¿Daubin te dejará marchar?

Recorrieron el pasillo hacia la puerta. A Gilles se le resbalaba el libro bajo el brazo, así que lo sujetó con más fuerza. No le haría quedar bien que se le cayera un libro de oraciones delante de Martel mientras intentaba convencerlo de que no podría involucrarse en la campaña.

—No creo que tuviera un trabajo al que volver si me marchara. Además, no puedo dejar a mi madre.

Honoré resopló.

—Tu madre puede apañárselas sola. Ya lo sabes. —Se detuvo delante de la puerta y se cruzó de brazos—. Debes decidir si para ti tu trabajo es más importante que la causa.

Si no hubiera estado apretándose el libro contra las costillas, habría levantado las manos en el aire para protestar.

—Mi trabajo es lo que me permitirá pagarme los estudios.

—Igual que el mío —replicó su amigo— y, aun así, voy a marcharme.

—Mi reticencia no se debe a que quiera estudiar por razones egoístas —insistió Gilles—. Deseo ayudar a otros. ¿Es que para los jacobinos solo hay un modo de servir a la nación?

Martel no le respondió. Pasado un momento, escupió a los pies de la estatua.

—Eres un jacobino, Étienne. Haz lo que creas conveniente. —Y se alejó sin ni siquiera despedirse.

Gilles suspiró mientras observaba la figura larguirucha de su amigo pasar junto a una mujer con un vestido marrón antes de doblar la esquina. La revolución necesitaba a hombres con el entusiasmo de Honoré. Sin embargo, no podía evitar preguntarse si el exceso de ardor no acabaría siendo perjudicial para la causa. Entró en la iglesia y se sacó el libro de debajo del brazo. Su amigo no era una persona demasiado simpática, ni siquiera en sus mejores días. Honoré se había puesto el listón muy alto en lo relativo a su propia conducta y esperaba que todo revolucionario hiciera lo mismo que él. La mayoría de los días, él no era capaz de estar a la altura de las expectativas de ese hombre.

Unos paneles rojos se extendían por las paredes del ábside de la iglesia. Eran los únicos ornamentos que no habían acabado vandalizados. Los examinó mientras se dirigía hacia el altar, que no habían retirado y al que tan solo le faltaba el mantel. Se agachó detrás de él y metió el libro al fondo del estante inferior.

Allí nadie lo encontraría a no ser que lo buscara a conciencia.

Se puso en pie y comenzó a inclinarse para apagar de un soplido las velas dispuestas sobre el altar cuando un movimiento cerca de la puerta hizo que se detuviera. ¿Era Martel que había vuelto para seguir con la discusión?

Alguien con un redingote color canela sobre una falda del mismo tono se coló a través de la puerta principal de la iglesia. Era la misma mujer que había pasado al lado de Honoré en la calle. Llevaba una cesta, pero a causa de la luz mortecina que la iluminaba por detrás, Gilles no era capaz de verle el rostro. La recién llegada recorrió con premura el pasillo central y luego se detuvo, quedándose inmóvil a mitad de camino hacia el altar. Tras un momento de vacilación, se dio la vuelta y comenzó a caminar por uno de los laterales de la iglesia, cambiando de pronto aquella prisa por un paso más tranquilo.

—¿Puedo ayudarla, *madame?* —le preguntó Gilles.

—Solo estoy mirando, pero gracias de todas formas.

Gilles reconoció, sin lugar a dudas, esa voz firme y segura. Alzó la comisura de los labios de soslayo. De entre todas las personas que podría haberse encontrado esa noche, ¿tenía que ser la señorita Daubin?

—El edificio está cerrado para visitantes, a no ser que sean miembros del club jacobino. —Se bajó de un salto de la tarima hacia el suelo ajedrezado y se dirigió hacia ella.

La señorita Daubin vaciló, pero decidió continuar adelante con el rostro vuelto hacia el pasillo lateral, como si estuviera admirando la galería. Llevaba el cabello escondido bajo una caperuza blanca sin que un par de rizos le enmarcaran el largo cuello, como solía ocurrir.

—¿Han reclamado esta iglesia como propiedad de la nación?

—Sí, por supuesto. —Gilles aminoró el paso. La joven iba vestida de un modo mucho más sencillo que de costumbre. Casi pasaría por la esposa de un tendero.

—¿Para el pueblo de Francia? —preguntó ella.

¿A qué estaba jugando? Sabía perfectamente que todas las iglesias habían sido incautadas para reutilizarlas o venderlas. En la cena de la semana anterior, había hecho un comentario sobre la «farsa» que suponía la incautación de las iglesias.

—Sí, es para el pueblo de Francia.

—Entonces, estoy segura de que, como ciudadana francesa, tengo todo el derecho a estar en un lugar que, en parte, me pertenece.

Era más complejo que eso, pero Gilles no contaba con los argumentos necesarios para rebatírselo. Reprimió una sonrisa. En cierto modo, la dama tenía razón. El joven se detuvo y le dedicó una inclinación de cabeza.

—*Mademoiselle* Daubin, me alegro mucho de volver a verla.

—No quiero besarle —respondió ella a modo de saludo, pasando de largo para seguir examinando la iglesia. Unas botellas tintinearon en el interior de la cesta que llevaba colgada de un brazo.

Así que estaba decidida a recordarle aquello cada vez que se encontraran... Tal vez cuanto más lo hiciera, más fácil sería para él no sonrojarse al recordar la humillación.

—No logro entender por qué. —Se apoyó contra el lateral del banco más cercano—. Los demás jacobinos ya se han marchado. No hay ningún testigo. Podríamos fingir que no ha sucedido nunca.

La joven lo miró por encima del hombro sin dejar de andar.

—Miente. Saldría corriendo a Montpellier a reclamarle a Émile su recompensa.

Gilles soltó una carcajada. Le costaría mucho engatusarla.

—La dulzura del beso será recompensa suficiente.

—Entonces, va a acabar muy decepcionado, porque resulta que mis besos no son dulces.

Gilles entornó la mirada mientras la observaba avanzar. ¿Qué quería decir con eso? ¿Que no besaba bien? No podría haber querido decir lo contrario. Era toda una dama.

Antes de que se le ocurriera alguna respuesta ingeniosa para aquella ambigüedad, la joven se detuvo delante de una estatua y profirió un grito de indignación.

—¿Por qué han hecho esto? —Recorrió con la mano los bordes destrozados de lo que antes había sido el rostro del santo—. Adoraba esta imagen —susurró.

—A algunos revolucionarios se les va la mano. —Gilles se rascó la nuca mientras intentaba recordar si aquella era una de las figuras que Martel había ayudado a profanar.

—Es una salvajada. —La señorita Daubin se apartó, contemplando aún el rostro mutilado del santo. Apretó mucho los labios y se adentró con decisión hacia el fondo del templo—. Ya habéis ganado vuestra revolución. ¿Por qué no dejáis tranquila a la Iglesia?

La joven pensaba que habían ganado. Gilles se rio entre dientes. La revolución aún no había terminado.

—No puede culparlos cuando han pasado toda su vida oprimidos por el Primer Estado. Este ataque era de esperar. La Iglesia obtuvo muchos beneficios a costa de los ciudadanos franceses.

La señorita Daubin seguía erguida y con actitud desafiante, pero habría dado lo que fuera por verle la cara.

—Hay algunos clérigos del Primer Estado que abusaron de su poder, eso es cierto, pero es usted un necio si cree que todos los líderes jacobinos son unos santos.

—Creo que les ofendería la comparación con los santos.

La joven merodeó hacia el altar y recorrió con los dedos la madera pulida mientras lo rodeaba. Movió la cabeza de un lado a otro, observando los detalles de la pieza y de la tarima.

—Si los jacobinos de verdad quieren libertad, ¿por qué nos arrebatan nuestra religión? Muchos clérigos son ciudadanos humildes y leales a Francia, a la que tan solo desean servir. Pero ustedes los han tildado de traidores y han ordenado su deportación, sean o no culpables.

Gilles se encogió al oír la alusión al decreto más reciente de la Asamblea Nacional. Todos los sacerdotes que no renunciasen a su vinculación con la Iglesia católica y no juraran fidelidad al nuevo gobierno debían abandonar Francia, fueran o no extranjeros. Martel había estado exultante cuando se había mencionado el asunto durante la reunión de esa tarde. Uno de sus tíos se encontraba entre aquellos clérigos que no habían jurado lealtad. Su amigo estaba deseando llevar a ese hombre ante la justicia.

—Muchos han acabado sumidos en la pobreza a causa de la religión —respondió Gilles, cruzándose de brazos—. ¿Cómo vamos a proteger a nuestros ciudadanos si contamos con enemigos entre nuestras filas?

La joven adoptó un gesto desafiante, ¿o era solo el efecto de la luz de la vela del altar?

—La Iglesia no es enemigo de... ¡Ah!

Gilles levantó la mirada justo cuando la señorita Daubin se tropezó y desapareció detrás del altar. El contenido de la cesta resonó al caer. Gilles se irguió.

—¿Está herida?

—Solo he perdido un zapato. No se preocupe. —El gran altar amortiguaba su voz.

Gilles corrió por el transepto de la iglesia vacía y subió a la tarima. La joven se puso en pie justo en el momento en que él llegó. Le ofreció la mano demasiado tarde.

—Estoy bien, gracias. —La señorita Daubin ordenó el contenido de la cesta y la cubrió mejor con el paño, sin conseguir que tapara del todo dos botellas con la palabra «vinagre» escrita.

—¿Está segura? —le preguntó, retirando la mano—. ¿No se habrá torcido el tobillo? ¿No le duelen las muñecas? —Parecía que se había dado un buen golpe.

La señorita Daubin ladeó la cabeza.

—No, doctor, tengo los tobillos y las muñecas bien, igual que las rodillas, los codos y el resto del cuerpo. Aunque la semana pasada tuve un pequeño resfriado. ¿Quizá pueda recetarme una tisana?

Gilles agachó la cabeza.

—Le pido disculpas. Solo estaba preocupado.

—Sí, se preocupa mucho por los asuntos de los demás, como todo buen jacobino. —Se cambió la cesta de brazo y la mantuvo lejos de él mientras intentaba escabullirse entre Gilles y el altar. La tela de su redingote le rozó el brazo. Por un instante, él percibió el aroma de su intenso perfume, pero no supo identificar la fragancia.

—No somos tan despiadados como cree, *mademoiselle.*

Ella le devolvió la mirada, con un fuego intenso reflejado en aquellos ojos pardos.

—Y nosotros no somos tan obtusos como usted cree, *monsieur.*

Muchos de los monárquicos devotos a los que Gilles había conocido estaban estúpidamente anclados en sus costumbres arcaicas. Pero ahora tenía delante de él a una monárquica que no encajaba con ese prototipo. La señorita Daubin había alabado los esfuerzos de la manifestación de las mujeres en Versalles. Aunque no estuviera de acuerdo con sus acciones. ¿Era él capaz de admitir que algunos de los que apoyaban a la monarquía no eran completos idiotas? Le acababa de pedir a la joven que no se apresurara a juzgar a sus compañeros. Sin duda, él debería hacer lo mismo con ella.

La joven se apoyó la cesta contra la cadera.

—Gracias por dejar que echara un vistazo a mi antiguo santuario. Debo llevarle esta compra a mi madre.

—Creía que había ido a comprar vinagre el martes —dijo rápidamente mientras ella se daba la vuelta.

La joven frunció el ceño.

—¿El martes?

—Sí, mi madre me dijo que las había visto a *madame* Daubin y a usted comprando vinagre el martes.

—Ah, sí. —Agarró con más fuerza el asa de la cesta, tanto que los nudillos se le pusieron blancos—. Nos encontramos con su madre. Es cierto. Es una persona encantadora. —Le tembló levemente la voz—. Jamás habría adivinado que estaban emparentados.

Gilles arqueó una ceja. Acababa de sorprenderla mintiendo.

—Así que compró vinagre el martes, pero necesita más el sábado.

—A nuestra cocinera se le cayeron las botellas.

—Menudo desastre tuvo que ser —respondió, sacudiendo la cabeza. ¿En qué estaría pensando esa mujer?—. ¿Me permite acompañarla a casa? Se está haciendo tarde.

—No, gracias. Mi criado me está esperando en el carruaje. Llevo ya mucho tiempo aquí dentro. Buenas tardes, *monsieur.* —Se apresuró a alejarse de su lado, como si lo que Gilles le hubiera anunciado fuera que los *sans-culottes* estaban a punto de llegar. La puerta, todavía abierta, iluminó la salida de la dama y el brillo apagado del sol hizo que su sombra se alargara y se extendiera por el suelo de la nave. Se detuvo un instante en el umbral para luego salir hacia el crepúsculo.

Gilles se volvió despacio y se acercó hacia los candelabros dispuestos sobre el altar. Cada uno de sus encuentros con aquella joven habían acabado de un modo bastante peculiar. Sopló la primera vela y luego pasó a la siguiente. Qué comportamiento tan extraño había tenido después de caerse, como un grumete que tratara de ocultar que había volcado la cafetera del capitán.

Se apoyó sobre una rodilla para examinar el suelo a la luz de la vela que quedaba encendida. Pasó la mano por la superficie y no encontró nada que sobresaliera o en lo que pudiera haberse enganchado el pie. Tal vez había tropezado con la esquina del altar, pero estaba demasiado alejada cuando cayó para que eso sucediese. Se llevó la mano a la barbilla y volvió a examinar la zona. Tal vez simplemente se hubiera tropezado.

Era hora de cerrar la iglesia y volver a casa a cenar. Se agarró del borde del altar para ponerse en pie y volvió a echar otro vistazo en el rincón en el que había escondido el libro.

Ya no estaba allí.

Se agachó y palpó la zona. Nada. Habría jurado que... Sonrió al comprenderlo todo. ¡Menuda ladronzuela! Había alcanzado el libro después de fingir una caída dramática. Se puso en pie y plantó las manos sobre el altar. Se rio por dentro.

Debería denunciarla. El robo de una propiedad del Estado no tenía ninguna gracia. Miró hacia la puerta, deseando por un momento que la señorita Daubin volviera a entrar para poder burlarse de ella. ¿Había acudido hasta allí solo para llevarse algo en señal de desafío a la patria?

Sopló la vela encendida del altar, conteniendo la risa a duras penas, y fue apagando el resto de las desperdigadas por la iglesia. No denunciaría a la señorita Daubin. Muchos revolucionarios habían saqueado esa y otras iglesias con peores intenciones. Pero aprovecharía la próxima oportunidad de usar eso en su beneficio cuando tuviera que volver a tratar con esa obstinada mujer.

✤ ✤ ✤

2 de junio de 1792
Marsella

Prima:

¡Lo he conseguido! Y además delante de las narices del mismísimo Gilles Étienne. Solo eso ya hace que esta victoria sepa más dulce *mejor. (Nunca más volveré a usar la palabra «dulce»). Pero, por todos los cielos, he vuelto a mentir. Si algún día encuentran al padre Franchicourt y lo expulsan del país, mi alma correrá grave peligro.*

La mayoría del mobiliario ha desaparecido de Saint-Cannat, y todas las imágenes y estatuas de los santos han sido profanadas. Pero la suerte me ha sonreído. Mientras examinaba el altar, encontré una estantería al fondo con un pequeño misal que a alguien se le había pasado por alto. Fingí caerme y lo metí rápidamente en mi cesta.

Cuando intentaba escabullirme sin llamar la atención de monsieur
Étienne, *este me comentó que las botellas que llevaba ya las había
comprado a principios de semana. Tuve que salir corriendo de la iglesia para guardar mi secreto.*

Pero, Sylvie, no llegó a descubrirme y, mientras te escribo esto, el libro se encuentra sobre mi mesa, listo para llevárselo al padre Franchicourt. Debería sentir remordimiento por mentirle a Gilles diciendo que mi cocinera había roto las otras botellas de vinagre. Sin embargo, solo siento orgullo. Estoy segura de que me arrepentiré de ello más tarde, pero en este momento disfruto inmensamente del sentimiento.

Padre ha estado muy callado toda la semana. Más que de costumbre. No puede ser a causa de la política, ya que el único cambio que se ha producido recientemente ha sido la deportación de los clérigos, algo que le importa muy poco. Émile y él se despidieron la semana pasada con cordialidad, pese a no dirigirse la palabra, un avance respecto a la despedida anterior. No esperamos volver a ver a mi hermano el próximo mes, ya que va a continuar con sus estudios, lo que permitirá que las brasas se enfríen aún más. Solo se me ocurre que haya pasado algo en la fábrica de jabón o en la perfumería. Mamá no ve nada raro, aunque tampoco es que suela hacer preguntas. Prefiere vivir en la ignorancia que sufrir a causa de los nervios.

Tendrás que disculparme que vuelva al mismo asunto, pero Gilles Étienne no parece ni mucho menos un jacobino. Es verdad que siente una gran pasión por la causa de la libertad. Pero muestra una amabilidad y una preocupación de las que Émile y Maxence carecen desde hace tiempo. El gesto que puso cuando pensó que me había caído no fue el de alguien que contempla a un enemigo.

Sigue siendo un necio y sus esfuerzos están muy errados, pero prefiero a un necio amable que a un ingenio maleducado.

La misa es mañana. Estoy deseando que se celebre. Pero ¿crees que lograré pasar otra semana sin decir una horrible mentira? Solo Nuestro Señor lo sabe.

Con cariño,
Caroline

CAPÍTULO 7

onsieur Daubin se abrió camino hasta el primer depósito con Gilles detrás de él. El joven reprimió un bostezo. Bajo la mortecina luz de la mañana en la fábrica, su jefe parecía contrariado por las preocupaciones del día anterior.

Un pedido de sal de Camarga había llegado a altas horas de la noche y el jabonero había estado dando paseos por su despacho, retorciéndose las manos, hasta que recibió el envío. Gilles y otros empleados se habían quedado hasta mucho más tarde de lo habitual para registrar la entrega. Cómo no, su madre tenía invitados para cenar aquella noche y Gilles llegó justo cuando Florence recogía los platos, por lo que tuvo que insistir en que los demás pasaran al salón sin él.

En ese momento, la pasta turbia se agitaba delante de ellos mientras los operarios la removían. Tras añadir la salmuera, esta había comenzado a separarse, haciendo que la grasa que sobraba se hundiera en el fondo de la enorme caldera.

—No puedo mantener a esa muchacha alejada de la fábrica —murmuró Daubin.

—¿Cómo dice? —Gilles miró hacia la puerta y vio un torbellino de faldas avanzando hacia ellos. Era la hija del propietario. Una sonrisa le cruzó el rostro. Excelente.

—¿Te importa mantenerla ocupada? —le pidió—. A su madre le aterroriza que pueda caerse dentro de un depósito.

Sin duda, pensó Gilles, caería él antes a la caldera que la señorita Daubin. Y si la hacía enfadar, no descartaba que lo agarrara de las solapas y lo metiera allí ella misma.

—¿No la quiere en la fábrica?

Su jefe gruñó.

—No si puedes evitarlo. Buena suerte.

Gilles corrió hacia la entrada para interceptar a la joven. Esta no lo recibió con su habitual ceño fruncido cuando la hizo detenerse.

—Buenos días, *mademoiselle* —saludó con una reverencia—. ¿Qué la trae por la fábrica esta mañana?

La dama se detuvo el tiempo suficiente para responderle con otra reverencia.

—Papá me había dicho que iban a salar el lote. —Le brillaba la mirada, quizá de satisfacción, mientras intentaba esquivar a Gilles.

El joven se desplazó hacia un lado para cortarle el paso.

—¿Qué clase de saludo es ese?

La señorita Daubin arqueó una ceja, llevándose las manos a las caderas.

—Discúlpeme. Buenos días, *monsieur*. ¿Cómo está? —Volvió a dedicarle una reverencia, esta vez agachándose tanto como alguien que saludara en la corte del rey. A pesar de la ironía del gesto, lo hizo con una elegancia ensayada—. ¿Le basta con esto?

—Me refería a que no ha insistido en su desinterés por besarme, y me preguntaba si eso quiere decir que ha cambiado de opinión al respecto.

Tras un resoplido, la joven pasó de largo. Gilles había tardado sesenta segundos en fracasar. La tomó del brazo antes de que pudiera avanzar más.

—¿Está disfrutando de su misal? —le preguntó por lo bajo, para que solo ella pudiera oírlo.

La dama dejó el brazo rígido sobre la mano de Gilles y se quedó inmóvil en el umbral de la puerta.

—¿Misal? ¿Qué misal? Tengo muchos.

—El que apareció el sábado por la tarde en su cesta como por arte de magia, después de la terrible caída que sufrió detrás del altar de Saint-Cannat.

La joven se volvió, estaba tan pálida como su vestido blanco.

—No sé a qué se refiere.

—Pues yo creo que sabe exactamente a qué me refiero. El librito negro que tomó de debajo del altar e intentó ocultar entre las botellas de vinagre que, debo añadir, fueron compradas varios días antes de su excursión a la iglesia.

Las mejillas pálidas de la señorita Daubin enrojecieron al instante. Tiró del brazo, pero Gilles no la soltó.

—Su padre no quiere que entre ahí —le dijo.

—¿Mi padre? Me cuesta creerlo. Suélteme.

—Lo cierto es que es cosa de su madre. —Dejó escapar su manga entre los dedos—. Teme por su seguridad.

La joven Daubin cerró los ojos con fuerza.

—Ya, por supuesto. Y mi padre le ha pedido que me disuada para que no entre.

Gilles se encogió de hombros. No era ni mucho menos culpa suya.

—Así que debo esperar por mi padre aquí fuera, con un revolucionario que intenta chantajearme para conseguir un beso con el que se ganará un par de libras de mi hermano. —Suspiró y se dio la vuelta.

¿Chantajear?

—No he dicho nada sobre...

—Dígale que esperaré en su despacho. Esta vez con la puerta cerrada. —Se encaminó hacia el edificio anexo, donde se encontraban los despachos y la tienda.

—¡Un momento, *mademoiselle!* —la llamó Gilles, apresurándose para darle alcance—. Espere, por favor.

—¿Ya se lo ha contado a sus amigos jacobinos? —siseó ella, sin mirarlo—. ¿O es lo que hará si no consigue convencerme de que le bese?

Gilles se plantó delante de ella y le cortó el paso hacia los despachos. Aunque el sol del Mediterráneo aún no había alcanzado el cénit, calentaba con fuerza. Los días se habían vuelto más cálidos, y tenía que trabajar sin el alivio del aire fresco y fuerte del mar que le secara el sudor que le corría desde el nacimiento del pelo.

—No se lo diré a nadie —aseguró, esperando que la sinceridad de sus palabras se le reflejara en el rostro.

—Lo dudo muchísimo. —La dama dio un paso hacia atrás para alejarse de él y miró hacia la fábrica. ¿Iba a echar a correr hacia la puerta de nuevo?

—Tiene sus motivos para querer un libro como ese. No es que vaya a venderse por un buen precio y tampoco incrementaría el valor de la iglesia cuando decidan venderla. Su secreto está a salvo conmigo. —Esbozó una sonrisa tranquilizadora que ella no le devolvió—. Y no pido nada más que no sea simple gratitud.

La joven iba a tomar el pomo de la puerta y Gilles se la abrió antes.

—Le agradezco que haya decidido no informar a sus superiores del incidente —respondió ella—. Por ahora.

—¿No se fía de mi palabra? No contaré su secreto, *mademoiselle*.

La joven dio un respingo, envolviéndose con los brazos.

—¿Y qué le harían si descubriesen que le está guardando un secreto a una monárquica?

Como ninguno de sus compañeros sabía de la existencia de ese libro, Gilles no temía que eso pudiera pasar.

—¿Eso es lo único que seremos siempre? ¿Un jacobino y una monárquica?

La señorita Daubin señaló con la cabeza hacia la fábrica, donde los trabajadores seguían con el proceso de salación.

—Nuestro país se está dividiendo poco a poco, igual que ese jabón. Hasta que quienes están en el poder decidan dejar de echar sal a la mezcla, creo que estamos destinados a estar separados tanto de pensamiento como de corazón. —Se alisó la fina manga del vestido camisa—. Y cuando hablo de corazón, me refiero a los sentimientos de cada uno, por supuesto.

—Por supuesto.

—A los jacobinos no les alegraría enterarse de que me ha permitido sacar un misal de la iglesia.

Gilles le guiñó un ojo y le dijo:

—Creo que me perdonarían por ayudar a alguien con un rostro tan bonito. —No era del todo cierto; si no, los que ayudaban a la reina no se encontrarían en peligro.

Ella entornó la vista, sin rastro de cordialidad.

—¿Es eso lo que soy para usted? ¿Un rostro bonito?

Gilles tragó saliva para combatir la sequedad de la boca. Lo cierto es que sí era hermosa. Incluso en ese momento, con el gesto hostil, las cejas arqueadas y los orificios nasales abiertos. La dama pasó con ímpetu por su lado, cruzando la puerta abierta y apartando el brazo de Gilles.

—No, no quería decir que... —La puerta se cerró con un golpe seco. Gilles agarró el pomo, pero la puerta no cedió. Volvió a intentarlo. No serviría de nada. Había echado el pestillo—. *Mademoiselle,* se lo suplico. Por favor... —Se quedó en silencio al escuchar el leve sonido de sus zapatos contra el suelo, alejándose.

Se dejó caer contra la puerta y se secó el sudor con el revés de la manga. Algún día lograría mantener una conversación con ella sin que acabara huyendo precipitadamente.

❧ ❧ ❧

Gilles dejó escapar un largo suspiro cuando al fin llegó a casa esa tarde. Sorprendentemente, todavía se oía el entrechocar de cacerolas y platos en la cocina, lo que le indicó que sus padres aún no habían comenzado a cenar. Cerró la puerta principal y se quedó plantado en el vestíbulo, a oscuras, hasta que se le acomodó la vista a la penumbra. Al lado de la puerta se encontraba el baúl de su padre.

Por todos los cielos. Había olvidado que partía esa misma noche. El *Rossignol* zarparía con la marea de la mañana.

—Gilles, aquí estás.

Solo tenía que oír esa voz un par de horas más. La sombra de su padre cruzó el vestíbulo y Gilles dejó bastante distancia entre ambos para intentar pasar de largo.

—Llegas tarde a casa —le dijo su padre—. En el mar nunca tenías ese problema.

—Sí, porque allí nunca puedes marcharte del trabajo —rezongó.

—Ni tampoco de casa.

Se detuvo antes de poder doblar la esquina del pasillo y poner fin a la conversación. En la pared del pasillo colgaba una pequeña acuarela, obra de su madre, del mar al atardecer con un diminuto barco en la lejanía. Antes de unirse a la tripulación de su padre, le encantaba ese cuadro. Había soñado con subirse a bordo de ese barco y zarpar en busca de tesoros y aventuras. Ahora evitaba mirarlo, intentando convencerse de que prefería mantener los pies en tierra firme y ver desde la costa cómo el *Rossignol* levaba anclas.

—El mar nunca fue mi hogar —replicó en voz baja, obligándose a hablar. Debería haberse marchado sin más. Dejar que aquella conversación terminase allí. Pero su última discusión con la señorita Daubin había mermado su determinación de no morder el anzuelo, o tal vez, simplemente, había hecho que deseara ganar por una vez.

—No, ansías la soledad de un despacho oprimente que pertenece a otro hombre.

Gilles apretó los puños y se volvió lentamente. ¿Dejaría de usar su padre ese argumento algún día? Estaba sentado sobre el baúl, con las manos detrás de la cabeza y apoyado contra la pared.

—Prefiero estar en casa con mamá.

—Eso es lo que dices, y aun así planeas abandonarla en cuanto hayas ahorrado lo suficiente para acudir a la universidad. —No lo decía con tono acusador, sino burlón. Las palabras de su padre siempre parecían esconder una risa calculadora y maliciosa.

Gilles cuadró los hombros.

—Y lo dice el marido que la abandona durante meses y meses. No seas hipócrita.

Su padre hizo una floritura con la mano.

—*Touché.*

Ese hombre creía saber mucho. Jugaba con las vidas de los demás como quería y no le importaba cómo afectaban sus decisiones al resto siempre y cuando recibiera su recompensa.

—Lo menos que podrías hacer es proporcionarle un hogar cómodo y un personal más numeroso —espetó el joven—. No piensas en absoluto en ella y en tu familia.

Su padre se apartó de la pared y se enderezó.

—No deberías hablar sobre cosas de las que no tienes ni idea.

Lo había ofendido. Hizo todo lo posible por reprimir una sonrisa que habría replicado precisamente un gesto característico su padre.

—Creo que sí sé de lo que hablo. Deberías verle la cara a mamá cuando no estás aquí. Deberías ver cómo se mata a trabajar, haciéndolo todo ella sola, cuando debería tener a su esposo a su lado.

Su padre se cruzó de brazos, todavía sentado sobre el baúl.

—Presumes de saber bastante sobre mujeres.

—Me apuesto lo que sea a que sé más que tú.

El aludido volvió a sonreír bajo la tenue luz del pasillo. Nunca pasaba demasiado tiempo sin mostrar aquella sonrisa irónica.

—Besar a cada mujer que tiene la fortuna de cruzarse en tu camino no te proporciona la experiencia necesaria para saber lo que anhelan sus corazones. Lo único que conoces bien son los labios de esas damas, nada más.

Gilles exhaló profundamente. Su padre era experto en cambiar de conversación para hacerla girar en torno a los defectos de su hijo.

—Mamá se merece algo mejor de lo que tú puedes darle. —Podía decirle muchas más cosas, pero no serviría de nada. Quizá le pediría a Florence que le llevara una bandeja con la cena al piso de arriba para no tener que seguir aguantando aquello. Se le aceleró el pulso igual que si hubiera llegado corriendo desde la fábrica de jabón. Eso era lo último que necesitaba después de dos días agotadores en el trabajo. Hizo ademán de irse, sin embargo, la voz pausada y penetrante de su padre lo dejó clavado en el sitio.

—Igual que *mademoiselle* Daubin se merece que la traten mucho mejor que tú.

Gilles dio un paso hacia atrás y lo miró.

—No he sido más que un... —Las palabras se le atascaron en la garganta.

—No digas «caballero». —Su padre se puso en pie—. Os he oído a Maxence y a ti hablar sobre esa joven.

Gilles sintió que se le revolvía el estómago y fue incapaz de protestar. No solía participar en esas conversaciones, pero tampoco detenía a Maxence o a Émile cuando comenzaban a decir cosas indecorosas sobre la hermana monárquica de su amigo.

—Me atrevería a decir que, a pesar de lo que consigues de jóvenes ingenuas, no entiendes a las mujeres tan bien como crees, hijo mío. —Acortó la distancia entre ambos y le dio una palmada en el hombro. Gilles tenía la mente tan nublada que no fue capaz ni de apartarlo.

—Es leal a la corona y a la Iglesia —murmuró el joven, que recordó la mirada mordaz que le había dedicado la dama cuando había irrumpido en las oficinas. Ella no soportaba su presencia y él había comenzado a pensar que ese sentimiento estaba más que justificado.

—¿Acaso importan sus creencias?

¿Cómo no iban a importar?

—Al fin y al cabo, es un ser humano —continuó su padre. Aquello era lo que su madre le había dicho la noche en la que la había ayudado con la costura.

Había tratado a la señorita Daubin como a un ser humano. Estaba seguro de ello. No era ni mucho menos culpa suya que la joven se crispara ante cada intento de acercamiento. Aun así, la sensación de vacío que sentía en el estómago le sugería lo contrario.

A su espalda, se oían los ecos del trajín de su madre y Florence cargando con platos y velas hacia el comedor, y les llegó olor a pescado y especias. Un haz de luz se colaba por la puerta e iluminaba el único aro dorado que llevaba su padre en el lóbulo de la oreja.

—En tu lugar, reflexionaría sobre mi propia vida antes de llamar hipócrita a otro hombre —le dijo su progenitor—. Pero haz lo que te plazca. Hace mucho que ya no te importan mis consejos.

El cabeza de familia abandonó el vestíbulo y se dirigió hacia el comedor, dedicándoles un saludo jovial a las mujeres, que fue correspondido con mucho entusiasmo, y dejando a Gilles solo e incapaz de deshacerse de un sabor agridulce en la boca.

❁ ❁ ❁

Es un hombre insoportable. Gilles Étienne, siguiendo las órdenes de mi padre, me ha pedido que abandone la fábrica esta mañana. No solo se ha burlado de mí por haberme llevado el misal (sí, lo ha descubierto), sino que me ha dejado bastante claro que no cree que posea ni inteligencia ni sentido común. «Un rostro bonito», me ha llamado. Es un hombre insufrible.

Pero tal vez sí que sea la idiota que él ha descrito. ¡Y pensar que creía haberlo engañado! Me sentía tan orgullosa, tan triunfante... ¿Es que Dios ha decidido que necesito aprender una lección? ¿O ha sido un castigo por mis continuas mentiras?

No te preocupes, Sylvie. Gilles ha insistido en que no revelará mi secreto. Creo que mantendrá su palabra. Aunque si supiera que no me lo he llevado para uso personal sino para uso de un sacerdote refractario, no creo que fuera a cumplir su promesa.

¿Quedan hombres buenos en el mundo? Además de tu monsieur *Le-Gran, desde luego. Antes pensaba que tenía todo un mundo a mi disposición. Pero las consecuencias de la revolución son demasiado poderosas. De un modo u otro, todos se han vuelto corruptos. ¿Recuerdas cuando solía burlarme de ti porque leías aquellas viejas historias de caballeros y valentía? Ya no me parece tan gracioso. Desearía, con todo mi corazón, poder partir hacia esos mundos de fantasía donde la justicia y la bondad no están sujetas a debate, y donde los caballeros demuestran ser merecedores de ese nombre.*

CAPÍTULO 8

Gilles cerró su ejemplar desgastado del *Tartufo* de Molière y dejó que el libro le cayera sobre el pecho. Aspiró el aire fresco y puro del huerto mientras se estiraba. El sol matutino se colaba por entre las anchas hojas de la higuera, que formaban un pequeño dosel sobre el lugar donde estaba tumbado. Meses después había logrado escabullirse un domingo al huerto de árboles frutales de su tío abuelo para leer un rato. Apenas recordaba ya cuánto disfrutaba de esos momentos.

Con las manos detrás de la cabeza, seguía con la mirada el vuelo de las avispas que merodeaban entre higueras y almendros. A veces envidiaba la sencilla existencia de esos insectos. No tenían que soportar la desaprobación de sus congéneres.

Su padre había zarpado hacía ya casi una semana, pero él seguía dándole vueltas a las palabras de su último encuentro en el vestíbulo. Se frotó los ojos con las manos. No lograba hacer desaparecer aquellas acusaciones. Se volvió hacia un lado, dejando que el libro cayera sobre la manta. Su padre no podía tener razón. Al menos no sobre él ni sobre su madre y las mujeres. ¿Cómo se atrevía a insinuar que no era un hombre de honor?

Arrancó un fruto de piel violeta del árbol y le hincó el diente. La temprana breva era menos sabrosa que los higos de la cosecha principal, que tendría lugar a finales de verano. Aun así, ese sabor bastaba para detener sus cavilaciones. El corazón almibarado de la fruta, como una baya perfectamente madura rociada con miel, le manchó los labios cuando le dio un bocado y las diminutas semillas se le quedaron entre los dientes al masticar. Tendría que regresar el domingo siguiente, cuando hubieran madurado más brevas, para llevarle algunas a su madre.

Un murmullo de voces se impuso al rumor cercano del agua. Miró hacia el camino y el puente que cruzaba el canal. No era muy transitado por los marselleses, ya que conducía principalmente a las tierras de labranza. Dos mujeres caminaban decididas hacia allí, una con un vestido pálido y vaporoso y la otra con uno más modesto y de tonos más oscuros. Unos lazos de color lavanda ondeaban al viento sobre el canotier de la primera.

¿*Mademoiselle* Daubin? Gilles sonrió sin saber por qué. Se apresuró a limpiarse la boca con la manga y se arrodilló. Se puso atropelladamente la casaca mientras se incorporaba, apartándose las ramas de la higuera de la cara. ¿A dónde se dirigiría tan temprano un domingo? Y, además, con la cocinera de los Daubin.

—¡Buenos días, *mademoiselle!* —la llamó mientras recogía la manta y el libro. Se echó la manta al hombro, aunque estaba llena de ramitas y hierbas, y se colocó el libro bajo el brazo.

Las dos mujeres se detuvieron en el puente y giraron sobre los talones. Gilles salió de entre los árboles. Una estúpida sonrisa amenazaba con aparecerle en el rostro mientras descendía por la pequeña cuesta que separaba el huerto del camino.

—Qué sorpresa pescarla por aquí —le dijo.

A pesar de la calidez del verano, la mirada de la joven se volvió gélida al verlo acercarse.

—No somos peces, *monsieur.*

—Aquí pueden pescarse más cosas que peces. —Quizá debería desistir y huir del lugar.

—Tampoco somos ladronas. —La señorita Daubin se irguió aún más. A su lado, la empleada doméstica se movió incómoda, desplazando la mirada entre la hija y el trabajador de su jefe.

Gilles se mordió el labio para reprimir una carcajada. Había hecho hincapié en que no era una ladrona. El rostro de la joven no cambió de color, pero el de la pobre cocinera estaba tan rojo como un salmonete. ¿Estaría al corriente de la escapada de la joven Daubin a Saint-Cannat la semana anterior?

—¿Por qué iba a llamar ladrona a una joven de tan alta posición? —le preguntó Gilles. Los colores pálidos le sentaban muy bien. El delicado tono azul de su vestido resaltaba su cabello oscuro y sus profundos ojos marrones.

La joven le hizo una seña con la cabeza a su cocinera.

—Si eres tan amable, por favor, sigue tú y dile a mis amigos que no tardaré en llegar.

La cocinera se escabulló, mirando por encima del hombro mientras recorría el puente antes de desaparecer detrás de un recodo en el camino.

—¿Y va a visitar a...? —comenzó Gilles.

—Si está intentando besarme, le aseguro que se arrepentirá.

Gilles levantó las manos en el aire y dio un paso atrás. ¿Por qué todas sus conversaciones empezaban de esa forma?

—*Mademoiselle,* tenga por seguro que nunca más volveré a intentar besarla.

La joven resopló y se cruzó de brazos.

—Es amigo de Émile, así que lo dudo.

—No volveré a intentarlo mientras viva. Lo juro. —Tal vez así dejara de recibirlo con aquellos incómodos saludos—. ¿Quiénes son sus amigos? El tío de mi padre vive cerca de aquí. Tal vez sean conocidos míos.

La señorita Daubin tragó saliva, incómoda.

—No creo. No conocen a mucha gente que viva por los alrededores.

Estaba mintiéndole otra vez. ¿Habría vuelto a la iglesia a robar algo más? Ella le sostuvo la mirada mientras Gilles intentaba en vano interpretar qué había detrás de la suya. Lo único que delataba su nerviosismo era el modo en el que se tiraba de la punta de los guantes con los dedos.

Él se acercó un poco más, bajando el tono de voz a pesar de que se encontraban solos.

—¿Acaso no he demostrado que soy de fiar?

Los pájaros cantaban desde los árboles que se encontraban al borde del camino. Ese era el único sonido que rompía el silencio mientras la joven lo escudriñaba.

—Eso aún habrá que verlo —respondió al fin.

—Por supuesto. —No se fiaba de él. ¿Por qué le dolía eso igual que si se desgarrara la piel de las palmas de las manos con una cuerda? Le había guardado el secreto sobre el libro.

Ella se apartó.

—Si me disculpa, *monsieur,* debo irme.

—Espero que, con el tiempo, consiga ganarme su confianza. —dijo con toda franqueza. Algo en la forma de ser de la joven, en la sinceridad de sus palabras y sus convicciones hacía que quisiese acercarse a ella.

La señorita Daubin arqueó una ceja.

—Usted es revolucionario. Yo soy monárquica. ¿Cómo va a ser eso posible? Las personas con mis ideas viven con el miedo constante de que la gente como usted acabe decidiendo que suponemos una amenaza.

Gilles inspiró lentamente. Muchos monárquicos sí que suponían una amenaza. El propio rey lo era.

—Pues entonces permítame que la acompañe hasta su destino, como muestra de buena fe.

—No, gracias.

Gilles ladeó la cabeza.

—¿Debo sospechar que se dirige a desempeñar alguna actividad monárquica? —Si se encontrara involucrada en reuniones secretas... ¿qué iba a hacer él al respecto? Ya debería haberla denunciado por el incidente del libro. Pero una reunión entre monárquicos era un asunto mucho más serio y, si alguien se enteraba de qué él estaba al corriente, ¿cómo afrontaría ese problema?

—Considérelo un asunto privado de aprendizaje personal —le respondió ella—. Si me disculpa...

Era su deber como jacobino descubrir si realmente se iba a celebrar una reunión secreta. Pero, extrañamente, la curiosidad era más fuerte en este caso que la obligación.

—Podría seguirla, ¿sabe? —Curvó los labios con una mueca coqueta que no hizo la más mínima mella en la dura expresión de la joven.

—Eso no hará que se gane mi confianza.

Recordó el rostro de su padre en el vestíbulo en penumbra, lo que evitó que soltara alguna broma sobre cómo conseguir el objetivo por otros medios. «No entiendes a las mujeres tan bien como crees».

Gilles se pasó la lengua por los labios y por los restos del jugo de la breva, que en ese momento le pareció increíblemente dulce. Quizá su padre tuviese razón. Detestaba reconocerlo, pero allí estaba la dama, radiantemente firme en sus convicciones, y él no tenía ni la más mínima idea de qué se le pasaba por la cabeza. ¿Cómo podía defender aquella monarquía agonizante con tanta firmeza? ¿Cómo podía serle fiel a una religión que había fallado a tantas personas? ¿Cómo no sucumbía ante sus bromas y sus sonrisas juguetonas?

—Supongo que debe elegir entre ganarse la confianza de una mujer con la que discrepa vehementemente o averiguar cuál es la terrible traición que esta se trae entre manos —añadió la señorita Daubin, con las manos en jarras, acentuando aún más su esbelta figura—. Sé qué es lo que escogería un jacobino.

Gilles echó hacia atrás un pie inconscientemente.

—Es posible que me conozca tan poco como yo la conozco a usted —le respondió con un hilo de voz. La dejaría marchar. No debía hacerlo, pero lo haría—. ¿Podemos despedirnos como amigos? —Retrocedió, dejando mayor distancia entre ambos.

La joven seguía contemplándolo con cautela.

—Si no me sigue, aceptaré la posibilidad de que no seamos enemigos.

—Es un trato que puedo aceptar. —Le dedicó una leve reverencia, giró sobre los talones y se alejó. La manta que llevaba sobre el hombro le caía sobre la espalda mientras se encaminaba hacia el distrito de Panier. Curiosamente, no sentía la tensión que solía suceder a los encuentros con la señorita Daubin. No había cometido el error de sugerir que solo era un rostro bonito, como la última vez que se habían visto. Se le encendieron las mejillas al recordarlo. Había sido un idiota.

Rescató el libro que había mantenido debajo del brazo durante toda la conversación. *Tartufo*. Cuando había leído por primera vez la historia del clérigo hipócrita y sus víctimas, la había interpretado como una confirmación de la corrupción existente en el ámbito religioso. En ese momento se preguntaba si encerraría algo más que una crítica a la Iglesia.

Tras las higueras y los almendros se sucedían los olivos a lo largo del camino principal. Se llenó los pulmones de aire fresco, tan escaso en su casa en plena Marsella. Tras caminar durante unos minutos, llegó a un recodo del camino y volvió la vista atrás. Podía ver un canotier y un vestido del color del cielo veraniego.

Se quedó contemplándolo.

Levantó un brazo y la saludó exageradamente, aunque no estaba seguro de que la joven pudiera verlo. Ella alzó también el brazo para devolverle el gesto, una mancha azul en medio de un manto verde de bosque. Gilles sonrió y continuó con su camino, silbando una tonadilla sobre bailar en el puente de Aviñón.

❊ ❊ ❊

A la mañana siguiente, un golpecito en el marco de la puerta hizo que levantase la mirada de la mesa. Todos sus compañeros se encontraban en la fábrica y *monsieur* Daubin estaba desayunando con su familia en el despacho del final del pasillo. El motivo de que su jefe desayunase allí y no en su casa era algo que se le escapaba.

Sin embargo, en la puerta no se encontraba la señorita Daubin, tal y como le habría gustado.

—¿Martel? —Se levantó para saludar a su amigo, que llevaba un morral colgado de un hombro—. ¿Partes esta mañana?

—Solo tengo un momento, pero quería ofrecerte una vez más que me acompañes. —Las facciones marcadas de su amigo parecían incluso más duras ese día, con las cejas bajas y la boca firmemente apretada.

Gilles quería responderle, pero no sabía qué decirle. Ya le había aclarado por qué no podía marcharse.

—La Asamblea está convocando a las tropas —dijo Honoré mientras entraba en la estancia—. Austria y Prusia están a nuestras puertas. Ha llegado la hora del cambio, Étienne. Hemos pasado este tiempo sentados y adormecidos mientras otros hacían el trabajo para conseguir la libertad por nosotros. Si no unimos al país, habremos fracasado.

—Vas a llegar tarde —respondió Gilles como si nada—. Yo tendré que dejarlo para el siguiente viaje de reclutamiento.

Martel sacudió la cabeza.

—Cuanto más lo retrases, más duro será. ¿Cuándo te veré colgado de una soga junto a otros monárquicos?

Gilles intentó reírse con naturalidad, pero el sonido que emitió retumbó con aire forzado en la oficina vacía.

—Algunos de nosotros no tenemos el privilegio de contar con jefes dispuestos a guardarnos nuestro puesto mientras recorremos la campiña en busca de franceses que merezcan la pena.

—El destino sonríe a los que actúan.

¿Es que nunca iban a darle un respiro? Se había esforzado muchísimo y aun así no había logrado ser un gran marinero, ni un gran jacobino o un amigo de confianza. Verse arrastrado en tantas direcciones distintas comenzaba a pasarle factura. Se frotó la frente con la mano. ¿Qué podía decirle a Martel para que se marchara...?

Un leve golpe contra la puerta hizo que le diese un vuelco el corazón.

—¿*Monsieur* Étienne? —Esa voz clara y decidida revitalizó la atmósfera asfixiante que se respiraba en la oficina.

—*Mademoiselle* —la saludó Gilles, rodeando a su amigo y dedicándole una reverencia a la joven—. Es un placer verla esta mañana. —Y en ese momento más que nunca.

—Mi padre quiere que le informe sobre el envío de perfumes de ayer —le dijo—. ¿Quién es este hombre?

Alguien que Gilles no querría que estuviera en aquella estancia.

—Le presento a mi amigo Honoré Martel.

Martel avanzó, le tendió la mano y esbozó una sonrisa que le arrugó las facciones. La señorita Daubin le tomó la mano con vacilación.

—*Enchanté* —canturreó él, inclinándose sobre la mano. Le tomó los dedos y, en un abrir y cerrar de ojos, tocó con los labios los nudillos desnudos de la joven.

La mujer apartó la mano, con un círculo húmedo en el dorso que brillaba bajo la luz que se colaba por la ventana. Gilles le dedicó una sonrisa, sintiendo que se le ponía la piel de gallina por debajo de la camisa. ¿Por qué se comportaba Honoré de ese modo con alguien a quien nunca había visto antes?

Su amigo se irguió, con una expresión imperturbable.

—Espero volver a verla cuando regrese, *mademoiselle*.

La joven le dedicó una mirada a Gilles, que no supo si estaba mostrándole su disgusto por él o por su amigo, o quizá por ambos. Entonces, la dama abandonó la estancia. Los tacones de sus zapatos repiqueteaban con fuerza sobre el suelo del pasillo.

Martel sonrió con malicia.

—Ya volverá a por más. —Esa sonrisa retorcida hizo que Gilles sintiera un escalofrío. ¿Tendría él el mismo aspecto cuando coqueteaba? Esperaba que no. Al pensar en ello, se le revolvió el estómago, aún en la digestión del desayuno. Probablemente daría la misma imagen cuando participaba en sus jueguecitos, con esa sonrisa confiada y la mirada ardiente.

—No creo —replicó—. ¿No has oído lo que dice Émile? No es fácil ganarse a esa chica. —Al menos, no lo era para ningún hombre que él conociera—. Además, es monárquica.

—Eso puede cambiarse fácilmente. —Martel agitó una mano como si estuviera apartando a un mosquito—. ¿Qué saben en realidad las mujeres de política y del mundo?

Gilles también la había subestimado en ese aspecto, y ¿qué había conseguido? Solo consentir en guardarle secretos a una monárquica y reconocer que su padre a veces tenía razón.

—No me mientas y me digas que no has soñado con besar a ese ejemplar —le dijo Honoré, reajustándose el morral.

Gilles quería rozar aquellos labios suaves y carnosos con los suyos desde el día en el que se había paseado con cara de idiota por ese despacho y se la había encontrado tatareando *En el puente de Aviñón*. Sin embargo, presenciar el comportamiento de su amigo con la dama había fortalecido su determinación de no volver a intentarlo.

—Es una persona, no un animal —le reprochó—. Lo mínimo que puedes hacer es hablar de ella con respeto.

La sonrisa de Honoré Martel ante la reprimenda le puso aún más la piel de gallina.

—Tienes en alta estima a una mujer que ya de por sí está muy confundida —soltó su amigo como intentando provocarlo.

Gilles sacó el reloj con premura del bolsillo.

—¿No vas a perder la diligencia? Son casi las nueve y media.

—Estoy deseando poder viajar contigo pronto como compañeros de armas —repuso, dedicándole una última y dura mirada.

—Sí, desde luego. —Asintió Gilles con vehemencia, como si así fuera a conseguir que su amigo abandonara más rápido la fábrica de jabón.

—Viva Francia. —Martel extendió la mano y Gilles se la tomó a regañadientes—. Viva la nación.

—Viva Francia. —El joven lo acompañó hasta la puerta. Pese a que Honoré le sacaba al menos siete centímetros de altura, Gilles no dudaba que, al ser más fornido que su amigo, podía sacarlo fácilmente del edificio. Se contuvo, pero observó cómo Martel bajaba cada escalón y esperó hasta que la puerta principal de la planta de oficinas de la fábrica de jabón se cerrase antes de volver a su puesto—. Buen viaje —murmuró. Nunca se había sentido tan aliviado de ver a su amigo partir.

—Que le vaya bien.

Gilles se sobresaltó al oír esa voz cerca del despacho de su jefe. La señorita Daubin avanzó hasta situarse a su lado en lo alto de las escaleras.

—Y yo que creía que el que tenía unos amigos horribles era Émile... —comentó la dama, con el labio curvado en señal de disgusto, mientras miraba hacia la puerta principal.

Gilles no sabía si reírse o estremecerse ante ese comentario. Decidió rebuscar en el bolsillo y sacó un pañuelo limpio que le ofreció a la joven.

—¿Qué es esto?

—Para que se limpie la mano.

La joven suavizó el gesto y a Gilles le pareció verle la sombra de una sonrisa en la comisura de los labios. Se limpió el dorso de la mano, donde la saliva ya se habría secado.

—Le daría la camisa que llevo puesta si creyera que la ayudaría a limpiar ese beso —masculló Gilles, sacudiendo la cabeza. No podía entender ese malestar. Ya había visto antes a Honoré Martel, además de a Maxence y a Émile, comportarse de ese mismo modo en muchas ocasiones. De hecho, sucedía cada vez que visitaban un café. ¿Presenciar la repulsa de la joven y la lujuria de su amigo había sido lo que había desencadenado esa extraña reacción? ¿O se había estremecido porque, por primera vez, había visto un reflejo de sus propias acciones? Nunca había pretendido dar esa imagen. No quería.

—Ah, no. Prefiero que se deje la camisa puesta. —Gilles le lanzó una mirada de soslayo y, cuando sus miradas se encontraron, ella dejó escapar una leve risa.

¡Una risa! El novedoso gesto hizo que a la joven se le iluminara el rostro de un modo encantador, suavizando la dura expresión de la que solía hacer gala.

—¿Por qué le parece gracioso? —Gilles no pudo evitar sonreír también—. Lo decía en serio.

—Porque la primera vez que nos vimos intentó besarme. Y ahora intenta ayudarme a limpiar el rastro de un beso.

Él se encogió de hombros.

—Si quiero ganarme su confianza, algo debo hacer. Burlarme de usted e intentar que no se manche el vestido no me ha servido de mucho.

—Y si se da el milagro de que algún día se gane mi confianza, ¿qué planea hacer con ella? —preguntó con sorna.

Gilles apretó los labios. ¿Por qué estaba tan empeñado en ganarse su confianza? Quería demostrar que no era el monstruo que ella y su padre, incluso su madre, habían sugerido que era. Pero había algo más, algo que no era capaz de entender. Un sentimiento profundo y desconcertante en el que, por el momento, prefería no pensar.

—Para mí será un gran honor que confíe en mí una dama como...

La señorita Daubin resopló e hizo un gesto desdeñoso con la mano.

—Y yo que pensaba que ya habíamos dejado atrás las lisonjas.

—¿Lisonjas? *Mademoiselle,* no me tome por mentiroso.

—Marie-Caroline —llamó alguien a través de la puerta entornada del despacho de *monsieur* Daubin.

—Lo he encontrado, papá —respondió ella, apresurándose a marcharse—. Él mismo te traerá el informe.

Gilles corrió hacia su mesa.

—¿Lo ves, padre? —dijo el joven entre dientes—. Soy todo un caballero. —Aunque casi podía oír la risa incrédula de su padre, ni la presencia de este en su mente ni la de Martel en su despacho podían arruinarle esa mañana.

CAPÍTULO 9

19 de junio de 1792
Marsella

Querida Sylvie:

Émile ha vuelto después de casi un mes fuera y sigue tan engreído y propenso a darse aires de grandeza como siempre. No sé a qué tipo de adoctrinamiento lo someten en Montpellier, pero ha provocado que no atienda a razones. Es como si hubiera regresado únicamente para discutir con papá. Que sepamos, las clases en la universidad siguen su curso y, sin embargo, nos ha anunciado que se quedará aquí una semana entera.

No acudiré esta semana a misa para no levantar sus sospechas. Tal vez no tendría que preocuparme tanto si nuestra querida Asamblea Nacional no hubiera declarado enemigos del Estado a todos los sacerdotes que no les han jurado lealtad. Pero Émile es el tipo de revolucionario que daría caza de buen grado a cualquier clérigo que pudiera deportar para poder considerarse un verdadero patriota. Solo espero que nuestros supuestos pensamientos retrógrados lo vuelvan loco y hagan que se marche antes del domingo por la mañana. No quiero llevar a otro jacobino prácticamente a la puerta del padre Franchicourt, como recordarás que te conté en mi carta del domingo pasado.

En cuanto a la pregunta de tu carta anterior, insisto en que nunca he buscado la compañía de ninguno de los hermanos Étienne y desearía que no volvieras a sugerir tal cosa. Es inevitable, ya que Gilles trabaja con mi padre, que lo vea de manera habitual. Y, aunque no es tan horrible como pensé la primera vez que lo vi, la idea de buscar de manera consciente su compañía me parece ridícula.

Tú eres la única persona del mundo que estás al corriente de que sé bien lo que se siente al estar enamorada y a sentir apego hacia otra persona. Puedo asegurarte con vehemencia que no he creado ningún vínculo, ni que nunca lo tendré, con un cerdo libertino que considera que robarles besos a jóvenes desprevenidas es un juego de azar. Pese a que en nuestros últimos encuentros ha sido sorprendentemente educado y generoso, no puedo olvidar la primera vez que nos vimos. Vamos, Sylvie..., me conoces demasiado bien como para pensar eso.

Me preocupa tu seguridad. Incluso aunque cuentes con un servicio tan leal a nuestra causa, te arriesgas muchísimo al darle cobijo a hombres del clero en tu casa. No creo que papá nos permita jamás hacer algo tan peligroso. Desde que volví de París, mi padre evita hablar de todo lo que pueda afectar al negocio de la fábrica de jabón y la perfumería. Con tantos aristócratas abandonando la nación y todos los demás haciendo alarde de su humilde situación, sea cierto o no, ¿quién quiere comprar jabones y perfumes delicados hoy en día? He comenzado a temer que el próximo año la situación de mi familia no sea la misma que ahora.

❀ ❀ ❀

Poco después de entrar en su dormitorio, recién llegado de un largo día de trabajo, Maxence llamó a su puerta. Gilles se sentó sobre la cama y respiró hondo.

—Adelante.

Seguramente su hermano le había oído subir las escaleras. Si no fuera por eso, habría fingido no estar allí. En ese momento no quería ver a nadie ni nada que no fuera su cama. Luc Hamon, uno de los mejores trabajadores de la fábrica de jabón a pesar de su fidelidad a los *sans-culottes,* no había acudido ese día a trabajar, dejando una de las calderas sin atender y haciendo que *monsieur* Daubin entrara en un pánico extraño.

Gilles empezó a quitarse la casaca.

—Déjatela puesta —pidió Maxence, señalando con la cabeza hacia la puerta—. Hay una reunión de jacobinos en la calle Thubaneau.

—Esa no es mi división. —Gilles dejó de desvestirse—. La de Saint-Cannat se reúne los sábados por la tarde.

—Ha llegado una misiva de Barbaroux. Van a leerla en esa reunión.

—¿Barbaroux? —Era un joven político de Marsella que servía como miembro de la Asamblea Nacional en París—. ¿Quién te lo ha dicho?

—Esta semana hay muchos montpellerinos aquí.

Sin duda, serían los compañeros de universidad de Maxence, que dejaban de lado sus estudios por un poco de emoción revolucionaria, pensó Gilles, sorprendido por su reflexión en voz baja. ¿En qué estaba pensando? Esa idea parecía directamente salida de la cabeza de... Se aclaró la garganta. Un monárquico. Por supuesto, nada tenía que ver con una monárquica en particular, de ojos oscuros y mirada inquisitiva.

Terminó de recomponerse la casaca. La calle Thubaneau les quedaba bastante cerca. Estaba a unos pasos de Saint-Cannat y no muy lejos de la fábrica de jabón.

—Iré para ver de qué va todo esto —admitió Gilles—. ¿Se lo has contado a mamá?

Maxence esbozó una sonrisa burlona.

—¿Para qué tiene que saberlo? Somos hombres adultos.

Pero seguían siendo sus hijos y vivían bajo su techo.

—Iré rápido a buscarla y luego nos marcharemos. —Se puso en pie, ajustándose el cuello de la casaca.

Su madre le contestó que les guardaría la cena y él no tuvo el coraje de decirle que seguramente Max acabara acudiendo a un café después de la reunión. Cuando por fin salieron de su casa, los dos hermanos caminaron en silencio a través de las calles grises. Una gaviota sobrevolaba perezosamente por el cielo, lo que indicaba su proximidad al puerto, un lugar que los dos evitaban a toda costa.

—¿A dónde se dirigía padre esta vez? —preguntó Gilles.

Su hermano se encogió de hombros.

—¿A Malta?

Si había zarpado hacia Malta, no tardaría en volver. El menor de los hermanos apretó los labios. No quería volver a verle la cara a su padre durante mucho tiempo. La conversación que habían mantenido la noche de su partida seguía carcomiéndolo. Su padre estaba en lo cierto, pero sus reflexiones tan sensatas sobre las mujeres chocaban con la falta de empatía demostrada en la última travesía que habían hecho juntos.

Cuando llegaron al número once de la calle Thubaneau, la sala principal del lugar estaba abarrotada. Los caballeros, en su mayoría jóvenes, iban vestidos de esa forma elegantemente sencilla que se había puesto de moda entre los revolucionarios. Unos cuantos llevaban puestos los gorros frigios de los *sans-culottes*. Y cómo no, no se veía ni un solo calzón en la sala, tan solo pantalones. Los calzones eran un símbolo de la clase alta.

Émile los saludó desde un rincón al fondo. Le estrechó la mano con entusiasmo a Maxence y luego señaló con la cabeza hacia el otro extremo de la estancia. Una caperuza blanca asomaba por el umbral de la puerta entre sombras.

—Cinco libras —susurró.

Max frunció el ceño.

—Mínimo diez. Y más con tantos hombres alrededor.

—Ya te di doce por la hija de los Poulin. Esta no vale tanto.

Gilles observó a la joven de la puerta. No podía verle más que el perfil del rostro. ¿Era una sirvienta o familiar del anfitrión? El estómago le dio un vuelco. Semanas atrás, habría animado a su hermano e insistido en que dejaran la apuesta del beso en diez libras. Sin embargo, la mirada de desaprobación de *mademoiselle* Daubin y la de decepción de su madre aparecieron en su mente. Aquella muchacha parecía tener casi la misma edad que la señorita Poulin, la joven de la cena.

—¡Hermanos y amigos! —bramó el rechoncho anfitrión. Todas las conversaciones en la sala cesaron—. Tenemos noticias de París.

Gilles se puso de puntillas para ver más allá de su hermano. Examinó la estancia en busca de reacciones, pero tan solo vio que los que estaban delante tenían el rostro impasible. Un silencioso zumbido eléctrico se extendió por la sala. A Gilles se le aceleró el pulso.

—La Asamblea Nacional convoca a los hijos de Francia a acudir en su ayuda. Austria y Prusia están a nuestras puertas, amenazando con entrar en París y hundir de nuevo a la patria en las tinieblas del despotismo. —El hombre sacó una hoja doblada del bolsillo—. Aquí tengo una copia de la carta que nuestro querido hermano y marsellés Charles Barbaroux le ha enviado al alcalde de Marsella.

El nombre de Barbaroux resonó entre la multitud. Aquel caballero era apenas un poco mayor que Maxence y ya se había labrado una reputación en París como apasionado defensor de la libertad y firme opositor al rey.

El anfitrión alzó la carta, recitándola en lugar de leerla.

—Enviad a París a seiscientos hombres que sepan cómo morir.

Gilles sintió un escalofrío que le recorrió la espalda, dejándolo tan frío como un mar del norte. «Hombres que sepan cómo morir». Los asistentes miraron a sus amigos. Algunos asintieron despacio.

¿Por qué asentían? Se movió incómodo, intentando concentrarse en el hombre que presidía la reunión. Ya se había enfrentado antes a la muerte. Durante años había hecho correr la pólvora por la cubierta superior de un barco en las batallas de su padre en el mar. Había capitaneado a múltiples tripulaciones de artillería y, siguiendo las directrices del doctor Savatier, había atendido a marineros al borde de la muerte. ¿Se habría ablandado tanto en los dos años transcurridos desde que había abandonado el mar como para que solo pensar en enfrentarse a la muerte se echara a temblar?

—Debemos apresurarnos a formar un batallón para proteger nuestro país —declaró el anfitrión—, antes de que la monarquía pueda bloquear nuestros esfuerzos.

—¡Muerte al rey! —masculló alguien lo bastante alto como para que lo escucharan.

—Como jacobinos y amigos de la Constitución, nuestro deber es actuar. —El orador se volvió hacia el joven que tenía detrás.

—Ese es François Mireur —susurró Maxence—. Acaba de terminar sus estudios de Medicina con tan solo veintidós años.

Barbaroux y Mireur eran dos hombres que ya habían comenzado a destacar, a pesar de su edad. Gilles se mordió la cara interna de la mejilla. Ambos hacían que Maxence y él se sintiesen rezagados, aunque también era cierto que a esos caballeros no los habían obligado a subirse a bordo de un navío cuando aún eran niños y a llevar una vida de marineros.

Mireur, de cabello castaño, dio un paso hacia delante.

—Hermanos y amigos, nuestro rey se ha negado a apoyar la petición de la Asamblea para reunir a veinte mil voluntarios para defender París.

—A aquello le siguieron más murmullos—. Nuestras valerosas tropas están en la frontera, manteniendo a Austria y Prusia a raya, pero ¿qué será de nosotros si nuestros enemigos logran pasar y entrar en París? ¿Qué sucederá si los enemigos que tenemos entre nuestras filas se alzan contra nosotros? París, la Asamblea Nacional... Perderíamos todo por lo que hemos luchado en estos últimos dos años.

Mireur tenía razón. Gilles acabó asintiendo igual que el resto. No podían permitir que eso sucediera. No era ningún secreto que Luis XVI quería que Austria invadiera el país y le devolviera todo el poder del que había gozado en el pasado. El intento de la monarquía por huir hasta una fortaleza monárquica el año anterior había sido la gota que había colmado el vaso para muchos franceses, entre ellos, el pequeño de los Étienne.

—Como ciudadanos de Francia debemos responder a la llamada a las armas. —El revolucionario enfatizó cada una de sus palabras señalando con el dedo—. Como marselleses, debemos acudir a París y declarar nuestro apoyo a la Asamblea Nacional y a la Constitución. Los aristócratas y los conspiradores han invadido la capital. ¡Tenemos que exterminarlos!

El grupo prorrumpió en vítores. Gilles no se unió a ellos, pero la verdad en las palabras de Mireur resonó en su interior. Si no unían fuerzas para defender a su país, ¿qué quedaría de este? Los páramos yermos de los últimos mil años que habían pasado bajo el férreo control de la monarquía y poco más.

Maxence se inclinó hacia Émile.

—Siete, o no acepto la apuesta.

Gilles arqueó las cejas. Mireur les había llamado a las armas y, aun así, ¿en lo único en lo que pensaba su hermano era en aquellos estúpidos jueguecitos? Había cosas más importantes de las que preocuparse.

Émile suspiró.

—De acuerdo, siete. —Entonces, se dio cuenta de que Gilles los observaba—. ¿Quieres convertirlo en una competición?

La muchacha seguía entre las sombras de la entrada. Gilles sintió el repentino impulso de acercarse a ella. Negó con la cabeza. Había pasado más de un mes desde la última vez que había participado en esos juegos. No tenía ánimos para hacerlo.

—Mañana por la noche celebraremos un banquete en honor a Mireur y anunciaremos el inicio de nuestros preparativos —declaró el anfitrión, volviendo a ocupar su lugar al lado del joven—. Id a casa. Reflexionad sobre la labor que tenemos por delante. Jóvenes sin mujer ni hijos, contamos con vosotros para que deis un paso al frente y entreguéis vuestras vidas a la causa. Si no conseguimos suficientes hombres entre vosotros, el resto tendrá que cubrir el déficit.

Que su madre dependiera de él no le serviría como excusa. Gilles cambió el peso de un pie a otro. No temía a la muerte. Temía la opresión de un rey malvado. En los meses que llevaba formando parte de los jacobinos, aparte de haber acudido a las reuniones, había sacrificado muy poco para apoyar a la causa. Si cada joven francés se aferrara a sus sueños, a su carrera o a sus estudios en lugar de defender a la nación, ¿qué posibilidades tenía Francia? Ninguna.

Inspiró de forma temblorosa. Esa noche sopesaría sus opciones. No obstante, en el fondo, su conciencia le decía que ya conocía la respuesta.

—Tendrás que actuar rápido —murmuró Émile—. La joven podría marcharse en cualquier momento. No me vendrían mal siete libras para cubrir las pérdidas por lo de *mademoiselle* Poulin.

—Ya estoy pensando en qué gastármelas —replicó Maxence.

¿Acaso habían escuchado algo de lo que su compañero de estudios había dicho? ¿O sobre la carta de su estimado Barbaroux? Antes de poder pararse a pensar, Gilles se alejó de su hermano. Se abrió paso a través de la masa de oyentes entusiasmados, disculpándose mientras los apartaba. La mayoría de ellos no se dio cuenta.

Cuando llegó al extremo de la estancia, se dirigió hacia la puerta.

—¿*Mademoiselle*? —Le dedicó una inclinación de cabeza.

La joven se volvió hacia él, que confirmó sus sospechas. Esa muchacha debía de tener la misma edad que la señorita Poulin.

—¿Está disfrutando de la reunión? —le preguntó él con un hilo de voz.

La joven se ruborizó y bajó la vista al suelo.

—Por supuesto, *monsieur*. Pero mi padre no sabe que...

Gilles alzó una mano.

—Lo comprendo. —Titubeó—. Hay caballeros en esta reunión que no tienen las mejores intenciones para con usted. —Se le encogió el estómago al decirlo. Pero ¿cómo iba a poder mirar a su madre a los ojos esa tarde si permitía que Maxence se acercara y encontrara desprevenida a esa joven?—. Creo que es mejor que se retire antes de que la multitud comience a abandonar el lugar. Por su bien. No me gustaría que alguien la utilizara para un entretenimiento efímero.

A la joven se le enrojecieron aún más las mejillas. Miró a su alrededor y luego a Gilles. Este esperó que la muchacha respondiera con algún comentario ingenioso y sarcástico, tal y como haría la señorita Daubin en su lugar. Sin embargo, se limitó a dedicarle una reverencia. Le tocó el brazo con la mano.

—Gracias por su preocupación, *monsieur*. —Posó aquella mirada de ojos grandes y de admiración en él por última vez antes de desaparecer.

Gilles frunció el ceño. No había pretendido ganarse a la joven con su caballerosidad. Quizá había malinterpretado esa mirada de agradecimiento. Intentó volver a concentrarse en el anuncio del anfitrión sobre la cena del día siguiente, pero solo podía preguntarse si de verdad había actuado bien o simplemente había empeorado la situación, aunque recurriendo a un método mucho más honorable que el que hubiera empleado Maxence. Su conciencia, que últimamente había adoptado el rostro de la señorita Daubin, lo había impulsado a hacer lo que aquella mujer creía que era lo correcto. Por desgracia, había fracasado a la hora de considerar las consecuencias de las buenas acciones.

CAPÍTULO 10

El color dorado del atardecer llegó hasta el patio en el que Gilles se encontraba sentado entre Maxence y un conocido suyo de Montpellier. Estaban tan pegados entre ellos que casi no tenía espacio para mover los brazos y poder cortar el tentador cabrito asado, aderezado con romero y ajo. Casi ochenta hombres habían acudido al banquete en honor a Mireur, por lo que el anfitrión se había visto obligado a trasladar el festín al patio. Pese a estar al aire libre, apenas cabían todos alrededor de las mesas.

—Siete libras —murmuró Maxence.

Gilles siguió la mirada de su hermano hasta una de las ventanas superiores, donde alguien los miraba. Se apresuró a bajar la cabeza y a meterse un trozo de carne en la boca. Era la misma joven de la noche anterior.

—No te quita ojo. —Maxence le dio un empujón con el hombro—. ¿Qué fue lo que le dijiste ayer? ¿Intentabas ganarte las siete libras para compensar lo de Marie-Caroline?

¿Marie-Caroline? ¿Desde cuándo había comenzado su hermano a usar su nombre de pila? Gilles la conocía mucho más que él y no le parecía correcto referirse a ella de una forma tan familiar. Se atragantó con la carne y carraspeó.

—Solo le dije que debería tener cuidado.

—La abordas con delicadeza y se la quitas a tu propio hermano. —Émile, sentado frente a él, sacudió la cabeza con una sonrisa engreída dibujada en el rostro—. Ese no suele ser tu estilo.

—Todos cambiamos nuestras tácticas de vez en cuando. —Gilles mantuvo la mirada fija en el plato. Por una vez, no había intentado engatusar a esa chica. Parecía que había tenido más éxito cuando ni siquiera se había esforzado. Espantó a una mosca que intentaba posarse sobre su comida.

El barullo de conversaciones que resonaba a través del patio cesó cuando una figura se puso en pie en la parte delantera. Se trataba de Mireur, listo para suplicarles una vez más a sus compatriotas que acudieran a ayudar a su país. Gilles se volvió en el banco para poder ver mejor. El joven líder contempló a la alegre multitud, parecía mirarlos uno a uno a los ojos.

—*Allons enfants de la patrie, le jour de gloire est arrivé.*[6]

La canción de Mireur retumbó contra los muros de piedra que protegían al grupo, silenciando el más mínimo susurro. A Gilles se le erizó el pelo de la nuca. Sintió un extraño cosquilleo en los brazos.

—Se ha izado el sangriento estandarte de la tiranía en nuestra contra —prosiguió Mireur, con aquella melodía sencilla pero impactante reverberando en el interior de Gilles. Los enemigos se encontraban en la frontera, listos para destruir todo lo que amaban. Todo lo que él amaba. A madre. A Víctor y Rosalie. A sus sobrinitas, Aude y Claire. A Florence. A su lado, Max exhibía un gesto ensimismado que revelaba que estaba pensando lo mismo. Retirarse, quedarse en casa, suponía abrir las puertas de par en par y dejar que les hicieran daño.

El rostro de la señorita Daubin también apareció en su mente. Ella no quería que la salvaran, y mucho menos él. Pero no era consciente del peligro al que estaba expuesta.

—¡A las armas, ciudadanos!

Gilles inspiró profundamente, pero el estruendo en su interior no se aplacaba. ¿Cómo iba a dejar que Austria y Prusia destruyeran esa tierra? A su lado, Maxence asintió. Algunos oyentes permanecieron sentados, inmóviles, con los puños apretados y los ojos fijos en la figura de la parte delantera del patio. Otros se balanceaban igual que Maxence, dejando que la música les inundara el alma mientras la canción continuaba, predicando contra la tiranía y llamando a los jóvenes a filas.

---

6 N. de la Ed.: «Vamos, hijos de la patria, ha llegado el día de la gloria», primeros versos de *La Marsellesa*, canción patriótica de la Revolución francesa después convertida en himno de Francia.

—Formad vuestros batallones. ¡Marchemos! ¡Marchemos! Dejemos que la sangre impura riegue nuestros campos.

Su propia sangre vibraba al ritmo de la canción. Montpellier y su facultad de Medicina seguirían allí a su regreso. ¿De qué le serviría aprender el arte de salvar a sus conciudadanos y a su familia si luego no quedaba gente a la que salvar? ¿A qué horrores se enfrentarían aquellos a los que amaba si no acudía en su defensa?

Cuando se volvió a repetir el estribillo, se unió a los hombres que se habían puesto de pie sobre sus asientos y gritaban con el resto de la compañía: ¡A las armas, ciudadanos! Iría, claro que iría. Aunque fuera por su madre. Por la familia de Víctor. Por la gloria de Francia. Haría con su vida algo más que saquear y robar para alcanzar la gloria, tal y como hacía su padre.

La voz de la señorita Daubin resonaba en su mente, alta y clara, pese a los cánticos que se entonaban a su alrededor. «Id a formar vuestros batallones. Cumplid con vuestro deber. Dejad a las mujeres atrás para que limpien vuestro estropicio, como siempre». Gilles intentó deshacerse de aquella voz. ¿Qué sabría esa mujer? Jugaba a ser monárquica y creía que al aferrarse al pasado le estaba haciendo un favor a la patria. Había comenzado una nueva era. No podían volver atrás. Cuanto antes se diera cuenta de eso, mejor para ella y para Francia.

Las notas de la canción de Mireur resonaban en el aire del atardecer. Cada verso cimentaba más la determinación que sentía de unirse a la guardia nacional de Marsella. Era lo correcto. No quería decepcionarlos. No podía.

❀ ❀ ❀

La ciudad es un polvorín. No hay ni un rincón en el que no se hable de los federados, que es como se llaman a sí mismos los reclutas. Partirán para unirse a los batallones en París en menos de dos semanas. Por supuesto, Émile se ha presentado voluntario. No deja de repetírnoslo a todos y mamá rompe a llorar cada vez que no está en casa. Maxence Étienne también se ha presentado voluntario y Émile me ha asegurado de que Gilles no tardará en seguir su ejemplo.

Esto hará que mi vida se vuelva mucho más tranquila. Papá y Émile ya no podrán gritarse tanto y yo no me veré obligada a dirigirle la palabra ni a Gilles ni a Maxence durante nuestros encuentros frecuentes y totalmente imprevistos. Pero ¿por qué, entonces, mi querida Sylvie, siento este vacío en mi interior, como una sala de baile sin música, luces ni bailarines? Aunque no echaré de menos a todos esos jóvenes revolucionarios.

El himno elegido por los federados resuena por toda la ciudad, en mitad de ese silencio que antes llenaban las campanas de las iglesias. Sin duda, es inspirador y es evidente que esa es la causa de que muchos hombres se alisten. Sin embargo, cuando escucho esas palabras retumbar por la casa mientras Émile se prepara para regresar a Montpellier, no puedo evitar encogerme a causa de la barbarie y la intransigencia que transmiten algunos de esos sentimientos. Afirman que representan al pueblo de Francia y que luchan contra aquellos que atacan a este país. Pero ¿también defenderán a los ciudadanos franceses que no están de acuerdo con el curso que está tomando su revolución? La masacre en Aviñón no sugiere lo mismo. ¿Son los sacerdotes y los monárquicos la «sangre impura» que mencionan en su himno? ¿Será la sangre de mi familia la que riegue los campos, cuando lo que en realidad deseamos es un gobierno distinto al que ellos proponen?

Siento enviarte una carta tan deprimente. Tal vez cuando los federados se hayan marchado me resulte más sencillo encontrar otras cosas por las que alegrarme.

Con cariño,
Marie-Caroline

❀❀❀

Gilles se detuvo en los escalones de Saint-Cannat tras su reunión con los jacobinos. Los días eran cada vez más largos, lo cual era beneficioso para él y para el resto de los federados. Inspiró el cálido aire de la tarde y ni siquiera la brisa marina logró cambiar su estado de ánimo. En cuestión de dos semanas dejaría de preocuparse por aquella molesta brisa y el constante recordatorio de su pasado en el mar.

Un par de miembros mayores del club pasaron por su lado al bajar los escalones. Le estrecharon la mano y le agradecieron que se hubiese ofrecido voluntario para acudir a defender París. Gilles apenas los conocía, pero su saludo de «¡A las armas, ciudadanos!» logró poner fin a cualquier aprensión que pudiera sentir. Iba a hacer lo que ellos no podían: defender a su país y a su club.

Uno de los rayos del sol poniente se coló por entre los tejados para iluminar la fachada de la iglesia. Marsella había comenzado a prepararse para recibir al glorioso verano. Se sentó en las escaleras y estiró las piernas hacia delante. Ya que iba a perderse esa época del año, pensaba disfrutar de ese pequeño adelanto de la estación durante unos minutos.

Detrás de él, las puertas se cerraron con un ruido suave y discreto. Las llaves tintinearon. Gilles se encogió cuando oyó que alguien carraspeaba y luego lanzaba un salivazo que acertaba en su objetivo. Llevaba un mes sin despedirse de Saint-Cannat escupiéndole a la escultura. No lo hacía desde que había visto el horror que había sentido la señorita Daubin ante la profanación de sus queridos santos.

Jean Sault bajó las escaleras para encontrarse con él.

—Es una pena que nuestro amigo Martel no vaya a llegar a tiempo para partir con los federados.

Gilles asintió mientras se imaginaba al delgaducho de Honoré intentando empuñar un mosquete. Tal vez era mejor que estuviera donde estaba ahora. Podía causar un mayor impacto convirtiendo a la gente de Provenza con su fervor. Una pasión tan ardiente como la del joven podría ser demasiado intensa entre los parisinos listos para ocasionar disturbios.

—No estará nada contento de haberse perdido el banquete en honor a Mireur —continuó Sault—. Ojalá hubiera estado yo también allí. El modo en el que lo ha relatado esta tarde... ¿Cómo pudo usted permanecer sentado un momento siquiera?

—Sin duda, fue una noche que jamás olvidaré. —¿Por qué sentía de repente las extremidades tan cansadas? El presidente del club le sostuvo la mirada como si esperara que le deleitara con otro detalle de la gran interpretación de Mireur al cantar, pero el joven de los Étienne solo podía pensar en lo que no había dicho durante la reunión.

—Piense en todos los monárquicos y traidores a los que derrocará en París. —Sault le dedicó una sonrisa melancólica—. Si no tuviera una familia a la que atender, yo mismo estaría en primera línea de batalla con los federados.

—Principalmente vamos a defender París contra los austriacos y prusianos. —Gilles cambió de postura. El largo día de trabajo le había pasado más factura de la que creía. Luc Hamon seguía sin aparecer por la fábrica de jabón. Había informado de que su familia y él habían caído gravemente enfermos. Su ausencia había provocado que recayera sobre los demás una mayor carga de trabajo.

—La defenderéis de cualquier enemigo de la patria —lo corrigió Sault—, tanto de fuera como de dentro.

—Sí, desde luego. —Pero Gilles esperaba que no tuvieran que enfrentarse a sus compatriotas franceses. Solo pensar en apuntar con un mosquetón a otro francés, fuera cual fuese su postura en cuanto al gobierno, le dejaba un sabor amargo en la boca. Se mordisqueó el labio. ¿Es que Sault no tenía una familia con la que ir a cenar en ese momento?

—Nos enorgullecerá a todos, Étienne. Sus camaradas y usted. Nuestros enemigos serán vencidos y veremos cómo Francia alcanza el esplendor igualitario que se merece. —Alzó un puño—. ¡Marchemos! ¡Marchemos! Dejemos que la sangre impura riegue nuestros campos.

Gilles levantó el puño con un vitoreo silencioso mientras Sault se despedía de él. El líder se encaminó hacia su casa y el joven dejó caer el puño lentamente hasta tocar los escalones de cemento. Últimamente, cada vez que oía la palabra «monárquico», Marie-Caroline Daubin aparecía en su mente. Aunque tampoco es que fuera a enfrentarse a monárquicos que se pareciesen a ella.

¿No?

Aunque la mayoría de los jacobinos detestaban admitirlo, *mademoiselle* tenía razón. Habían sido las mujeres las que por fin habían logrado hacer que el rey y la reina huyeran de Versalles hasta París. ¿Se quedarían las mujeres monárquicas sentadas en sus sillas de seda tapizadas mientras dejaban que la revolución siguiera su curso o se alzarían para exigir sus propios ideales de justicia y libertad? Gilles podía imaginarse perfectamente a la joven Daubin echándose a las calles para apoyar su causa.

Tragó saliva y sintió un escalofrío repentino a pesar del calor del sol. ¿Podría apuntar con un mosquetón a esos ojos oscuros? ¿O ver cómo lo hacía otra persona?

Vio el sencillo vestido marrón a la vuelta de la esquina, iluminado por la tenue luz del sol. Gilles se irguió. ¿Qué estaba haciendo ella de nuevo allí?

La señorita Daubin iba a paso ligero por una orilla de la carretera. La misma estampa de aquella tarde, hacía ya tres semanas, cuando había robado el libro de oraciones con una cesta sobre el brazo. Solo que esta vez se encaminaba en dirección contraria, hacia el este, hacia su casa. Ni siquiera miró hacia Saint-Cannat. Un joven criado la seguía a la zaga, manchándose los zapatos con el polvo del camino.

Le alivió que Sault ya hubiera cerrado la iglesia y se hubiera llevado las llaves. Así la joven no podría tentarlo a que volviera a abrirle el edificio para ella. Se puso en pie y se sacudió los pantalones.

—¡Buenas tardes, *mademoiselle*!

Marie-Caroline aminoró la marcha, mirando la fachada de columnas de la iglesia y después hacia los escalones. Tras un momento de vacilación, le devolvió el saludo y asintió con la cabeza, pero siguió su camino.

Bueno, si no deseaba hablar con él, no iba a insistir. Sin embargo, no parecía que los pies del joven hubieran recibido las instrucciones que les llegaban desde el cerebro de que emprendieran la marcha en dirección contraria, hacia su propia casa. Bajó los escalones y cruzó la calle.

Solo quería saber cómo estaba la dama antes de irse a su casa. Al fin y al cabo, llevaba sin verla casi dos semanas. Desde que la había sorprendido de camino a una reunión que la joven había querido mantener en secreto.

Ella no aminoró la marcha, aunque Gilles no sabía si no le estaba haciendo ningún caso a propósito o no se había dado cuenta de su presencia. ¿Por qué había vuelto a pasar por allí de nuevo sin carruaje?

—¿Qué lleva esta vez en la cesta? —le preguntó cuando le dio alcance.

La voz de la joven no transmitió ninguna sorpresa.

—Lo que llevo en la cesta no es asunto suyo. —Un trapo de lino la cubría por encima.

—Venga, no debería haber secretos entre dos compatriotas.

—No estoy de acuerdo con esas ideas jacobinas, ya lo sabe. Mi vida solo es asunto mío.

Desde luego. Gilles se inclinó hacia delante.

—¿Va en busca de más libros de oraciones?

Aquello provocó que Marie-Caroline se detuviera. Frunció el ceño y dirigió la mirada detrás de ella, hacia el criado que la seguía.

Gilles levantó los hombros en señal de disculpa, aunque el criado no parecía haberse dado cuenta.

Ella resopló.

—Marc, adelántate y dile a mi madre que llegaré enseguida.

El joven criado levantó la cabeza.

—La señora dijo que no la perdiera de vista.

No es que hubiera hecho un buen trabajo con los ojos fijos en el suelo.

La señorita Daubin apretó los labios antes de hablar.

—Dile que *monsieur* Étienne va a acompañarme a casa y que no tardaremos en llegar.

El chico asintió y comenzó a caminar más rápido hacia la elegante residencia de los Daubin, en el distrito este de Belsunce.

—¿Va a dejarme que la acompañe a casa? —Gilles se situó a su derecha cuando la joven emprendió de nuevo la marcha—. ¿Significa esto que, si le ofrezco el brazo, no se negará a tomarlo como en otras ocasiones? —Extendió el antebrazo hacia ella. Desde luego, no iba a aceptárselo, pero quería verla poner aquel gesto de fastidio. Tal vez así podría desterrar esos extraños sentimientos que afloraban en él cada vez que se imaginaba enfrentándose a los monárquicos.

La joven le miró el brazo de reojo.

—Prometo no volver a preguntarle qué lleva en la cesta.

Ella alzó la barbilla y luego retiró la cubierta de la cesta.

—Está vacía. No tengo nada que ocultarle.

Qué raro.

—¿Ni siquiera una botella de vinagre que ya haya comprado con anterioridad?

—Ni siquiera eso.

Entonces, ¿qué hacía, prácticamente sola, en el distrito de Panier al atardecer? Y sin ningún tipo de carabina.

—Debe traerse algo importante entre manos. ¿Tiene algo que ver con el libro?

—Ya no tengo el libro, para que lo sepa, y le agradecería que no vuelva a hablar del asunto.

¿Que no lo tenía? ¿La habría obligado su familia a deshacerse de él? ¿O quizá se lo había dado a otra persona?

Gilles bajó el brazo justo cuando ella posó la mano sobre él. De ese modo, la mano izquierda de la joven le quedó contra el costado. Se le entrecortó la respiración. Tragó saliva. La suavidad de los guantes de la dama contra su brazo no debería haberlo dejado sin aliento.

Le había tomado del brazo. La cabezota y monárquica Marie-Caroline Daubin había tomado el brazo que le había ofrecido. Se concentró todo lo posible para respirar con normalidad.

—Si el recado que ha ido a hacer no tiene que ver con ningún robo, ¿qué otro motivo puede tener para estar en el distrito de Panier tan tarde? —Era ridículo. Lo estaba agarrando del brazo. Nada más. Pero se sentía tan mareado como cuando con quince años había dado su primer beso.

Permaneció callada por un momento. Él percibió un leve olor a ámbar mientras caminaban. ¿Se trataba del delicado perfume que tan bien se vendía en la tienda? Al joven siempre le había gustado ese, aunque no podía permitirse pagar tanto dinero por un frasco para su madre.

—Estaba llevándole comida a una familia —dijo al fin—. Papá se ha llevado el carruaje esta tarde a los campos de lavanda.

Ah, sí. Lo había olvidado, pese a haber visto él mismo partir a *monsieur* Daubin.

—¿Y no podía haber esperado a hacer eso mañana para así contar con el carruaje?

Cuando iba vestida con su habitual estilo elegante, un rizo brillante le caía siempre sobre el hombro al menear la cabeza, pero ese día llevaba el cabello sujeto debajo de la caperuza y no se le movía ante el menor gesto.

—El padre de familia lleva los últimos dos días sin trabajar porque ha caído enfermo y nadie de los suyos podrá hacerlo en los próximos días hasta que se recupere.

Se detuvieron en el camino para dejar paso a un carruaje. Ella evitó mirarlo a los ojos.

—¿Conozco a esa familia? —le preguntó el joven.

★★★

Marie-Caroline tiró de él para seguir avanzando una vez hubo pasado el vehículo.

—Se trata de la familia Hamon. *Monsieur* Hamon trabaja para mi padre.

Gilles entornó la mirada. ¿Había ido a visitar a Luc Hamon?

—Pero... Si es...

—¿Un *sans-culotte*? Sí. —Apretó el paso, llevándose consigo prácticamente el brazo de Gilles.

—Pero si él odia a los monárquicos...

Llegaron a una iglesia con las ventanas tapiadas. La dama inclinó la cabeza para apreciar la intrincada cantería que adornaba el friso del viejo edificio.

—Llegado el momento, todos tenemos que tragarnos nuestro orgullo cuando nos enfrentamos a dificultades. Ya que sus revolucionarios han clausurado las iglesias de la zona, y estas eran las que solían encargarse de los enfermos y los pobres, alguien tiene que intervenir y ayudar.

Gilles resopló.

—Lo que hicieron muchas iglesias fue quedarse con el dinero que deberían haberles dado a los pobres, llenándose así sus propios bolsillos. ¿No es mejor que el pueblo de Francia cuide de sí mismo, tal y como usted está haciendo?

—Pero ¿dónde estaban los camaradas de Hamon que pregonan esos grandes ideales? —La joven esbozó una sonrisa triste—. Por lo que sé, aún no han acudido a ayudar a la familia de *monsieur* Hamon.

Gilles no tenía ninguna respuesta para aquello. En una Francia perfecta, la ayuda habría llegado, pero la revolución había sumido al país en el caos. Algún día existiría un orden mejor y un pueblo que pudiera cuidarse a sí mismo. Eso era lo que defendían Maxence, Émile y él.

Se adentraron en el apacible camino que llevaba a casa de los Daubin. Marie-Caroline aminoró la marcha. O tal vez fueran imaginaciones suyas. No quería que su paseo llegara aún a su fin.

—Irá a París, ¿no es cierto? —La voz de la joven no tenía ese tono acusatorio que hubiera esperado de ella.

—Por supuesto.

Marie-Caroline retiró la mano del brazo de Gilles para ajustarse la cesta. El joven lo dejó extendido, a la espera, pero la joven no volvió a tomárselo.

—Entonces, le deseo lo mejor —le dijo.

—Seguramente vuelva a verla la semana que viene. —Dejó caer el brazo sobre el costado—. Parece que no puede mantenerse alejada de la fábrica de jabón.

Ella se encogió de hombros.

—Mi madre está más protectora que de costumbre. Imagino que, a medida que se acerque la marcha de Émile, eso solo empeorará. Soy la única hija que tiene en casa, ya que mi hermana está casada y mi hermano pequeño sigue en Fontainebleau.

Gilles se consideró muy afortunado de que su propia madre no fuera tan propensa a preocuparse. Había lidiado con más despedidas que cualquier esposa y madre normal. Aun así, se la imaginó plantada en los escalones, contemplando cómo partían dos de sus tres hijos, y una punzada de culpa le atravesó el pecho. Parpadeó, desechando ese pensamiento. Su madre no sufriría más aquella vez que cada ocasión que su padre o Víctor partían. Gilles no la había visto llorar ante ninguna marcha desde la primera vez que él había salido al mar.

—Espero verla antes de irme.

La casa de piedra blanca, pintada de un azul empolvado a causa de la luz, se elevaba ante ellos. Las viviendas al otro lado de la calle impedían ver la puesta de sol.

—Ya veremos cuánto entusiasmo revolucionario soy capaz de tolerar de aquí a entonces —respondió con una sonrisa tensa—. Émile llega mañana y no sé si compartir la casa con él me dejará con la suficiente fortaleza como para enfrentarme a otro de ustedes.

—¿Es que siempre tenemos que acabar reducidos a ser un jacobino y una monárquica? —Gilles se detuvo al pie de las escaleras que conducían a la entrada principal de los Daubin.

Marie-Caroline le dedicó una reverencia de despedida.

—¿Tiene pensado darles la espalda a los jacobinos? Ya que yo no tengo la intención de cambiar de opinión en cuanto a nuestro gobierno, creo que sí, que debemos seguir así.

—Lo que quería decir es si no cabe la posibilidad de acabar en un punto intermedio, de ser amigos.

La joven le dedicó una risa desganada y subió el primer escalón.

—No conozco a muchos monárquicos y jacobinos que sigan siendo amigos. ¿Y usted?

Gilles la tomó de la mano para detenerla.

—Eso tendrá que cambiar algún día, ¿no? Si queremos vivir en paz, ¿por qué no empezamos ahora? —Los dedos de la dama se quedaron rígidos entre los suyos mientras se inclinaba sobre ellos. Le besó los nudillos. Ese gesto no contribuiría a que pudiesen llegar a ser amigos, sobre todo después de lo sucedido con Martel el día antes de su marcha—. Le he guardado el secreto.

Gilles le soltó la mano y se apartó. Por encima de ambos, la puerta se abrió y una cálida luz inundó la calle. La señorita Daubin subió el resto de los escalones mientras la áspera voz de su padre le preguntaba por la familia Hamon. Una vez llegó a la puerta, la joven se detuvo y miró hacia atrás con una leve sonrisa. Y entonces, cerró la puerta detrás de ella.

Él se apresuró a retirarse hacia la creciente oscuridad, con las manos en los bolsillos de la casaca. Aún sentía un hormigueo en la piel a causa de la ligera presión de la mano de la joven sobre el brazo y el corazón le palpitaba con fuerza al recordar la esquiva sonrisa que le había dedicado. ¿Qué más daba si aceptaba su petición de ser amigos? Él se marcharía dentro de dos semanas. Dejaría que las mujeres limpiaran su estropicio, tal y como ella misma había dicho. Aun así, no podía evitar preguntarse si la joven deseaba también aquella amistad. No le había respondido airada a su última pregunta.

A pesar de la desolación y la desesperación que se cernían en el horizonte, Gilles se encaminó hacia su casa con paso animado y un silbido entre los labios.

CAPÍTULO 11

Gilles se marcharía dentro de apenas una semana. Cerró el libro de medicina que había estado intentando leer y se sentó sobre la cama. El batallón contaría con suficientes médicos, ya que iban a unirse muchos montpellerinos, así que no necesitarían sus escasos conocimientos, adquiridos con el doctor Savatier a bordo del *Rossignol* y con la lectura de libros en su habitación después de la jornada laboral.

Se puso en pie y se dirigió a los pies de la cama, donde se encontraba un gran baúl. Se arrodilló ante él, tras examinar el grabado descolorido de la tapa. «Étienne». Era el que su padre había llevado consigo en sus travesías, pero lo había sustituido por otro mucho más nuevo y elegante. Gilles se había sentido muy orgulloso cuando lo heredó de niño. Abrió la tapa y guardó su libro con el resto de los de medicina, que normalmente dejaba en la repisa de la chimenea. Casi todas sus pertenencias se encontraban guardadas en aquel baúl. Así, a su madre le resultaría más sencillo limpiar su dormitorio si...

Tras soltar un suspiro, se sentó en el suelo. Ya había presenciado la muerte antes. Se había enfrentado a ella. Pero en ese momento tenía que prepararse para verla de cerca. La cabeza le daba vueltas. En el pasado no se había tomado el tiempo para prepararse. En el mar existía la posibilidad de morir, pero no se vivía con ese temor, sobre todo cuando la misión consistía en transportar productos de Marsella a lo largo del Mediterráneo, no batallar contra déspotas, traidores y tiranos. Los federados marchaban por la guerra y la gloria.

Formad vuestros batallones.
¡Marchemos! ¡Marchemos!
Dejemos que la sangre impura riegue nuestros campos.

Gilles se estremeció al recordar los versos de la canción de Mireur. Sin la pasión de su voz y el vibrante entusiasmo que inundaba el patio de la calle Thubaneau, la letra resultaba escalofriante. Aquel himno había cumplido con el cometido de despertar su conciencia patriótica, pero hubiese querido que no se repitiera constantemente en su cabeza.

Se puso en pie, mirando los libros de medicina. ¿Y si moría a manos de los monárquicos en París o durante el avance de las tropas austriacas y prusianas? Había pasado tantas horas examinando cada página de esos volúmenes, sacando de ellas todo el conocimiento posible... Si moría en cuestión de un mes, todo ese tiempo habría sido un desperdicio.... ¿Debería haber pasado más tiempo con su madre?

Mientras cerraba la tapa, vio un leve destello en un rincón del baúl. Era extraño, ya que tenía muy pocas pertenencias que se asemejaran al oro, a excepción de su reloj, que llevaba en el bolsillo del chaleco. Sacó un pequeño aro de oro. El anillo de su abuela. El que su padre le había dado la última vez.

«Nunca en vano». Deslizó el pulgar sobre la elegante caligrafía grabada en la superficie del anillo. Su abuela había muerto antes de que él cumpliera los diez años, pero seguía recordando su alegre sonrisa cuando lo envolvía con aquellos brazos huesudos cada vez que acudía a visitarlo. ¿Estaba hablándole ahora a través de esa sortija, asegurándole que sus esfuerzos no habían sido un desperdicio?

«Nunca en vano». Se puso el anillo en el meñique. Le encajaba bien, sin apretarle tanto como para hacerle daño. Respiró profundamente para aliviar la tensión asfixiante que sintió al notar el frío metal en la piel.

Oyó una risita por las escaleras que le hizo sonreír. Parecía que su madre contaba esa noche con buenos invitados para la cena. Cerró el baúl sin volver a mirar los libros y no se molestó en tomar la casaca. A las niñas eso les daría igual.

Dos criaturas con rizos del color del chocolate derretido saltaron por el vestíbulo y entraron en el salón sin darse cuenta de que su tío favorito estaba bajando por las escaleras. Gilles terminó el recorrido de puntillas y se escondió tras el umbral de la puerta para observarlas. Estaban sentadas en el sofá, cada una con una muñeca en los brazos. Aunque quizá «sentadas» no fuera la mejor palabra para describirlo. Claire, de cuatro años, se había tumbado bocabajo, balanceando las piernas en alto.

Gruñendo y levantando las manos como si fueran garras, entró en la estancia. Aude, de siete años, chilló y corrió en dirección contraria mientras que Claire le dedicó una mirada indiferente y continuó haciendo caminar a su muñeca por el cojín del sofá. El joven atrapó a Aude antes de que pudiera escaparse.

—¿Adónde vas sin haberle presentado tus respetos a tu tío Gilles? Ya conoces las normas de esta casa.

—¡Tirano! —gritó entre risas.

—¿Tirano? Creo que quieres decir tío supremo, señor de la casa y protector de las sobrinas.

Su madre apareció en la entrada del salón.

—¿Es que siempre tienes que alborotarlas antes de cenar?

Se encogió de hombros y le dedicó una sonrisa traviesa.

—No eres el señor de esta casa —le dijo Aude—. Ese es el abuelo.

Cómo no... No tenía ni idea de cómo había conseguido su padre ganarse el afecto de las niñas. Tal vez con los regalos que siempre les traía. Gilles soltó a Aude y luego frunció la boca en un puchero exagerado.

—¿Ni siquiera recibo un beso?

Su sobrina negó con la cabeza, provocando un vaivén de rizos.

—Te pincha la cara.

Gilles se frotó las mejillas. Se había afeitado esa mañana. Sin embargo, los Étienne no podían librarse de esa barba incipiente. La suya no era tan recia como la de su padre.

—La cara de papá también pica, y aun así le das besos —masculló Claire desde el sofá.

Aude ladeó la cabeza, se acercó corriendo a Gilles y lo besó levemente en ambas mejillas.

—La cena está servida —dijo su madre, con expresión dulce, mientras observaba a su hijo y a sus nietas.

Gilles levantó a Claire en el aire, que chilló en señal de protesta, y la llevó hasta el comedor. Repitió el puchero que había utilizado para chantajear su hermana.

—¿No le das un beso a tu tío Gilles?

Claire resopló con una mueca de fastidio.

—No.

121

★★★

Dos rechazos de dos chicas a las que quería. Qué mala suerte. Al menos, el gesto de Claire era adorable. El de la señorita Daubin daba miedo. A Gilles le ardió el rostro igual que un hervidor justo antes de silbar. Desde luego, no amaba a la señorita Daubin. ¿Por qué había tenido ese pensamiento tan extraño? Tal vez podía considerarla una amiga, pero ¿un amor? Qué idea tan ridícula que él, un jacobino, pudiera amar a una monárquica. Por supuesto, no era cierto. Amaba a su sobrina Claire y su rechazo, simplemente, le había recordado al de la hija de su jefe.

Claire le dio un golpecito con el dedo en la cara.

—Te has puesto colorado, tío.

Gilles se rio y la dejó en el suelo, al lado de la puerta del comedor. Luego, se pasó una mano por la cara. Sí, admitió, deseaba besar a la hermana de Émile. ¿Y quién no querría hacerlo? Era hermosa. Pero eso no significaba que la amase.

Tomó asiento entre su madre y Aude, esperando que el rubor de las mejillas le desapareciera. Al otro lado de la mesa estaba su cuñada, Rosalie, con el rostro del mismo color pálido que los calabacines humeantes que tenía delante. Gilles abrió la boca para preguntarle por su salud, pero su madre sacudió la cabeza con vehemencia para que no lo hiciera.

El joven arqueó una ceja. Rosalie era una mujer de un temperamento ecuánime, a diferencia de otras a las que había conocido recientemente, a las que no tenía ningún interés en cortejar y que deseaba que abandonaran sus pensamientos.

Su madre suspiró en silencio y luego miró hacia su nuera. Rosalie tenía la vista puesta en su plato vacío. Su madre volvió a mirar a Gilles y movió los brazos, balanceándolos lentamente hacia los lados, casi como si estuviera acunando a un...

Ah. Conque era aquel tipo de dolencia. Gilles asintió. Un bebé. Y Víctor justo acababa de zarpar y no regresaría hasta dentro de un mes aproximadamente. Pobre Rosalie. Tal vez él pudiera dar un rodeo después del trabajo e ir a buscar a las niñas para dejarle un rato de calma. Aunque no serviría de mucho, ya que solo podría hacerlo durante unos días más. Los federados iban a partir la segunda semana de julio.

A Gilles se le revolvió el estómago. Realmente no estaba abandonando a esas mujeres. Iba a luchar para protegerlas, pero se sentía como si estuviera dejándolas para que se las apañasen solas. Aún no le había mencionado su marcha a su madre. Sin embargo, por la preocupación que percibía en su mirada, sospechaba que ya lo había adivinado. Todavía tenía que comunicárselo a su jefe. Y debía inscribirse en las listas.

Florence les acercó una gran sopera humeante y la colocó sobre la mesa. Rosalie la miró y suspiró profundamente. Tragó saliva. Después, no tardó en excusarse para abandonar la estancia.

La pequeña Claire apretó los labios.

—A mamá ya no le gusta comer.

Florence negó con la cabeza con tristeza mientras servía la sopa en los cuencos.

—Pobrecilla. Tal vez le entre mejor un poco de pan. Le llevaré un poco en cuanto termine aquí. —Continuó hablando mientras les llenaba los cuencos a todos, incluido uno para ella misma. Su marido debía de estar trabajando hasta tarde en los muelles ese día, ya que ella no solía comer con los Étienne desde que había contraído matrimonio.

—El tío Maxence no come lo que cocina Florence cuando se va a París —masculló Aude en voz baja, contemplando la sopa que tenía delante. Nadie más la escuchó, ya que la cocinera seguía hablando.

Gilles se inclinó hacia ella.

—No suele comerla porque está en la universidad.

—Pero ¿nadie cocina para él mientras está allí?

Gilles tomó la cesta donde estaba el pan tostado y tomó un pedazo para su sobrina.

—Sí, en la casa en la que se queda hay una cocinera. Y muchas veces come en los cafés.

—¿Habrá cafés de camino a París? —La preocupación de la pequeña enterneció a su tío.

—Me temo que no hay muchos por el camino.

—Ah. —Su sobrina no tocó el pan ni la sopa. A una niña de siete años debía de parecerle una verdadera desgracia que no hubiese buena comida disponible en todas partes.

—No te preocupes —la tranquilizó su tío, dándole un suave golpecito con el brazo—. Encontrará muchos cafés en París.

Florence cesó en su parloteo cuando acudió a la cocina en busca de agua para hacerle una tisana a Rosalie. El joven Étienne echaría de menos el sonido incesante de su voz cuando se marchara con los federados. Y el golpeteo de la cuchara de Claire contra el cuenco, algo que su cuñada le hubiese afeado si hubiese estado delante. Las preguntas amables y las observaciones de su madre en los momentos de silencio en los que Florence no hablaba. Una de las niñas dándole puntapiés a la pata de la mesa...

Mojó un trozo de pan en la sopa y se lo llevó a la boca. Sacrificio. Merecería la pena. No debía dejar de recordárselo a sí mismo. Aquella separación no sería para siempre.

Pero ¿cuánto se tardaría en liberar al país del yugo del despotismo? ¿Cuánto tiempo estarían Prusia y Austria haciendo presión en la frontera oriental? A pesar de los tres años que llevaban de revolución, a Francia aún le quedaba mucho por delante antes de conseguir una estabilidad. Cuando Gilles regresase, todo en su familia podría haber cambiado.

Un brazo delgado se entrelazó con el suyo para acercarlo. Aude apoyó la cabeza contra la de su tío.

—Me alegro de que tú no vayas a ir, tío Gilles.

Al joven le costó tragarse el trozo de pan que tenía en la garganta. Su madre lo miró a los ojos.

—¿Vas a ir? —gesticuló con la boca sin pronunciar.

Se le tensó el cuello e intentó no asentir con la cabeza de forma inmediata. Por supuesto que iba a ir. No tenía ningún buen motivo para quedarse. Al menos, ninguno distinto a los de Maxence o Émile. Y ellos ya habían apuntado sus nombres en la lista.

—¿Sabes por qué tus tíos van a ir a París, pequeña mía? —le preguntó su madre a Aude, con un ligero temblor en la voz.

—Para luchar contra los déspotas.

Gilles no pudo evitar una leve sonrisa al escuchar el lema de los jacobinos de boca de su joven sobrina. Dudaba que se lo hubiera oído a Rosalie o a Víctor, que tenían unas opiniones mucho más moderadas sobre el desarrollo de la revolución. Quizá lo hubiera dicho en su presencia algún amigo o conocido.

En lugar de sonreír ante las palabras de su nieta, a su madre se le empañaron los ojos. Claire cada vez hacía más ruido con la cuchara, mientras su madre volvía a centrarse en la comida como si no hubiera oído nada. Aude siguió enganchada al brazo de su tío. Levantó los hombros para luego dejarlos caer con un suspiro.

Gilles también se concentró en la comida y, de pronto, comenzó a sentir una gran empatía por Rosalie. La plenitud hogareña amenazaba con asfixiarlo. Estuvo removiendo la sopa con la cuchara durante el resto de la cena. Era mucho más fácil sentir emoción por defender su país, por sus creencias, cuando se encontraba con sus camaradas de ideas afines e igual de entusiastas. En el sosiego del hogar, al pensar en los cambios a los que se enfrentaba, aquel fervor disminuía.

Después de acompañar a Rosalie y a las niñas hasta su casa, Gilles hizo el camino de vuelta a través de las calles grises del distrito de Panier. Al llegar a casa, se apoyó en la puerta tras cerrarla, en medio de la oscuridad del vestíbulo. Apenas podía diferenciar las líneas de la acuarela del barco pintado por su madre.

Dos años atrás, había hecho lo mismo tras desembarcar por última vez del *Rossignol*. Se había apoyado contra la puerta, sintiendo un gran alivio tras cerrar ese capítulo de su vida. Dejar el mar había sido una decisión fácil de tomar. Durante el último viaje, su padre se había negado a ir a puerto a buscar ayuda para su cirujano y viejo amigo, el doctor Savatier, el mentor de Gilles, que había caído gravemente enfermo. Por el contrario, había ordenado que fueran tras un enorme mercante inglés que no contaba con suficiente pólvora como para detener el ataque del *Rossignol*. Savatier estuvo a punto de perder la vida por no tener los remedios médicos necesarios ni a nadie que tuviera más conocimientos que Gilles para atenderlo. También estuvieron a punto de perder el barco. Al cerrar la puerta principal de su casa, Gilles había dejado atrás todas aquellas penurias a las que ya no tendría que volver a enfrentarse.

Sin embargo, en ese momento, al cerrar la puerta no consiguió dejar atrás todos sus problemas. Vio en la oscuridad la mirada esperanzada de Aude como si de verdad estuviera allí.

—Así que te vas a luchar contra los déspotas junto con tu hermano. —La voz de su madre le llegó apagada desde el pasillo, momentos antes de entrar en el vestíbulo.

—París nos necesita, mamá. Francia nos necesita. Austria y Prusia destruirán todo aquello por lo que hemos trabajado, además del país, si no les plantamos cara.

—Pero... —Su madre se acercó. En la cocina se oía a Florence cantando. La alegre melodía no sirvió para disipar el ambiente triste que reinaba en la estancia—. Pero ¿de verdad vas a ir a defender la patria o son los líderes de tu club los que te envían a defender su posición en el gobierno?

—El club es Francia. —Gilles se frotó los ojos con el pulgar y el índice.

—No creo que *mademoiselle* Daubin opine lo mismo.

El joven se apartó de la puerta. ¿Por qué la mencionaba?

—*Mademoiselle* Daubin es tan necia como cualquier otro monárquico. No sabe qué es lo que le conviene. —Se cruzó de brazos—. ¿Ha estado intentando convertirte a la causa monárquica? —El reproche resultó mucho más duro de lo que pretendía, pero su madre no se amilanó.

—No quiero que el rey vuelva al poder —respondió con firmeza y calma—. Pero cuando los federados entren en París, ¿de verdad van a defender la libertad para todos? ¿O solo para aquellos que crean en lo que los jacobinos consideran que es lo correcto? —Se giró sobre los talones y se dirigió hacia la cocina—. ¿Contribuirán mis hijos a arrebatarles a otros la oportunidad de elegir, todo en nombre de la libertad?

Gilles sintió que se quedaba sin aire en los pulmones, igual que si hubiera recibido un golpe en el pecho. Ya le había estado dando vueltas a todas esas dudas, intentando apartarlas de su pensamiento. Escucharlas en boca de su madre hizo que se tambaleara todo aquello que creía inamovible.

—Apoyo cualquier decisión que tomes. Siempre lo he hecho, hijo mío. Asegúrate de que lo haces porque crees que es lo correcto. No solo porque lo haga tu hermano o porque tus amigos del club de los jacobinos te digan que debes creerlo. —La mujer abandonó el vestíbulo, dejando sus palabras suspendidas en el aire y resonando en la cabeza de su hijo, que se sentó en el suelo, delante de la puerta, incapaz de librarse del temor a estar tomando el camino de la hipocresía.

✿ ✿ ✿

Gilles se detuvo al levantar la mano para llamar a la puerta de su hermano. Se aclaró la garganta haciendo el menor ruido posible. Aunque lo había oído llegar una hora antes y debería haberlo ayudado a subir sus baúles, había permanecido encerrado en su dormitorio.

«Hazlo ya». Llamó a la puerta. Había pasado dos días angustiosos meditando sobre su decisión y ya estaba listo para comunicarla.

La puerta se abrió y apareció Maxence, con el pelo despeinado a la moda y un pañuelo suelto alrededor del cuello. Le sonrió.

—Hermano, creía que ya estarías en la cama. Pasa. —Con un gesto, lo invitó a entrar en la habitación bien iluminada, donde se encontraban tiradas varias prendas de vestir y pilas de libros desperdigadas por el suelo sin orden ni concierto—. Mi hermano de sangre y ahora mi hermano de armas.

Gilles suspiró al darse cuenta del modo en el que Max arrastraba las palabras. Se habría pasado por la taberna antes de ir a casa.

—Eres afortunado, ¿sabes? —continuó—. No has tenido que cargar hasta casa todas tus pertenencias antes de partir hacia París.

Gilles continuaba al otro lado del umbral de la puerta.

—Me gustaría hablar contigo de ese asunto.

—¿De nuestra marcha?

—De todo el asunto. —Bajó la vista hacia los pies. A sus zapatos todavía le quedaban muchos usos, aunque ya hacía tiempo que no podían pasar por nuevos. Parecían andrajosos en comparación con los mocasines de piel roja de Maxence, que no le había visto antes.

—¿Qué asunto?

Miró la oscura escalera que llevaba a su dormitorio con la tentación de marcharse. Debería haber esperado hasta la mañana siguiente. O hasta que Max hubiera provocado la conversación. Tal vez con su madre presente, su hermano no se enfadara tanto. O incluso si estuvieran en compañía de la señorita Daubin... Max se pondría furioso, pero al menos él contaría con una aliada.

Una aliada en Marie-Caroline Daubin. Qué idea tan absurda.

Se pasó la lengua reseca por los labios.

—He decidido quedarme en Marsella y ayudar al club desde aquí.

El suelo crujió cuando Maxence se irguió.

—¿No vas a unirte a los federados?

Gilles se tiró de la manga de la camisa de la que se había agarrado Aude durante la mayor parte de la cena.

—No podemos partir todos siguiendo nuestras convicciones y dejar a mamá sola.

Max apartó la mirada con brusquedad.

—Mamá no importa.

Gilles se enfureció y cerró lo puños. ¿Cómo se atrevía? Después de todo por lo que su madre había pasado, criándolos prácticamente sola mientras su padre estaba en el mar...

—Francia te necesita más que mamá. —Max se pasó una mano por la boca—. No tuviste ningún reparo en marcharte a bordo del *Rossignol*, pero ¿ahora te preocupa dejarla sola? Tiene a Rosalie y a las niñas. —Dio un golpe seco con la mano contra el marco de la puerta—. Francia te necesita, Gilles.

—Un hombre no va a suponer ninguna diferencia.

—¿Cuántos otros estarán poniendo esa misma excusa cobarde? —Volvió a golpear el marco—. Los federados cuentan contigo. El club cuenta contigo. Si no nos interponemos entre París y sus enemigos, ¿en qué acabará convertido este país?

—¿Los enemigos de París o los de los jacobinos? —murmuró Gilles. El recuerdo del fervor revolucionario de la reunión en la calle Thubaneau hizo que se le revolviera el estómago.

—¿Qué has dicho?

Gilles levantó y sacudió la cabeza.

—Nunca se me ha dado bien manejar un arma. Creo que los federados no notarán mi ausencia. —Se encogió ligeramente de hombros, en un intento de aliviar la tensión con un gesto despreocupado.

Max resopló.

—¿Que no se te da bien? Si prácticamente te criaste con un arma en la mano. Padre te puso al mando de la tripulación antes de que fueras siquiera un marinero capaz.

Pero eso solo había sucedido porque su padre quería tener a su hijo en un puesto de autoridad en el barco. Si hubiese querido, podría haber sido el capitán.

—Soy patético con un mosquetón en la mano.

—¿Crees que los federados no tendrán cañones? Eres exactamente lo que necesitan. —Max gruñó y se llevó las manos a la cabeza—. No hagas esto, hermano.

—¿Y qué pasa con mamá? ¿Y con Rosalie? ¿Y las niñas? ¿Y si se produce un ataque por mar o si los revolucionarios se ven superados en número por los monárquicos mientras estamos fuera?

Max rio con desprecio. Apartó una pila de libros de su cama y comenzó a tirarlos de uno en uno al suelo. Cuando se hubiera marchado a París, su madre tendría que ordenar todo aquello.

Sí que era verdad que les dejaban a las mujeres verdaderos desastres para que los limpiasen ellas. La señorita Daubin estaba en lo cierto.

—Te negaste a que Martel te reclutara para su causa —dijo Max después de quitar todos los libros de la cama—. Ahora te niegas a ir a París a ayudarnos a mantener la paz y la libertad. Y te atreves a considerarte un jacobino. —Escupió en el suelo, como si estuviera en uno de esos cafés que tanto frecuentaba en lugar de en su dormitorio. Sin darse la vuelta, comenzó a rebuscar entre sus pertenencias, sin hacer ningún caso a su hermano pequeño, que seguía plantado en la puerta.

Gilles ya intuía que la conversación tomaría esos derroteros, pero, aun así, sentía el peso de las acusaciones de Maxence sobre los hombros.

—No soy monárquico. Deseo la libertad y una nueva Francia. Es solo que... —Se rascó la nuca—. ¿Qué es lo que haremos en París? Me refiero a si el ejército logra contener a los prusianos y a los austriacos.

—Lo mismo que hacemos aquí. Haremos progresar la causa con nuestro último aliento. —Max se echó un pañuelo sobre el hombro, y luego otro. En París no los necesitaría.

—Pero ¿qué significa eso? ¿Provocar disturbios? ¿Pegarle una paliza a aquellos que no se sometan?

Otro pañuelo. Y otro más. ¿Cuántos tendría Maxence?

—Haremos lo que haga falta. —Su gruñido retumbó por toda la estancia como un trueno en mar abierto. A Gilles le caló hasta los huesos, igual que aquellas tormentas heladoras. Cuando estaba sentado en iglesias requisadas, era capaz de asentir al escuchar que debían obligar al resto de los franceses a ver la verdad en las enseñanzas jacobinas. Pero maltratar a sus compatriotas para que creyeran en una ideología... ¿era eso mejor que el hecho de que la monarquía obligara por la fuerza a sus súbditos a ocupar unos rangos jerárquicos en la sociedad?

—Abandoné el *Rossignol* para ayudar a la gente, no para herirla. —La voz de Gilles apenas le llegó a Max.

Las suelas de los nuevos zapatos de su hermano resonaron con determinación contra el suelo mientras cruzaba la estancia dándole la espalda.

—A veces es bueno que experimenten algo de dolor.

—Pero no puedes forzarlos. ¿Es que no tienen derecho a elegir? —Igual que Max tenía derecho a escoger dejarse llevar por la rabia…, pensó Gilles, dando un paso atrás. El silencio reinaba en la planta baja. Su madre ya debía haberse acostado. No quería despertarla con su discusión.

—Eres un cobarde, Gilles —dijo Max por encima del hombro.

—Ser sensato no es cobardía. —Hizo suyas las palabras de su padre.

Por fin, su hermano se dio la vuelta, haciendo una mueca con los labios.

—Te pareces a padre. Esas son las palabras de alguien que solo se preocupa por su propio beneficio y seguridad.

Gilles se quedó rígido. Cuadró los hombros y apretó los puños.

—No soy yo el que se marcha de casa para atacar a aquellos que no pueden defenderse por sí mismos —dijo con los dientes apretados.

Maxence corrió hacia la puerta, tirando una planta a su paso. Gilles plantó un pie detrás y se agachó ligeramente, preparado para esquivar un golpe. Lo que su hermano mayor le ganaba en altura, él lo compensaba en anchura. Llevaban años sin pegarse, pero, en ese momento, sí que sería una pelea igualada.

Con un gruñido, Max se agarró al marco de la puerta. Iluminado por las velas del dormitorio, el blanco de los ojos contrastaba enormemente con las sombras de su rostro.

—Entonces quédate y escóndete entre las faldas de las mujeres. Y que tu sangre impura riegue los campos junto con la del resto de los enemigos de Francia.

Cerró de un portazo. Gilles pestañeó en mitad de la oscuridad del pasillo. Aflojó despacio los dedos y dejó caer los brazos a los costados. Sintió que la cabeza se le inundaba con una niebla densa. Mamá, padre, Maxence, Émile, Marie-Caroline, Martel… ¿Alguno de ellos tenía razón?

Volvió a subir con pesadumbre las escaleras hacia su habitación vacía y silenciosa. Quizá ninguno tuviese la razón y quienquiera que fuese la deidad que movía los hilos de esa lamentable situación estuviera riéndose en los cielos ante semejante desastre.

CAPÍTULO 12

Gilles suspiró mientras se llevaba una taza blanca a los labios. Hasta en un café al que no se permitía el acceso a las mujeres, Maxence había encontrado una a la que admirar. Su hermano siguió con la vista a la única camarera que cruzaba la estancia abarrotada y animada por el sonido del tintineo de la vajilla, los consumidores ruidosos y el fervor revolucionario.

—Creía que habías dicho que vendría Émile —dijo Gilles, no porque quisiera ver a su amigo, sobre todo después de su confrontación con Max la noche anterior. Por la cafetería resonaban fragmentos de la canción que Mireur había cantado en el banquete. Con cada repetición de «¡A las armas, ciudadanos!» los hombres se ponían en pie y acababan tirando el café al suelo, obligando a la pobre camarera a limpiarlo.

—Vendrá. Su madre ha debido de entretenerlo en casa. —Maxence hizo una mueca mientras levantaba la taza—. No lo deja tranquilo desde el viernes. Pero vendrá.

Si *madame* Daubin se aferraba a su hijo tanto como para impedir que se presentase allí esa noche, Gilles no se quejaría. Su hermano había acudido a la fábrica de jabón justo cuando él se preparaba para irse. La mayor parte de la rabia de la que Max había hecho gala la noche anterior se había transformado en una sombría determinación. No le había contado por qué lo había llevado al café, pero no hacía falta ser muy listo para adivinarlo: había fracasado a la hora de convencerlo para que se uniera a los federados, pero esperaba que su amigo lo consiguiera.

Alguien con cabellera de color castaño claro bajo un gorro frigio cruzó la puerta. Max se puso en pie para indicarle a Émile que se acercara a su mesa en un rincón, al fondo de la estancia.

Qué mala suerte. Gilles agitó la bebida amarga de la taza, preparándose para el ataque. Émile intentaría persuadirlo con pasión en lugar de con furia. Y él saldría de allí tras quedar como un idiota obstinado por renegar de su fervor jacobino y por elegir quedarse en casa.

—Buenas noches, hermanos —dijo Émile, dándole una palmadita a Maxence en el brazo por encima de la mesa, antes de sentarse al lado de Gilles.

¿Hermanos? ¿Desde cuándo los llamaba así?

Su amigo le hizo una señal a la camarera para que le sirviera.

—Disculpad la tardanza. Problemas con las mujeres en casa —dijo con cara de sufrimiento.

Solo tenía que esperar a pasar una semana de viaje con cientos de hombres sucios y cansados y entonces anhelaría las comodidades de su hogar y la compañía de esas mujeres, pensó Gilles.

—Maxence me ha dicho que tienes algunas dudas sobre nuestra marcha. —Émile le apoyó una mano sobre el hombro, como si fuera un maestro sabio y anciano intentando alentar a su pupilo—. ¿Qué es lo que te ha empujado a considerar la posibilidad de cambiar de opinión?

Gilles le apartó la mano. El muy idiota. Émile apenas era un año mayor que él. Quizás estaba intentando actuar como uno de los líderes montpellerinos de los jacobinos.

—No lo estoy considerando. Ya he tomado una decisión. Quiero luchar por la libertad y la justicia desde aquí, desde Marsella, no en las calles de París. La guerra se extenderá por todo el territorio. Quiero estar aquí para poder proteger a mi familia.

A Émile le cambió el semblante al esbozar una extraña sonrisa.

—Ah, sí. Tu familia, pasado y futuro. —Lanzó una mirada cómplice al otro lado de la mesa, pero Max parecía tan confundido como su hermano—. Es un sentimiento muy noble, claro, pero eres un jacobino, Gilles. Tu familia es la patria.

—Y si Gran Bretaña entra en la batalla junto con Austria y Prusia o si los monárquicos refugiados por toda la Provenza se sublevan y atacan, ¿debo quedarme tranquilo sabiendo que estoy defendiendo a la Asamblea Nacional mientras asesinan a mi madre y a mis sobrinas?

Maxence echó la cabeza hacia atrás.

—No atacarán Marsella.

—Marsella ya ha tenido su buena ración de enfrentamientos sangrientos entre revolucionarios y monárquicos —replicó el menor de los Étienne—. ¿Y si los monárquicos se alzan en armas para vengarse por la masacre de los sacerdotes de Aviñón? —Si algo era seguro en esa revolución era que nadie sabía realmente qué iba a suceder a continuación. Podría producirse un levantamiento violento sin previo aviso en cuestión de horas y cambiarlo todo.

Daubin dejó escapar un largo suspiro.

—Es normal, incluso de esperar, que un hombre sienta miedo ante una batalla inminente. No tienes de qué avergonzarte, Gilles.

Al menor de los Étienne se le contrajo el estómago. Bajó la taza hacia la mesa.

—Maxence y yo estaremos a tu lado. Te lo aseguro. Este trío de federados hará que Francia se sienta orgullosa. Aplastaremos a los déspotas en casa y a los tiranos del extranjero.

—¿Qué sabes tú sobre la guerra, Émile? —siseó Gilles. Los recuerdos se le agolpaban en la mente. El rocío marino cayéndole sobre el rostro helado. La cubierta pintada de rojo con la sangre de un camarada. El humo escociéndole en los ojos y en la nariz entre el resonar de los cañones. Estruendo y desesperación. Un hijo de la burguesía como Émile, criado en la comodidad de la monotonía, no era capaz de concebir algo así.

—No lo llames cobarde cuando eres tú el que te vas a quedar en casa. —Su hermano lo fulminó con la mirada por encima del borde de su taza.

Gilles echó a un lado su bebida. Su madre tendría la cena lista pronto. Prefería el comedor de su casa lleno de invitados inesperados antes que aquella compañía.

—Sí, el cobarde soy yo. Y aun así he librado más batallas que ninguno de vosotros dos.

—No creía que fuera a oírte presumir de ello.

Hacía un mes, no hubiera sospechado que una mirada, aparte de la de la señorita Daubin, pudiera provocarle la necesidad de huir. Pero era lo que sentía ante el gesto de profunda desaprobación de su hermano. No temía a Max, pero ¿cómo habían llegado a eso? En el pasado, habían sido los mejores amigos. En ese momento, lo miraba como si se hubiera declarado defensor de la monarquía.

Émile levantó ambas manos.

—Gilles tiene razón. Tengo muy poca experiencia en el arte de la guerra. Pero lo que me falta en habilidad lo compenso con pasión. «Dejadme perecer antes de que muera la libertad».

Era una frase muy citada de uno de los discursos de Robespierre en la Asamblea. Pero esa vez no provocó que el menor de los Étienne sintiera el fuego revolucionario en las venas, como le había ocurrido en otras ocasiones. Si Daubin quería perecer en las calles de París protegiendo a los jacobinos, allá él. Echó su silla hacia atrás.

—No obstante, no creo que Gilles quiera quedarse por cobardía —prosiguió Émile.

—No, lo que quiere es seguir avanzando en sus propias aspiraciones —sentenció Max—. Defender a su país afectaría a sus planes de ir a la universidad. —Resopló, como si los estudios fuesen la excusa más ridícula que existía.

—No, no. Querer formarse para poder ayudar más a la causa de la patria es un objetivo noble, aunque no sea lo más apremiante ahora mismo. —La camarera le trajo a Émile su taza de café y este le dedicó una sonrisa juguetona. Luego, se volvió con aquella sonrisa hacia Gilles—. Pero no creo que esa sea la pasión que le impide unirse a filas.

El aludido se revolvió en su asiento. ¿Qué estaba sugiriendo?

—Ni siquiera pudo besar a Caroline. ¿Cómo va a tener una amante? —Max cruzó los brazos por encima de la mesa y señaló con la cabeza a la camarera.

Y pensar que él mismo había querido alguna vez tomar partido en esa incesante frivolidad... Émile se estaba imaginando cosas. Estuvo a punto de reírse. Sacó la cartera para buscar una moneda y pagar su café, todavía a medias. Las únicas mujeres que le importaban eran su madre, Rosalie, las niñas y Florence. Y tal vez otra dama, pero, por supuesto, no de la forma que sugería Daubin.

—¿Desean algo más, *messieurs?* —preguntó la camarera con un tono neutro. Era evidente que no había sucumbido a los coqueteos de ninguno de ellos.

—Sí, una cosa más. —Émile mantuvo la vista fija en Gilles—. ¿Puede llevar una bandeja al carruaje que hay en la puerta? He prometido que enviaría una.

—¿Con té? ¿Café?

—Un poco de café, por favor.

Cuando se marchó la mujer, Max arqueó una ceja.

—¿Quién está en el carruaje?

Gilles se quedó paralizado con la moneda en la mano. ¿Había acudido Émile acompañado de...?

Su amigo levantó la taza con descaro y le dio un sorbo que le quemó, a juzgar por el gesto. Luego se lamió los labios.

—La dama de Gilles, por supuesto.

—No tengo ninguna dama. —Confió en que las capas de la camisa, el pañuelo y el chaleco no permitieran apreciar que se le había acelerado el corazón en el pecho.

—Eso dices tú.

Max soltó una carcajada y dio unas rápidas palmadas.

—Estás loco, Émile. No puedes estar sugiriendo que se ha quedado prendado de Caroline después de cómo lo dejó en evidencia.

Émile sopló el café. Aunque le brillaba la mirada, no se unió a las risas de Maxence.

—La patria necesita que sacrifiquemos nuestro amor por un mundo mejor, hermano. Al final, merecerá la pena. Te lo prometo. Además, como dijo una vez un poeta romano: «La marea del amor fluye con más fuerza siempre para los amantes ausentes».

Gilles se puso en pie de un salto. Lanzó la moneda hacia la mesa.

—Vuestras tonterías no harán que cambie de opinión más que vuestras acusaciones.

—Nunca te he visto ser tan tajante —dijo Émile, agarrándolo de un brazo—. ¿Qué le ha pasado al alegre Gilles, al que no le importaba si nos quedábamos o nos marchábamos, siempre y cuando tuviera una bebida en la mano y un rostro bonito al que admirar?

—Se ha dado cuenta de la gravedad de nuestra situación. —Gilles apartó la silla, luego tomó la casaca del respaldo y se la puso—. Y ha decidido dejaros a vosotros lo de mirar embobados a las chicas.

Max señaló hacia el asiento vacío.

—No hemos terminado.

—Entonces, seguid sin mí. —Se dirigió hacia la puerta, siguiendo el camino que abría la camarera para llevarle su refrigerio a Marie-Caroline.

Las protestas de Maxence y Émile se vieron amortiguadas por el alboroto del café, pero, aun así, no se le iban de la mente.

No se marcharía. Tenía todo el derecho a decidir no ir. Sin embargo, una parte de sí mismo admitía que, en realidad, sí que era el cobarde que le acusaban de ser.

❖ ❖ ❖

25 de junio de 1792
Café Valentin, Marsella

Mi querida Sylvie:

En Marsella hay una energía extraña. Ahora estoy sentada en nuestro carruaje, esperando a que mi hermano termine su reunión con sus amigos en el café, y la siento por todas partes. En la boca de ese par de hombres que han cruzado la calle, en el correteo ansioso de las madres y sus hijos que acuden a casa después de haber estado en el mercado. Lo que daría por un baile. Es una tontería, ¿verdad? Nuestro país está en guerra consigo mismo, con potencias extranjeras, y lo único que yo deseo es un baile. Despreocuparme de todo, ponerme un vestido de seda nuevo y bailar hasta destrozar los zapatos. Creo que, sobre todo, anhelo encontrar un modo de disipar la tensión que se me acumula en el pecho. Mi único consuelo al abandonar Fontainebleau y París era la esperanza de encontrar algo más de calma en la Provenza. Pero Marsella arde en sus propias llamas revolucionarias y nuestro hogar no sirve de refugio contra ellas.

Nuestro sacerdote, el padre Franchicourt, ha estado tranquilo estas últimas semanas. Su sobrino ha partido en busca de reclutas para los jacobinos y, por lo tanto, no está buscándolo frenéticamente. El sacerdote sonríe con más ganas y el domingo incluso me reuní con él en el jardín trasero. Por supuesto, se ocultaba bajo una capa. La ausencia de su pariente revolucionario lo ha animado, o puede que se trate del hecho de que no he tenido que confesarle mis mentiras desde hace unas semanas.

Hablando de revolucionarios que se marchan, me ha sorprendido mucho enterarme de que hay uno que no lo hará. Hace dos días, Gilles Étienne me acompañó a casa desde el distrito de Panier, prácticamente rezumando orgullo jacobino. Me dijo que, por supuesto, iba a marcharse, como si no supiera por qué iba yo a sugerir lo contrario. Sin embargo, esta misma mañana, Émile ha entrado en el comedor durante el desayuno mascullando que a Gilles le habían entrado dudas sobre si ir o no.

Gilles. Que siempre sigue a mi hermano en todo, que renunció a la vida en el mar, que quiere estudiar Medicina, que se unió a los jacobinos y que participa en los jueguecitos de besos. Casi no puedo creerlo. Me alegra haber presenciado solo el disgusto de Émile y no el de Maxence. Su hermano tiene muy mal carácter. Mientras te escribo esto, Émile y Maxence están en la cafetería, intentando convencerlo de que se una a ellos, y no envidio nada a Gilles.

Me pregunto qué le habrá hecho cambiar de opinión. Estaba tan decidido... No es que me importe que se quede en Marsella o se marche a París, desde luego. Pero con un fervor como el suyo...

❋ ❋ ❋

Gilles sujetó la puerta del carruaje para mantenerla abierta mientras la camarera depositaba la bandeja con el café. La ayudó a bajar antes de asomar la cabeza. La señorita Daubin estaba tarareando otra vez *En el puente de Aviñón*, lo que lo hizo titubear antes de hablar.

—¿Me permite pasar?

Se hallaba sentada con un pequeño tablón sobre el regazo, un papel delante de ella y un lápiz en la mano. Entornó la mirada para mirarlo, pero solo por un momento.

—¿Gilles? Creía que Émile estaba hablando con usted.

—Sí, ya hemos cruzado unas palabras. Y aún no había terminado de hablar cuando me he marchado. —Max y él no se darían prisa en abandonar el café, así que disponía de un par de minutos.

La joven arqueó las cejas mientras asentía.

—Sí, Émile es así. Pase. ¿Quiere un café? Me ha traído dos tazas. —Dejó a un lado el material de escritura.

Gilles subió al carruaje y se acomodó en el banco frente a ella.

—No, gracias. Ya he tomado uno dentro. —El ambiente de la cabina era cálido, aunque la corriente que entraba por las ventanas abiertas mantenía el aire fresco—. Siento interrumpir su escritura.

La dama se sirvió una taza de forma ágil y dejó la cafetera sobre la bandeja. Del líquido revitalizante emanaba vapor, que se arremolinaba frente al rostro de la joven. Inspiró del mismo modo en el que su padre inhalaba la esencia de un nuevo lote de perfume: con los ojos cerrados y una leve sonrisa.

—No tiene importancia. Le estaba escribiendo a mi prima en Fontainebleau, y lo hago varias veces a la semana.

—¿Es con la que estuvo viviendo durante los últimos dos años?

La señorita Daubin suspiró.

—Sí. Mi hermano pequeño sigue con ellos. No debería envidiar a un chico de diecisiete años, pero lo hago. Supongo que es otra cosa por la que tendré que confe... —Apretó los labios y dio un sorbo.

Gilles aguardó a que terminara la frase. Parecía a punto de admitir algo.

—Creía que había decidido partir con los federados.

Gilles se movió incómodo en su asiento. Otro carruaje pasó demasiado cerca, con sus ancianos ocupantes en silencio.

—Creo que es mejor que me vaya.

Ella asintió y volvió a darle otro sorbo a su taza.

—Seguiré cumpliendo con mi labor desde casa —se apresuró a añadir Gilles—. Mis lealtades no han cambiado. Es solo que mi madre y mi cuñada necesitan mi ayuda. Y con todo lo que está pasando, me ha parecido que lo mejor es dedicarme a mi familia. Además...

—No tiene que justificar su decisión ante mí.

Gilles cerró la boca de golpe. Marie-Caroline debía de tenerlo en muy poca consideración después de que hubiera tomado el camino de los aparentemente cobardes. O tal vez se sintiese satisfecha, ya que sería un militante revolucionario menos con destino a su querida París.

—Ojalá nuestros hermanos se tomaran la noticia igual que lo ha hecho usted —declaró.

—Gilles, ¿es consciente de que no siempre tiene que seguir a Émile y a Maxence adondequiera que vayan? Tampoco está obligado a hacer todo lo que ellos hagan.

El joven se inclinó hacia delante, con los codos sobre las rodillas.

—De lo que soy consciente es de que me ha llamado dos veces por mi nombre de pila desde que he entrado en su carruaje.

La joven se ruborizó.

—Le pido disculpas. Émile siempre se refiere a usted de ese modo y debe de habérseme pegado. Disculpe mi atrevimiento. No quería dar a entender nada con ello.

—No me importa. —Se encogió de hombros—. Siempre y cuando me considere un amigo, puede llamarme como quiera. —Lo cierto es que le gustaba oír su nombre en esos labios.

La joven rio, dejó su taza y volvió a tomar el lápiz. Jugueteó con él entre los dedos, libres de guantes.

—Ya conoce mis recelos al respecto, *monsieur* Étienne.

—Tendrá que darme una buena excusa para ello. De hecho, ya me ha dado muchas buenas razones para que sí que seamos amigos. Si ya me considera simplemente Gilles, ¿no está resistiéndose a lo inevitable?

—Parece que eso es lo único que hago últimamente.

—Entonces ¿por qué no cede en esta minucia y así le quedará energía para poder ocuparse de esas cosas más importantes?

A la dama le cayó el lápiz sobre el regazo.

—¿Como oponerme a la revolución? —Su mirada transmitió un fervor que hizo que a Étienne le resultara difícil reprimir una sonrisa. Disfrutaba al ver cómo se encendía esa llama en ella.

—En lo que usted desee.

La dama agitó la cabeza de un lado para otro.

—No logro entenderle, Gilles Étienne.

El joven señaló con la cabeza hacia el café.

—Sin duda me entiende mejor que esos dos.

—Eso no es complicado.

Él se asomó más por la ventana para poder ver mejor el cielo.

—Debería irme a casa. Mi madre no tardará en tener la cena lista y debo ir a buscar a mis sobrinas. —Aunque deseaba quedarse. No habían intercambiado ni una palabra desagradable, al menos ninguna lanzada contra el otro. ¿Había sucedido eso en alguna de sus conversaciones anteriores? Gilles le dedicó una inclinación de cabeza—. Que tenga un buen día, *mademoiselle* Daubin.

—Abrió del todo la puerta, que permanecía ligeramente entornada por una cuestión de decoro. Su hermano y Émile aún no habían salido del café. Bien. Era mejor escabullirse antes de que pudieran volver a enfrentarse a él.

—Marie-Caroline.

Gilles se detuvo en el escalón del carruaje.

—¿Cómo dice?

La joven volvió a acomodar el tablón de escritura sobre el regazo.

—Si voy a empezar a llamarlo Gilles, lo justo es que usted también me llame por mi nombre de pila.

Gilles sonrió abiertamente. No hubiera podido contener la sonrisa aunque lo hubiese intentado.

—Pues entonces, que tenga un buen día, Marie-Caroline.

La dama se despidió de él mientras bajaba, y cuando él miró por encima del hombro, ya estaba escribiendo a toda prisa. Volvió a tararear, como si lo hiciera de forma inconsciente.

Gilles se detuvo nada más poner los pies en el suelo.

—¿Ha estado alguna vez en Aviñón?

Ella levantó la cabeza.

—Sí. ¿Por qué lo pregunta?

El joven se apoyó contra la puerta.

—Entonces sabrá que realmente no se puede bailar sobre el puente de Aviñón, como dice la canción. Es demasiado estrecho.

—Lo sé.

Gilles estaba intentando alargar el encuentro. No debería. Y, aun así, el agradable aroma del café, la relajada postura, el asomo de una sonrisa y la camaradería entre ambos lo tentaban a volver a entrar en el carruaje. ¿Quién sabía lo que se encontraría en casa, sobre todo cuando su hermano Max regresara?

—¿Por qué le gusta tanto esa vieja canción?

Marie-Caroline inclinó la cabeza y se dio unos golpecitos con el lápiz en la tersa mejilla.

—Supongo que es porque me encanta bailar. Y me hace tener la esperanza de que algún día el baile regrese a Francia.

—En Francia se sigue bailando. —En las reuniones de revolucionarios, los participantes acababan participando en varios bailes. Aunque no eran como los de la alta sociedad que seguramente la dama echaría en falta. Algunos bailes tomaban un rumbo bastante oscuro y violento.

—Los bailes de los *sans-culottes* son una barbarie. Me refiero a bailar de forma agradable. Con amigos.

El corazón le dio un vuelco al pensar en bailar con ella. Nunca había acudido a ningún tipo de acto social de esa índole. Antes de abandonar el barco de su padre, la revolución ya había acabado con la mayoría de las fiestas que no fueran reuniones de jacobinos o mítines. Sin embargo, estaba seguro de que no era antirrevolucionario desear que se recuperasen ese tipo de cosas.

—Espero que algún día su sueño se haga realidad —le dijo. Y de verdad lo esperaba, por su propio bien tanto como por el de ella.

❀ ❀ ❀

Sylvie, acabo tener un encuentro de lo más extraño y debes decirme qué opinas al respecto. Gilles acaba de abandonar nuestro carruaje. En lo que ha durado nuestra conversación, no hemos discutido ni nos hemos reprochado nada. Por supuesto, me ha gastado alguna que otra broma, pero esa es su naturaleza, igual que la de Émile es coquetear. Y nos hemos despedido como amigos, algo que no me habría imaginado nunca en nuestro primer encuentro.

Me ha contado que no va a marcharse con los federados para así poder ayudar a su madre y al resto de su familia. Supongo que no todos los jacobinos son tan desalmados como creía. Muchos anteponen su preocupación por la nueva Francia a todo lo demás en su vida. Ahora, al ver cómo este jacobino renuncia a la gloria y al honor que le otorgarían marchar hacia París, me pregunto si no debería reconocerle el mérito. A Gilles le importa más su familia que la revolución. Algo en su forma de hablar que me dejó entrever que existe otro motivo para quedarse, pero no quise presionarlo para que lo confesara.

Me gustaría retractarme sobre algo que te había dicho en otra carta. Te había escrito que Gilles no es igual de atractivo que Maxence. Y, aunque es cierto que no tiene la estatura ni las facciones afiladas del mediano de los Étienne, su mirada transmite un cierto atractivo al ir acompañada de una robusta constitución de marinero. El modo en el que se mueve es como si se balanceara sobre la superficie de un barco invisible. Y mientras que Émile destina todo su tiempo y esfuerzos en arreglarse el cabello para que parezca despeinado, Gilles logra ese aire despreocupado sin ni siquiera intentarlo. Es como si acabara de desembarcar. Lo encuentro bastante agradable. Y, por favor, no le leas esto en voz alta a tu madre.

Te dejo, ya que Émile no tardará en regresar junto con la camarera para que se lleve la bandeja. Mi hermano no estará de muy buen humor cuando me lleve a casa de la familia Lamy. Qué curioso que una persona y sus acciones puedan causar unas reacciones tan contrarias en mi hermano y en mí.

Te mando todo mi amor a ti, a tus padres y a mi querido Guillaume. Espero que estos federados no impidan que podamos vernos de nuevo muy pronto.

Con cariño,
Marie-Caroline

CAPÍTULO 13

2 de julio de 1792
Marsella

Mi querida Sylvie:

Pronto contarás con dos miembros de mi familia cerca de ti, aunque espero que no tengas que encontrarte con el mayor. Esta noche, Émile parte con el batallón de federados para asegurar la libertad de la patria. Pero me temo que, en caso de encontrártelo, para tu familia y para ti significará todo lo contrario a la libertad. No creo que vaya a contactar con vosotros, dada la seriedad con la que se toma su deber para con la revolución. Sin embargo, si lo hiciera, sería para ver a Guillaume. Le suplico a tu familia que no deje que esto ocurra, ya que lo convencería fácilmente gracias a su retórica. Aunque mi hermano pequeño ha brindado más o menos apoyo a nuestra causa y te ha ayudado en tu labor a la hora de dar cobijo a los clérigos, creo que Émile podría ganárselo fácilmente, igual que François Mireur se ha ganado a la mitad de esta ciudad con su canción de guerra.

Mi madre se ha pasado toda la mañana llorando. Papá ha salido temprano a la oficina y no lo hemos visto desde entonces. Yo he estado a punto de acompañarlo para evitar la escena, pero mamá necesitaba que hubiera alguien en casa. Como estoy segura que pensarás, ya que conozco tu naturaleza romántica y he leído las ridículas ideas que expresaste en tu carta de hace unas semanas, no me he visto tentada a acudir a la fábrica de jabón porque se encuentre allí cierto empleado atezado.

Émile apenas ha vuelto a mencionar el nombre de Gilles desde aquella tarde en el café Valentin. Y cada vez que lo hace, le cambia el semblante a causa del disgusto. No me quiero ni imaginar cómo lo estará tratando Maxence en casa, solo espero que se limite a actuar con indiferencia. Mientras que mi hermano es más elocuente, Maxence posee esa rabia pura y desenfrenada que impulsa el fervor revolucionario. A veces me pregunto: si Émile y Maxence no fueran amigos, ¿se habría unido mi hermano a los federados? Tal vez hubiera acabado haciendo lo mismo o quizá mi madre no estaría llorando en el diván mientras te escribo esto.

Espero ver a Gilles en la ceremonia de esta noche. Solo deseo poder decirle que ha hecho lo correcto. Sigue siendo un jacobino, aunque no vaya a partir hacia París. No obstante, opino que tomar su propia decisión en lugar de seguir el ejemplo de su hermano es algo plausible. Un militante revolucionario menos en París no supondrá ninguna diferencia, pero es bueno saber que, al menos, tendré un amigo que no estará en peligro.

Al menos, no en esa clase de peligro. Marsella tampoco es una ciudad segura. Se producen peleas a diario y se ha ejecutado públicamente a varios monárquicos y sacerdotes refractarios. Me he visto obligada a ocultarle esta noticia a mamá. Papá y yo estamos de acuerdo en que es mejor así, sobre todo ahora que Émile va a acabar metido en el meollo de la violencia revolucionaria.

¿Volveremos a bailar algún día, Sylvie? ¿A escondernos detrás de nuestros abanicos en una sala de baile atestada, aleteando las pestañas ante los chicos del otro extremo de la estancia? Somos demasiado mayores para eso, aunque siento que nuestro tiempo para hacer esas cosas ha llegado a su fin injustamente. Lo que daría por un baile más.

Vaya, esperaba poder escribirte una carta entera sin tener que mencionar a ninguno de los Étienne, pero he fracasado. La próxima vez que te escriba, no aludiré en absoluto a Gilles, solo para demostrarte que no hay nada de cierto en tus insinuaciones. Nuestras convicciones son demasiado opuestas como para que exista nada más que una amistad entre nosotros. No obstante, espero que esta incipiente amistad, por muy frágil que sea, signifique que estamos un paso más cerca de solucionar todo lo que va mal en nuestra querida Francia. Si cada ciudadano francés, desde Calais a Tolón, hiciera lo mismo, ¿no crees que podríamos encontrar la forma de entendernos y de hallar la verdad en este revoltijo de pensamientos dispares? ¿Que todo esto podría conducir a una paz y prosperidad para todos?

A mí me gusta pensar que podría ser así.

❋ ❋ ❋

Nadie podía oír nada una vez que dio comienzo la ceremonia. A Gilles le zumbaban los oídos mientras seguía a Maxence a través de la multitud hasta donde les esperaba su madre. Habían cargado la aportación de suministros de su hermano en uno de los tres vagones dispuestos para partir con ellos. Lo único que les quedaba era esperar a que empezara la despedida y, entonces, Max partiría hacia París.

Mantuvo la cabeza gacha mientras se abrían paso entre los grupos de familiares y amigos que habían acudido a ver partir al batallón. Los Étienne habían estado por todo el mundo, desde el mar del Norte hasta el océano Índico. Pero ninguno de sus parientes más cercanos había pisado nunca París. Maxence iba a viajar a un nuevo territorio y Gilles detestaba el arrepentimiento que sentía solo por pensar en que estaba perdiendo la oportunidad de experimentar en una nueva ciudad. Conocer nuevos lugares y personas era una de las pocas cosas que habían merecido la pena de su vida a bordo del *Rossignol*.

Se había instalado una mesa al fondo del bulevar, alineada con los llamados «árboles de la libertad», plantados en honor a la revolución. Su madre los esperaba bajo las ramas. La mujer echó un vistazo a la banda que le cruzaba el pecho y le sujetaba el mosquetón a la espalda a Maxence. Su hermano había vendido la mayoría de sus libros de medicina para comprar suministros, algo que Gilles lamentaba en silencio, aunque entendiera la necesidad de hacerlo.

El menor se aflojó el pañuelo, que ya llevaba bastante suelto. Pese a lo avanzado de la tarde, el calor de todo el día parecía concentrado en la ciudad portuaria. No se había molestado en llevarse algo de abrigo para la noche y llevaba la camisa remangada hasta los codos desde su llegada. No sabía cómo Max podía sobrevivir llevando un gorro puesto y un zurrón a cuestas.

—¡Maxence!

Su hermano esbozó una sonrisa al ver a Émile. Cuando llegó el estudiante con el pelo alborotado, ambos se estrecharon la mano con entusiasmo.

—Hoy marchamos por la muerte y la gloria de Francia —gritó Émile por encima del alboroto de la muchedumbre.

La madre de los Étienne los miró a ambos con pesadumbre. Gilles podía imaginar lo que estaría pensando al ver partir a su hijo a la guerra. Cada vez que tenía que despedirse de ellos en el puerto, sabía que la batalla era una posibilidad en alta mar. Pero la violencia no estaba asegurada, como todo lo demás en el mar. Sin embargo, ese día, Max se marchaba con el único objetivo de combatir.

Unos momentos después, Marie-Caroline apareció entre la multitud, seguida de *monsieur* Daubin, que llevaba del brazo a su pálida esposa. Los tres saludaron a la familia Étienne antes de que el matrimonio se apartara unos pasos del resto de la gente.

Marie-Caroline Daubin se quedó cerca de ellos y le hizo a Gilles un gesto enigmático.

—¿Qué quiere decirme? —le preguntó el joven, ladeando la cabeza para acercarse y poder oírla mejor.

—Veo que no le han obligado a unirse en el último momento.

Él rio de un modo un tanto forzado.

—No, ya he tomado mi decisión. —Pero ¿era la correcta? No sabría decirlo. No obstante, era la que había tomado.

—Los voluntarios se están reuniendo —anunció Émile, señalando a un grupo de hombres al frente de la muchedumbre con boinas rojas y mosquetones—. ¿Nos unimos a ellos?

Maxence asintió con firmeza.

—¿No te quedarás durante la ceremonia? —le preguntó su madre en un susurro.

—Nos marcharemos en cuanto acabe todo esto, así que tenemos que estar listos. —Maxence la abrazó ligeramente, pero su madre se aferró a él con fuerza, sin dejar que se apartara durante unos minutos.

Gilles apartó la mirada de la estampa que formaban la afectada mujer y el hijo indiferente. Su hermano debía estarle agradecido a su madre por lo mucho que se había esforzado en conseguir reunir suministros para él, aunque no oyó palabras de agradecimiento por su parte. Solo oía el murmullo de la voz de su madre, demasiado débil cómo para entender lo que decía.

Se podía palpar la angustia de la señora Daubin en un rincón del bulevar. Tanto a Émile como a su padre les costó que la mujer soltara a su primogénito. Cuando ella se derrumbó en los brazos de su esposo, el hijo se volvió hacia Marie-Caroline. Intercambiaron un par de palabras, se dieron un abrazo forzado y él pudo irse.

Luego se acercó a Maxence y a Gilles, caminando más erguido que de costumbre.

—Amigo mío, ha llegado nuestro momento. —Émile le dio un codazo—. ¿No te gustaría venir a ti también?

Marchar por la muerte y la gloria de Francia. Gilles sonrió débilmente. Por una parte, sí que le habría gustado.

—Ya se formarán más batallones —repuso Émile—. Habrá más formas de contribuir a la causa. Acabaremos viéndote en acción. Todos los ciudadanos de Francia se alzarán para defender el nacimiento de una nueva nación y la libertad, de lo contrario, serán pisoteados. —Le tendió una mano—. No me gustaría marcharme disgustado con un hermano y compañero jacobino.

Gilles le estrechó la mano.

—Te deseo toda la suerte del mundo.

—Y si no regreso, espero que ocupes mi lugar en Montpellier —declaró Émile, con un brillo en los ojos—. Sin duda, serás mejor estudiante que yo. Le he escrito a mi profesor, que nos está guardando la plaza hasta cuando podamos regresar. Se pondrá en contacto contigo con la información necesaria si al final acabo muriendo en la batalla.

El menor de los Étienne abrió la boca para hablar, pero no se le ocurrió qué decir, así que solo masculló un agradecimiento.

Maxence no le ofreció la misma rama de olivo. Los hermanos permanecieron inmóviles, mirándose el uno al otro.

«Pues quédate y escóndete entre las faldas de las mujeres. Y que tu sangre impura riegue los campos junto con la del resto de los enemigos de

Francia». Las palabras pronunciadas una semana antes resonaban en la mente de Gilles. ¿Seguiría pensando lo mismo? No daba ninguna señal de arrepentimiento. Su hermano permaneció con la mandíbula apretada mientras lo miraba y asentía a modo de despedida. Entonces los dos amigos se marcharon entre los lamentos de la señora Daubin.

A Gilles le faltaba el aire y notó una dolorosa sensación de soledad. Maxence se perdió entre la multitud, mezclándose con el resto de los voluntarios y los *sans-culottes* que llevaban la misma boina carmesí. De niño, había visto partir a Max en su primer viaje a bordo del barco de su padre, dejándolo solo con su madre por primera vez. Por aquel entonces, era lo bastante mayor como para no querer llorar, sobre todo delante de la gente, así que se había tragado las lágrimas.

Ahora sentía de nuevo el nudo en la garganta. Y no solo porque Max se fuera. Aquello era algo que sucedía en sus vidas con demasiada frecuencia. Sentía un vacío en el pecho. Un vacío que podría haberse llenado con una sentida despedida entre hermanos que quizá se veían por última vez. ¿Volvería a encontrarse con Maxence? Si eso no sucedía, ¿podría perdonarse a sí mismo aquel frío adiós? Hasta Marie-Caroline y Émile habían dejado a un lado sus extremas diferencias por un momento.

Miró a su madre, a su lado, con el pecho visiblemente agitado. La mujer parpadeó con avidez, con los ojos fijos en los federados. Gilles la rodeó con un brazo y la estrechó contra el costado. Su madre le tomó la mano, agarrándose a ella como si fuera su tabla de salvación.

La muchedumbre abrió paso a una fila de hombres que marchaba hacia el frente de la concentración, donde estaban los miembros del club que se habían reunido en la calle Thubaneau. Tenía sentido que fueran ellos los que presidieran la ceremonia de despedida, ya que su banquete en honor a Mireur, junto con la carta de Barbaroux, era lo que había desencadenado la movilización. El líder se subió a la mesa y unos gritos de emoción brotaron de entre la multitud, especialmente entre los voluntarios.

—¡Soldados ciudadanos! —arengó, entre aplausos—. ¡Qué momento más maravilloso para los amigos de la Constitución!

Gilles notó una mano deslizándose por su brazo, un delicado cuero que le acariciaba la piel y le producía cosquilleo. Marie-Caroline estaba a su lado. La joven contemplaba la animada exhibición del jacobino que tenían delante, pero mantuvo el rostro impasible.

¿Le estaba temblando la mano? Se agarraba con fuerza a su brazo y se había acercado a él más que en el paseo de vuelta a casa desde el distrito de Belsunce.

—¿Cómo no íbamos a venir a ver marchar a nuestros grandes voluntarios y compatriotas, esos que están dejando atrás a sus esposas, hijos y familias para acudir en auxilio de la patria y la libertad?

—Volverán —murmuró Marie-Caroline. Gilles no supo si lo decía para sí misma o se lo decía a él. El bajo de las faldas vaporosas de la dama le rozaba los tobillos debido a su cercanía. El aroma del perfume de lavanda inundó el aire, lo que le transportó por un momento a los campos abiertos y a un silencio relajante.

—Claro que volverán. —Le habría apretado la mano si no hubiese estado sujetando también la de su madre. Qué reconfortante era la sensación de tener a dos mujeres a su lado, aunque ambas hubieran acudido a él en busca de consuelo.

Una bandera azul, blanca y roja ondeó por encima de los presentes, personas de todas las edades y posiciones sociales. El líder jacobino le entregó un gorro frigio al líder de los federados, a lo que siguió un coro de vítores.

—Esperamos vuestro glorioso regreso, como los héroes de antaño, empapados en la sangre de los enemigos de Francia.

Max se había perdido entre la marea de gorros frigios. Sin embargo, Gilles podía seguir sintiendo su mirada de desaprobación, como la que le había dedicado en cada encuentro desde que le comunicó su decisión de no ir a París.

—Recordad a vuestros hermanos y hermanas de Marsella, a los que dejáis atrás.

El menor de los Étienne bajó la mirada. Se ruborizó, y no fue a causa de la cercanía de Marie-Caroline.

—Mientras nos alzamos para defender la causa de la libertad y derrocar a los tiranos del despotismo, seguiremos teniéndoos siempre en nuestros pensamientos, ¡nuestros valerosos federados!

Marie-Caroline le estrechó el brazo a Gilles también con la otra mano.

—No estás fallándole a tu causa —susurró tan bajo que su voz casi se perdió en el clamor de los entusiastas revolucionarios.

Tras una señal, la multitud se hizo a un lado para dejar pasar a los voluntarios.

—Eso es reconfortante, viniendo de una monárquica. —Gilles dio un paso hacia atrás para evitar que lo pisara la muchedumbre que avanzaba. Su madre lo soltó y se puso de puntillas para poder atisbar a su segundo hijo por última vez. Sin embargo, la señorita Daubin se mantuvo agarrada a su brazo.

—Creía que quería que fuéramos amigos —repuso ella—. Los amigos no tienen por qué estar de acuerdo en todo, solo brindarse apoyo.

Gilles sintió que el tono conciliador de la joven le aliviaba la presión que le ahogaba en el pecho.

—Supongo que también se alegrará de que no la haya dejado atrás para que limpie mi estropicio, aunque otros hombres lo hagan.

Marie-Caroline apretó los labios carnosos y la mirada se le oscureció por un instante. Gilles deseó poder descifrar el recuerdo que le había pasado por la mente como los últimos breves rayos de luz de una puesta de sol.

—Me da la sensación de que usted es de esos hombres que limpian su propio estropicio. —Inclinó la cabeza—. O al menos, intenta hacerlo, aunque no siempre tenga éxito.

Gilles se acercó hacia ella.

—¿Cuándo no he sido capaz de limpiar mi propio estropicio? —No podía ver nada más que los ojos oscuros y vivaces de la joven. Resplandecían a la luz del atardecer. Nunca había podido verlos tan de cerca.

—No quiero besarle —le dijo ella en un susurro.

Sus palabras lo sacaron de golpe del ensimismamiento provocado por el aroma a lavanda. Se apartó de inmediato, agradecido de que la fila de hombres que partían acaparara toda la atención a su alrededor. Respiró hondo varias veces, pero no consiguió apaciguar su pulso acelerado con las manos de Marie-Caroline todavía rodeándole el brazo.

—¿No habíamos dejado atrás el jueguecito de los besos? —preguntó.

Al final de la fila de voluntarios, aparecieron dos cañones. Únicamente dos. El *Rossignol,* pese a tratarse de un bergantín, contaba con una docena.

Esos dos resultaban patéticos en comparación con los del barco de su padre. En todo caso, sabía muy poco sobre la guerra por tierra, meditó el joven, lo que le llevó a pensar que tal vez su aportación a la causa de los federados no habría sido tan importante como le había dicho Max. Intentó distraerse de la presencia de Marie-Caroline pensando en armas.

—Solo me aseguro de que no lo ha olvidado —le respondió ella—. Al fin y al cabo, somos amigos y no... otra cosa.

Un recordatorio que él no necesitaba, aunque ella parecía no pensar lo mismo. Se le erizó la piel cuando la joven le rozó al retirar las manos de su brazo. Quizá sí necesitaba ese recordatorio.

—Debería ir a ayudar a mi padre a consolar a mi madre —continuó Marie-Caroline—. Buenas tardes, *monsieur*.

Gilles no se estaba dejando encandilar por una monárquica, tal y como Émile había sugerido en el café. Marie-Caroline no era su dama. Era solo la hermana mayor de un buen amigo y la hija de su jefe. Sus familias estaban vinculadas, así que mantener una amistad era lo más lógico.

Se volvió para despedirse de ella, pero era demasiado tarde. Marie-Caroline estaba ya al fondo del bulevar junto con sus padres. El rumor de voces se mantenía a pesar de que los voluntarios ya habían partido. Le seguían zumbando los oídos. Debían marcharse, ya que el camino a casa les llevaría el doble de tiempo que de costumbre. Le dio un golpecito a su madre en el hombro e indicó con un gesto una de las calles laterales.

Su madre se secó los ojos y lo tomó de un brazo.

—Me alegro de que te hayas quedado.

Gilles esbozó una sonrisa forzada. Protegería mejor a su familia desde Marsella que desde París. Solo le quedaba creer de corazón que había tomado la decisión correcta.

CAPÍTULO 14

G illes cruzó la puerta de la fábrica de jabón hacia la deslumbrante luz del atardecer y se puso el gorro frigio. Si se lo hubiera comprado un par de días antes, ¿le habría dedicado Maxence una mirada tan dura antes de partir? Se apartó los rizos que le caían sobre los ojos. Llevaba cuatro días poniéndoselo y aun así no sabía cómo dominar bajo él los mechones rebeldes. Tal vez tuviera que cortarse el pelo.

Un hombre joven y delgado pasó por su lado, obligándolo a pegarse contra la puerta del despacho. El recién llegado llevaba un gorro similar. Eso era lo de menos. Todos los credos contaban con gente con malos modales. Sin embargo, ese andar desgarbado le resultaba familiar.

—¿Martel?

El joven se volvió. Parpadeó y abrió la boca, antes de retroceder hasta la puerta de la fábrica.

—¡Gilles! ¿Qué estás haciendo aquí?

—Acabo de terminar de trabajar. —A su hora, por una vez. Su jefe se había ido antes a casa con un gesto tenso y demasiado preocupado como para hacer nada útil.

Martel alzó los brazos en el aire.

—¡Los voluntarios! Ya se han ido todos.

Gilles se estiró el borde del gorro.

—He... He decidido que podía contribuir más a la revolución desde aquí. —Se preparó para convertirse en blanco de una rabia mucho mayor que la de Maxence.

Su amigo dejó caer las manos e inclinó la cabeza hacia un lado.

—Dijiste que estabas buscando otra oportunidad para servir a la causa. ¿Por qué no aprovechaste esa? No estás casado ni tienes ataduras. ¿Qué te aferra a este lugar?

Dejó escapar un suspiro antes de entonar la respuesta preparada con antelación.

—Si yo hubiera estado aquí —siguió Honoré Martel, enfadado—, habría sido el primero en alistarme. El primero en marchar hacia París. El primero en morir.

Con la experiencia en combate de su amigo, esa última afirmación bien podría haber acabado haciéndose realidad.

—Morir no es el único modo de servir a la nación —replicó él.

Honoré negó con la cabeza.

—Y dices ser un jacobino. Te lo suplico, no te conviertas en un Lafayette. No dudaría en disparar contra mi propio amigo por la causa de la libertad.

No dudaba de sus palabras. La comparación con Lafayette, que había denunciado a los jacobinos y huido a París, hizo que se le tensaran los hombros.

—Abandonarlo todo no es la única forma de servir a la patria. ¿Quién mantendrá la economía en marcha si lo dejamos todo atrás? La gente moriría de hambre.

Honoré resopló.

—No van a necesitar jabones y perfumes de lujo. —Cerró los ojos como si se estuviera planteando cómo hacerse entender por un niño inocente—. Ya surgirán otras formas para servir. Pero no puedes dejar pasar todas las oportunidades, amigo mío. Voy a reunirme con un conocido para tratar el asunto de cierto sacerdote refractario.

—¿Un sacerdote?

—Mi tío. Ha desaparecido y sospecho que no ha abandonado la ciudad. Es mi deber como su pariente llevarlo ante la justicia. —Levantó un hombro—. Si me proporcionan información valiosa, me ayudarás a buscarlo. Así tendrás otra oportunidad de dar la cara y ayudar a la patria. —Arqueó la ceja como si estuviese retándolo.

—¿Cómo ha ido tu viaje? —se apresuró a preguntarle Gilles—. ¿Has tenido éxito?

—No como me habría gustado, pero cualquier progreso es bueno. —Levantó una mano—. Debo ir a reunirme con ese hombre. Ya hablaremos en la reunión.

Sí. Al día siguiente por la noche. Gilles tenía que prepararse algunas respuestas para todas las preguntas que le harían. Esa reunión se celebraba justo después de la partida de los jacobinos y él no le había mencionado aún a nadie su decisión de no unirse. Tendría que enfrentarse a miradas, ceños fruncidos y susurros por aparecer por allí tras la marcha de los federados. Por un momento, se planteó inventarse una excusa para no acudir. Pero solo provocaría que corrieran más rumores.

—Hasta entonces. —Martel se marchó a toda prisa con gesto ensimismado, como si ya se hubiese olvidado de que acababa de decepcionarlo.

Qué diferente era de la nueva amiga que había encontrado en Marie-Caroline. Enfiló calle abajo hacia su casa. El compañero jacobino, que supuestamente compartía sus ideas, lo dispararía tan solo por no estar de acuerdo con él. Ella, que pensaba de un modo completamente distinto, lo apoyaba en sus convicciones.

¿Qué conclusión debía sacar de aquello?

***

Todavía dándole vueltas a la reprimenda de Martel, Gilles se acercó a la cocina, donde se oía el entrechocar de cuencos. Se detuvo en la puerta para observar aquel caos de faldas moviéndose de un lado a otro.

—No hace falta añadir agua. Rosalie no cenará con nosotros esta noche —le dijo su madre a Florence—. Tenemos de sobra. ¿Has aliñado la ensalada?

Florence maldijo entre dientes y se lanzó a por otro cuenco.

—¿Viene alguien a cenar? —preguntó él, intrigado. Una decena de aromas inundaba el aire, aunque el más penetrante era el de salmuera.

—¡Ya están aquí! —siseó Florence.

Gilles frunció el ceño.

—¿Quiénes? —No era de buena educación llegar antes de la hora. El salón no estaba a la vista desde donde se encontraba. «Por favor, que no sea alguien importante», pensó.

Su madre le dio un codazo en el brazo a modo de saludo mientras se dirigía hacia la puerta con un cubo con agua sucia de lavar las verduras.

—Creía que les había dicho a las seis, pensando en cenar a las siete, pero debí de decirles a las cinco.

Normalmente solo cenaban a esas horas los sábados, debido a su reunión con los jacobinos.

Su madre tiró el agua hacia fuera desde la puerta y luego se apresuró a volver a la cocina.

—Gilles, remueve la compota. Gracias al cielo que tu tío abuelo nos ha enviado hoy una cesta de higos y peras de verano.

Su hijo obedeció y se acercó al fuego para remover un pequeño caldero con una compota pegajosa y dulce. Nunca había visto a su madre tan nerviosa antes de servirle la cena a sus amigos. A diferencia de las familias burguesas como los Daubin, ellos rara vez intentaban impresionar a sus invitados. Se limitaban a ofrecer una buena comida y una buena compañía, incluso si los platos eran sencillos y los invitados humildes. No entendía por qué ese día tenía la necesidad de impresionar a alguien.

Le echó un vistazo al cuenco cubierto por un paño junto al fuego. Miró por encima del hombro hacia su madre y Florence, que estaban contando los platos con los dedos, y levantó una esquina del trapo. Se le hizo la boca agua. Justo lo que sospechaba: gofres. Tentado de robar uno de los dulces mantecosos espolvoreados de azúcar, el grito de su madre lo hizo soltar el paño y erguirse.

—¡La mesa! Gilles, quita la compota del fuego y ve a poner los platos en la mesa. Date prisa.

—¿Quién ha venido? —Tomó el caldero por el asa de hierro, que se balanceaba en exceso, y buscó con la mirada un sitio en la cocina para dejarlo. Su madre acudió en su ayuda y le quitó el recipiente de la mano, sujetándolo por el asa con una toalla.

—Pon la vajilla de la abuela. Pero fíjate bien en cómo la colocas.

¿Es que no lo había oído? No solían usar la vajilla de la abuela, sobre todo porque cada vez que lo hacían uno de los hermanos terminaba rompiendo alguna pieza.

—¿Qué vamos a comer? —preguntó mientras se apresuraba hacia el comedor. Tenía que dejarse la casaca puesta para los invitados, aunque estaba tan acalorado que solo deseaba quitársela.

—Bullabesa —respondió Florence.

Claro, debería haberlo adivinado por el aroma a salmuera.

—¿Quién ha venido? —preguntó otra vez, casi a voz en grito para que pudieran oírlo.

—Las Daubin. Solo la madre y la hija.

Gilles se detuvo con brusquedad en la puerta.

—¿Las Daubin? —¿Su madre había invitado a la familia de su patrón? Se dio la vuelta—. ¿Bullabesa? ¿Para las Daubin?

Su madre levantó los hombros mientras vertía la compota en un plato.

—Tenían rocotes en el mercado.

—¿No podrías haberte esperado a otra noche para invitar a la mujer y a la hija de mi jefe? ¿Tal vez una en la que no cenáramos bullabesa?

Su madre resopló.

—Me las he encontrado hoy en Noailles y la señora parecía todavía muy angustiada por la partida de los chicos...

Iban a parecer pobretones. Gilles se rascó la ceja. ¿Qué iba a pensar Marie-Caroline? Cuando él había cenado en su casa en mayo, los Daubin les habían servido a sus invitados cuatro elegantes platos de exquisiteces. Y su familia iba a devolverles el favor sirviéndoles una mezcla de sobras de pescado en caldo.

—Si a ti te encanta la bullabesa —lo reprendió su madre—. Ve a poner la mesa.

Sí, pero nunca se la había servido antes a una dama. Y mucho menos a una que quería que tuviese buena opinión de él. Se dirigió al comedor, reprimiendo las ganas que tenía de asomarse al salón. Abrió el gran baúl con motivos de cuerdas y nudos tallados por su bisabuelo y, con cuidado, sacó de sus envoltorios los platos con bordes dorados.

En realidad, a un jacobino no debería importarle servir una comida modesta a una familia rica. Sintió en las manos una extraña energía mientras disponía los platos con tanta delicadeza como le era posible. Si Marie-Caroline fuese su dama, tal y como había sugerido Émile, entonces estaría justificado que sintiera que todo eso era inadecuado para ella. Pero no lo era. Y nunca lo sería, como se esforzaba la joven en recordárselo.

—No quiero besarle.

Gilles se sobresaltó cuando la voz de sus pensamientos se materializó. Marie-Caroline se encontraba apoyada contra el marco de la puerta del comedor con un vestido azul oscuro. Aquel color le favorecía.

—¿Nunca se cansará de saludarme de ese modo? —Fue a buscar los cubiertos más elegantes, guardados en el baúl. Le costaba imaginar que ella fuese a cambiar de parecer a esas alturas, pero siempre podía soñar.

—Sé por experiencia que si no hago un recordatorio al principio de nuestros encuentros, mis deseos al respecto acabarán olvidándose.

—No la habría besado delante de media Marsella. Y mucho menos de su padre. —Aunque, sin duda, había llegado a acercarse demasiado a la joven sin darse cuenta. Si *monsieur* Daubin no hubiese estado ocupado con la tristeza de su esposa, tal vez tuviera ya prohibida la entrada a la fábrica de jabón.

Marie-Caroline se cruzó de brazos.

—No me lo creo. No cabe duda de que estaba admirando mis labios desde muy cerca.

—¡Los ojos! —Gilles levantó los brazos en el aire, sujetando aún un cuchillo—. Estaba admirando sus ojos.

Marie-Caroline arqueó una ceja.

—Lo digo en serio. Tiene unos ojos muy bonitos. —«Imbécil». Podía escuchar en su cabeza las risitas de Max y Émile.

Notó un leve movimiento en las comisuras de la boca de la joven. Tal vez el inicio de una sonrisa, una carcajada o una mueca. No estaba seguro. Sin duda ella había reparado en el rubor que le subía desde el cuello. ¿Qué le sucedía? Ya le había dicho antes a muchas chicas que eran guapas. Lo único que le había dicho a ella era que tenía unos ojos bonitos. Podía hacerle un cumplido a una amiga.

—Gracias. —Marie-Caroline lo contempló mientras terminaba de poner la mesa. La sensación de tener esos ojos fijos en él le hizo manejar los platos con torpeza.

—Creo que encontrará la cena demasiado sencilla —tartamudeó para romper el silencio—. Vamos a tomar bullabesa como plato principal.

—No me molesta la sencillez. Ni a mi madre tampoco.

Lanzó una mirada mordaz al atuendo de la dama.

—Me cuesta creer eso.

—No somos aristócratas, *monsieur* Gilles —respondió, estirándose todo lo posible hasta casi alcanzarlo en altura—. Mi padre trabajó duro para crear su fábrica de jabón y perfumería con mi abuelo. Igual que hizo el tío de su padre con sus barcos. —Llevaba una pequeña escarapela enganchada al delicado pañuelo que le rodeaba el cuello. No debería habérsela puesto para acudir al distrito de Panier. El hogar de los Étienne estaba demasiado cerca del ayuntamiento, donde varios contrarrevolucionarios no habían tardado en ser juzgados y ejecutados.

—Aun así, la familia de su madre está llena de aristócratas. Usted misma echa de menos vivir cerca de ellos, donde estuvo hasta hace un par de meses. —Gilles modificó la disposición de los platos en la mesa—. No creo que su tía sirva bullabesa en su mesa. Así que entenderá mi preocupación.

—Si un amigo me ofrece un guiso de pescado y la compañía es buena, ¿quién soy yo para quejarme?

Él inclinó la cabeza a un lado. Tal vez hubiera malinterpretado el aprecio de la dama por las cosas refinadas y caras. Cómo no, aquella idea se la había metido su hermano en la cabeza.

Su madre se deshizo en disculpas mientras transportaba una sopera humeante que dejaba tras de sí el aroma a ajo y azafrán. La señora Daubin irrumpió en el comedor en el mismo momento en el que Florence disponía sobre la mesa platos de verduras y pan crujiente.

Madame Daubin no puso mala cara ante la sencillez de todo aquello, con muchas menos viandas de las que ella solía servir. Tal vez no sospechaba que la cena consistiría en un plato único y el postre. Florence sirvió el caldo y el pescado sin que ninguna de sus invitadas manifestara sorpresa.

—Son muy amables por habernos invitado a cenar con ustedes —agradeció la señora Daubin después de darle algunos sorbos al sabroso caldo—. Mi marido ha estado trabajando hasta tarde las últimas semanas. Ni siquiera viene a cenar la mayoría de las noches.

¿Hasta tarde? No se había quedado en la oficina mucho más de lo habitual. Gilles lo había visto subirse a su carruaje los últimos días al final de las duras jornadas. Supuso que estaría trabajando desde casa, aunque no se imaginaba en qué. *Monsieur* no le había mencionado nada al respecto a ninguno de los empleados.

—Nos hemos sentido muy solas las dos durante las cenas. —La mujer bajó la cabeza, aunque no pudo ocultar el temblor del labio inferior. A su lado, Marie-Caroline suspiró.

Pero antes de que la hija pudiera hablar, la anfitriona le tocó el brazo a la señora Daubin.

—Es muy duro despedirse de un miembro de la familia —le dijo, dedicándole una sonrisa de ánimo—. La compañía de amigos resulta uno de los mejores remedios para la melancolía en tiempos como estos.

A la esposa del jabonero dejó de temblarle el labio.

—Sí, tiene toda la razón.

—*Madame* Étienne, este guiso está exquisito —comentó Marie-Caroline. Evitó la mirada de Gilles y tomó otra cucharada de bullabesa. O intentaba demostrarle algo o deseaba devolverle el favor que le había hecho la madre de Gilles a la suya. Fuera cual fuese el motivo, él no pudo evitar sonreír.

La conversación entre las mujeres fluía de una forma mucho más natural de lo que había esperado. Florence recogió los platos mientras las invitadas alababan su don para la cocina; luego sacó el cuenco con gofres y los botes de mermelada y compota.

Gilles se untó una generosa cantidad de compota de higos sobre un gofre. No hacía ni un mes comía brevas en el huerto de su tío abuelo cuando Marie-Caroline había pasado cerca. Entonces, ni se le pasaba por la cabeza que tendrían a aquella joven sentada a su mesa poco después.

La miel y los higos le dejaron un sabor denso y dulce en la lengua cuando mordió el crujiente gofre. En el otro extremo de la mesa, Marie-Caroline mordisqueó delicadamente un pedazo de pera mientras oía a la madre de los Étienne hablar sobre la vida del capitán de un barco. Su amiga no parecía incómoda. Ese pensamiento le provocó una gran calidez en el pecho, algo que no podía atribuir a la felicidad que le producía comer un postre que le encantaba.

—Me alegra que Gilles haya podido estar aquí esta noche —dijo su madre. Él se irguió. ¿Por qué no iba a estar allí? Últimamente casi nunca comía en los cafés—. Suele acudir a las reuniones de su club los sábados por la tarde.

De pronto, dejó de masticar el gofre mantecoso y dulce. Era sábado y no viernes. ¡Cielos...! ¡La reunión! Se atragantó con un bocado del postre y se volvió para mirar el reloj que colgaba sobre la repisa, detrás de él. Las ocho. La reunión ya habría concluido.

Dejó el resto del gofre en el plato. No podía poner como excusa que había estado trabajando, ya que su amigo Martel lo había visto en la calle. Forzó una risa y dio un sorbo a la bebida con la esperanza de disimular el disgusto.

Tuviera o no una buena excusa, Honoré iba a matarlo.

❀ ❀ ❀

¿Recuerdas los bailes? ¿El aire denso, las velas goteando y el zumbido alegre que se extendía por la sala? Todos vestidos para ser vistos y admirados. Cuando cruzabas una mirada con un joven apuesto al otro lado de la estancia, y sabías que habías llamado su atención porque no se trataba solo de una mirada fugaz, el brillo de la sala parecía proceder directamente del interior de tu pecho. Lo único que deseabas entonces era encontrar un modo discreto de cruzar la pista de baile para poder hablar con él. Porque, aunque no lo conocieras bien, en ese momento era el hombre más deseable del mundo.

Recuerdo cuando Nicolás era ese hombre al otro extremo de la estancia. Parece que fue hace toda una vida. Lo siento tan distante que me he convencido a mí misma de que nunca más volveré a sentir esa llama. En mitad de todo el caos y la confusión, de los asesinatos en las calles y la guerra en el este, de las familias separadas por la distancia y las convicciones, ¿crees que puede haber cabida para una pequeña chispa de felicidad? Lamento no volver a ser una joven esperanzada en un baile, pero quizás haya un lugar en toda esta vorágine para momentos que hagan que la vida merezca la pena.

Esta noche hemos cenado con madame Étienne y Gilles. Aunque los platos no eran nada pretenciosos, creo que ha sido una de las mejores comidas que he probado desde que me marché de París. Te imagino leyendo esto ahora, devorando cada palabra del mismo modo en el que yo devoré la bullabesa de madame Étienne. Ves muchas cosas donde no las hay, querida Sylvie, pero esta noche te daré un pequeño bocado que sé que encontrarás tentadoramente delicioso. Antes de cenar, me encontré con Gilles en el comedor y me dijo...

CAPÍTULO 15

Me apresuraré a terminar y te diré solo lo siguiente: me siento muy agradecida por haber trabajado contigo para dar cobijo a tantos y protegerlos de las injusticias que han llegado con la supuesta liberación.
Mándale mi cariño a la familia. Y un abrazo extra para Guillaume.

M. C.

❀ ❀ ❀

Martel esperó a Gilles el lunes a la salida del trabajo. Se paseaba por el vestíbulo como un lobo herido incapaz de estarse quieto.

Étienne se detuvo para inhalar profundamente antes de bajar por las escaleras desde la planta superior.

—Buenas tardes, amigo mío.

—¿Dónde estuviste el sábado?

La verdad era su gran aliada. Los jacobinos se enorgullecían de ser sinceros.

—Creía que era viernes. Mi madre tenía invitados para cenar y cuando me di cuenta del error ya era demasiado tarde.

Martel tenía el rostro arrugado en una mueca mientras él bajaba hasta el final de la escalera.

—Firmamos una petición. Para destituir al rey. No pudiste elegir un día peor para faltar.

Gilles había oído por ahí que circulaban peticiones en el club de Marsella. El reciente veto del rey a la medida de perseguir a los sacerdotes refractarios había causado indignación entre los jacobinos y los *sans-culottes*.

—La firmaré esta semana. No me lo habría perdido si no me hubiera equivocado de día. —La idea de pasar una tarde con Marie-Caroline le resultaba más tentadora de lo que le gustaba admitir. Algo en su interior le decía que aquello no estaba bien. ¿De verdad habría renunciado a la reunión por pasar un rato en su compañía?

—¿Lo dices en serio? —Honoré se acercó mucho, cara a cara—. ¿O es solo otra excusa porque te has dado cuenta de que te falta coraje y convicción, amigo? —Pronunció ese último término de un modo que Gilles se preguntó si de verdad seguía considerándolo como tal.

Étienne se echó a un lado y se encaminó hacia la puerta.

—Si tuvieras el papel aquí, lo firmaría ahora mismo. No siento ningún aprecio hacia el ciudadano Capeto.[7] Solo amo a Francia.

Esas palabras parecieron calmar la furia de Martel.

—Entonces, no tendrás ningún reparo en ayudarme con mis obligaciones para con el país.

Siempre y cuando no significara tener que marcharse a otras zonas de la patria, pensó.

—Por supuesto. Vivo para servir a la nación. —Reprimió un estremecimiento. Había dicho algo muy típico de un jacobino.

Su amigo asintió con aire pensativo, aunque él no pudo deducir si lo había creído o si simplemente le complacía que supiera qué debía decir para no meterse en problemas—. Entonces, vamos.

—¿Ahora?

Martel abrió la puerta de par en par y esperó a que Gilles saliera.

—La nación nos necesita. Si no vamos a defenderla desde primera línea de batalla en París, tendremos que hacerlo desde las calles de Marsella.

Gilles asintió una vez. No habría estado mal que lo hubiese avisado con tiempo, pero ¿cuándo habían hecho algo los revolucionarios con previo aviso? Siguió a Honoré calle abajo hasta una taberna, donde un grupo de hombres aguardaba en torno a la entrada.

Étienne conocía a algunos por ser compañeros jacobinos; lucían trajes y pañuelos pulcros. Sin embargo, la mayoría llevaba ropa con remiendos

---

7 N. de la Ed.: Los revolucionarios se referían a Luis XVI como ciudadano Capeto y Luis Capeto, apodos que implicaban despojar al rey de sus privilegios y equipararlo a un ciudadano más.

y gorros frigios. Se apresuró a sacar el suyo del bolsillo y ponérselo. Era mejor no desentonar en ese grupo.

—¿Estamos listos? —preguntó Martel.

—Cuanto antes impartamos justicia, mejor —masculló uno de los *sans-culottes*. ¿Habían sacado a esos hombres de la taberna? Ese parecía especialmente ebrio. Unos cuantos cargaban con palos. Uno de ellos incluso llevaba una pequeña hacha. Sin duda, irían armados como precaución.

—¿A dónde vamos? —le preguntó Gilles a Honoré cuando avanzaron en dirección a la fábrica. ¿Irían a hostigar a *monsieur* Daubin? Tragó saliva para librarse del nudo que se le había formado en la garganta. El patrón no había hecho nada para desatar la ira jacobina. Guardaba su ideología para sí. Además, su hijo había marchado hacia París. ¿Eso no le proporcionaba cierta protección?

Martel sonrió.

—He encontrado al sacerdote.

El letrero de la fábrica de jabón se balanceó como la lavanda en flor bajo la brisa de la tarde. A Gilles le corría el sudor por la frente. Daubin no era un hombre demasiado religioso. No escondería a un sacerdote refractario en la fábrica teniendo a *sans-culottes* trabajando para él.

Uno de los empleados, que caminaba justo por delante de Gilles, escupió hacia la puerta de la fábrica de jabón cuando pasaron por delante y luego fijó su mirada en él.

¿Luc Hamon? Gilles contuvo las ganas de limpiar el escupitajo de la pintura verde. Menudo ingrato. Daubin le había guardado su puesto mientras él y su familia habían estado enfermos, algo que la mayoría de los empresarios no habría hecho. Le hirvió la sangre. Eso sin mencionar que Marie-Caroline se había puesto en peligro llevándole a su familia una cesta con provisiones. Y así era como se lo agradecía…

No tardó en apartar la mirada. No se había producido ningún daño. Si Luc quería estar enfadado, era su problema.

A Gilles no se le calmó el pulso hasta que dejaron atrás la jabonería. Los Daubin no estaban en peligro. Gracias al cielo.

Pero, a medida que se fueron alejando del centro de la ciudad y se adentraron en los huertos del lado oriental, volvió a sentir el nudo en el estómago. Al final de aquel camino se encontraba el huerto de su tío abuelo, donde Gilles se había encontrado con Marie-Caroline un mes antes. Su tío, aunque era acaudalado debido al éxito de su compañía naviera, se había posicionado con los jacobinos, al menos de palabra. No le daría cobijo a ningún sacerdote. Y menos con el estilo de vida tan movido que llevaba.

El camino no estaba tan despejado esa noche como en aquella ocasión anterior. Pasaban carruajes y trabajadores que volvían a casa después de un largo día en la campiña. Muchos daban un rodeo para no pasar junto a los revolucionarios. Otros gritaban: «¡Viva Francia! ¡Viva la nación!».

No se detuvieron en los huertos. Otra vez se sintió aliviado. El cabecilla los condujo por otra calle distinta y los hizo detenerse. Unas cuantas casas antiguas pero bien conservadas se extendían a lo largo del camino, el campanario de una iglesia se alzaba detrás.

Martel señaló a un par de hombres.

—Nuestro objetivo se encuentra en la tercera casa de esta calle. Vosotros rodead la parte trasera para evitar que pueda escapar. El resto entraremos por delante.

Gilles estuvo a punto de preguntar si no debían llamar antes de entrar por la fuerza, pero se contuvo. Era evidente que no podían avisar de su arresto a alguien que huía de la justicia. Daba igual que el rey hubiese vetado esa ley. Bajo el gobierno actual, ese veto quedaba invalidado. El pueblo de Francia quería esa ley. La mayoría, al menos.

Un pequeño grupo se adelantó y saltó la valla que protegía el jardín. Los postigos de la casa tenían un aspecto tosco, de un soso color marrón y con un acabado irregular. No hacía juego con los elegantes tonos de las casas vecinas.

Martel maldijo y corrió hacia delante. Se lanzó hacia la valla, trepándola con la misma elegancia que un pez saltarín. El resto del grupo se apresuró a seguirlo.

Al mirarlos de cerca, los extraños postigos resultaron ser tablones de madera que aseguraban las ventanas. Unos murmullos roncos se extendieron por el grupo.

Gilles se acercó a la valla de hierro y la saltó con facilidad. Los matorrales y los árboles del jardín delantero parecían bien cuidados. Alguien había estado barriendo el camino de entrada.

—Traidores —siseó su amigo—. Sucios renegados. —Se volvió hacia el grupo—. Tirad esta puerta abajo.

El hombre que llevaba el hacha y un par de sus compañeros se acercaron para destrozar la madera bien pintada. El líder retrocedió, acercándose a Gilles.

—Estuvieron aquí el sábado por la noche. Yo mismo vi al condenado sacerdote —dijo Martel entre dientes.

—¿A tu pariente?

El joven asintió.

—Debería haber hecho algo entonces. —Se dio la vuelta, echándose el pelo hacia atrás.

Los hombres estaban arrancando los tablones que cubrían las ventanas. Uno por uno, retumbaron al tirarlos contra el suelo. Alguien comenzó a cantar una mordaz canción revolucionaria.

—Ven a ayudar, Étienne. —Honoré pasó junto a él para llegar a la ventana más cercana. El volumen de los cánticos aumentaba al sumarse nuevas voces.

Gilles apartó los tablones de debajo de los pies de los otros hombres y los apiló en un montón al lado de un rosal. Era mejor que nadie se clavara una punta en el pie entre todo ese revuelo. En los dos años que habían pasado desde que había vuelto a tierra, había evitado involucrarse en cualquier disturbio. La pérdida de control por parte de la muchedumbre enfurecida podía acabar provocando situaciones indeseables. Por su mente cruzaron los titulares de los periódicos sobre la masacre en Aviñón. Quizá lo mejor era que los ocupantes de aquella casa se hubiesen marchado.

Los hachazos cesaron. Un gran crujido resonó por el jardín cuando el hombre que estaba destruyendo la puerta le dio una patada. Dentro solo había sombras grises.

Bum.

Gilles se sobresaltó cuando los cristales se desprendieron de su lugar y se rompieron al caer al suelo. Martel volvió un tablón plagado de clavos, luego se lo pasó a otra persona y subió los escalones de la entrada. Las esquirlas de la ventana refulgieron en el suelo bajo la luz del atardecer.

Gilles esquivó los pedazos de cristal que volaban por el aire y colocó más tablones sobre la pila. Con cada golpe, el estómago le daba un vuelco. El sonido no era como el de los cañonazos que solían reverberar en la cubierta del *Rossignol,* pero aun así le zumbaban los oídos a causa de los estallidos. Sentía el impulso de agacharse y ponerse a cubierto igual que hacían los chicos encargados de la pólvora, pero temía quedar como un tonto.

Una vez que tiraron abajo todas las ventanas, los hombres entraron a la casa, provocando nuevos golpes. Al otro lado de la valla, unos transeúntes se habían detenido a observar. Algunos se acercaban para unirse a ellos, incluidas un par de damas. Max y Émile se hubieran entretenido con las muchachas en lugar de destrozar la casa.

Quería escabullirse entre la gente, pero no podía dejar que Martel pensara que abandonaba su deber. Con una tabla, comenzó a aplastar un rosal. Pétalos amarillos y rosas desprendidas se esparcían a su alrededor, extendiendo el aroma a verano por todo el jardín.

¿Le gustarían las rosas a Marie-Caroline?

Ese pensamiento inesperado hizo que se detuviera a mitad del golpe. Aquella mañana que se la había encontrado en el camino, ¿habría pasado justo por delante de esa misma casa y habría admirado sus jardines? Quizá, por aquel entonces, las rosas acabaran de florecer. Asestó otro golpe con el tablón. Solo era un arbusto. Apretó los dientes. Al menos, no estaba saqueando la casa como el resto.

Su amigo volvió a aparecer, con una mueca sombría. Pisoteó el manto de pétalos de rosas y hojas hasta llegar a Gilles.

—Ha estado aquí. Estoy seguro. Tenían montada una iglesia improvisada en el ático. —Negó con la cabeza—. Pero ya se han ido todos. La lumbre de la cocina está fría. Todo está cerrado.

—Siento oír eso. —A Gilles le dolía la cabeza y los brazos, que no había ejercitado tanto desde que había abandonado el mar.

—¡Marinero! —lo llamó alguien. Un par de jacobinos se le acercaron con varias bobinas de cuerda. Uno de ellos le puso un cabo en las manos—. Haznos algunos nudos.

—¿Nudos? —¿Para qué necesitarían una cuerda con nudos?

El mayor de los dos le dio una palmadita amistosa en la nuca.

—Un nudo corredizo, muchacho.

Gilles se quedó pálido.

—¿Habéis encontrado a alguien?

—Ojalá —murmuró Martel.

—Es para dejar una advertencia. —El mayor de los jacobinos se sorbió la nariz—. Si alguno de los amigos del sacerdote regresa, podrá ver qué les sucede a los cobardes a los que les importan más los clérigos codiciosos que las leyes de su propio y libre gobierno.

Gilles bajó la vista hacia la cuerda que tenía entre las manos. Podía hacer un nudo corredizo. ¿Qué joven marinero no lo había hecho mientras seguía el juego a las bromas de mal gusto de sus compañeros de tripulación? Hubiera querido fingir ignorancia. Retorció la cuerda sobre sí misma y la aseguró.

—¡Haz otro! ¡Los colgaremos de las ventanas!

Sintió que se le encogía el estómago. Estuvo a punto de desplomarse sobre sí mismo cuando los hombres tomaron las cuerdas que él había anudado y las amarraron para que colgaran de las ventanas por la fachada. Una suave brisa extendió el hedor a estiércol de caballo de los establos que el grupo había salpicado por la pared de la vivienda. Las sogas anudadas se movían de un lado a otro contra los dientes rasgados de los cristales en las ventanas.

La oscuridad se tendía desde el este, como una marea creciente que inundaba los cielos. La oscuridad también había inundado el pecho de Gilles y amenazaba con dejarlo sin aliento.

❀ ❀ ❀

10 de julio de 1792
Marsella

Sylvie:

Papá dice que debo tener cuidado con mi correspondencia. Así que, por favor, no le prestes atención al ridículo sinsentido que he escrito arriba.

Han descubierto a la pareja que le daba cobijo al padre Franchicourt. No sabemos cómo ha sido posible. Han tenido que huir de Marsella. Papá dice que el sacerdote no puede quedarse demasiado tiempo con nosotros, pero no sé dónde encontrarle un lugar mejor. Lleva tres días escondido en el sótano y nadie ha venido hasta aquí buscándolo. Lo único que podemos hacer es rezar para que no nos descubran.

Por ahora, mamá está contenta de poder oír misa en la comodidad de su hogar. Nunca ha sido lo bastante valiente como para acudir a ninguna de las otras reuniones. No le he contado lo que ha sucedido en la casa en la que se hospedaba antes el padre Franchicourt. Anoche, los jacobinos se ensañaron con ella. Papá pasó por delante con su carruaje esta mañana, cuando iba de camino a los campos de lavanda, y los escalofriantes detalles que me relató me dejaron impresionada. Lo destrozaron todo. Destruyeron incluso las rosas.

Ojalá pudiera contarle a Gilles mi dilema. Tal vez su padre podría sacar al padre Franchicourt de aquí en su barco. Gilles no es como los demás. Se para a pensar antes de seguir a pies juntillas las órdenes de los líderes de la manada. No obstante, en el fondo sigue siendo un jacobino y el padre Franchicourt no desea abandonar esta desgraciada ciudad.

Espero que tu familia y tus huéspedes religiosos estén a salvo. Con lo cerca que tenemos nosotros aquí a nuestros vecinos, vivo en una inquietud constante.

Mucho cariño para todos.
M. C.

CAPÍTULO 16

Gilles pasó los dedos por los frascos de perfume de la tienda del distrito de Noailles. No solía trabajar en Maison Daubin, pero había que revisar el inventario con regularidad.

Sintió un escalofrío en la columna vertebral acompasado al tintineo de los frascos. El sonido le recordó al de los cristales rotos de la casa que había ayudado a asaltar hacía tres noches. No lograba dejar atrás la imagen del edificio vandalizado bajo la luz del crepúsculo. Anotó algo en un libro de contabilidad y continuó con la siguiente fila de frascos. La próxima vez que Martel siguiera el rastro de Franchicourt, se aseguraría de escabullirse. Defender la libertad de Francia no implicaba destruir nada. Si hubiera querido violencia, habría seguido en el mar.

—Ah, Étienne. Aquí estás.

El joven se irguió al escuchar la voz de su jefe desde la puerta del almacén.

—Ya casi he terminado aquí, *monsieur*. Quizá necesite una hora más mañana para tener listos los números y...

—Sí, sí. No importa. —Daubin agitó una mano—. Tengo un asunto más urgente.

Sopló la tinta para secarla, cerró el libro de contabilidad y lo dejó sobre una estantería.

—¿Qué tengo que hacer? —Otra tarea que le haría llegar tarde a cenar... Esperaba que su madre lo comprendiera.

Monsieur Daubin suspiró y cerró los ojos.

—Se trata de mi hija. —Se masajeó las sienes por un momento antes de lanzarle a Gilles una mirada incisiva—. Si puedes evitarlo, nunca tengas hijas. O hijos. Te enviarán a la tumba antes de tiempo.

Étienne asintió despacio.

—Se suponía que iba a esperarme aquí mientras me reúno con Delacroix, pero insiste en visitar la tienda de *navettes*[8] cerca del muelle. Es muy mal momento para visitar ese barrio. —Negó con la cabeza—. Pero es inflexible y no logro convencerla de lo contrario. Ni siquiera la amenaza de contárselo a su madre ha servido para disuadirla.

Gilles estuvo a punto de decir que Marie-Caroline no era una niña a la que se pudiese chantajear, pero se mordió la lengua.

—Eso tampoco me beneficiaría a mí —añadió *monsieur* Daubin—. Si lo hiciera, ambos tendríamos que enfrentarnos a la histeria de su madre.

—¿Y quiere que la acompañe? —Se sintió esperanzado por primera vez desde hacía días.

—Por favor. Así, al menos, cuando su madre se ponga de los nervios podré decirle que he hecho todo lo posible por protegerla. Las calles están más revueltas hoy después de lo de la efigie.

Gilles asintió. Él no había participado en aquello, pero todos en la ciudad habían oído lo sucedido con una cabeza cuyo rostro se parecía al de Lafayette y que habían colgado del ayuntamiento.

—Gracias, Étienne.

El joven no tardó nada en recoger sus cosas y encaminarse hacia el carruaje que lo esperaba justo a la salida de la tienda. Se aferró con fuerza a la chispa de luz que surgía de su corazón como un rayo de sol que se colaba a través de las nubes después de una tormenta en el mar.

Necesitaba aquello.

❀ ❀ ❀

El joven sostuvo el envoltorio de papel y Marie-Caroline seleccionó una de las finas galletas en forma de barco que le estaba ofreciendo. Se habían sentado sobre un muro viejo y bajo con vistas hacia el puerto. Numerosos mástiles se extendían ante ellos. Los trabajadores del muelle habían despejado casi toda la zona y Gilles había encontrado un rincón inusualmente tranquilo.

Marie-Caroline le dio un mordisco a la galleta.

---

8   N. de la Ed.: Dulce típico de Marsella con forma de barca o nave, de ahí su nombre.

—Solíamos comprarlas en La Petite Navette cuando era niña. Llevo años sin hacerlo. —Tenía los guantes sobre el regazo para no manchárselos. Con los dedos largos y finos sostenía el dulce con la delicadeza con la que un músico acaricia una flauta.

—Su padre no entendía por qué quería precisamente hoy una *navette*. —Gilles rio—. Creo que no sabe qué hacer con usted.

—No tiene que hacer nada conmigo. A estas alturas ya debería estar casada y tener mi propia casa. —Inclinó la cabeza y el ala de su canotier le ocultó parte del rostro.

El joven se inclinó hacia delante para verla mejor.

—Pero no lo está.

—No lo estoy. —Su voz, que solía ser firme, tembló ligeramente con lo que parecía... ¿Arrepentimiento? ¿Melancolía? Quizá hubiera dejado atrás a alguien en París. A Gilles le dio un vuelco el corazón. ¿Era por eso por lo que no quería volver a casa, a Marsella?

El joven apoyó la mano en la áspera piedra situada entre ambos.

—¿Y no le han...?

—¿No quiere una? —Marie-Caroline señaló con la cabeza hacia las galletas que él mismo sostenía—. Al fin y al cabo, las ha comprado usted. —Mantuvo la mirada fija en los guantes sobre el regazo.

Así que no quería hablar de pretendientes... Gilles fingió examinar las *navettes* de color arena sobre el envoltorio.

—No me gustan tanto como a usted.

—Y, aun así, ha accedido a acompañarme hasta la tienda.

Gilles se encogió de hombros.

—Mi jefe me pidió el favor.

Marie-Caroline frunció la boca. Tenía una miga sobre el labio superior y Étienne reprimió el impulso de limpiársela. La siempre impoluta dama no se daba cuenta de la presencia de la diminuta miga, pensó él, conteniendo las ganas de reír. Apenas era perceptible, a no ser que alguien le mirase fijamente los labios.

—También quería hablar con usted —añadió él con premura—. Ha pasado mucho tiempo desde la última vez que conversamos.

La dama esbozó una sonrisa. Gilles sintió un cosquilleo en la yema de los dedos. No le hubiera importado acariciar esos labios carnosos.

De hecho, hubiera disfrutado bastante de ello. Después, incluso podría haberlos acariciado con los suyos.

—Solo ha pasado una semana, Gilles.

El joven apartó la mirada y se aclaró la garganta. «Idiota». Había jurado que jamás la besaría. Amigos. Simplemente eran amigos.

—También sentía curiosidad por saber por qué quería *navettes* justo esta tarde.

Marie-Caroline le dio otro bocado. La miga que tenía sobre los labios le cayó a la falda mientras masticaba. Solo entonces se dio cuenta y se la limpió.

—Admito que deseaba ver la efigie.

Gilles frunció el ceño.

—¿La de Lafayette? —Aunque no había visto esa, sí que había visto muchas otras en las calles de Marsella. Prendas rellenas de paja y con un rostro mal pintado que a veces guardaban cierto parecido con una persona real. A los marselleses les gustaba torturar a esas figuras. Cuando los peleles no se quemaban inmediatamente, los colgaban de nudos corredizos en la plaza del pueblo hasta que acababan tirados en las cunetas y alcantarillas—. ¿Por qué quiere verla?

El recuerdo de la aspereza de la soga a la que había hecho nudos recientemente acabó con el agradable hormigueo en los dedos. Dejó las galletas sobre el regazo y se frotó las manos. Aún podía sentir fibras en la piel. Demasiado bastas, a diferencia de las cuerdas lisas y tratadas del *Rossignol*.

—Ayer todos hablaban de lo mismo —respondió la joven—. No creo que ese hombre se mereciera tal insulto y me gustaría presenciar yo misma esa injusticia. —Tras masticar el último trozo de la *navette* fue a tomar otra y le rozó el brazo.

—Lafayette ha traicionado la causa de la revolución.

—¿Han sido sus amigos jacobinos los que le han dicho que repita eso o de verdad lo cree?

Gilles frunció el ceño.

—Puedo llegar yo solo a mis propias conclusiones, gracias. —Las ganas de besarla se esfumaron con el comentario. ¿Acaso pensaba que era un ingenuo que se dejaba llevar por las convicciones de otros? Había sido decisión suya no unirse a los federados. Fue a retirar la mano apoyada entre ambos sobre el muro, pero una caricia lo detuvo. Marie-Caroline había posado la mano ligeramente sobre la suya.

Ella respiró profundamente.

—Lo siento. Ha sido una descortesía.

Gilles sintió frío a pesar de la calidez del aire del Mediterráneo. Aunque llevaba años sin embarcarse, seguía teniendo la piel bronceada si la comparaba con la de ella. Además de áspera. Tenía manos de marinero, aunque no quisiese admitir ese legado familiar. Las de Marie-Caroline eran manos de una dama de clase alta, sin cicatrices ni callos. Daba igual que los padres de ambos fueran técnicamente burgueses. Los jacobinos se esforzaban por derribar esas barreras, pero ¿alguna vez lograrían realmente acabar con las diferencias? Era evidente que ella jamás lo consideraría digno de...

La joven retiró los dedos, que apoyó en el muro.

—¿Por qué se unió a los jacobinos?

—Porque deseaba un mundo en el que uno pudiese decidir sobre el curso de su vida y que no estuviera determinado por la posición familiar o una herencia.

—Eso ya lo conseguían los hombres con el antiguo gobierno.

—No era fácil. —Gilles tomó una *navette* y mordisqueó un pedazo de la galleta que se desmigajaba. Notó en la lengua un toque de azahar. La *navette* era más dulce de lo que recordaba, pero igual de seca. Estaría mejor mojada en una taza del chocolate caliente de su madre.

—Sigue siendo más fácil de lo que sería para una mujer hacer lo mismo.

Gilles rio.

—Usted misma llegó a decir que, en este conflicto, las mujeres han tenido un gran papel hasta el momento.

—Un papel que apenas se les ha reconocido.

La señaló con su *navette* a medio comer.

—En ocasiones habla igual que una revolucionaria, Marie-Caroline. ¿Por qué sigue anclada en las viejas costumbres? Las mujeres tienen más oportunidades de cambiar la sociedad bajo un nuevo gobierno que bajo el régimen monárquico. —Se metió el resto del dulce en la boca.

—No bajo el gobierno de los jacobinos —murmuró—. Desde la reunión entre los Estados Generales todo se ha vuelto del revés. Llevamos tres años en guerra entre nosotros, cambiando opiniones, profiriendo acusaciones, alentando a la violencia. ¿Está mal anhelar la paz que conllevaban las tradiciones del antiguo sistema?

Gilles tomó otra *navette*. El sol de la tarde se reflejaba sobre la superficie del agua en el puerto. Evitaba a toda costa ese lugar que le provocaba sentimientos encontrados. No sentía nostalgia por el pasado; el progreso significaba dejar todo eso atrás.

—Antes de 1789 no había paz. La gente se moría de hambre.

—La hambruna no es culpa del gobierno.

—Sí que lo es el modo en el que afrontan el problema.

A Marie-Caroline se le dilataron las fosas nasales.

—La gente quería una solución rápida para un problema que ha ido creciendo desde hace años. Así que destituyeron el gobierno con la esperanza de que el nuevo consiguiera resultados distintos. Nuestras cosechas son ahora mejores, pero los jacobinos no pueden atribuirse el mérito de un tiempo favorable. No han hecho prácticamente nada para prepararnos en caso de que venga otro mal año. —Se irguió, inspirando hondo—. ¿Por qué no trabajan para reformar el sistema que tenemos en lugar de echarlo todo por tierra?

Marie-Caroline se volvió hacia él en lugar de retirarse. Le brillaba la mirada mientras hablaba.

—A los estadounidenses les ha funcionado. —Gilles se mordisqueó la comisura del labio para evitar que el rostro revelase lo mucho que estaba disfrutando con aquella conversación.

—Lo que ha funcionado con un par de colonias no tiene por qué funcionar para un reino como el de Francia.

No era capaz de refrenarse. Algún día aprendería cuando debía parar antes de llevar las cosas demasiado lejos.

—Tal vez ese sea el motivo por el que Lafayette ha fracasado y ha abandonado París, y por el que están arrastrando ese pelele por las calles.

—Lafayette ha fracasado porque los mismos que siguieron sus ideales han cambiado de opinión y ahora siguen la sabiduría suprema de los jacobinos. —Marie-Caroline enarcó las cejas con altanería al pronunciar esas últimas palabras—. Muchos de los que al principio querían una monarquía constitucional están ahora pidiendo la destitución del rey.

—Y ese es el motivo por el que usted creía que no podíamos ser amigos —señaló Gilles. Tomó una tercera *navette*.

—Precisamente.

—Y, aun así, aquí estamos. —Al menos, esperaba no haberla ofendido hasta el punto de que le negara su amistad.

Marie-Caroline lo contempló con curiosidad. La brisa del mar le mecía un rizo sobre la frente y jugaba con los lazos de su sombrero.

—De algún modo, sí.

Gilles le ofreció las galletas con una sonrisa vacilante y la joven frunció los labios al tomar otra.

—Pero ambos sabemos el verdadero motivo por el que quiere que las cosas vuelvan a ser como antes. Echa de menos los bailes.

—Eso no es justo. —Por fin apareció una sonrisa en el rostro de la joven—. No debería bromear sobre los bailes. Sí que los echo de menos. Más de lo que se pueda imaginar.

Gilles envolvió las galletas y se las guardó en el bolsillo. ¿Cómo podía haber comido tantas? Ni siquiera le gustaban, aunque ese día le habían sabido mejor de lo que recordaba.

—Ahora también bailamos. Aunque de forma distinta.

—No es eso lo que quiero de...

Gilles saltó desde el muro.

—Vamos, bailemos una farandola. —La tomó de la mano, y el contacto con la piel de la dama hizo que le temblaran las piernas.

—Nosotros solos... Delante de todo el puerto.

—¿Por qué no? Hay farandolas espontáneas constantemente. —Gilles sacudió la cabeza hacia atrás para apartarse un mechón de pelo de los ojos. Sería complicado ejecutar ese baile grupal entre dos personas, eso era cierto. Y sin música. Pero a Marie-Caroline se le había relajado la mandíbula.

La joven bajó al suelo y se plantó delante de él.

—Y normalmente van seguidas de una paliza o algo peor para una persona presuntamente culpable —dijo con tono cansado y como arrastrando las palabras.

Gilles dejó caer los hombros. Sí, eso era cada vez más frecuente.

—O con la destrucción de otra propiedad —añadió Marie-Caroline.

A Gilles le ardieron las orejas. No era posible que lo supiese. El joven no le había contado a nadie que él había formado parte de aquello. Ni a su madre. Le vino a la mente la imagen de los nudos corredizos que había atado, balanceándose lenta y suavemente en las ventanas vacías. No lo haría nunca más.

Ella contempló el puerto, tomándolo aún de la mano. Las campanas de los barcos resonaban. Los alegres tintineos parecían estar burlándose de su sentimiento de culpa. La joven se apartaría de su lado si supiese lo que había hecho. Se estremecía cada vez que recordaba la rabia incontrolable de sus compañeros. Aunque no podía estar de acuerdo con lo de restaurar el antiguo sistema de gobierno, quizá la joven no estuviera equivocada al anhelar la paz que antaño había garantizado.

—Deberíamos regresar a la tienda. Mi padre se preguntará dónde estamos. —Marie-Caroline le estrechó la mano y luego se la soltó—. Gracias por acompañarme. Tal vez... Quizá si los bailes esos a los que estoy acostumbrada regresan alguna vez a Francia, podremos volver a intentarlo.

Gilles solo pudo asentir. La distancia entre ambos era demasiado grande. Podían construir un inestable puente hacia la amistad, pero no contaban con suficientes cosas en común como para lograr algo más sólido y duradero.

Maldijo en voz baja por abrir el corazón a la esperanza.

❀ ❀ ❀

Los asuntos del corazón siempre son curiosos, ¿verdad, Sylvie? Un momento sientes que lo tienes encerrado en una cripta de piedra, y al siguiente se asoma por la hilera de setos preguntándose si ha llegado el momento para salir. E independientemente de cómo intentes dirigirlo, se abrirá camino a través de sueños imposibles, sin importar lo sinuoso que sea ese sendero.

Supongo que lo que quiero decir es que disfruto de las navettes, *pero sobre todo de la buena compañía.*

El martes se cumplirá un año de lo sucedido en el Campo de Marte.[9] ¿Cómo ha podido pasar tanto tiempo? Ha llegado en un momento oportuno. Necesito un recordatorio de que no podemos fiarnos del corazón.

Sé cauta y recuérdale al resto que haga lo mismo. No podría soportar perder a otra persona querida.

Con cariño,
Marie-Caroline

---

9 N. de la Ed.: Masacre ocurrida el 17 de julio de 1791 en esa zona de París, debido a la represión de una protesta antimonárquica por parte de la Guardia Nacional.

CAPÍTULO 17

l menos en esa ocasión no se encontraban rodeados por una turba. Gilles se quedó mirando, a través de la verja de hierro, la casa que habían destrozado tan solo una semana antes mientras Martel se colaba en el jardín. Uno de los nudos corredizos de las ventanas se había deshilachado y caído, pero los otros tres se balanceaban bajo las sombras violeta de la mañana. Saltó la valla y siguió a su amigo hasta la puerta maltrecha.

Las moscas revoloteaban por las paredes cubiertas de estiércol de caballo, reseco por el calor de julio. Gilles arrugó la nariz por el hedor.

—Empieza tú con las dependencias del servicio de arriba y yo comenzaré con el sótano —le indicó Honoré por encima del hombro—. Nos reuniremos a medio camino. Seguramente aquí haya algo que nos ayude. Franchicourt no puede huir eternamente.

Guardó silencio mientras se agachaba para cruzar la puerta astillada detrás de Martel. No pensaba participar en más destrucción. Solo estaba intentando encontrar al sacerdote. Eso no debería pesarle en la conciencia. Echó un vistazo hacia atrás. A través del agujero cubierto de astillas de la puerta, veía los rosales destrozados con sus pétalos marrones y arrugados esparcidos por el camino. Se apresuró a apartar la mirada. Tenían una tarea que cumplir.

Se detuvo en lo alto de las escaleras. La furia de la turba no se había desatado contra las dependencias del servicio tanto como con el resto de la casa. La falta de lujos en esa zona los había disuadido de hacer algo más que romper las puertas y escribir la palabra «traidores» en una de las paredes.

Comenzó por el fondo del pasillo y fue examinando los dormitorios. Los habitantes de esa casa se habían dejado atrás pocas cosas aparte de los muebles y la ropa de cama. Gilles miró debajo de cada colchón para poder informar a Martel tras un examen minucioso.

Bajo una cama encontró un peine abandonado, nada más. Era evidente que nadie había vuelto a limpiar el desastre. O, si lo habían hecho, no habían tardado en volver a marcharse.

Ojalá Martel olvidara aquello. El sacerdote era su pariente, y Gilles podía llegar a entender la responsabilidad que debía de sentir por las acciones de un miembro de su familia. ¿Cuántas veces se había martirizado él mismo por el trato de su padre al doctor Savatier? ¿No se había sentido culpable cuando había tomado la decisión de perseguir a un barco mercante inglés en lugar de ir a puerto y buscar ayuda? Sin embargo, a esas alturas, el sacerdote podría encontrarse a kilómetros de Marsella. Podría estar a bordo de un barco en dirección a Italia o España. Eso era lo que la Asamblea quería que hicieran los sacerdotes refractarios, ¿no? Mientras que abandonara Francia y no siguiera imponiendo su influencia sobre los franceses, ellos ya habían cumplido con su deber.

Gilles se ajustó la correa del zurrón sobre el hombro. Sentía el peso de su contenido contra la pierna, el libro de contabilidad que se había llevado a casa el día anterior para terminar algunas cuentas del trabajo. Algo no encajaba en las finanzas de *monsieur* Daubin. O bien la fábrica de jabón estaba perdiendo dinero por alguna parte, o bien no estaba dando tantos beneficios como afirmaba su jefe.

Se levantó del suelo y se rascó la cabeza. Ese registro era inútil, igual que su revisión del libro de contabilidad. Pero cumpliría con ambas tareas para contentar tanto a su amigo como a su patrón. Aunque realmente no estaba complaciendo a Daubin, ya que no le había encomendado esa labor. Le preocupaba su trabajo. Solo necesitaba seguir en su puesto hasta finales de año para poder ahorrar lo suficiente y enviar su solicitud a la universidad de Montpellier. Que la jabonería cerrase antes podría retrasar sus planes.

Sin embargo, para Marie-Caroline no supondría, como para él, un simple retraso. ¿Adónde iría la familia Daubin si no podían salvar la jabonería? ¿A casa de sus familiares en París?

Recordó el tacto de la mano de la joven sobre los dedos. Tenía la piel suave. Un agarre firme. No había vacilado. No se había apartado aquel día cerca de los muelles, ni siquiera después de su desacuerdo. La confianza que le había transmitido con la mirada le hacía pensar que, con el tiempo, podrían superar las diferencias ideológicas y tener algo más que una amistad. Pero si regresaba a París, si se veía envuelta en el conflicto revolucionario... Sacudió la cabeza y avanzó hacia el siguiente dormitorio. Si la jabonería había perdido poco dinero, podía recuperarse. Probablemente los Daubin no estuvieran en apuros. Se estaba preocupando sin motivo.

El siguiente cuarto era más grande que el resto. Sin duda, pertenecería al ama de llaves o a la cocinera, dado su tamaño y la proximidad a las escaleras. Una luz brumosa se colaba por la ventana. Le quedaba menos de una hora para terminar su registro con Martel antes de tener que volver a la fábrica.

Se detuvo justo después de haber cruzado la puerta de la estancia y echar un vistazo. No podía tratarse de las dependencias de un ama de llaves. No había ninguna cama, solo varias sillas apiladas de cualquier manera en un rincón y un baúl abierto y volcado cerca de la ventana. Parecía ser un trastero, aunque era extraño que emplearan el cuarto más cercano a las escaleras para ese uso. ¿Por qué iba aquella familia a reservar la mejor habitación de la planta alta para almacenar cosas sin importancia?

Movió las sillas y examinó el suelo en busca de cualquier cosa sospechosa. Algo gris pasó corriendo entre sus pies; se sobresaltó y estuvo a punto de tirar una silla. Un ratón. Rio para intentar tranquilizarse. Un ratoncito asustado escapó por la puerta. Prefería mil veces encontrarse con un ratón allí que con una rata en un barco. Se había vuelto un pusilánime, tal y como le decía su padre para fastidiarlo.

Dejó en el suelo la silla. Miró el baúl, que parecía vacío. ¿Dejaría Martel atrás esa obsesión si no encontraban ninguna prueba en esa casa? No oía nada en el piso de abajo. Su amigo debía de seguir en el sótano.

Un tejido blanco, de un mantel o una sábana, se hallaba atrapado debajo del baúl, que, como había sospechado, estaba vacío salvo por unos excrementos recientes de ratón. Esa criatura lo había convertido en su hogar tras la partida de los habitantes de la casa. Levantó el baúl, que crujió y se asentó en el suelo con un golpe sordo. El joven tomó el trozo de tela para doblarlo y meterlo en el baúl antes de cerrar la tapa. El material era de un tejido fino, casi como el paño de un altar. Hubiera sido una lástima dejarlo hecho un gurruño en el suelo.

Algo cayó de entre la tela y le golpeó el empeine del pie, clavándole la hebilla del zapato. El dolor le hizo soltar el paño, que cayó al suelo. Allí había un libro. Con un gemido, se quitó el zapato. Dio unos saltitos intentando mantener el equilibrio mientras se masajeaba el pie a través del calcetín.

Volvió a ponerse con cuidado el zapato y dio un paso vacilante. Ese movimiento le causó algo más de dolor. Se desahogó propinándole una patada al estúpido libro y mandándolo al otro extremo de la estancia.

Se detuvo al notar que le palpitaba el pie maltrecho. Encuadernación negra. Cubierta grabada. No podía ser.

Se agachó. Debían de existir miles de ejemplares como aquel por toda Francia. O al menos habían existido antes de que comenzase la revolución. Lo recogió y el volumen se abrió por la mitad. Varias páginas en el centro estaban arrugadas.

Igual que el misal de Saint-Cannat.

Sintió un cosquilleo por la espalda, como si una corriente de aire frío se hubiera colado por la puerta. ¿Qué hacía eso allí? Marie-Caroline lo había robado. Debería encontrarse en su casa en Belsunce. Gilles se irguió lentamente. Cuando se la había encontrado recorriendo el sendero aquel domingo por la mañana, la joven iba hacia allí. Cerró de golpe el misal y tragó saliva para mitigar el sabor amargo de boca.

Marie-Caroline había estado en ese lugar, de eso no cabía duda. Y había acudido con asiduidad, ya que aparentemente había arriesgado su seguridad para conseguir un libro de una iglesia decomisada solo para regalarlo. Gilles se llevó las manos a la cabeza y se revolvió el pelo. Las sillas. El baúl delante de ellas cubierto por una sábana... Debería haberse dado cuenta antes. Allí celebraban misas secretas. Comenzó a dolerle la cabeza al pensar en todo lo que eso implicaba. Aunque la joven no hubiera ocultado ella misma al sacerdote, la considerarían igual de culpable solo por haberlo ayudado. A él mismo también podrían acusarlo si no denunciaba todo aquello. Podrían acosar a la familia Étienne, o algo peor, solo por asociación. Los jacobinos más despiadados habían llegado a pegarles palizas a las mujeres y a los hijos de sus enemigos.

Un grito procedente de la planta baja hizo que diera un respingo y dejara sus cavilaciones. Guardó el misal en el zurrón. Marie-Caroline era religiosa. Él ya lo sabía. Sin embargo, no había creído que fuera tan inconsciente. Nadie podría relacionar ese libro con ella, pero aun así no le parecía prudente dejarlo allí. Si existía alguien que podía realizar esa conexión tan incriminatoria, ese era Martel.

Salió a toda prisa de la habitación y bajó las escaleras para responder a la llamada de su amigo. El misal le golpeaba la cadera a cada paso a medida que bajaba las escaleras y el estómago se le revolvió aún más.

Condenarla a ella o condenarse a sí mismo. Ninguna de las dos posibilidades resultaba atractiva.

❊ ❊ ❊

Gilles parpadeó y volvió a mojar su pluma en la tinta. Cuánto estaba tardando en intentar escribir aquel aviso... Se frotó los ojos, tenía la visión borrosa a causa de la distracción.

El misal llevaba dos días escondido en su dormitorio, atormentándolo desde el otro lado de la ciudad mientras se encontraba sentado a su mesa en la fábrica de jabón. No había vuelto a ver a Marie-Caroline desde el día en el que habían ido a comprar *navettes*. Daba gracias a los cielos por ello.

—Étienne, acompáñame a supervisar el lote. —La voz de *monsieur* Daubin retumbó por la estancia. Gilles soltó la pluma, sobresaltado.

—Sí, señor. Por supuesto. —Limpió las gotas de tinta que había derramado por la mesa y se puso en pie.

—¿Qué planes tienes para mañana por la tarde?

El joven mantuvo el rostro impasible, pero sintió la mirada de sus compañeros de oficina fija en él.

—Mañana van a cortar el jabón. Tenía pensado hacer el inventario, como de costumbre.

Daubin agitó una mano en el aire.

—Los demás pueden encargarse de eso durante un par de horas. Me gustaría que vinieses a mi casa para jugar a la petanca.

—¿Petanca? —Gilles conocía el juego, pero llevaba mucho tiempo sin practicarlo. Era de los preferidos entre los hombres mayores de Marsella, aunque rara vez, desde el inicio de la revolución, veía que se jugara en las calles—. ¿Para anotar la puntuación?

—No, para que participes en el juego.

El joven cambió el peso de un pie a otro. ¿Por qué querría que participase?

—Lo dejaré todo organizado aquí para poder asistir.

—Muy bien. —Daubin se encaminó hacia el pasillo y Gilles echó un vistazo por encima del hombro antes de seguirlo. Sus compañeros examinaban papeles en sus mesas con más atención de la que les prestaban antes de que llegase su jefe.

Siguió al patrón por la fábrica. Debería haber sentido esa aparente preferencia como un honor, ya que trabajaba muy duro para ganarse el respeto de su superior. Sin embargo, aquel favoritismo delante del resto de empleados le hizo dudar si aceptar la invitación. Aunque tampoco era precisamente una invitación.

Bajaron las escaleras para salir por la puerta trasera y oyó que alguien lo llamaba desde el otro extremo del pasillo. Se detuvo en el umbral. La impaciencia que transmitía esa voz femenina provocó que el corazón le palpitase igual que lo había hecho dos días atrás.

Podría haber fingido que no la había oído. La puerta estaba ya casi cerrada. Sintió que se le encogía el estómago. En algún momento tendría que enfrentarse a ella y, sobre todo, tendría que decidir qué hacer sobre su descubrimiento. A una de esas dos cuentas pendientes iba a tener que enfrentarse en ese mismo momento.

—Me he dejado algo —le dijo a su jefe, que ya estaba a mitad de camino de la puerta del taller.

Monsieur Daubin masculló algo que no logró entender.

—No dejes que mi hija te entretenga demasiado —le advirtió por encima del hombro.

Gilles se ruborizó mientras volvía al edificio de oficinas. Palabras. Necesitaba palabras. La elocuencia era la virtud de Émile, no la suya. La forma de hablar, elegante y apasionada, de su amigo hacía que la gente quisiera oírlo. A él, haber alcanzado la edad adulta a bordo de un bergantín no le había ayudado a dominar el arte de la dialéctica.

—Aquí está. ¿Iba a marcharse sin saludarme? —Marie-Caroline se acercaba con paso ligero a través del vestíbulo gris. La luz del sol, que se colaba por una ventana cercana a la puerta, le fue iluminando el rostro a medida que se aproximaba. Sonreía.

Una sonrisa.

Gilles intentó no inhalar profundamente para no percibir su perfume y perderse en el sueño que era su presencia.

—Buenos días, *mademoiselle.* —Le dedicó una inclinación de cabeza.

—¿Qué clase de saludo es ese? —La joven se llevó las manos a la cintura.

—Uno respetuoso.

La joven se cruzó de brazos.

—Aunque se lo agradezco, con eso no conseguirá ningún beso. —Escrutó su rostro con aquellos ojos penetrantes.

—No creía que existiese la posibilidad de conseguir tal cosa. —Podría posponerlo un par de días más, hasta que se le ocurriese algún plan. Si le seguía un poco el juego, Marie-Caroline no volvería a pensar en ello.

—¿Qué sucede, Gilles? —Fue a tomarlo del brazo, pero se detuvo antes de rozarle la manga de la camisa. Gilles no necesitaba que se produjera el contacto físico para sentir su caricia. Eran amigos. Y los amigos hablan entre sí, intentan acercar posiciones en sus diferencias.

—He estado en la casa de la calle Paix —dijo, jugueteando con el puño de la casaca y separando el brazo de la mano de la joven.

Marie-Caroline entrecerró los ojos de forma casi imperceptible.

—He encontrado el libro que robó de Saint-Cannat —continuó. Se le había aflojado el hilo de un botón. Lo tomó entre los dedos—. ¿Cómo ha podido involucrarse en algo así, Marie-Caroline?

La joven dio un paso atrás.

—¿Qué derecho tiene a cuestionar mi fe?

—Esto no es cuestión de fe. —Tiró del hilo en un intento de afianzar el botón. Sin embargo, se soltó aún más—. Es cuestión de seguridad. Podría haber acabado herida si llegan a asociarla con un... —Bajó el tono de su voz—. Sacerdote —susurró entre dientes—. Por la ciudad corren todo tipo de rumores sobre un ataque inminente a los jacobinos. Se desconfía de todo el mundo. ¿Por qué quiere darles una buena excusa para que acaben acusándola a usted?

—Los jacobinos y sus declaraciones de libertad. —La joven reculó hasta que la luz de la ventana dejó de iluminarle la cara—. Lo que haga mi familia no es asunto suyo.

¿Toda su familia habría asistido a la misa secreta? Gilles gimió.

—Pasa a ser asunto mío cuando mi seguridad y la de mi familia se ve amenazada por no haber informado a las autoridades de lo que sé. —Si alguien se enterase de que había guardado ese secreto...

—No se atrevería a hacerlo.

La confianza de Étienne flaqueó ante la rigidez de la postura de la joven. Se había esforzado mucho por ganarse la confianza de Marie-Caroline. El botón del puño se movía mientras intentaba enrollar el hilo suelto a su alrededor para poder salvarlo.

—No, no me atrevería. —Soltó el hilo y dejó caer los brazos a los costados—. Debería ir a ayudar a su padre.

Esta vez, cuando cruzó la puerta, Marie-Caroline no lo llamó. Y el silencio que ocupó aquel espacio entre ambos hizo que a Gilles le zumbasen los oídos.

❊ ❊ ❊

No sé qué hacer, Sylvie. Puede que solo sepa que acudí a misa en ese lugar, pero ¿y si sospecha algo más? ¿Será ese el último empujón que necesita para denunciarme ante los jacobinos? Quiero creer de todo corazón que valora nuestra amistad mucho más que eso, pero ¿por qué iba a creer lo que el corazón me dice cuando ya se ha equivocado tanto con respecto a los hombres en el pasado?

Tiene todas las pruebas que necesita para hacerle daño a mi familia. Las turbas de revolucionarios han ejecutado a monárquicos por cargos que se basaban únicamente en rumores, y Gilles cuenta con el libro como prueba física.

La cara que puso cuando hablamos... Nunca lo había visto tan receloso, ni siquiera después del estúpido juego de Émile, aquel día que nos vimos por primera vez. No me ha mirado a los ojos y se ha comportado con tanta frialdad que me ha parecido una persona completamente distinta. Debe de sentirse traicionado. O confuso.

El mejor desenlace que puedo esperar es que siga guardando silencio y que dejemos que esta incipiente amistad se nos escape entre los dedos y se la lleve el viento como si fuera oro en polvo. Un bonito recuerdo de lo que podría haber sido.

Aún no se lo he contado ni a mamá ni a papá. Mi padre sigue encerrado en sí mismo, aunque no sé por qué. Tal vez esté preocupado por la seguridad de Émile o se arrepienta de no haber solucionado sus diferencias con él antes de la marcha de los federados. Y si le cuento a mamá el peligro que corremos, solo conseguiría preocuparla más. La presencia del padre Franchicourt, aunque le aporta calma cuando se encuentra con nosotros, hace que no deje de dar vueltas por la casa cuando no soy capaz de mantenerla ocupada con un juego de cartas o un libro.

Ya he perdido amistades en el pasado. Antes de ir a vivir contigo tenía muchas y se esfumaron debido a que mi padre no quiso apoyar la revolución. Varias de mis amistades han abandonado Marsella tras haber sido amenazadas con violencia. Y luego, por supuesto, estaba Nicolás, pero ya estás al corriente de todo lo que sucedió con esa relación rota. Lo que no entiendo es por qué me siento tan vacía por dentro al saber que puedo perder esta amistad en concreto, a pesar de lo que pueda derivar de ahí. Llevo un tiempo negándolo, pero en el fondo de mi corazón desearía que...

Ha regresado. Me lo ha devuelto.

El sirviente me ha traído un paquete que me habían dejado en la puerta. Mi nombre se encuentra escrito en una letra clara y masculina. Pone «Caroline», no mademoiselle Daubin o Marie-Caroline. Solo Caroline. Llámame tonta, pero me ha dado un vuelco el corazón al ver esa única palabra. No puede estar tan enfadado conmigo si se refiere a mí de una forma tan cercana ¿verdad?

Envuelto en el papel y sujeto con un cordel, atado con un nudo que solo podría hacer alguien que ha vivido en un barco, se encontraba el misal. No ha incluido ninguna nota, no me ha dicho qué piensa, y ha dejado el paquete antes de que nadie se percatara de su presencia.

Desearía haber podido verle la cara y saber a ciencia cierta qué quiere decir con esto. ¿Querrá que continuemos con nuestra amistad? ¿O es esto un gesto de despedida?

Ay, Sylvie, ¿por qué no estás aquí para ayudarme a entender estos pensamientos locos? Siempre has sabido qué decir o qué pensar sobre Nicolás. No es que mi amistad con Gilles se parezca en nada a lo que tenía con Nicolás. Creo que esto deja en evidencia que la amistad es la única relación lógica que podemos mantener en nuestra situación, pero ¿por qué siento que expresarlo es algo malo?

Discúlpame por mencionar tanto a monsieur *Joubert. Ya ha pasado un año, pero, especialmente hoy, no soy capaz de quitármelo de la cabeza.*

Con cariño,
Caroline

CAPÍTULO 18

illes echó un vistazo por encima del hombro mientras seguía a su jefe al interior de la residencia de los Daubin. Ninguno de sus conocidos jacobinos parecía estar al corriente de que Marie-Caroline había acudido a una misa secreta o de que él guardaba algún secreto. Sin embargo, esa visita tan informal haría que pareciera que el joven estaba demasiado unido a esa familia como para ser tan solo su empleado. La mayoría de las personas que transitaban por la zona a esa hora del día eran criados o burgueses. A pesar de que en ambos grupos había revolucionarios y monárquicos no se divisaba ningún gorro frigio entre los transeúntes de la calle, lo que significaba que no había ningún *sans-culotte* cerca.

Aun así, la rigidez que sentía en los hombros no se alivió cuando cruzó la puerta. Esa velada serviría para contentar al patrón. Sin embargo, deseaba haber podido excusar su asistencia. El lacayo cerró la puerta detrás de él y Gilles asintió de forma automática en señal de agradecimiento, mientras Daubin continuó avanzando por el vestíbulo sin ni siquiera mirar al criado. En el hogar de los Étienne, a Florence se la consideraba parte de la familia. Qué distinto era el trato a sus criados en las dos casas. Técnicamente, ambas familias eran comerciantes, pero la burguesía la formaban individuos de una gran variedad de fortunas y circunstancias.

Echó un vistazo hacia las escaleras. El sol aún no había llegado a su cénit y las ventanas que flanqueaban la puerta, orientadas al oeste, no dejaban pasar mucha luz. No vio a nadie más en la entrada salvo el criado, su jefe y él. Mejor así.

Daubin se dio la vuelta y le hizo una seña al lacayo para que abandonara la estancia, algo que el joven hizo diligentemente. Gilles luchó contra el impulso de retirarse él también mientras el anfitrión avanzaba para situarse delante de él.

—Tengo un problema.

Gilles se aclaró la garganta.

—¿Y cómo puedo ayudarle, *monsieur*?

A Daubin le brillaban los ojos a pesar de la luz mortecina del vestíbulo principal. Se retorció las manos. Nunca había visto a ese hombre tan alterado.

—Es la fábrica. Está en apuros.

El joven asintió despacio. La revisión de los libros de contabilidad y la suma de gastos ya le habían hecho sospecharlo.

Daubin juntó las manos, como si estuviera rezando. Sin embargo, en lugar de invocar a su Dios, se dio golpecitos con los dedos sobre el labio.

—Creía que el fervor revolucionario acabaría extinguiéndose. Que volverían a subir las ventas. Me permití anticipar una nueva época de prosperidad. Creí que el próximo año las cosas mejorarían. El próximo año... Desde hace tres años ya.

Al comenzar la revolución, nadie sabía qué les depararía el futuro. Gilles se miró la punta de los zapatos. No podía culpar a Daubin de haber albergado esperanzas. ¿Acaso no soñaban todos con una resolución rápida del conflicto?

—Pero nuestros clientes se están marchando —continuó—. Los comerciantes ya no pagan por lujos. Sigo teniendo cajas enteras de jabón de hace dos años.

Gilles levantó la cabeza de golpe.

—¿Dos años? —Uno de los libros de contabilidad indicaba que se había producido una gran venta a principios del anterior... Era increíblemente grande comparada con el resto de sus pedidos—. ¿Fue usted...?

—Yo compré el lote. —Daubin se masajeó las sienes—. Está todo en el almacén.

A Gilles se le escapó un gemido.

—¿Ha comprado algo más?

El caballero asintió.

—Varios lotes de vez en cuando. Pero no puedo volver a hacerlo. Apenas me queda dinero para mantener el tren de vida actual de mi familia hasta final de año.

Había invertido todo el dinero para mantener la fábrica a flote. Y no había bajado el ritmo de producción, con la esperanza de que el mercado se recuperase. Prácticamente les estaba pagando a sus empleados de su bolsillo.

Étienne cerró los ojos. Sus temores eran acertados. ¿Se marcharían los Daubin de Marsella? Se le hizo un nudo en la garganta, aunque no debería preocuparle eso. Si abandonaban la ciudad, el problema de su participación en la misa secreta estaría resuelto.

—¿Tiene algún plan? ¿Alguna idea?

—Ninguno. Pero esperaba que tal vez tu padre pudiera ayudar.

¿Su padre? No lo haría sin algún incentivo. Le resultaba más rentable aprovecharse de comerciantes extranjeros que de sus propios negocios.

—Le haré una buena oferta. Podrá sacar un buen beneficio en Nápoles o quizá en la Toscana.

Daubin ya había hecho negocios con su padre antes, pero entonces los beneficios se conseguían en el norte de Francia. La mayoría de países del Mediterráneo fabricaban sus propios jabones.

—O en las Américas. Por allí tienen muy pocos lujos europeos —continuó con la voz entrecortada—. Seguro que hay algún lugar en el que quieran mi mercancía y donde tu padre pueda ganar una fortuna. Podría...

Gilles levantó las manos para detener las cavilaciones del caballero.

—Se lo preguntaré cuando regrese. —Se le revolvió el estómago. Pedirle un favor a su padre... Iba a disfrutar con eso—. Hasta entonces, deberíamos buscar una solución. Reducir gastos. Bajar los precios. —«Prescindir de algunos trabajadores». A Gilles le dio un vuelco el corazón y no fue capaz de decirlo. Dadas las circunstancias, despedir a algún empleado podía provocar una revuelta—. Trabajaremos con mucha cautela. Estoy seguro de que algo podrá hacerse.

Daubin apoyó una mano en el hombro del joven.

—Gracias, Étienne. Sabía que podía confiar en ti. Llevas dos años siendo un fiel trabajador.

Gilles se obligó a sonreír. Había planeado dejar la fábrica a finales de ese año. ¿Iba a abandonar a Daubin justo cuando le iba mal el negocio?

El anfitrión se separó al oír pasos apresurados y susurros en el piso de arriba. ¿Se lo habría contado ya a su esposa? ¿O a Caroline? Étienne contuvo la respiración esperando que bajara por las escaleras la dueña de unos elegantes zapatos, un delicado vestido y una mirada cautelosa, pero no apareció nadie. Dejó escapar lentamente el aire que retenía. Ese día no iba a tener que verla, y era mejor así. O al menos, eso quería creer.

—Vamos, los demás estarán fuera.

Siguió a Daubin para a salir por la puerta trasera hacia el luminoso sol. Otros cuatro hombres, que lucían trajes perfectamente confeccionados, estaban reunidos ante un espacio rectangular de tierra compacta y vallado en el fondo del jardín. Daubin hizo las presentaciones y Gilles reconoció al jefe de Martel entre los jugadores.

—Este es mi empleado, Étienne. Jugará esta tarde con nosotros.

Algunos enarcaron las cejas y Gilles se obligó a no agachar la cabeza. Tenía todo el derecho a jugar con ellos. ¿Qué tenía que ver la riqueza y la posición social para participar? Vivían en una nueva Francia libre, donde la jerarquía social era cosa del pasado. Y si su jefe no había exagerado, los Daubin y los Étienne tenían un poder adquisitivo mucho más parecido de lo que indicaban las apariencias.

Y Caroline no lo sabía.

Mientras el anfitrión los dividía por equipos, él echó un vistazo por encima del hombro hacia la casa. No debería querer verla. Ya le había entregado el libro y era más seguro para ambos que no los vieran juntos. Cuantas más cosas descubriera él, más peligro correría Caroline. ¿Y si la joven conocía el paradero de Franchicourt?

Una mujer se abanicaba sentada en un balcón en un lateral de la casa. Era probable que se tratase de la señora Daubin, oculta bajo la sombra de un parasol y contemplando cómo jugaba su marido. Gilles se volvió para aceptar la bebida que le ofrecía su patrón. Daubin debía contárselo a su familia. Su esposa no iba a tomárselo bien, pero tanto ella como Caroline merecían saber la verdad.

—¿A alguno de ustedes lo han invitado a acudir a la plantación de los árboles de la libertad? —preguntó Daubin. Tomó una bola de madera y la alineó para lanzarla hacia el marcador.

—Un verdadero incordio —masculló el mayor del grupo.

El jefe de Martel, que se encontraba en el equipo contrario, escogió una bola y la agitó ligeramente con la mano.

—¿Cómo puede decir tal cosa? Debería considerar un honor poder demostrar su lealtad a la revolución al participar en esa ceremonia. Es un pequeño gesto. ¿O es que teme ensuciarse los calzones? —Lanzó la bola, que empujó al caer la de Daubin alejándola del boliche, la más pequeña.

Fue un comentario malicioso que todos consideraron una acusación. De hecho, todos menos los jefes de Martel y Gilles lucían los calzones típicos de la clase alta en lugar de pantalones.

—Solo han invitado a quienes creen que son monárquicos. Dan por hecho que todos los aquí presentes apoyamos a la monarquía —dijo otro comerciante—. Pensad lo mal que nos dejará a nosotros y a nuestros negocios formar parte de esa celebración.

Los otros jugadores asintieron con seriedad. Agitaron sus bebidas y hablaron en voz baja, como si lo hicieran para sus elegantes chalecos y relucientes zapatos. Étienne se mordió la lengua. El jefe de Martel era el único que no había recibido una invitación debido a que apoyaba abiertamente la revolución. ¿Esa citación conseguiría hacer entrar en razón al resto? Los jacobinos se habían hartado de andarse con juegos. Francia requería unidad o, de lo contrario, no lograría superar las luchas internas y la rivalidad.

El patrón de Honoré se hizo a un lado para que el siguiente caballero lanzara y tomó su copa de una pequeña mesa cercana.

—Los que no tienen nada que esconder no tienen nada que temer.

Daubin se movió, incómodo, mirando hacia la casa. Gilles siguió su mirada hacia la mujer vestida de blanco del balcón. ¿Habría asistido también su esposa a las misas secretas? El empresario no era religioso, al menos no abiertamente. Y cuando él se había encontrado con Marie-Caroline aquel domingo por la mañana, estaba sola con su cocinera.

Entornó la mirada. La que estaba sentada en el balcón no era la señora de la casa. La postura de la dama era demasiado regia como para tratarse de la esposa del jabonero. Gilles no se había fijado antes en los rizos oscuros que le caían hasta el cuello. Entonces, sintió que se ruborizaba y apartó la vista de inmediato. Caroline los estaba observando mientras jugaban.

—Su turno, Étienne.

Con la mano temblorosa, dejó su copa, a la que no le había dado aún ni un sorbo. Qué ridiculez. No debería importarle que la joven lo observase. Solo eran amigos, e incluso eso podía ponerse en duda. Aun así, la idea de los ojos marrones de Caroline clavados en su espalda mientras se preparaba para lanzar le provocó un escalofrío que le recorrió la columna vertebral, dificultándole la concentración.

Al final, todo era un juego, ¿no? Los jacobinos intentaban presionar y persuadir al resto de Francia para que vieran la luz de la libertad. Los monárquicos intentaban esconder la mano, jugar bien sus cartas y asegurarse, al menos, una monarquía constitucional. Esos comerciantes intentaban mantener una fachada para conservar sus negocios intactos a pesar de la violencia en las calles. Caroline y él sorteaban cuidadosamente las convicciones del otro para proteger su amistad, que se tambaleaba desde el principio.

Fijó la mirada en las bolas del otro equipo, que se encontraban a poca distancia del boliche. Echó el brazo hacia atrás y tomó aire.

Un mal movimiento podría hacer que todo se fuera al traste.

Dio un paso adelante, soltando la bola, que voló por el aire en un vertiginoso remolino y acertó en su objetivo con un chasquido satisfactorio.

❀ ❀ ❀

23 de julio de 1792
Marsella

Los han asesinado, Sylvie. Los han atado como si fueran cerdos en una carnicería. Y los han arrastrado por las calles.

Perdóname. Casi no puedo ni escribir. No soy capaz de permanecer sentada durante más de dos minutos desde que la cocinera ha llegado del mercado esta mañana con la noticia de que dos monjes han sido apaleados hasta morir. La turba los sacó del ayuntamiento y, a pesar de las muchas súplicas, algunas procedentes de obispos revolucionarios, nada los detuvo.

Mamá se desmayó en el sofá al enterarse. No pude ayudarla. El padre Franchicourt palideció y la cocinera sollozaba en la puerta del salón. Incluso ahora, siento que la cabeza me va a estallar. Si no le hubiéramos ofrecido cobijo al padre Franchicourt hace dos semanas, es probable que él hubiese sido el tercer clérigo asesinado.

Menuda libertad. Menuda igualdad. Menuda fraternidad nos han proporcionado estos revolucionarios. Han ofrecido las más altas cotas de felicidad social, pero infundiendo terror y discordia desde las profundidades del purgatorio. Que la gente no pueda creer en lo que quiera, sin tener que preocuparse por provocar la indignación de la turba contra ellos y sus familias, es una espina de hierro en su rosa de la libertad. Y algún día se volverá contra los mismos hombres que empuñan su puntiagudo filo.

Estos asesinatos se suman a los cuatro del día anterior, todos acusados de conspiración por la muchedumbre de las calles en lugar de por un juez.

¿Esto no acabará nunca, Sylvie? Justo cuando creo que Francia no tolerará ni una pizca más de locura, los habitantes de esta tierra se acercan un paso más hacia un caos irreversible.

El padre Franchicourt, por supuesto, ha propuesto marcharse. No por él, ya que seguramente acabarían encontrándolo si intenta abandonar la ciudad, sino por la seguridad de mi familia. No sé qué dirá papá cuando regrese de la fábrica, pero le he insistido para que se quede. Aunque sea solo hasta que las revueltas a causa de la conspiración se apacigüen y podamos conseguirle un pasaje seguro hasta España.

Se me ha llegado a pasar por la cabeza suplicarle ayuda a Gilles, pero no puedo recurrir a él. Igual que le habría sucedido a Émile, le horrorizó descubrir mi participación en la misa. Sabía que era religiosa y, aun así, dio por sentado que no era practicante. Si supiera lo del padre Franchicourt, no le quedaría más remedio que denunciarme.

¿Por qué entonces lo que más deseo ahora mismo es acudir a él? ¿Porque la última vez que algo me puso tan nerviosa los brazos fuertes de los que había llegado a depender acabaron sin vida en las calles? La

semana pasada, el aniversario de la masacre del Campo de Marte sin duda hizo que me sintiera más sensible al recibir las noticias sobre los clérigos. Pero no debería ser tan débil como para querer buscar el consuelo de un revolucionario que no es capaz de librarse de las garras de los jacobinos. ¿Es que no aprendí la lección con lo de Nicolás? Amar a un jacobino solo causa dolor, ya sea porque acabas dándolo por muerto o porque él lo hace contigo.

Espero que puedas leer estas palabras que tan mal he escrito. Rezo a todas horas por ti, por tu familia y por aquellos a los que dais cobijo. Solo un milagro conseguirá que salgamos todos vivos de esta desdicha. Pero no saldremos indemnes.

M. C.

❊ ❊ ❊

¿Cuántos jabones tenía Daubin en aquel almacén? Gilles recorrió con los dedos los bloques lisos y verdes apilados en el fondo de la tienda del distrito de Noailles. El olor penetrante al producto recién cortado y sellado se imponía al aroma de los perfumes y las colonias apilados en el otro extremo de la tienda. A través de la puerta tan solo se colaba un rayito de luz en el almacén. Motas de polvo flotaban a la deriva bajo la leve iluminación, pero nada más se movía. Hasta la agitación de las calles se dejaba de oír entre las paredes cubiertas de productos.

Debería estar trabajando. Pero la visión de aquella forma inerte en la cuneta cuando iba de camino a la tienda seguía presente en su mente, le impedía concentrarse en los números. En el mar, a menudo había visto muertos y, como médico, vería muchos más a lo largo de su vida. Pero ese solitario cadáver en la carretera, al que escupían los trabajadores que pasaban...

Se apartó los rizos de los ojos y volvió a sacar bloques de jabón de la caja que tenía a los pies. Ese día se había ofrecido voluntario para hacer el inventario de la tienda. Nadie quería salir a la calle, sobre todo en los barrios acomodados de Marsella, donde se habían producido y hasta exhibido muchos de los asesinatos cometidos.

La caja rayó el suelo cuando la arrastró hacia la siguiente estantería. Se irguió cuando oyó un clic. ¿Era una puerta que se abría? Al no repetirse el ruido, volvió a concentrarse en la tarea. La entrada delantera estaba cerrada con llave desde que Daubin había tomado la decisión de no abrir la tienda dados los acontecimientos de los últimos tres días. Y él se había asegurado de cerrar bien la puerta de atrás. La única persona que podía pasar por ella era su jefe, o quizás otro empleado. Pero habrían anunciado su presencia.

Sostuvo una pastilla entre las manos, examinando la marca «Fábrica de jabón Daubin» con sus dibujos de lavanda en los contornos de la leyenda. Los residuos del producto le crearon una capa fragante en la piel. ¿Echaría eso de menos cuando el negocio dejase de existir? Por muchas esperanzas e ideas que tuviese Daubin, no podía evitar pensar que sus intentos por salvar la empresa eran inútiles dada la situación social.

—¿Gilles?

Se sobresaltó al oír esa voz apagada desde el final del pasillo. Oyó unos pasos ligeros sobre el suelo de madera. Dejó el jabón en la estantería y aguardó hasta que la sombra de Caroline apareció en el haz de luz.

—¿Qué está haciendo aquí? —le preguntó él.

El tono gris de la tienda vacía se reflejaba en su rostro. La dama se agarraba ambos brazos, pareciendo más menuda de lo que era.

—Algún día terminará todo esto.

—¿El qué?

Caroline hizo un gesto hacia las calles.

—Las muertes. El miedo.

¿Acabaría todo aquello? Ni siquiera los líderes revolucionarios habían sido capaces de disuadir a la muchedumbre de colarse en las prisiones y de imponer su propia justicia a los monárquicos. Si los líderes jacobinos no tenían ningún control, ¿se podría contener alguna vez a las turbas cuando estas percibían una amenaza, ya fuera imaginaria o real?

—Sí —se limitó a responder, aunque no pareció muy convencido.

—Cada vez que sucede esto, pienso que será la última vez. Ante tanto miedo y destrucción, seguro que los corazones de la gente se ablandarán a causa del horror que trae consigo todo esto. —Se acurrucó contra el marco de la puerta, como un mendigo sin abrigo en pleno invierno.

—Los ciudadanos de este país han soportado mucho. Ya se han hartado. —Gilles tomó un par de pastillas de jabón y las dejó sobre la estantería.

—¿Y le parece esa una excusa razonable?

Gilles se detuvo y luego, despacio, negó con la cabeza. Por toda la nación, las muchedumbres revueltas se estaban tomando la justicia por su mano, pero no lo hacían de una forma tan frecuente y violenta como los ciudadanos de París y Marsella. Si todas las turbas se alzaran y unieran fuerzas, ¿acelerarían la creación de una nueva Francia o harían arder la patria?

—No debería estar aquí, *mademoiselle*. —Colocó un par de jabones más en su sitio y tomó la pluma y el libro de contabilidad que había dejado en un estante bajo para tomar nota—. No es seguro.

Marie-Caroline dejó caer las manos hacia los costados, una postura desafiante que él ya conocía muy bien.

—Hemos venido por calles traseras.

Al joven se le aceleraba el pulso con cada repiqueteo de los zapatos de Caroline contra el suelo a medida que se acercaba hacia él. Era una suerte que no pudiera percibir el aroma de su perfume entre el olor dominante a jabón. Allí estaban, solos en la tienda. Sin su padre ni ningún otro compañero de la fábrica que pudiera interrumpirlos. Si hubiera querido, podría haberse dado la vuelta y haber besado esos labios que tanto deseaba desde el mes de mayo. Saborear al fin su dulzura. ¿Se lo permitiría ella? Tomó aire. Aquellos pensamientos acabarían arruinándolos a ambos.

—Su madre se preocupará si se entera de que se ha puesto en peligro. —Se irguió, dejando la pluma dentro del tintero—. Pero no solo me refiero a que se haya lanzado a las calles. Es peligroso que sigamos hablando, Caroline. Y lo sabe.

—Si no recuerdo mal, fue usted quien insistió en que fuéramos amigos. —Volvió a aparecer aquella dureza en su voz.

—Eso fue antes de que supiera nada. —Le dio la vuelta a una de las pastillas para que toda la fila mostrase el nombre «Fábrica de jabón Daubin». Un gesto innecesario, ya que acabarían llevándolas a la parte delantera de la tienda cuando hiciesen falta.

—¿Es desde que supo que practico mi religión? ¿Que soy una católica perversa que desafía la verdad del jacobinismo?

—Sabe que no pienso de ese modo —respondió con una mueca de disgusto.

—No, Gilles. No lo sé. Nunca me lo ha dicho.

Étienne mantuvo la mirada fija en las pastillas de color verde oliva que tenía delante de él, evitando mirarla a aquellos ojos ardientes que le aceleraban el pulso. Tenía que despejar la mente, si no, su voluntad flaquearía.

—No creo que sea perversa. Creo que está jugando con fuego al lado de un polvorín, pero es su vida y puede hacer con ella lo que quiera.

La delicada risa de la joven hizo que Gilles al fin la mirase. ¿Había dicho algo gracioso?

—Lo digo muy en serio, Caroline. Usted tenía razón. La amistad entre un jacobino y una monárquica es algo peligroso. Y creo que hemos llegado a un punto crítico. Si supiera más sobre su amigo el sacerdote, podría ponernos en peligro a ambos. Si se me escapa que estoy al corriente, pondría en riesgo a mi familia. Esto es lo mejor para ambos.

—No me estoy riendo por eso. —La joven acarició con los dedos la fila de jabones mientras los separaba entre sí—. Me encanta cuando su vena de marinero irrumpe en la conversación.

A Gilles se le pusieron las orejas coloradas. Maldijo su experiencia y su herencia. No podía escapar de ninguna de las dos cosas.

—¿Y sobre el resto de las cosas que he dicho? ¿Tiene algo que responderme? —Se tiró de las mangas de la camisa y se las abotonó alrededor de las muñecas. Si Caroline no se marchaba, lo haría él. ¿Dónde había dejado la casaca? Acabaría de ordenar aquella fila y regresaría a la fábrica.

Ella dejó de caminar y se mordisqueó el labio inferior.

—Ha pasado un año desde la masacre del Campo de Marte.

Gilles se detuvo y apoyó la mano en la estantería. Entornó la mirada. Aquella no había sido una masacre revolucionaria. Había sido un ataque de la guardia nacional de Lafayette contra los parisinos que pedían acabar con la monarquía. Habían sido los monárquicos quienes habían matado a revolucionarios.

—Tenía... —A Caroline se le agitó el pecho— una amistad entre los fallecidos.

—¿Su amiga era una revolucionaria? —Entonces, ¿por qué se había resistido aceptarlo a él como amigo?

—Era seguidor de Danton.

Ah. Un hombre... Gilles se agachó para tomar más jabones, intentando olvidar la punzada que sentía en el pecho. Un seguidor de Danton. Aquel caballero era un ferviente defensor de la libertad y de una ruptura definitiva con la monarquía, alguien a quien los líderes jacobinos vigilaban con cautela debido a su capacidad para incitar a las multitudes de París.

—¿Era un amigo cercano? —«Déjalo estar, Gilles. No quieres conocer la respuesta».

Caroline tomó un trozo de jabón y se lo llevó hasta la nariz. Cerró los ojos. Inhaló profundamente una, dos y hasta tres veces.

—Estuvimos prometidos durante nueve meses.

Cómo no. El joven tomó el libro de contabilidad y se concentró en los números. Idiota. ¿Para qué había preguntado? Había sentido demasiada curiosidad por saber si Caroline se habría dejado el corazón en París. Y así había sido. Aunque ahora el caballero estuviese muerto. Echó un vistazo a las páginas del libro. En momentos como el que vivieron en las escaleras después de aquella cena, cuando ella no fue capaz de ocultar el dolor en la mirada, ¿pensaba Caroline en ese hombre?

—Nicolás canceló el compromiso un mes antes de la masacre. No podía soportar que lo relacionaran con una monárquica.

—Ah. —Bajó el libro—. Entonces, no me extraña que se opusiera tanto a nuestra amistad.

Ella esbozó una sonrisa triste. Volvió a dejar la pastilla de jabón en su sitio.

—Pero usted me demostró lo equivocada que estaba.

¿Era eso cierto? ¿O había demostrado que su prometido no estaba equivocado, que aquello no podía funcionar? Gilles se rascó la nuca.

—¿Qué opinaba su padre del compromiso?

—No lo sabía. Nadie lo sabía. Mi dulce prima Sylvainne era nuestra única confidente.

Un compromiso secreto. No le sorprendía que Caroline fuese capaz de desposarse sin hacérselo saber a sus padres. Cerró el libro de contabilidad y lo volvió a dejar junto al tintero.

—Cuando me enteré de su muerte, entré en cólera —prosiguió la joven, con la vista perdida en las estanterías—. Me sentí traicionada, aunque, como ya no estábamos prometidos, tampoco tenía motivos para ello.

Supongo que esperaba que cambiara de parecer y regresara conmigo.
—Negó con la cabeza y la tenue luz que se colaba por la puerta le iluminó
los rizos—. Y aquellos sueños rotos trajeron consigo una mayor determinación. Quería mantenerme lo más alejada posible de esas personas que
buscan acabar con la vida tal y como la conocemos.

Caroline se acercó más a él, pero no lo miró a los ojos. Nervioso por
la cercanía, a punto estuvo de tropezar. En Marsella, Caroline no tenía
a nadie. Era evidente que no podía acudir a su madre en busca de consuelo cuando la mujer sufría tanto con sus propios miedos. Daubin estaba
ocupado con quebraderos de cabeza que le daba su negocio. Émile se había marchado, aunque no creía que estuvieran muy unidos. Su hermano
pequeño estaba en París y su hermana mayor se había casado y creado su
propio hogar. Y aunque no podía considerarse a sí mismo su confidente...,
¿cómo podía alejarse de ella considerándose uno de los pocos apoyos que
le quedaban a la joven?

—Cuando nos enteramos ayer de las palizas y los ahorcamientos, no sé
por qué, pero sentí como si se estuviera repitiendo lo del Campo de Marte
—continuó ella—. No conocía a esos monjes o a los presuntos conspiradores. Pero, aun así, bien podrían haber sido Nicolás Joubert. —Le tembló la voz.

Gilles extendió la mano y la tomó por el brazo. Tenía que haber alguna
solución. Le importaba esa joven tanto como le importaba Florence, y no
dejaría que nada destruyera esa amistad, aunque corrieran peligro. Pero
debía admitir que cada vez que veía a Florence no sentía un fuego en su
interior como le pasaba al encontrarse con Caroline.

—Otra vida arrebatada. Otro futuro desperdiciado. —Caroline meneó la cabeza—. ¿Acaso importan sus creencias? —Le tembló el brazo
que Gilles mantenía agarrado. Al fin se volvió hacia él. ¿Era un efecto de
la luz mortecina o tenía las lágrimas en los ojos?

Antes de ser consciente de lo que estaba haciendo, la atrajo hacia sí y le
envolvió los hombros con los brazos. A Marie-Caroline se le escapó un
ligero gemido. Por un momento, permaneció rígida, aunque no se apartó.
Gilles se arrepintió de su gesto. Si lo que pretendía era alejarla de su lado,
con eso bastaría. Justo cuando creía que quizá podrían encontrar un
modo de conservar su amistad.

Marie-Caroline hundió la cabeza en el hombro de Gilles. Ya no temblaba. ¿O tal vez él lo había imaginado?

—No deseo besarlo —murmuró ella, que se liberó de la tensión y se relajó contra el cuerpo del joven.

Él apoyó el rostro en la cabeza de Caroline y sintió las cosquillas que le hacían sus rizos.

—Lo sé.

El intenso ámbar de su perfume inundó el aire con la calidez de una puesta de sol del Mediterráneo. Si Daubin hubiera entrado en ese momento, la vida de Gilles correría peligro. Si Martel los hubiese encontrado así, no hubiera llegado vivo a casa. Pero dejarse embriagar por el aroma de la dama mientras la tenía entre sus brazos le hacía olvidar esas preocupaciones, invadido por una sensación que no había experimentado antes.

—Lo siento —le dijo—. Por lo que ha pasado y por todos los recuerdos con los que ha tenido que vivir. Y siento ser un zoquete tan miserable.

Caroline rio, mientras él la soltaba y dejaba caer de mala gana los brazos.

La joven dio un paso hacia atrás y lo observó.

—¿Seguimos siendo amigos?

—Si es su deseo... —Respiró hondo para calmarse.

—¿Y qué pasa con el peligro que supone?

¿Qué pasaba con eso? No sabía qué decir. Nada había cambiado, salvo su determinación de no perder aquella amistad que apreciaba más de lo que había imaginado.

—Debemos tener cuidado. Y no hablar de nada relacionado con... —Agitó una mano.

—Muy bien. —Caroline miró a su alrededor, como si estuviera esperando que apareciera alguien—. Debería volver a casa. Mamá se preocupará.

O quizás él podía romper su palabra de no besarla.

—Sí, por supuesto. Es lo más prudente.

—Gracias por escucharme, Gilles. Y por demostrar que me equivoco.

El joven frunció los labios. Desde que se conocían, no habían sido muchas las ocasiones en las que le había podido demostrar que se equivocaba.

Caroline se encaminó hacia la puerta, llevándose aquel embriagador aroma a ámbar con ella. Pronto, el único olor que percibiría sería de nuevo el del jabón terroso. Justo antes de abandonar la estancia, ella miró hacia atrás e inclinó la cabeza.

—Cuando nos conocimos no comprendía cómo conseguía besar a las chicas en los juegos de Émile. Supongo que me equivoqué al juzgarle. Sí que tiene varios encantos que le avalan.

Gilles soltó una carcajada, aliviado porque la luz tenue del almacén ocultara su rubor.

—¿Acaso creía que solo besaba a coquetas sin remedio?

—Ah, no. Estoy segura de que eran coquetas sin remedio. Pero no puedo juzgarlas tan duramente como antes, ya que ahora veo a lo que se enfrentan. —Asintió con la cabeza y desapareció por la puerta.

Gilles se quedó inmóvil hasta que oyó cómo se cerraba la puerta trasera y giraba la llave en la cerradura. Luego dejó caer los hombros. Se apoyó contra la estantería y descansó el rostro contra la pila de jabón. No entendía qué había sucedido, pero, en el rato que Caroline había estado en la tienda, había pasado de querer evitarla a toda costa a desear volver a estar a su lado desde el mismo instante en que se alejaba.

Sintió que recibía un golpe comparable al de un barco inglés de primera categoría contra el casco de un bergantín. Había estado muy equivocado al equiparar su relación con Caroline con su amistad con Florence. Era un eufemismo burdo.

CAPÍTULO 19

Nicolás Joubert. Aquel nombre le daba vueltas por la cabeza, arrullado por el vaivén del carruaje que avanzaba hacia los campos del este. La luz de última hora de la tarde brillaba a través de las ventanas del vehículo de los Daubin. El empresario dormía a su lado. Sus ronquidos se entremezclaban con el retumbar de las ruedas.

Incluso en esa relativa privacidad, Caroline permanecía en silencio al otro lado del carruaje. En ocasiones lo miraba, pero la mayor parte del tiempo se asomaba por la ventana para ver las tiendas, las fábricas y las casas, o los viñedos y otros terrenos de cultivo.

No podía dejar de pensar en el compromiso de Caroline. Se había prometido con un revolucionario. Y él había sido asesinado por los hombres de Lafayette. El mismo Lafayette al que ella misma había defendido cuando habían discutido sobre la efigie mientras comían *navettes* en el antiguo puerto. En ocasiones, la joven vestía de manera sencilla, le llevaba comida a una familia enferma o robaba un misal como contrabando. En ese momento, se encontraba allí sentada, orgullosa y correcta con su canotier a la moda y su vestido camisa, abanicándose despreocupadamente como si fuera una belleza de la aristocracia parisina. ¿Llegaría algún día a comprender a esa mujer?

Se apresuró a apartar la mirada al recordar el momento en que la había abrazado en la tienda. La joven había estado tan distante y fría antes de hundirse en sus brazos... El peso de su cabeza sobre sus hombros y la presión de su cuerpo contra su pecho habían deshecho nudos internos que lo contenían.

Era peligroso enamorarse de alguien que tenía opiniones tan contrarias a las suyas. Gilles sacudió la cabeza. Enamorarse. ¡Ja! No podía estar enamorado de una...

—¿Ha visto algo desagradable? —La voz de Caroline no le ayudó a librarse de aquellos pensamientos ingobernables.

—Ah, no. Es solo que... —Solo estaba pensando en que quería que fueran algo más que amigos. Era imposible. No podía imaginarla desempeñando el papel de esposa de un médico. Aunque fuese un médico de éxito, no contaría con los medios para satisfacer sus necesidades de vestir a la moda y alternar en sociedad. Y si las cosas continuaban yendo tan mal en la fábrica de jabón, su padre tampoco podría continuar haciéndolo mucho más tiempo.

—No le habrá mencionado a nadie lo que le confié hace unos días, ¿verdad? —preguntó ella en voz más baja.

—Ni a un alma. —Fuera, una alfombra de flores violetas cubría el paisaje hasta el horizonte. Se estaban acercando a los campos de los Daubin.

—Gracias. —La joven abrió y cerró con cuidado el abanico que tenía sobre el regazo, observando el panorama ondulante que se extendía ante ellos—. Y gracias por escucharme. —Sonrió—. Últimamente no he tenido la oportunidad de hablar con tanta franqueza con un amigo.

Si acababa hablando con demasiada franqueza, los metería a ambos en un lío... Gilles le devolvió la sonrisa. No le importaba ser su confidente si no mencionaba al sacerdote.

—Espero que siempre pueda considerarme su amigo —le dijo—. Pase lo que pase.

Ella asintió con gesto pensativo. Era una declaración audaz, que no debería haber hecho, y ella lo sabía. Aun así, Gilles no podía negar que, en el fondo de su corazón, quizás en esa parte que tanto había acallado y que anhelaba regresar al mar, quería ser quien la sostuviera entre sus brazos cada vez que el mundo se le viniera encima.

El peligro ya no importaba. Había ciertas cosas por las que merecía la pena arriesgarlo todo.

❁ ❁ ❁

—Gracias, Gilles. ¿Podrías llevar estos de vuelta al carruaje? —Daubin le entregó a su empleado un par de libros. El despacho en los campos de lavanda permanecía en penumbra a la caída la tarde—. Primero debo hablar con Louis y luego me reuniré con vosotros allí.

—Sí, *monsieur*. —Se puso los libros bajo el brazo y abandonó el pequeño edificio, inspeccionando de inmediato los alrededores en busca de Caroline. No había entrado con ellos, sino que prefirió pasear por los campos.

Tras dejar los libros de contabilidad en el carruaje, la divisó no muy lejos de allí, serpenteando entre las hileras de lavanda. Se apresuró a acercarse a ella con ánimo renovado. Unos minutos a solas con la joven, y sin estar sometidos al escrutinio de su padre, harían que aquel viaje de última hora mereciese la pena.

Caroline deambulaba bajo aquel atardecer dorado, de espaldas a él. Los tallos de lavanda se mecían con la brisa susurrante y se le pegaban a la falda de gasa, de un blanco intenso que contrastaba con los azules y violetas del campo. Acariciaba con los dedos las suaves flores a medida que caminaba y esquivaba hábilmente a las abejas que aprovechaban para libar el néctar antes de que cayese la noche.

Gilles se detuvo al borde del pequeño jardín que lindaba con el campo y oyó aquella melodía que le encantaba tararear en momentos de soledad. Ella no se percató de su presencia. El joven desvió la mirada hacia un banco de piedra bajo un cedro solitario del jardín. No tenía por qué molestarla mientras pensaba. Podía observarla sin interrumpirla desde allí y tal vez así lograría calmar su agitada respiración, provocada por la visión etérea que tenía ante sí.

Se acomodó sobre el frío banco. Ella continuó su paseo bajo la luz de la tarde, aún ajena a su mirada. Ojalá estar en su presencia le transmitiese siempre tanto sosiego. Las tranquilas colinas amarillas que rodeaban los campos de lavanda de los Daubin los mantenían alejados de la agitación de la ciudad. El viento ayudaba a aliviar el intenso calor del verano y el aroma de la lavanda del ambiente hizo que se sintiera como en un cuento de hadas. Por un momento, fue capaz de imaginar que no era un jacobino ni Caroline monárquica. Esa tarde noche, era tan solo un hombre que admiraba a la mujer a la que le había entregado su corazón.

207

★★★

Cerró los ojos. «La mujer a la que he entregado mi corazón», pensó. ¿Cómo había dejado que sucediera una cosa así? Si las tensiones seguían aumentando, ambos podían buscarse problemas serios. Aunque no se habían producido más asesinatos en Marsella desde lo sucedido con los monjes, hacía ya cuatro días, cualquier cosa podría volver a provocar a la turba. Si la persona incorrecta decía algo inoportuno en el momento inadecuado, podrían perderlo todo. Y era evidente que Caroline no iba a renegar de sus convicciones, por mucho peligro que corriera.

Gilles frunció la boca al recordar la expresión decidida de la joven: esa forma en la que le brillaban los ojos con indignación y la firmeza de su mandíbula. No la había besado solo porque le había hecho una promesa. Por eso y por la certeza de que probablemente ella nunca más volvería a dirigirle la palabra si lo intentaba.

—¿Es esta una de sus tácticas?

Étienne abrió los ojos de golpe. Caroline se hallaba en el borde del campo, quitándose de la falda la última flor de lavanda que se le había pegado.

—¿Tácticas?

—Para conseguir que esas chicas lo besen. ¿Se sienta ofreciendo labios y aguarda hasta que la joven caiga en su regazo? —Inclinó la cabeza hacia el cielo, imitando su postura.

Gilles se enderezó de inmediato. Ojalá fuese tan sencillo.

—Parece muy interesada en las chicas a las que he besado últimamente. —Le tembló la voz. «Contrólate, Gilles». Él estaba igual de interesado en su antiguo prometido. Sin duda, Caroline guardaba la compostura mucho mejor que él.

—¿A las que ha besado últimamente? —Caroline ladeó la cabeza—. ¿Y cuántas han sido?

—No... Es decir...

La joven enarcó las cejas mientras se acercaba a él. Los extremos de su fajín azul que llevaba atado a la cintura se mecían como una ola en un mar en calma.

—¿Cuándo fue la última vez que «hizo una conquista», como le gusta decir a Émile?

—Fue... —¿Cuándo fue la última vez? ¿La hija del panadero, semanas antes de que Caroline se presentase en Marsella?—. Hace meses.

—¿Meses? —Caroline se llevó la mano a la mejilla en un gesto burlón de sorpresa—. Nuestros hermanos se burlarían sin piedad de usted por eso.

El joven soltó una carcajada insegura. Sí, eso harían. Pero dudaba que ellos hubieran sentido el desinterés hacia las chicas que sentía él desde mayo.

La dama se detuvo delante de él, con el bajo del vestido rozando los zapatos de Gilles. Los rizos castaños brillaban con la luz del atardecer. El sombrero de ala corta no le sujetaba del todo el cabello y varios mechones le cayeron sobre la cara movidos por la brisa. Caroline bajó el rostro hasta mirar frente a frente a Étienne.

El joven esquivó su mirada, mientras ella lo observaba, evitando mirarle durante demasiado tiempo los labios, ligeramente pintados de rojo. El aroma de la lavanda le había nublado la mente. Estaba lo suficientemente cerca como para poder estrecharla entre los brazos. Demasiado cerca. Si no tenía cuidado, podría perder su determinación.

—¿Quiere besarme? —La picardía que percibió en su voz debería haberlo hecho reír. Estaba jugando con él. Se lo tenía merecido después de todas las apuestas de besos en las que había participado. Pero ella no era consciente de lo injusto que era aquello. Le resultaba irresistible tenerla tan cerca, incluso con la falsa timidez que mostraba en ese momento.

Gilles tragó saliva con dificultad. ¿Cómo se suponía que debía responder a eso? Se pasó un dedo por debajo del pañuelo que se había anudado demasiado fuerte esa mañana.

Ella permaneció en el sitio, con el rostro cerniéndose sobre el suyo. ¿Podría estar poniendo a prueba su capacidad de mantener la palabra? Étienne tragó saliva sin conseguir aliviar la sequedad de la boca. Tenía que actuar con cautela. Hablar con cautela.

—Le di mi palabra, ¿así que qué más da que quiera hacerlo o no? —Se movió incómodo en el banco. Si se deslizaba hacia un lado para poder escapar, sin duda ella se echaría a reír—. Usted no desea que lo haga y no se cansa de recordármelo.

—No soy como esas chicas de las tabernas a las que conquista.

—No, a usted es muy difícil atraparla. —Quiso abofetearse a sí mismo. Estaba cediendo ante el flirteo. No sabía qué intentaba demostrar Caroline con todo aquello. ¿Quería comprobar si era igual que sus respectivos hermanos? No sabía cómo responder a esa provocación. «Debes aprender a reconocer qué batallas puedes ganar y de cuáles debes huir». Detestaba oír esas sabias palabras que tan a menudo le resonaban en la mente con la voz de su padre.

Se le tensó el cuello cuando ella lo tomó por la solapa de la casaca. Sintió que el pecho le retumbaba como durante cualquiera de las terribles tormentas que había vivido en el mar. Se aferró al borde del banco como para sentirse a salvo.

—A mí no me atrapará, *monsieur*.

De eso no le cabía ninguna duda. Deseaba que no jugara así con él. Debería haber encontrado algún pretexto para volver al carruaje. Romper aquel vertiginoso...

En un instante, Caroline le cubrió los labios con los suyos.

Suaves.

Cálidos.

Feroces.

Él respiró hondo y se quedó tan inmóvil como el banco de piedra sobre el que estaba sentado. Un escalofrío le recorrió la columna vertebral. Apenas le había dado tiempo de disfrutar de los labios de Caroline contra su piel antes de que ella se retirase de nuevo.

—Te reto a que llames a esto una conquista —le susurró al oído. Le soltó la solapa, se giró sobre los talones y se encaminó hacia el carruaje como si el tiempo no se hubiera detenido, como si la Tierra no hubiese dejado de girar. Los rayos de sol bailaban por el jardín, la lavanda se mecía con la brisa y las abejas zumbaban sus últimas armonías.

Y Gilles permanecía sentado, sin aliento ante la grandeza de la campiña veraniega de la Provenza, incapaz de comprender qué había pasado.

—¡Étienne!

Parpadeó. Daubin por fin había aparecido y ayudaba a su hija a subir al carruaje. Gilles se puso en pie de golpe y se acercó a toda prisa, con la vista fija en el suelo para evitar tropezarse por culpa del temblor de piernas.

Caroline lo había besado. Y él ni siquiera había logrado devolverle el beso.

—¿Te encuentras bien? —le preguntó su jefe, apoyándole una mano sobre el hombro antes de que pudiese entrar en el carruaje.

—Sí, *monsieur*. Perfectamente. —Perfectamente confuso. Al menos, su jefe no había presenciado la escena.

Daubin le hizo señas para que subiera al carruaje, donde Caroline lo recibió con un asentimiento indiferente y el movimiento de su abanico.

El brillo en los ojos de la joven dejaba entrever la satisfacción por haber logrado confundir por completo su ya de por sí aturdida cabeza.

❋ ❋ ❋

¡He cometido la peor de las tonterías! Esto es lo que sucede cuando dejas que tu corazón tome las riendas, aunque sea por un momento. Para empeorarlo todo, Gilles no hizo nada para incitarme. La única culpable de haberme metido en este lío soy yo. Cualquiera diría que soy igual que las chicas a las que me gusta mirar por encima del hombro por sucumbir demasiado rápido ante los hombres. Pero Gilles estaba allí sentado, tan pensativo y sereno, con el viento echándole hacia atrás ese cabello rebelde que tiene... Casi pude imaginármelo sobre la borda de un barco, aspirando el vigorizante aliento del mar. ¿Cómo iba a resistirme?

Me dije a mí misma que solo quería demostrarle cuál era la diferencia, lo que se había estado perdiendo al participar en aquellos ridículos juegos con Maxence y Émile. Me estaba mintiendo a mí misma. Realmente solo quería besarlo.

Y lo hice.

Ay, Sylvie. ¡Menudo desastre he provocado! ¿Qué pasará ahora entre nosotros? ¿Qué pasará ahora que he dejado que mi corazón tome las riendas? Pasarán cosas tan terribles...

Aun así, me arrepiento mucho menos de lo que lo he disfrutado, aunque tampoco puedo tener la esperanza de que vaya a repetirse.

Que el cielo nos asista.

Con cariño,
Caroline

CAPÍTULO 20

A Daubin no le gustaba ensuciarse las manos, pensaba Gilles, divertido, mientras se abrían paso por la calle abarrotada de la Canabière. Había llegado el día en el que los comerciantes adinerados de Marsella iban a plantar árboles de la libertad para demostrar su lealtad a la patria. El jabonero había paseado inquieto por el despacho toda la mañana y le había pedido que lo acompañara.

—¿Su familia también vendrá a verlo? —le preguntó mientras caminaba medio paso por detrás de su jefe. Se puso el gorro frigio cuando se acercaron al lugar de la celebración.

—Aunque la encerrara en el ayuntamiento, Caroline encontraría un modo de venir. —Daubin se quitó los guantes y se los guardó en el bolsillo del chaleco. Al menos, el caballero había tenido el buen juicio de ponerse pantalones y no calzones aquel día—. Esa chica acabará con su madre.

Caroline. Gilles apretó el paso sin darse cuenta.

Habían pasado casi dos días desde que lo había besado. Treinta y nueve horas mirando a la pared y recordando la sensación de los labios de la joven contra los suyos, esquivando las miradas interrogantes de su madre, no haciendo caso de la risita con segundas de una cómplice Florence y planeando cientos de formas distintas de encontrársela «por casualidad» el domingo. Ninguna de sus ideas llegó a buen puerto. Tampoco sabía adónde acudía a oír misa.

Ni quería adivinarlo. Si la joven encontraba otro lugar para asistir a oficios religiosos, era mejor no saberlo. Desistió de provocar un encuentro y se aferró a la esperanza de verla ese día mientras plantaban el árbol.

Sonaban tambores y flautines entre conversaciones mientras los dos avanzaban entre los ciudadanos de Marsella, que lucían gorros frigios. Encontraron un lugar en el que detenerse, cerca de una hilera de árboles listos para ser plantados. Los comerciantes que habían asistido al juego de petanca de Daubin se acercaron cuando apareció su amigo y dejaron a Gilles libre para buscar a Caroline entre la multitud.

En el otro extremo de la calle, una mujer de pelo castaño dobló la esquina con un lacayo a la zaga. Étienne no pudo reprimir una sonrisa. Caroline lucía de nuevo su vestido blanco, esta vez sin otro color en la cintura o en el sombrero. No intentaría lanzar un mensaje político al vestirse con el blanco de la monarquía delante de toda esa gente...

Gilles suspiró. Conociendo a Caroline, ese podría ser su objetivo.

Cuando llegó hasta ella, le tendió el brazo. Una mirada irónica apareció en el rostro de la joven durante un instante. Luego se apresuró a tomárselo, lo que le tranquilizó. No iban a acosar a una mujer agarrada de alguien que lucía un gorro frigio. O, al menos, eso esperaba. Uno nunca sabía qué podría provocar la ira de los *sans-culottes*.

—¿Y cómo está hoy, Caroline? —Solo por tenerla cerca otra vez sentía una descarga eléctrica que le recorría las extremidades. Añoraba esa sensación desde la visita del sábado a los campos de lavanda.

La dama frunció los labios, sonrosados. ¿Podría robarle un beso sin atraer las miradas de la multitud? O peor, ¿de su padre? Caroline se inclinó, haciéndole cosquillas en la oreja con el ala de su sombrero, igual que en aquel glorioso momento en el que lo había besado. Lo que hubiera dado él en ese instante por devolverle el beso... Deseó haberse olvidado la casaca y haberse puesto tan solo el chaleco. El sudor ya le bañaba el cuello.

—No quiero besarlo.

Gilles inclinó la cabeza. ¿Iban a saludarse siempre así? ¿Después de todo lo que había pasado?

Caroline se irguió, volviendo la cabeza con indiferencia mientras observaba el ambiente. Los colores azul, blanco y rojo se arremolinaban a su alrededor en un frenesí de escarapelas, gorros y estandartes.

Fuera cual fuese el juego al que había decidido jugar Caroline, Gilles no iba a dejarla ganar esta vez. Si quería hacerse la inocente, él sería más ingenioso.

—Esa no es la impresión que me llevé el sábado.

—Siento decirle que su impresión es incorrecta.

Qué curioso. Él apoyó la mano libre sobre la de la joven, que no la apartó, pero tampoco lo miró a los ojos. ¿Le avergonzaba su atrevimiento? No tenía por qué estar avergonzada. Él estaba entusiasmado. Inspiró hondo para sofocar el rubor que le subía por las mejillas.

—Aunque no me gusta contradecir a una mujer...

—Al contrario, creo que disfruta mucho haciéndolo.

Gilles se detuvo, haciendo que se volviera para mirarlo a la cara.

—Entonces, dígame, por favor, cómo debo interpretar su comportamiento en el jardín —replicó, confundido. Después de todos sus reproches por las apuestas de los besos, ella quería fingir que lo del sábado por la tarde no había ocurrido.

La joven frunció el ceño y miró a su alrededor.

—Sssh. Eso podría malinterpretarse.

Gilles la tomó por los codos y la acercó aún más a él, hasta que estuvo prácticamente entre sus brazos.

—¿Y cuál fue su intención al hacer eso?

Caroline apretó los labios. La gente que pasaba lo empujaba y él la mantuvo agarrada con firmeza. No lo había besado solo por diversión. Desde el momento en el que se conocieron, le había dejado claro que ella no actuaba de ese modo. La joven bajó la cabeza para ocultar el rostro bajo el amplio sombrero.

—¿Caroline? —Gilles sintió cómo un escalofrío le recorría la piel, a pesar del calor del mes de julio. ¿Por qué no quería hablar con él? ¿Por miedo a que los oyeran? Quizá los riesgos que estaban asumiendo habían hecho que la joven entrara en pánico, igual que le sucedía a él a veces. Por algún motivo, necesitaba saberlo. Ese extraño dolor que sentía en el pecho no le permitía dejar de lado el asunto.

—No sé de qué está hablando —respondió Caroline.

—Eso es mentira.

La dama intentó soltarse y lo único que pudo hacer fue dejarla ir.

—Espere —le dijo—. Por favor.

Ella le dedicó una rígida reverencia y elevó la voz.

—*Monsieur* Martel.

Por dios. ¡Honoré! Siempre aparecía en el peor momento. Gilles dejó caer las manos hacia los costados mientras Caroline se alejaba de él. Su lacayo la siguió a duras penas. No miró atrás ni una sola vez mientras buscaba a su padre cerca de los árboles.

Martel observó cómo la joven se marchaba con una sonrisa burlona y una ceja enarcada antes de volverse hacia él.

—Has vuelto a perderte otra reunión de los jacobinos.

Gilles se estremeció.

—Tenía trabajo pendiente. Ya te había advertido que quizá no podría asistir. —La elección entre ver a Caroline o pasarse una tarde rodeado de jacobinos airados había sido muy fácil de tomar.

—Algún día los jefes no tendrán el poder de obligar a los ciudadanos a trabajar cuando ellos quieran. —Aquello era lo mismo que había dicho Luc Hamon. Aunque Gilles estaba de acuerdo, la amenaza en el tono de Martel lo inquietó. Su amigo lo agarró del brazo, y lo apartó de la multitud y de Caroline—. Últimamente, te has vuelto íntimo de los Daubin.

Dejó que su amigo tirara de él hacia delante, aunque tenía fuerza más que suficiente para quitárselo de encima.

—Trabajo para él. ¿Cómo sugieres que lo evite?

—Una cosa es trabajar en su fábrica y otra muy distinta acudir a reuniones sociales en su residencia. —Lo condujo hasta el árbol de la libertad que habían plantado el año anterior, cubierto con los colores de los Tres Estados Generales. Gilles se preguntó si quitarían el blanco de aquel conjunto si al final los jacobinos conseguían librarse de la monarquía—. Mi jefe mencionó que, hace un par de semanas, acudiste a una partida de petanca de Daubin.

—Tenía que hablar conmigo sobre un asunto de trabajo. —Un asunto sobre el que habían avanzado muy poco. Barajaron algunas fórmulas para recortar gastos, pero no sería suficiente para salvar la fábrica.

—Y luego te veo flirteando con la hija de un traidor atontado.

Gilles enfureció.

—No estaba flirteando —le espetó—. Caroline es la hermana de mi amigo. —¿Traidor? El muy hipócrita.

Martel se cruzó de brazos.

—Así que ahora la llamas «Caroline», ¿eh?

—Van a empezar a plantar los árboles. —Intentó escabullirse, pero su amigo le cortó el paso.

—Tengo noticias de Franchicourt.

Gilles se frotó la frente. Caroline no dejaría de correr peligro al acudir a sus reuniones secretas hasta que Martel se diese por vencido.

—¿Ha huido?

—Los que han huido son sus cómplices —gruñó—. Los hemos interceptado en un barco que partía hacia España. Pero mi tío no iba con ellos.

Étienne apretó los dientes, rezando para que el pánico no se le viera reflejado en el rostro.

—Entonces, ¿ha abandonado la ciudad de otra forma?

—Desde luego que no. —Echó la cabeza hacia atrás—. No ha abandonado la ciudad. Sigue aquí, contribuyendo a la lucha contra la libertad.

—Ya veo. —¿Acaso Caroline...? Ni siquiera quería pensarlo. Saber algo, o incluso intuirlo, suponía un peligro.

—Tengo un par de pistas que quiero investigar. ¿Me acompañas mañana por la tarde?

Gilles se obligó a sonreír.

—Haría lo que fuera para librar a la patria de los traidores.

—A veces dudo de ello. Te espero en la puerta de la fábrica de Daubin mañana cuando salgas del trabajo. —Le dio un golpecito en el brazo a modo de despedida y se perdió entre el gentío.

Gilles se quitó su gorro frigio y los rizos le cayeron sobre el rostro. Se secó la frente con la manga. Dos días atrás, había sentido que tenía el mundo a sus pies. Ahora volvía a encontrarse jadeando sin aliento en un estrecho callejón, dividido entre el amor y el deber, deseando poder inhalar el aire fresco y embriagador de los campos de lavanda.

❊ ❊ ❊

2 de agosto de 1792
Marsella

Émile:

Gracias por escribirme. Con todo el caos en la ciudad, que acrecienta el temor de mamá, tus palabras le han dado un motivo para sonreír.

Damos gracias por saber que has vuelto sano y salvo a París, y seguiremos rezando para que llegue la paz allí.

Mamá tiene poco que decir, salvo que te quiere y que espera que no tengas que luchar nada. Dice que, si llegas a verlos, les transmitas todo nuestro amor a Guillaume y a la familia Valois, aunque le he asegurado que no hay muchas posibilidades de que eso suceda.

Papá tiene aún menos que decir, y no creo que se deba a su opinión sobre que te hayas unido a los federados. Antes de que te marchases, ¿te dio la impresión de que las cosas no iban bien en la fábrica de jabón? Papá no ha dicho nada, pero ha adoptado la costumbre de encerrarse en su estudio en casa cuando no está trabajando hasta tarde en el despacho. Intenté sonsacar información a Gilles la última vez que nos vimos, pero no quiso responder a mis preguntas directamente. No entiendo por qué papá mantendría en secreto algo que podría afectarnos a todos de forma drástica. Si descubro algo, te escribiré para contártelo. Por favor, dime si sabes algo más que yo.

Quería agradecerte desde hace tiempo que hiciéramos las paces antes de tu partida. No vemos esta revolución desde la misma perspectiva, pero me consuela haber dejado de lado por un momento nuestras diferencias, mucho menos importantes que nuestros lazos familiares.

¿Sabes si Maxence le ha escrito a su familia? Gilles me ha dicho que no, pero suele cambiar enseguida de conversación. Los dos hermanos no se despidieron en buenos términos y creo que Gilles se arrepiente. Me doy cuenta por el modo en el que entorna la mirada cada vez que alguien menciona a los voluntarios. ¿Cómo le afectará si acaba sucediendo algo sin que hayan hecho las paces entre ellos? Sé que los Étienne están mucho más familiarizados con la muerte y la incertidumbre. Aun así, debe de ser complicado. ¿Puedes pedirle a Maxence que les escriba? Aunque sea solo por el bien de su madre.

Espero que estés bien de salud y que no tengas que luchar, aunque sé que esto último es algo que deseas.

Marie-Caroline

CAPÍTULO 21

Gilles avanzó despacio por el pasillo al oír los gruñidos que salían del despacho de Daubin. Aquello no presagiaba nada bueno. Aunque su jefe seguía con un inusual mal genio desde lo de la plantación del árbol de la libertad, hacía ya semana y media, llevaba tiempo sin mostrarse tan enfadado.

Examinó la estancia antes de entrar. Uno de los empleados parecía acobardado delante del patrón, con una hoja de papel en la mano. El jabonero se había llevado los puños a las sienes y tenía el rostro tan rojo como el gorro de un *sans-culotte*.

—¿Me necesita, *monsieur*? —preguntó Gilles desde la puerta.

—¿Por qué has tardado tanto? —Daubin le arrancó el papel de las manos al trabajador y lo agitó mirando a Gilles, que se mantuvo callado. ¿Habría cometido algún error al hacer el pedido?—. ¿Por qué eres tú el único competente en mi plantilla? Requieren de mi presencia inmediata en la perfumería.

Así que él no había tenido la culpa, pensó aliviado mientras su pobre compañero temblaba.

Daubin se encaminó hacia la puerta, haciéndole un gesto al empleado para que lo siguiera. Arrugó el papel que tenía en la mano.

—Lleva a mi hija directamente a casa, Étienne. Si el negocio sigue en pie después de esta debacle...

Gilles se apartó de la puerta para dejar pasar a Daubin. ¡Caroline! No se había dado cuenta de que estaba allí, de pie junto a la ventana, con los brazos cruzados.

—¿Quién puede perder un cargamento entero? —gritaba su padre mientras salía.

¿Habían perdido un cargamento? Daubin no podía permitírselo. Gilles esperaba que, por el bien de aquel empleado, lo encontraran enseguida. Al menos, el desgraciado episodio iba a regalarle un momento a solas con Caroline. Su último encuentro lo había dejado con un mal sabor de boca del que necesitaba librarse.

—No tiene que parecer tan contrariada ante la perspectiva de ser escoltada hasta su casa por uno de los trabajadores de su padre —dijo, acercándose a la ventana y apoyándose contra el alféizar cerca de ella. Una puerta de la fábrica se cerró con un golpe y ambos dieron un respingo.

No se apartó de su lado, como Gilles temía. Pero no podía interpretar su mirada. ¿Era de recelo? ¿De entusiasmo? Cómo no, su corazón había elegido una mujer a la que no era capaz de entender.

—La última vez que estuve a solas en un despacho con uno de los trabajadores de mi padre acabé humillándolo —replicó, con los brazos cruzados. Gilles deseó que relajara la postura. Al fin y al cabo, eran amigos. O quizás algo más.

—Espero que el trabajador en cuestión se haya resarcido. —Le rozó el hombro con el suyo, pero ella no respondió al contacto. Siguió allí plantada como si tal cosa. Si se tratase de una apuesta de besos de su hermano y Émile, habría interpretado su falta de respuesta como una invitación. Pero Caroline ya le había demostrado lo equivocado que estaba en demasiadas ocasiones como para intentar nada en ese momento.

—¿Resarcirse? No creo que lo haya hecho.

Étienne se dio la vuelta y apoyó las manos en el alféizar, dejando a Caroline atrapada entre sus brazos. Las alarmas se dispararon en su mente. Estaba siendo demasiado atrevido. Si alguien abría la puerta del despacho, podría acabar despedido. Pero no estaba siendo mucho más osado que ella en los campos de lavanda.

—¿Es que no me he resarcido?

Caroline apretó los labios. Él quiso dejarla responder antes de besarla. El zumbido que sentía en los oídos parecía reverberar por la estancia en calma. La joven ladeó la cabeza.

—Por primera vez está intentando hacer exactamente lo que hizo esa tarde, como si no hubiera aprendido nada de aquel error.

Gilles sonrió abiertamente, con el mismo gesto desenfadado que le había ayudado a conquistar incluso los objetivos más difíciles.

—Vamos, eso no es justo. El sábado no tuve ni tiempo para devolverle el beso.

Caroline desvió la mirada hacia algo que tenía en el bolsillo. Se ruborizó; Gilles no supo si por vergüenza o por enfado, pero de algún modo sus palabras la habían afectado.

—¡Qué lástima! Una oportunidad perdida —repuso la joven con una frivolidad forzada en la voz.

Gilles se había pasado dos meses soñando con besarla. Ella se había burlado de él. En dos ocasiones. La primera vez lo había engañado haciéndolo pensar que ella también quería; y la segunda, haciéndole creer que no lo deseaba. El aliento de su respiración, que seguía el ritmo de la de Gilles, le acariciaba la piel. Se inclinó hacia delante.

Al instante, Carloline le asestó un golpe de abanico en la cara. Gilles se apartó, intentando sujetar la mano de la dama. En segundos, el ataque había terminado y ella caminaba enérgicamente fuera de su alcance.

Étienne levantó los brazos en el aire.

—¿Qué sucede? La semana pasada estaba completamente dispuesta.

—¿Cree que eso le da permiso para besarme cuando le plazca? —le preguntó, mientras se dirigía hacia la puerta—. Desde luego que no. Lo hice para demostrarle lo que se había estado perdiendo con sus estúpidos jueguecitos.

Con el pulso acelerado, él cerró los ojos y se pasó la mano por el pelo.

—Ya le he dicho que llevo meses sin participar en esos jueguecitos.

Caroline levantó un hombro con indiferencia, sin dejar de agitar el abanico.

—Ahora sabe por qué no debe volver a intentarlo, en caso de que vuelva a verse tentado a hacerlo.

—Caroline, ¿qué significa todo esto? —Estaba cayendo en los mismos jueguecitos que le reprochaba a él. Seguramente era consciente de ello.

Comenzó a abanicarse más despacio y aquel brillo travieso le desapareció de la mirada.

—Debemos irnos ya. Mi madre nos espera pronto a mi padre y a mí. Espero que se conforme solo conmigo.

Gilles sintió un nudo en la garganta.

—Muy bien. —Tal vez lo mejor fuera dejarlo pasar, llevarla a casa y olvidar ese anhelo que había echado raíces en él. Como si el episodio de aquella gloriosa tarde nunca hubiese existido.

❀ ❀ ❀

Acababan de entrar en la Canebière cuando Caroline se detuvo y le tiró del brazo para que hiciese lo mismo.

—¿Qué es eso?

Una muchedumbre de revolucionarios se había reunido en la plaza, igual que habían hecho para la plantación del árbol y la despedida de los federados. A Gilles le dio un vuelco el corazón. A diferencia de esos otros acontecimientos, la única música que flotaba por el ambiente era el murmullo de voces alteradas.

—Deberíamos irnos a casa. —Muchas reuniones de revolucionarios acababan de forma violencia.

Caroline lo soltó del brazo y se apresuró a acercarse a aquel gran grupo. Gilles suspiró resignado. En esa ocasión, la joven iba vestida de un modo bastante neutral. Esperaba que con eso bastara para que la turba enfurecida no le prestara atención.

Se había erigido algún tipo de plataforma en un extremo de la plaza. Un par de hombres se encontraban sobre ella, con la cabeza un poco por encima del resto. Unos gritos se imponían sobre las conversaciones en voz baja y a Gilles le costó entender lo que decían. Cerca de la plataforma, la gente estaba más hacinada. Tomó de la mano a Caroline para no perderla y ella se lo permitió.

Avanzaron hacia un lado. Unas vigas verticales se alzaban en la plataforma por encima de los hombres. Gilles había dado por sentado que se trataba de los andamios del edificio de detrás, pero al examinarlas de cerca, se dio cuenta de que parecían estructuras diferentes.

Caroline se detuvo en seco y él tuvo que sujetarla por los hombros para evitar empujarla por detrás. Sentado en un carromato vieron a un hombre calvo que tenía las manos atadas a la espalda. Eso solo podía significar una cosa.

Dios Santo. Tenían que marcharse de allí.

—Probablemente será un sacerdote refractario —murmuró alguien cerca de ellos. La joven se irguió.

Otra persona gritó una orden desde la plataforma y un hombre tiró de una cuerda que estaba atada entre las dos vigas. El sol de la tarde produjo destellos sobre una hoja metálica que se elevó entre ambos lados de la estructura de madera. Su filo era anguloso y cortante.

Los murmullos se extendieron entre la multitud. Pronunciaban el nombre del artefacto sobre el que había leído Gilles, pero que nunca había visto. *Louisette.* Guillotina.

Gilles retrocedió, tirando de Caroline.

—Vámonos. Tenemos que...

Ella se soltó y se acercó entonces al guardia que se encontraba junto al carromato.

—¿Qué está pasando?

El hombre fue a abrir la puerta del carromato.

—¿Qué cree usted que está pasando, *mademoiselle?* —En la parte delantera del vehículo, alguien soltó al caballo. Desequilibrado sobre su único eje, el carromato cayó hacia delante. El prisionero resbaló sobre el suelo áspero. El guardia lo puso en pie para arrastrar al pobre desgraciado mientras el resto estabilizaba el carromato.

—¿De qué lo acusan? —quiso saber.

—Caroline, deberíamos irnos. —Intentó volver a sujetarla del brazo, pero la joven se zafó de él. Se encaminó hacia delante, bloqueándole el paso al guardia.

—Se le acusa de conspirar contra la revolución. Échese a un lado.

—¿Con qué cargos?

El guardia sonrió, irónico.

—¿Acaso es juez, señorita? Este hombre ya ha tenido su juicio.

Gilles no podía verle el rostro a Caroline, pero no le hacía falta. Sabía que esos ojos oscuros bullían de rabia.

—No creo que haya tenido un juicio justo —respondió.

Una voz entre las masas bramó:

—¡Muerte a los monárquicos!

Otros se sumaron a aquel coro.

El guardia le dio un codazo para quitarla de en medio y siguió avanzando. La joven le aprisionó el brazo con la puerta del carromato, logrando cerrarla antes de que pudieran sacar al prisionero allí encerrado. El hombre soltó un exabrupto y dejó de agarrar al convicto. Se volvió hacia ella.

—¿Quieres correr su misma suerte, pequeña monárquica? —El guardia señaló hacia la guillotina. Antes de que Gilles pudiera detenerlo, el hombre la agarró por el brazo.

—Por favor, *monsieur*. — Étienne levantó los brazos, pero ni el guardia ni su amiga lo miraron. ¿Debía intervenir y causar más problemas?—. ¿Podemos no...?

—Creo que el que debería correr su misma suerte es usted —gritó la dama—. Usted y todos los cerdos revolucionarios, así nos dejarían en paz al resto. —Le escupió en la cara.

Gilles se quedó boquiabierto. «Que el cielo nos asista», rogó para sus adentros.

El guardia se dio la vuelta. La saliva le corría por el rostro enrojecido. Con un gruñido, el hombre empujó a Caroline contra el carromato. Étienne intentó sujetarla, pero no pudo evitar que se diera un golpe contra una esquina del carro y cayera sobre la calle sucia.

Gilles se arrodilló sobre los adoquines, justo al lado.

—¿Estás herida?

La joven gimió y se levantó, apoyándose sobre un codo. Tenía el sombrero torcido y se había manchado de tierra un lado de la cara. Los ojos le ardían de rabia.

—Tomad a este —ladró el guardia—. Ya me encargo yo de la moza.

—¡Corre! —Gilles tiró de Caroline para ayudarla a levantarse y apartarla del carromato. Alguien lo sujetó por la manga, pero él logró asestarle un codazo. Otro de los compañeros del guardia se dirigió hacia la joven. Étienne se interpuso y lo derribó.

—¡No dejéis que se escapen!

El joven tomó a su amiga de la muñeca y corrieron, mientras oían los gritos de sus perseguidores. Se dirigían hacia el sur, en dirección contraria a donde se encontraba la casa de los Daubin. Así pretendía confundirlos.

La gente, sorprendida, se pegaba contra las paredes de los edificios mientras pasaban corriendo entre improperios que se mezclaban con los de los guardias.

Necesitaban un escondite. Sería mejor que el episodio hubiese ocurrido en el distrito de Panier, o en los muelles, donde conocía muchos sitios donde ocultarse, pensó Étienne.

Los muelles. Tiró de Caroline para doblar una esquina. No estaban tan lejos; más cerca, al menos, que la vivienda de los Daubin.

Oyeron un grito escalofriante y cruel a su espalda. Los exaltados no se habían rendido.

—No podemos detenernos.

Ella le siguió el paso sin vacilar cuando tomó un camino por calles desconocidas hasta sentir el aire del océano. La condujo hacia la puerta trasera de un almacén, entró y cerró.

Como si fueran uno, se sentaron en el suelo, apoyados a la pared, levantando una nube de polvo y paja. Notaron movimiento cerca. Ratas. Gilles no conservaba energía suficiente ni para estremecerse.

Permanecieron sentados y jadeantes durante unos cuantos minutos. Nada más se movió entre la oscuridad del almacén en el que la familia Étienne solía guardar mercancías. Fuera se oían voces, pero nadie intentó abrir la puerta.

Él tenía la camisa y el chaleco pegados como una segunda piel y los rizos aplastados contra la frente. Se los apartó para evitar que el sudor le cayera en los ojos.

Dio un respingo cuando Caroline lo rodeó por la cintura con los brazos. Ambos estaban temblando. Él se desplazó hacia un lado para que se acomodase en su costado. La joven apoyó la cara contra su hombro. Tal vez estuviera intentando olvidar la imagen de la hoja de la guillotina o el fiero rugido de la multitud pidiendo su cabeza. Tampoco él se quitaba la escena cabeza.

Ambos estaban impresionados por la demostración de odio que acababan de presenciar.

El mismo odio que Gilles había visto reflejado en los rostros del grupo de Martel cuando habían saqueado el escondite del sacerdote. Se pasó la lengua por los labios resecos. Quería la libertad para Francia. Creía en todo lo que defendían Maxence y Émile. Pero ¿cómo podía creer en todo eso cuando sus compatriotas habían dejado atrás todo indicio de humanidad? Si los jacobinos no podían mantener bajo control su revolución, ¿qué esperanza quedaba?

Se acurrucaron en silencio entre las sombras hasta que la luz que se colaba por las grietas de la puerta se alargó, anunciando la caída de la tarde.

CAPÍTULO 22

Gilles y Caroline recorrieron en silencio la zona de fábricas del puerto. Ya se habían descargado la mayoría de los barcos, pero el muelle nunca estaba del todo tranquilo. Normalmente, cuando se veía obligado a pasar por esa zona, Étienne no podía evitar escudriñar el horizonte en busca de señales del *Rossignol*. Pero en ese momento mantuvo la cabeza gacha y la mano sobre el codo de Caroline.

—Daremos un rodeo y volveremos a Belsunce desde el norte —dijo en voz baja cuando se acercaban al límite de los astilleros. No era probable que alguien los reconociese con tanta gente alrededor, y sus perseguidores habían desaparecido ya hacía mucho, pero aun así tenían que proceder con cautela. Sin lugar a dudas, el padre de Caroline lo entregaría a la guillotina cuando la dejara en su casa.

Tres hombres cargados con grandes sacos pasaban junto a ellos y Gilles sujetó con más fuerza a la joven del brazo para salir de allí. Ella gimió y dio un tirón.

La soltó.

—¿Qué sucede? —Bajó la vista hacia el brazo que la joven apoyaba contra el costado.

Vio que tenía los dedos y las uñas manchados de sangre seca.

—Espere. Está herida.

Caroline negó con la cabeza con determinación.

—No es nada. Me he raspado con el carromato.

Sí que era algo, había mucha sangre.

—Deje que le eche un vistazo.

—Gilles, de verdad...

Apoyó una mano en la parte baja de la espalda de Caroline y la guio hasta el muro en el que habían estado sentados hacía semanas para comer *navettes*. El lugar en el que, por primera vez, se había dado cuenta de que cabía la posibilidad de que no siempre estuvieran enfrentados. Él le tomó el brazo. La delicada muselina de la manga presentaba un profundo corte casi hasta el antebrazo. Entre la tela manchada de tierra y polvo, la herida sangraba. No sería grave, pero tampoco era «nada». Si no se la limpiaban, podría infectársele. Durante sus días en el mar, había conocido las consecuencias de las infecciones.

—Cuando lleguemos a su casa, llame al doctor. Tienen que cerrarle esto, si no, empeorará.

Caroline se echó hacia atrás.

—No. No podemos dejar que mis padres se enteren de lo que ha ocurrido. A mi madre ya le cuesta mantener la compostura con todo lo que está pasando —replicó con voz chillona, alarmada—. Ni una palabra a ninguno de los dos. ¿Entendido?

Él se llevó una mano a la cara.

—¿Y cómo piensa ocultarles esto? Tiene todo el vestido manchado de sangre. —Debería haberse percatado nada más abandonar el almacén, pero en ese momento estaba demasiado preocupado asegurándose de que sus perseguidores se habían marchado.

Caroline se examinó el brazo y suspiró con impotencia.

—¿Y usted no puede hacer nada?

—No soy médico.

Ella inclinó la cabeza hacia un lado.

—¿Cuántos años estuvo ejerciendo bajo la supervisión del cirujano del barco?

Dos, casi tres.

—Pero no he acudido a la facultad. No puedo considerarme médico.

—¿Qué importa eso? —Extendió el brazo hacia él. Sí, esa herida necesitaba atención. Lo antes posible—. ¿Está intentando convencerme de que esto es peor que cualquier otra cosa que haya tenido que tratar en alta mar?

Gilles suspiró lentamente. Aquello no era peor ni por asomo.

La casa de los Étienne se encontraba a tan solo unos minutos de allí. Si se daban prisa, tal vez... No, hicieran lo que hiciesen, los Daubin acabarían sospechando. Eran casi las cinco. La madre de Caroline llevaría horas esperándola.

Tras echar un último vistazo alrededor del puerto para asegurarse de que no los seguían, la condujo hasta el distrito de Panier. Entraron en vivienda de los Étienne, en silencio y en penumbra. Un gran baúl ocupaba gran parte del vestíbulo principal.

El cabeza de familia. Perfecto.

Gilles llamó a sus padres en voz alta, pero nadie respondió. Solo esperaba que hubieran ido a casa de Rosalie y Víctor y que no regresaran pronto.

La cocina, bañada por la luz dorada del sol de la tarde, estaba vacía. Debían de haber enviado a Florence antes a su casa, y Gilles dio gracias al cielo. Una persona menos a la que dar explicaciones.

—Siéntese aquí —le dijo, indicando el banco delante de la mesa mientras él se quitaba la casaca. Encontró una vela, la encendió y la dejó junto a Caroline. Tijeras, un cuchillo, una venda, una botella de vino y un paño. Quizás una aguja. Fue haciendo una lista mental de las cosas que necesitaba, dando vueltas por la cocina, igual que hacían Florence y su madre antes de una gran comida. Debía limpiarse la mugre de las manos. Hervir agua le llevaría demasiado tiempo. Tendrían que utilizar el agua caliente que quedaba en el hervidor.

Caroline lo seguía con la mirada. Pese a la suciedad, el sudor y la sangre, sentía la misma atracción hacia ella. «Hoy ya has intentado besarla una vez». Huyó escaleras abajo, para buscar la botella de vino en el sótano. Era mejor evitar otro rechazo.

Cuando lo reunió todo, se sentó a su lado en el banco. La joven tenía los ojos enrojecidos, se había quitado los guantes y el sombrero manchados, y los rizos sueltos le enmarcaban el rostro pálido.

—¿Lista?

Caroline asintió.

Gilles le levantó la manga con cuidado, intentando no tocar la herida. Con unas tijeras deshizo la costura hasta el codo y le apoyó el brazo sobre un paño. Esa había sido la parte fácil.

—¿Qué vamos a decirles a sus padres? —Descorchó la botella y vertió un chorrito de vino sobre el corte.

Caroline jadeó cuando el líquido carmesí se mezcló con su sangre y se derramó en el paño que tenía debajo. El vino arrastró restos de paja y tierra, pero pequeñas hebras de la leve seda seguían pegadas a la herida. Maldición.

—Podemos decirles que nos vimos atrapados entre la multitud, pero no pueden saber qué fue lo que sucedió exactamente.

—Ha pasado ya mucho rato como para que hayamos estado atrapados todo este tiempo. —Gilles tomó la aguja. ¿Debería intentar inmovilizarle el brazo? Eso era lo que habría hecho en el barco. Pero la idea de atarla a la mesa, aunque fuera por su bien, hizo que se le encogiera el estómago—. Dudo que vayan a creérselo.

—Tendrá que ocurrírsenos algo.

Étienne intentó apartar una fibra del corte. Caroline se encogió y él se apresuró a retirar la aguja.

—Tendrás que quedarte muy quieta.

La joven se puso tensa, pero mientras él continuaba con la extracción, volvió a retorcerse. Gilles se reclinó hacia atrás, mordiéndose el labio. Aquello no iba a funcionar. Solo iba a causarle más daño. Si se movía, seguramente haría que los hilos de la tela se adentraran más en la herida.

—Lo siento —murmuró ella.

—No se preocupe. —Le dio la espalda y se puso a horcajadas sobre el banco. Inmovilizó el brazo de la joven sujetándolo entre su propio brazo y el costado y le agarró la muñeca con la mano que le quedaba libre. Una postura incómoda, pero tendría que apañarse.

—Me refiero a que lo siento por todo. Deberíamos haber seguido nuestro camino.

Sí, deberían haberlo hecho.

—Eso no hubiera sido propio de usted. —Volvió a intentar sacarle el hilo. Consiguió mantenerle el brazo inmóvil a pesar de su reacción al dolor. Lo que hubiera dado por contar con un par de pinzas como las que tenía el doctor Savatier... Aquella aguja no era ni de lejos tan efectiva. Su madre debía de tener un par de pinzas por allí, pero no sabía dónde buscarlas. Después de un par de intentos, logró levantar la fibra lo suficiente para atraparla entre la aguja y el pulgar.

—¿Por qué tienen tantas ansias de matar? —susurró Caroline—. ¿Qué les había hecho ese hombre?

Gilles extrajo el hilo y lo dejó sobre el paño que cubría la mesa.

—Esas personas llevan generaciones oprimidas.

—¿Y deben arrebatar vidas inocentes a modo de venganza?

Él se afanó con otro pedazo de hilo hundido en el centro de la herida.

—No sabemos si ese hombre era o no inocente.

—Estaban deseando darle uso a esa máquina de matar. —Caroline se apoyó en la espalda de Gilles, acariciándole el cuello con su cabello.

Él sintió un estremecimiento por toda la piel, una sensación dulce y extraña al mismo tiempo. Se quedó inmóvil.

—Sí, la sed de sangre está fuera de lugar. —Intentó relajarse respirando profundamente. Tenía una tarea por delante, pero deseaba quedarse allí sentado y disfrutar de su contacto, de sus caricias. Por su mente, distraída sin remedio, comenzaron a pasar imágenes de tardes sentados juntos delante del fuego. Lo que daría por ver esas fantasías convertidas en realidad...

—He sido una idiota por creer que podía hacer algo al respecto —continuó la joven.

Gilles se dejó de fantasías y bajó la cabeza para concentrarse en lo que estaba haciendo.

—Le ha plantado cara a una injusticia que ha presenciado. Creo que la mayoría de la gente llamaría a eso tener coraje. —Sintió demasiado calor, que no supo si achacar a la vela, a su propio nerviosismo ante reto que tenía por delante o a los rescoldos de la chimenea. O quizás se debiera a que Caroline estaba pegada a él, apoyada cómodamente contra su espalda.

Era un mal momento para enamorarse. ¿Qué iba a hacer? ¿Esperar años para terminar sus estudios y poder ofrecerle cierta seguridad? ¿Aceptar la oferta de su padre y regresar al mar?

Mojó un trapo en agua y lo pasó sobre la herida. No parecía que tuviera más suciedad en el corte, pero tras un par de enjuagues se quedaría más tranquilo. Tenía que recortar y calentar el apósito. Secó el agua y la sangre de la herida y buscó las tijeras. Caroline se había relajado y respiraba más profundamente. Dudaba de que se hubiera quedado dormida, pero se movió despacio por si acaso. Practicar con el doctor Savatier a bordo del *Rossignol* le había resultado mucho más fácil.

—Gracias. —La voz baja de la joven le recordó a la agradable brisa sobre un mar cálido y en calma—. No tenía por qué ayudarme de ese modo.

—¿Y dejar que se enfrentara sola a ese condenado?

—Podría haberse tratado de un jacobino —respondió.

Aquella precisión era cada vez menos importante para él.

—Es más probable que fuese un *sans-culotte*. Aunque eso realmente son solo nombres, ¿verdad?

Caroline volvió a asentir apoyada sobre su hombro.

—El modo en el que uno se comporta importa más que sus creencias.

Sin lugar a dudas, Caroline lo había demostrado, además de defender sus ideas, pensó Gilles, que se humedeció los labios y preguntó:

—¿Nicolás era jacobino?

Se hizo el silencio y Étienne se maldijo a sí mismo. Pero se había hecho demasiadas preguntas desde hacía semanas, cuando le había hablado del que fuera su prometido.

—Era un cordelero[10] —respondió al fin.

Claro. Había llegado a mencionar que era un seguidor de Danton. Georges Danton y los cordeleros se habían acabado integrando en los jacobinos en los últimos años.

—¿Por eso ponía tantas objeciones a nuestra relación? —preguntó Étienne. Ella levantó la cabeza para apoyar la barbilla sobre el hombro de Gilles. Las suaves pestañas de la joven le rozaron la oreja, poniéndole la piel de gallina. «Ay, Caroline». ¿Era consciente de cómo lo desarmaba al tocarlo?—. Me refiero a nuestra relación de amistad.

Gilles tocó el apósito para comprobar su adherencia.

—O... algo más —añadió. Había hablado demasiado, y demasiado pronto. Qué idiota. Parecía que no le funcionara el cerebro.

—Sí, me asustaba. Aunque no esperaba... Es decir, solo me pidió mi amistad.

Entonces él tampoco sospechaba que, cuando menos se lo esperase, la amistad le parecería poco.

—¿Sigue amándolo?

---

10 N. de la Ed.: Miembro del Club de los Cordeliers, fundado en 1790 en el convento de los franciscanos cordeleros de los que tomó su nombre. Como los jacobinos, también republicanos y defensores de los derechos de los *sans-culottes,* pero más radicales.

Caroline dejó escapar una risa insegura y se irguió, separándose de él.

Era una estupidez haberle preguntado eso. Así solo iba a conseguir alejarla. No le respondía. Aquello debía de ser una afirmación. Le dio un vuelco el corazón.

—Supongo que todavía deseo que las cosas hubieran sido distintas. —Se le entrecortaba la voz—. Que acabara de un modo tan frustrante y que me enterase de su muerte al poco tiempo hizo que fuese difícil para mí asimilarlo todo.

—Debió de suponer una pesada carga para usted —murmuró—. Querer llorar su pérdida y no poder mostrar su dolor abiertamente.

La mujer suspiró, apenada.

—Lo fue. Pero no me considero una doncella indefensa que se deja consumir mientras suspira por el amor perdido. No soy de las que piensan que el amor solo llega una vez en la vida.

Una fina voluta de humo se elevó mientras Gilles calentaba el vendaje sobre la llama. Lo retiró rápidamente, fijando la mirada en los ojos de la joven. La luz de la vela se reflejaba y proyectaba su juego de sombras en ellos. Gilles se volvió como pudo en el banco. Unas horas antes, Caroline había rechazado sus insinuaciones de manera evidente. En ese momento estaba allí sentada, con los labios entreabiertos y el rostro inclinado hacia arriba.

Diantre.

La puerta de la cocina se abrió de golpe.

—… y allí estaba él, como una rata en un almacén, con la pipa entre las manos sucias. —Su padre entró en la cocina con su madre del brazo.

Gilles se irguió de golpe y el apósito se le resbaló de las manos. Cayó sobre la vela y la apagó antes de acabar encima de la mesa. Sus padres se detuvieron. Su madre frunció el ceño y abrió mucho los ojos mientras desplazaba la mirada entre Caroline, su brazo y Gilles.

—Creía que no volverías a casa hasta mucho más tarde —dijo su padre, como si fuese habitual encontrar a su hijo vendándole las heridas a una joven en la mesa de la cocina—. ¿Hoy no te ha apetecido irte a un café? —Le dedicó una reverencia con la cabeza a Caroline.

—Nos topamos con algunos problemas. —Gilles recogió el vendaje y lo estiró—. *Monsieur* y *madame* Daubin no pueden enterarse.

Su padre señaló con la cabeza hacia el vendaje.

—¿Quieres que te ayude con eso? Me parece que lo harías mejor si estuvieras sentado en una postura más recta.

Gilles enrojeció. Qué estampa tan pintoresca debían de formar, él a horcajadas en el banco y Caroline tan pegada a su cuerpo.

—Gracias —tartamudeó—. Serías de mucha ayuda.

Su padre tomó asiento en el banco de enfrente.

—Claudine, tal vez tengas algo más apropiado que pueda ponerse *mademoiselle* Daubin. Creo que el objetivo es no alarmar a sus padres y el estado actual de su vestido no va a ayudar.

La mujer estuvo de acuerdo. Miró con curiosidad a su hijo mientras atizaba el fuego y puso el hervidor antes de abandonar la cocina. Ya lo interrogaría después.

Gilles pasó una pierna por encima del banco y se acomodó mejor.

—Sujétale el brazo mientras le aplico esto.

—¿Me permite, *mademoiselle*? —le preguntó el patriarca de los Étienne con una sonrisa galante.

El muy rufián.

Caroline asintió y su padre la tomó de la muñeca y el codo. La joven volvió a adquirir la misma rigidez de antes, pero su padre no reaccionó. Gilles alineó el apósito sobre la herida. Era mejor hacerlo rápido.

—¿Le ha hablado mi hijo sobre sus primeros días en el mar? —preguntó el hombre.

El aludido unió los bordes de la herida. Caroline se encogió.

—No me ha hablado mucho de ello.

El joven presionó con delicadeza el vendaje sobre la parte superior para cerrar la herida. No sabía a dónde quería ir a parar su padre con aquella conversación, pero no podía ser nada bueno.

—Prácticamente subió corriendo la pasarela. Estaba deseando embarcar. Sus dos hermanos ya lo habían hecho antes que él y Gilles llevaba años suplicándomelo. —Continuó hablando como si estuviera bromeando en una taberna local en lugar de ayudar a su poco cualificado hijo a jugar a los médicos—. Ni siquiera habíamos desplegado la primera vela cuando él ya estaba doblado sobre la barandilla. Siguió así durante los cuatro primeros días, el pobre chico. —Soltó una carcajada—.

Pero cada vez que le preguntaba si se arrepentía de haber subido a bordo, me sonreía y me decía que le encantaba la vida de marinero.

—Me lo puedo imaginar —dijo Caroline—. Finge ser un hombre de tierra firme, pero el mar que lleva en el alma hace acto de presencia con demasiada frecuencia como para resultar creíble.

—Ah, sí. Después de esos primeros días, comenzó a navegar como si hubiera nacido en cubierta. Fue uno de los mejores marineros que he tenido en mi tripulación. Fue una pena que nos abandonase.

¿Era ese el modo que tenía de intentar convencerlo para que volviera? No iba a funcionar.

—Pero creo que será un gran médico —dijo Caroline.

Ya solo le quedaba la mitad del trabajo. Esperaba no tener las mejillas tan ruborizadas como las sentía. Caroline entrecerraba los ojos cada vez que le presionaba en el corte.

—No siempre ha sido así. Debería haberlo visto la primera vez que vio una herida. No era mucho peor que la que se ha hecho usted, y tampoco era de una batalla, pero el pobre chico estuvo a punto de desplomarse.

—Eso no me duró mucho tiempo —masculló Gilles. En su segundo viaje, ya había pasado a estar bajo la tutela del cirujano.

Su padre levantó una mano y le revolvió el pelo a su hijo, como solía hacer hacía tantos años. El joven apretó los dientes.

—No, superaste aquello muy rápido. Como siempre.

—Debe de estar muy orgulloso de él.

Étienne hijo mantuvo la mirada fija en el brazo de su amiga. ¿Cómo respondería a eso? Su relación se había resentido desde el día en el que su padre no había querido ir a puerto para buscar ayuda para el doctor Savatier. Tanto el médico como Gilles habían abandonado la tripulación después de aquello. Su progenitor era consciente de lo que opinaba de él.

—Estoy muy orgulloso. Es un buen hombre con un gran corazón y una mente clara.

Se detuvo antes de colocar la última parte del vendaje. Su padre siempre había alabado sus habilidades como marinero, pero nunca había dicho nada sobre su carácter. ¿Estaba orgulloso? Sintió una extraña sensación que lo removió por dentro, el fantasma de un chico con la mirada brillante que había idolatrado a su padre.

Con cuidado, pegó el resto del apósito sobre la herida. Por debajo asomaban un par de arañazos inflamados provocados por el roce contra el carromato, pero ya no sangraban.

—Deberíamos vendarlo todo bien para asegurarnos de que el apósito no se levanta.

Su madre regresó justo cuando hubo terminado de vendarla y su padre le contaba a Caroline historias entusiastas sobre la vida en alta mar. La joven se reía con sus anécdotas, aunque su aspecto indicaba que se sentía agotada.

—Tengo un vestido camisa de un estilo muy similar al suyo —dijo la señora Étienne al entrar en la cocina—. Lo he dejado sobre mi cama. Vaya a cambiarse, e intentaré lavar y remendar el suyo.

—Es una pena —dijo el señor Étienne—. Me encanta ese vestido.

—Volverá enseguida —replicó su esposa, meneando la cabeza y frunciendo los labios.

Gilles ayudó a Caroline a ponerse en pie. La joven se tiró de los bordes de la manga que le había descosido.

—Es muy amable, *madame.* Pero no creo que este vestido se pueda salvar.

La mujer agitó una mano, restándole importancia.

—Ya veré qué puede hacerse. Enviaré al niño de los vecinos a buscar un *cabriolet* y Gilles y yo la acompañaremos a casa. Después de que coma algo y beba un poco de té. Parece hambrienta.

Gilles condujo a Caroline hasta la puerta, siguiendo a su madre desde el comedor hasta el vestíbulo. La joven se detuvo.

—Gracias. Por todo. —Le dio un delicado beso en la mejilla. Entonces, se apresuró a seguir a la señora Étienne, con su falda blanca balanceándose con ella.

El joven se quedó inmóvil en el umbral de la puerta. ¿Así que ahora iban a ser así las cosas? Ella le besaría cuando le apeteciese, dejándolo sin aliento, pero si él se atrevía a intentarlo, que los cielos lo asistiesen. No le parecía justo.

—Este es el momento en el que se supone que la tomas entre los brazos y le demuestras de qué está hecho un verdadero marinero. —Había un cierto tono de burla en la voz de su padre.

Gilles se giró sobre los talones y regresó a la cocina.

—No tenemos ese tipo de relación.

Su padre dejó escapar una risita mientras se levantaba de la mesa.

—Te tiene atrapado en sus redes. —Recogió el paño y los instrumentos sucios y los llevó hasta la palangana.

—Ni mucho menos.

Lo tenía completamente atrapado.

❀ ❀ ❀

8 de agosto de 1792
Marsella

Querida Sylvie:

He sido una necia. Gilles me acompañaba a casa desde la tienda cuando pasamos por delante de una ejecución. Con guillotina. Esperaba que esa máquina tan vil no saliera de París, que siguiera siendo el juguete morboso de los elitistas trastornados. Pero está aquí. ¿Recuerdas las consecuencias de lo sucedido en el primer juicio en el que se usó en el mes de abril? Debes de recordarlo, ya que yo no soy capaz de borrar esas imágenes de mi mente. Y cuando vi las vigas por encima la multitud, tuve que acercarme a verlo.

Iban a matar a un pobre hombre. Dijeron que había conspirado contra la revolución, pero dudo que hubiera hecho nada grave. Igual que en París, los ciudadanos de esta ciudad no necesitan muchas excusas para aplicar lo que ellos creen que es justicia. No pude quedarme callada y estuve a punto de conseguir que Gilles y yo acabásemos en la guillotina junto con aquel desdichado. Mientras huíamos, acabé herida y Gilles tuvo que atenderme antes de que pudiera presentarme en mi casa.

Papá apenas se dio cuenta de que había estado fuera más horas de las que debería. Alguien en la fábrica ha perdido un envío de mercancía y aún siguen sin localizarlo. No quiere contarme cuáles son las implicaciones de todo esto, pero me temo que estamos al borde del desastre. Mamá se quedó satisfecha tras oír las disculpas de madame *Étienne, quien le dijo que me invitó a su casa hasta que la muchedumbre despejara las calles. Esa mujer es, sin duda, una santa; tiene un marido incorregible y tres hijos de fuerte carácter, debería habérmelo imaginado. Todo está ya en orden, excepto una cosa muy alarmante.*

Sylvie, creo que estoy enamorada de Gilles Étienne. Parece que no he aprendido nada después de lo sucedido hace un año con Nicolás. Quizá me he permitido caer en la trampa del amor de nuevo porque esta vez la sensación es muy distinta. En cierto modo, es más natural. No es una pasión ardiente que nos consume a ambos, sino un respeto mutuo y una atracción latente.

Sin embargo, al fin y al cabo es un jacobino. ¿Cómo va a durar esto? Si supiera que le doy cobijo a un sacerdote, se apartaría de mí. Y estaría en todo su derecho. Yo también debería hacerlo antes de que esto llegue demasiado lejos.

¿Qué he hecho? Me temo que no podremos salir de esta sin sufrir los dos. Y la parte de mí más egoísta quiere continuar con esto hasta que sea demasiado tarde.

M. C.

CAPÍTULO 23

Gilles agitó la cuerda del paquetito que tenía sobre el regazo. Uno de los miembros de más edad de su club no paraba de hablar de las injusticias que habían sufrido a manos del rey. A su alrededor, los hombres se hallaban sentados en el borde de los bancos, con el fuego revolucionario agitándose en sus venas. La luz dorada que se colaba por las altas ventanas de Saint-Cannat acentuaba ese fervor.

No es que Gilles no creyera en nada de lo que se estaba diciendo. Francia no necesitaba un rey, mucho menos a uno que abandonaría a sus ciudadanos a las primeras de cambio para salvar el cuello. Pero todo eso ya lo habían dicho la semana anterior cuando volvieron a pasar de mano en mano la petición. Protestar y repetir prácticamente el mismo discurso una reunión tras otra no servía para que la revolución avanzase. Todos los que estaban allí reunidos ya creían en la causa jacobina y no necesitaban que los convencieran.

Sacó el reloj de bolsillo. Llevaban una hora con el mismo asunto. Reprimió un suspiro. Era prácticamente imposible escabullirse de la iglesia sin que lo vieran. Y Martel lo seguiría si intentaba marcharse antes de tiempo. El triste rostro de un santo profanado lo miraba desde su pedestal en la pared. Si hubiera sido de los que rezaban, tal vez le hubiera pedido que interviniera.

Por supuesto, que tuviera planeado visitar a Caroline después de la reunión no ayudaba mucho. A petición suya, su madre le había llevado a la iglesia un paquete de *navettes* recién hechas con una sonrisa cómplice. Hacerle ese regalo a Caroline no parecería demasiado atrevido, pensó. Habían pasado tres días desde que habían tenido el enfrentamiento con el guardia y quería examinarle la herida del brazo, aunque aún no sabía cómo podría hacerlo con sus padres allí, en la casa. ¿Qué pensarían de que un empleado de la fábrica de jabón visitase a su hija a esas horas? Le dio vueltas al anillo de su abuela alrededor del dedo. La mayor incertidumbre era qué pensarían cuando les declarase sus intenciones para con su hija.

Algo que no haría de momento. Se pasó una mano por la ceja. No tenía por qué volver a meterse en esa espiral de ansiedad otra vez. No es que tuviera competencia. Tan solo competía con un recuerdo.

El hombre que estaba sentado delante de él se puso en pie y Gilles levantó la cabeza. Los jacobinos formaban pequeños grupos por toda la nave después de que el orador hubiera puesto fin a la reunión. Martel apareció a su lado.

—Esta tarde tienes la cabeza en las nubes.

Más bien en los campos de lavanda, pensó, pero no lo corrigió. Se levantó con presteza, con el corazón desbocado.

—Últimamente el trabajo me tiene distraído. —Habían encontrado modos de recortar gastos en la fábrica, pero seguía sin ser suficiente.

Su amigo fijó la mirada en el pequeño paquete.

—¿Tu madre te ha traído comida?

—Tengo que ir a ver a Daubin después de esto. —Gilles rio, inquieto—. No quiere que pase hambre. —Aunque, si de verdad le preocupase eso a su madre, le habría llevado alguna otra cosa, aparte de las *navettes*.

—Entonces te diriges al distrito de Belsunce. Te acompañaré. También tengo algo que hacer por allí.

—Ah, pero debo darme prisa. —Gilles señaló con la cabeza hacia los que se congregaban por toda la iglesia—. No me gustaría que te perdieras ninguna conversación relevante. —Además, ir con él empañaría la emoción del paseo.

—La tarea que tengo que hacer es más urgente que socializar.

No le convenía levantar las sospechas de su camarada, así que se encogió de hombros y salió de la iglesia con él. Martel escupió a la estatua del santo mientras descendían las escaleras. Luego se acercó a Gilles y bajó la voz para decirle:

—Tengo otra pista sobre Franchicourt.

«Por favor, que no tenga nada que ver con Caroline».

—¿Qué has descubierto?

—Alguien se encontró con un hombre que se ciñe a su descripción hace unas semanas. —La sonrisa perversa que esbozó hizo que se le pusiera la piel de gallina, aunque no estuviera involucrado en el caso—. Fue en el distrito de Belsunce. Han accedido a que les haga unas preguntas. Siempre valoro tu opinión. Podría esperarte mientras terminas de hablar con Daubin y luego puedes acompañarme al interrogatorio.

A Gilles se le encogió el estómago.

—Ah, no. La reunión será larga. Tenemos mucho de lo que hablar.

—Jefes... —Martel sacudió la cabeza.

—Accedí a ir —mintió. Daubin no tenía conocimiento de que iba a presentarse en su casa—. Además, mi madre quiere que luego vuelva a casa lo antes posible. Mi padre está en la ciudad solo durante un par de días antes de partir hacia Córcega.

—No sabía que tu padre fuera una prioridad para ti.

Gilles se guardó las *navettes* en el bolsillo para evitar aplastarlas por completo. El papel ya estaba arrugado de tanto toquetearlo.

—Lo hago por mi madre, no por él.

—¿Has leído los informes de París? Los voluntarios están descontentos. Puede que recibamos más noticias pronto. —Su amigo se frotó las manos, como si estuviera esperando un rico pastel después de la cena.

—Espero que no sea así. La violencia en París no le hace ningún bien al resto del país. —Mantuvo la mirada fija en la calle.

—Eso permitirá que Marsella pueda demostrar su valentía. —Siguió hablando como si no hubiera oído nada—. Y se comenta que van a formar otro batallón muy pronto. Puede que dentro de unas semanas seamos nosotros los que estemos de camino al norte.

Gilles dio un puntapié a una piedra. Jamás se uniría a los federados. Sobre todo, después de haber creado un vínculo con Caroline.

—¿Sabes algo de tu hermano?

—Nada. Al parecer está muy ocupado.

—Claro, por supuesto. La causa de la libertad mantiene a uno siempre ocupado.

★★★

El paso rápido de Martel le venía de maravilla, terminaría antes su conversación. Llegaron a casa de los Daubin antes que si hubiera ido solo. Cuando su larguirucho amigo dobló la esquina, reparó en que no había pensado en un pretexto para justificar la visita.

Subió los escalones y llamó a la puerta antes de perder el coraje. ¿Qué podría preguntarle al padre de familia? El último lote de jabones había empezado a hacerse ese mismo día, aunque no era habitual que él fuera a verlo a su casa para hablar de ello.

En lugar del lacayo, fue la cocinera quien abrió la puerta. Por un momento, la mujer de mediana edad se quedó mirándolo fijamente. Luego, palideció.

—¿Sí?

—Buenas tardes. ¿Está...? ¿Está la familia cenando? —Cambió el peso de un pie a otro bajo aquella mirada de búho.

—No, no están cenando.

—¿Se encuentra *mademoiselle* en casa? Me gustaría hablar con ella. —Jugueteó con las *navettes* dentro del bolsillo. Si las sacaba, la cocinera podía insistir en dárselas ella a Caroline y despacharlo allí mismo—. Se trata de un asunto importante. —Su sonrisa no pareció convincente.

—Usted es Gilles Étienne.

—Sí, *madame.*

La cocinera entornó la mirada mientras lo examinaba de arriba abajo y luego miró por encima del hombro.

—Sea tan amable de seguirme hasta el salón.

Alabados los cielos. Le había permitido pasar y había cerrado la puerta detrás de él. La mujer lo condujo por el pasillo, más allá del pequeño comedor en el que la familia solía recibir a las visitas. La mujer prácticamente lo empujó hacia el gran salón donde se habían reunido después de la cena celebrada tiempo atrás. El fuego estaba encendido, pero no había nadie en la estancia.

—Si es tan amable, espere aquí. —La tensión en la voz de la cocinera le puso nervioso.

Sonaron voces en el vestíbulo principal. La cocinera salió corriendo de la estancia y cerró la puerta detrás de ella. Él se quedó en mitad del salón sin saber si debería sentarse, ya que nadie lo había invitado a hacerlo. Se quitó el sombrero antes de sacar el paquete de *navettes* del bolsillo. Un silencio perturbador inundó la sala. Ni siquiera oía el tictac del reloj sobre la repisa.

Se acercó al escritorio situado en un rincón, donde Caroline se había sentado después de aquella cena. Vio una hoja de papel, al lado de una pluma y el tintero. Estaba encabezada con la fecha, la dirección y un «Querida Sylvainne» en una letra segura y fluida. Soltó el paquete de *navettes* para pasar un dedo sobre las líneas escritas.

Sylvainne. Aquella debía de ser su prima de Fontainebleau. Deseaba que Caroline hubiera avanzado algo más en la carta. Lo que hubiera dado por saber, de vez en cuando, qué era lo que se le pasaba por la cabeza a la joven...

La puerta se abrió. Gilles se enderezo y se apartó del escritorio, no fuera a ser que alguien pensara que estaba invadiendo la intimidad de la dama. Dejó las *navettes* para que Caroline las encontrara cuando volviese a retomar la escritura de la carta.

Entró en la estancia un hombre delgado y calvo, que cerró la puerta con delicadeza detrás de sí. Lucía una sencilla túnica negra que llegaba hasta el suelo, con una lengüeta de tela alrededor del cuello.

—*Madame,* quiere que... —El hombre se encontró con la mirada de Gilles.

Al joven se le secó la boca.

—Ten piedad de mí —jadeó el hombre, retrocediendo y buscando a tientas el pomo de la puerta—. Señor, ten piedad.

Un sacerdote. Allí, en casa de Caroline.

El hombre salió y corrió por el pasillo. Gilles hundió las uñas en el ala del sombrero. ¿Ese era...? No podía ser... Seguro que...

Caroline, con un vestido de algodón de color lila claro, apareció de pronto en la estancia.

—Gilles, qué inesperada visita —saludó, con una tensa sonrisa.

El joven soltó el sombrero, se acercó a ella y la agarró por los hombros.

—¡Qué diantres, Caroline! ¿Ha perdido el juicio?

La expresión de la joven se endureció y se zafó de entre sus manos.

—No soy yo la que está gritando. No me acuse de perder el juicio.

—¿Un sacerdote, Caroline? ¿Está dándole cobijo a uno de ellos? —Se llevó la mano al rostro y retrocedió hasta chocar contra el sofá. Martel se encontraba por aquel barrio, rastreando como si fuera un sabueso. Se le encogió el estómago solo de pensarlo—. Ese era Franchicourt, ¿verdad?

La joven se quedó de quieta, con las manos entrelazadas y aparentemente tranquila.

—Acordamos no volver a hablar de él.

—No sabía que lo estaba ocultando. —Se mesó el cabello mientras se apoyaba contra el respaldo del sofá. En esa casa había un traidor y era solo cuestión de tiempo que Martel lo encontrara. ¿Qué les sucedería entonces a los Daubin? En su mente apareció la imagen de la hoja de la guillotina, afilada y voraz. Sogas que colgaban de postes de luz. Formas inertes tiradas en las calles. La sangre resbalándole a Caroline por esa piel suave.

—¿Cuánto tiempo lleva aquí?

—Desde que corría peligro en su anterior refugio.

Hacía más de un mes. Si el grupo que había saqueado aquella otra casa supiera que el sacerdote estaba allí, ya habría invadido la vivienda. Gilles se frotó los ojos con las manos. ¿Qué iba a hacer? ¿Mentir para proteger a un sacerdote y salvar a Caroline? Su propia familia corría más peligro que nunca.

—Mi amigo Martel está registrando todo este distrito en busca de ese sacerdote. Acabará dando con él, no lo dude. No entiendo por qué quieren correr este peligro.

La joven se cruzó de brazos.

—Lo que yo no entiendo es por qué sigue llamando amigo a esa rata.

Lo cierto es que él tampoco lo entendía. Le dio la espalda. No le costó mucho imaginarse a los *sans-culottes* ocupando aquel salón y haciendo trizas sus sofás de brocado y sus cortinas de gasa. El hollín y la suciedad mancharían las alfombras de importación. Los muebles acabarían astillados bajo el filo de un hacha. Martel lo supervisaría todo con la mirada enfebrecida, sobre todo si en esa ocasión atrapaba al sacerdote. Sería la misma mirada con la que había escrutado a Caroline cuando la vio en la fábrica, algo que aprovecharía para hacer de nuevo, entre otras cosas, si acababan capturándola como traidora a la revolución.

Plantó las manos sobre el respaldo del sofá. Tenía el estómago revuelto.

—¿Qué se supone que debo hacer? —Gilles no había pretendido decirlo en voz alta—. Suele llevarme con él a sus registros.

—No lo sé. —La voz de Caroline, desprovista de su actitud defensiva, era dulce—. ¿Por qué ha venido hasta aquí sin previo aviso?

—Quería examinarle el brazo. —Creía que serían sus padres los que sospecharían de aquella visita. Sin embargo, él había agitado el avispero.

—¿Sigue queriendo hacerlo?

Él se acercó, apartándose el pelo de la cara. Ya que estaba allí, debería cumplir el cometido de su visita.

Caroline se quitó el chal verde que le cubría parte del vestido de media manga.

—Esta vez no tendrá que cortarme la manga.

Incapaz de esbozar una sonrisa, Gilles la tomó del brazo. Le retiró el vendaje blanco para dejar al descubierto el apósito, que seguía bien pegado. La piel de alrededor ya no estaba tan enrojecida. Tocó la zona con un dedo. No notó inflamación.

—Dentro de un par de días podrá quitarse el apósito, pero no lo fuerce. Mantenga la herida cubierta con un vendaje limpio y se curará bien.

—Nuestra cocinera me ha estado ayudando. —Eso explicaba la disposición de la cocinera a dejarlo pasar.

Gilles se detuvo para disfrutar de ese momento, sosteniéndole el brazo entre las manos, y luego la soltó.

—¿Eso es todo? —le preguntó Caroline.

¿Es que esperaba algo más, igual que él? ¿Otra caricia, otro momento en el que pudieran fingir que aquella revolución no podía afectar a su pequeño oasis a medio camino entre la amistad y el amor? Se agachó para recoger su sombrero del suelo mientras Caroline volvió taparse el brazo con el vendaje.

—Oiré una vez más que no quiere besarme y luego me marcharé. Ya está mejorando y no necesita a un antiguo aprendiz de cirujano.

Caroline buscó su mirada y él no se hizo de rogar. La joven no repitió aquel habitual recordatorio.

—¿En qué está pensando? —le preguntó, poniéndose el chal para ocultar el vendaje.

El joven suspiró. Pensaba en demasiadas cosas.

—Pienso que quizá Nicolás tenía razón y que es una estupidez que un jacobino y una monárquica sueñen con tener algo más que una amistad pasajera.

Ella dejó los dedos en el aire mientras se alisaba el chal.

—¿Acaso usted esperaba algo más?

Gilles se frotó la nuca, que de pronto sintió muy caliente.

—Debería irme. —La rodeó y se encaminó hacia la puerta, manteniendo la vista fija en el suelo.

—¿Es esto un adiós?

Adiós. Un último adiós. ¿Le había temblado la voz o se lo había imaginado?

—Debo meditar sobre todo esto. —Empujó la puerta para abrirla. Al otro lado, el vestíbulo principal estaba a oscuras. ¿Qué posibilidades había de que Martel hubiera acabado su visita al mismo tiempo que él? Seguramente su camarada tomaría la misma ruta de vuelta al distrito de Panier. No podía, bajo ninguna circunstancia, dejar que su amigo le diera alcance justo después de todo lo que había descubierto.

—Lo último que quiero es ponerla en peligro. Martel continuará con su búsqueda hasta dar con Franchicourt.

—Es un buen hombre, Gilles. —Caroline no dejó entrever ninguna emoción. Mantuvo la calma, como si estuviera hablando del tiempo—. Igual que usted.

Para los jacobinos, ambas cosas eran incompatibles. La mayoría de los monárquicos tampoco estarían de acuerdo con esa comparación. El bando contrario siempre tenía que estar equivocado. La bondad no podía proceder de dos creencias tan dispares.

—Ya no sé ni qué significa eso. —Abandonó la estancia sin mirar atrás y sin estar seguro de si sería capaz de volver a ver ese rostro.

✾✾✾

...Al menos ha dejado las navettes. *Perdóname si encuentras alguna miga en la carta.*

¿Sobrevivirá a esta abominable revolución algo hermoso, valioso, algo que haga que la vida merezca la pena?

✾✾✾

—¿Cómo está tu dama?

Gilles parpadeó. Se detuvo en el umbral de la puerta. Su padre descansaba en el sofá, dentro del salón, con la gorra de marinero cubriéndole la cabeza y un papel entre las manos.

—Ah, muy bien. Está bien. —Cerró la puerta y se quitó el sombrero. El aroma a verduras asadas inundaba el vestíbulo. Sin embargo, en lugar de hacérsele la boca agua, sintió que el estómago se le revolvía de nuevo. No necesitaba comida. Solo tiempo para pensar.

Su padre se dio la vuelta. Lo corto que llevaba el pelo bajo la gorra hacía que la ceja espesa que tenía enarcada pareciera más prominente. Tenía unas gafas puestas. ¿Desde cuándo las necesitaba?

—Tus palabras dicen una cosa y tu voz, otra.

Gilles había intentado parecer indiferente. Pero no podía quitarse de la cabeza la imagen del sacerdote sorprendido en la entrada del salón de los Daubin. Caroline había estado dando cobijo a un clérigo. No debería haberle sorprendido. En el fondo, sabía que existía la posibilidad de que, como mínimo, conociera el paradero de aquel hombre.

—Tal vez debas sentarte. —Su padre le señaló con la cabeza el sofá frente a él.

Hablar con él era lo último que necesitaba esa noche. Sin embargo, entró obedientemente en la estancia. Daubin aún quería que tratara con él lo del acuerdo. Los negocios serían una buena distracción. El joven se hundió en el sofá, que no le resultó tan acogedor como de costumbre. Plantó los codos sobre las rodillas y hundió el rostro entre las manos.

—¿Te ha rechazado?

Levantó la cabeza de golpe.

—¿Rechazarme? No le he propuesto nada.

—¿Por qué no? ¿A qué estás esperando?

A que uno de los dos cambiara sus creencias. A un final pacífico entre tanta violencia. A la estabilidad en Francia. Un milagro. Lo imposible.

—Caroline y yo no vamos a casarnos.

La mirada de su padre tras las gafas no volvió a fijarse en el papel que tenía entre las manos. A su lado, había una pequeña pila de documentos. Sin duda, debía de tratarse de su siguiente contrato.

—¿Es un acuerdo tácito o te lo ha dejado claro esta tarde?

Gilles se recostó hacia atrás en el sillón. Ese hombre era insoportable.

—Dime que al menos te ha agradecido lo de las *navettes*. No me gustaría que te las hayas tenido que comer tú. —Tomó otra hoja—. Aunque me ofrecería a ayudarte a deshacerte de ellas, si aún no lo has hecho.

—Las dejé sobre su mesa, y no ha aceptado ni se ha negado a casarse conmigo esta tarde.

Su padre volvió a mirar la página que había estado examinando y luego pasó a la siguiente.

—A pesar de vuestras filias políticas, ambos tenéis unas creencias más parecidas de lo que a veces pueda parecer.

—No sabía que fueses casamentero. —Le dio vueltas al anillo de su abuela, que llevaba puesto en el meñique.

—En el mar no tengo muchas oportunidades para hacerlo —le respondió—. Aunque procuro mantenerme al margen de esos asuntos. Demasiado peliagudos.

—Entonces, entenderás que no me guste que intentes entrometerte en los míos.

Su padre levantó los hombros, mostrando indiferencia ante el comentario.

—No creo que las soluciones para lo que necesita este país sean tan obvias como tus jacobinos creen. Espero que no te hayan cegado con sus palabras rimbombantes y sus ambiciosos sueños.

—El pueblo de Francia quiere líderes que consigan cambios —gruñó. De algún modo, su padre se había vuelto un traidor durante su ausencia.

—También puede ser que este país necesite un nuevo gobierno. —El padre asintió mientras leía—. Y también puede ser que el gobierno que se está formando actualmente no sea el que Francia necesita. En ese caso, tu *mademoiselle* y tú estaríais tanto en lo cierto como equivocados al mismo tiempo.

—Caroline quiere que las cosas vuelvan a ser como antes. Quiere poder bailar y seguir con su vida de la alta sociedad. —El joven indicó lo ridículo que le parecía aquello con un movimiento de la mano y luego la bajó hacia el regazo. Aquella conclusión no era ni mucho menos justa. Sí, ella echaba de menos cómo eran las cosas antes, pero sus desacuerdos iban mucho más allá. Se aferraba a la religión con la misma fiereza que Danton,

Robespierre y Marat lo hacían a sus ideales de libertad e igualdad. Pero no era una inconsciente. Detrás de aquellos vestidos a la moda y esos aires de grandeza, se escondía una mujer que no temía plantar cara a las injusticias.

—¿Acaso puedes culparla por echar de menos a sus amigos y sus distracciones?

En el fondo deseaba poder verla bailar. Se movería de un modo grácil y con pasos armoniosos. Su mirada refulgiría a la luz de las velas. Casi podía oír el frufrú de su vestido de seda, elegantemente discreto pero llamativo a la vez. Esa fantasía hizo que sintiera un cosquilleo por los brazos.

—Uno no tarda en perder su sentido de la humanidad si no tiene la oportunidad de reunirse con otros para disfrutar de un momento de frivolidad —siguió su padre—. Por eso animo a mis hombres a que se reúnan a menudo por las tardes. Eso es algo que me parece que no se hace mucho por aquí.

Gilles apretó los labios. Aún había oportunidades de participar en actos sociales, pero era cierto que tenían mucho de propaganda revolucionaria. Alguien con unas creencias distintas no encontraría muy divertidas determinadas reuniones. Y se celebraban encuentros en los cafés, aunque las mujeres rara vez solían participar y estas reuniones también adquirían tintes políticos. Bailar se había convertido en un llamamiento a la violencia. Igual que la mayoría de las canciones.

—¿Qué clase de gobierno opinas que necesitamos, ya que no crees que el actual esté funcionando? —Gilles apoyó la barbilla sobre los dedos entrelazados. Tal vez los jacobinos habían llevado demasiado lejos sus intentos por acabar con el antiguo régimen. Sin duda, eso era lo que opinaba Caroline. ¿De verdad la situación requería tal extralimitación, justificar acciones que iban en contra de sus supuestas creencias?

Su padre se encogió de hombros.

—Me da igual quién ocupe el poder siempre y cuando los impuestos de importación sean bajos. Aunque, ahora que lo pienso, no me importaría que volviéramos al contrabando. Reportaba unos buenos beneficios.

Gilles resopló.

—Nunca has dejado de dedicarte al contrabando. Transportas muchas mercancías ilegales, igual que antes de la revolución.

—¿Cómo dices? —Su padre lanzó de forma dramática los papeles sobre la pila—. Soy comerciante. Cuento con una autorización.

Nunca habían estado de acuerdo sobre ese asunto. El hijo reprimió una risa burlona. Algunas cosas nunca se resolverían, y tal vez no importara demasiado.

Su padre esbozó una sonrisa.

—Es solo que mi autorización no la reconoce el gobierno actual.

Gilles contempló al hombre que tenía sentado enfrente. Nunca antes había admitido aquello.

—A tu madre no le gusta mucho el término «piratería». «Comerciante privado» suena más aceptable, así que por eso lo empleo. —Se echó hacia atrás en el sofá y apoyó un pie sobre la rodilla—. A veces hay que hacer concesiones por las personas a las que quieres, incluso si no estás de acuerdo con ellas.

—¿Cómo dejar que tus hijos sigan unas carreras profesionales en contra de tus deseos? —Curiosamente, aún no había empezado a lamentarse de la ausencia de Gilles en el *Rossignol*. Rara vez perdía la oportunidad de hacerlo.

El padre se dio un golpecito en la barbilla mientras asentía.

—Aunque su hijo sea mejor marinero de lo que cree. —Metió la mano en el interior del chaleco y sacó una hoja de papel doblada—. He tenido noticias del doctor Savatier a mi regreso.

Gilles se tensó. Creía que el doctor se había distanciado para siempre de la familia Étienne.

—Me ha preguntado por ti. Ha mencionado que está buscando un aprendiz.

Por mucho que admirara al cirujano, estudiar en Montpellier le abriría muchas más puertas. Aun así, la oferta despertó en él las ganas de abandonar Marsella y dejar todas sus frustraciones atrás. El doctor residía en Saint-Malo, al norte, y, como en todas partes, allí también había un gran malestar social. Aunque en ese lugar no importaba demasiado si la fortuna de una persona se consideraba legal o no, y estaba en gran medida libre de las asfixiantes expectativas de los jacobinos. Por el momento.

—¿Ha mencionado algo sobre el último viaje? —No pudo resistirse a hacer la pregunta acusadora.

Su padre recorrió con un dedo los bordes doblados de la carta.

—Quiere dejar atrás nuestras diferencias. Aunque no veíamos las cosas del mismo modo y aunque uno de nosotros cometió un terrible error, afirma que la amistad es mucho más importante.

Gilles observó al hombre al que había despreciado, evitado y prácticamente odiado durante tanto tiempo. Recordó la tristeza en el rostro pálido y húmedo del doctor cuando se enteró de que su padre había puesto su botín por encima de la vida de un estimado amigo. La brecha abierta entre el aquel hombre y su padre le había parecido insalvable. Años de rabia justificada, ¿para que al final Savatier acabara perdonándolo sin más? Notó que se aliviaba la presión que sentía en el pecho. Su padre había admitido su error, después de tanto tiempo negándolo.

—Me alegro. —Gilles imitó a su padre, dejándose envolver en la calidez del sofá. Aún tenía que decidir cómo actuar sobre el secreto de Caroline y el paradero del padre Franchicourt. No dejaba de pensar en Martel. Sin embargo, sumido en el primer silencio cómodo que había compartido con su padre desde hacía años y contemplando por la ventana cómo se apagaba la luz del sol, tuvo la sensación de que no tardaría en encontrar una solución para el problema con la mujer que no lograba olvidar.

CAPÍTULO 24

Martel ocupaba el mismo sofá que su padre durante su reciente conversación. Sin embargo, en esa ocasión no iba a poder disfrutar de una charla interesante. Otros cuantos conocidos compartían la estancia con ejemplares del periódico en las manos. Se pasaron entre ellos las páginas en las que se narraba la audaz actuación de los federados en París.

—Gracias por dejar que nos reuniéramos aquí —dijo, dándole una palmada a Gilles en el hombro—. Tanto ruido pone nerviosa a mi madre.

—Es un placer —dijo, aunque no esperaba que la reunión fuese tan bulliciosa. Había permitido a regañadientes que su amigo reuniera allí a quienes lo estaban ayudando en la búsqueda de Franchicourt solo para dar a entender que no sabía nada sobre el sacerdote refractario. Con las noticias llegadas desde París, el encuentro se había convertido en un caos.

—Toma, ¿has leído esto del *Journal?* —Le pasó otro periódico a Gilles.

Sí que lo había leído. Los diferentes artículos contaban lo mismo, pero examinó obedientemente el texto. Veinte mil soldados de la guardia nacional y federados marselleses habían irrumpido en el palacio de las Tullerías el 10 de agosto, llevándose al rey y a su familia a prisión. Cuatro días atrás, Francia era una monarquía constitucional. En ese momento iba camino de convertirse en una verdadera república. Le parecía una perspectiva emocionante, pero las cifras de fallecidos resaltaban tanto sobre la página que le resultaba imposible pasarlas por alto. Habían muerto al menos doscientos revolucionarios. Y más de quinientos miembros de la Guardia Suiza del rey. Y entre sesenta y ochenta hombres eran de Marsella.

En ese momento no tenía que mentir sobre Franchicourt, pero el vacío que sentía en el estómago le impedía celebrar los acontecimientos con el resto. ¿A cuántos de entre los fallecidos conocería? ¿Cuál habría sido el papel de Maxence y Émile en todo aquello? ¿Estarían...?

Le devolvió el periódico.

—Qué momento más emocionante para Francia.

—Sin duda. —Su amigo volvió a leer el artículo con avidez—. Y pensar que por fin vamos a deshacernos de ese déspota y su codiciosa familia.

—Hay que celebrarlo con vino —gritó un joven.

—¡Desde luego! —Martel le dio un codazo a Gilles—. Deja que asaltemos tu bodega. Seguro que tu padre tiene botellas de primera calidad de sus viajes.

Ninguna que él quisiera ofrecerle a ese grupo. Se inclinó hacia su amigo, bajando la voz.

—Ya que queremos tener contentas a nuestras madres, no me gustaría hacer enfadar a la mía por haber provocado una revuelta en casa. ¿No sería mejor que buscáramos un café o una taberna?

Martel frunció el ceño, su primer gesto malhumorado de la tarde.

—Debemos sacrificarlo todo por la causa de la libertad.

Celebrar una masacre no le pareció correcto. Gilles Étienne tragó saliva. ¿Cuándo habían comenzado a hacer mella en él las opiniones de Caroline?

Llamaron a la puerta, sin que eso interrumpiese el jolgorio del salón. Se excusó. Sin duda, debía de tratarse de otro amigo de Martel que iba a unirse al bullicio. Respiró hondo antes de girar el pomo.

—Étienne, ven rápido.

Gilles retrocedió al ver el abrigo de buena calidad, aunque arrugado, y unos calzones. El hombre que tenía delante era la última persona a la que habría esperado ver en una fiesta como aquella.

—¿*Monsieur* Daubin? —Salió y cerró la puerta tras de él—. ¿Qué sucede? ¿Ha pasado algo con el nuevo lote de jabón?

—No, no es eso. Se trata de... —El hombre echó un vistazo por la ventana. Las cortinas descorridas dejaban ver el entusiasmo de los reunidos.

—¿De él? El... —¿Habría visto Martel a su patrón? El joven parecía distraído con el asunto 10 de agosto.

254
★★★

—Sí, es sobre el caballero. Caroline ha insistido en que vengamos a buscarte.

Gilles maldijo el aleteo que sintió en el pecho. A pesar de todo, ella lo reclamaba.

—Lo cierto es que quería venir ella misma. Conseguí convencerla para que me dejara a mí. —Se movió incómodo—. Necesitamos a un médico.

Gilles sintió un escalofrío.

—*Monsieur,* solo cuento con una mínima formación en cirugía a bordo de un barco. No estoy cualificado para...

—No podemos acudir a nuestro médico habitual. —Daubin echó un vistazo por el lugar, asegurándose de que nadie los oía—. Lleva ya enfermo varios días. Creíamos que estaba alterado por el encuentro que tuvo con usted el viernes por la tarde, pero lleva sin comer apenas desde entonces. Cuando lo hace, no es capaz de retener nada en el estómago. Necesita ayuda.

Étienne permaneció inmóvil. Ayudar a un sacerdote refractario. No solo iba a guardarle el secreto, sino que también iba a ayudarlo.

¿Acaso importaba? Quería ser médico para ayudar a otros, para ahorrarles sufrimiento en lugar de quedarse mirando con impotencia, igual que había hecho con el doctor Savatier. ¿Por qué iba a negarle su ayuda a un clérigo?

Gilles asintió una sola vez.

—Dígale a su cochero que doble la esquina y baje hasta la mitad de la calle. Tengo que sacar a esos jacobinos de casa antes de irme para que no tenga que hacerlo mi madre.

Daubin se apresuró a volver a la diligencia. La escasa luz del crepúsculo impedía ver bien a los transeúntes. Todos le parecían informantes listos para denunciarlo ante el club. Cerró los ojos. Si Martel se enteraba de aquello, lo consideraría una traición. Tal vez lo fuera. Pero después de tres años de revolución había aprendido que en ocasiones la traición era lo correcto.

❋ ❋ ❋

Ha venido. Ay, Sylvie, ha venido. Creía que sería imposible después de la expresión de decepción en su mirada cuando se marchó el viernes por la tarde tras descubrir al padre Franchicourt. Durante el rato que papá estuvo fuera, me precipitaba hacia el balcón cada vez que oía que pasaba un carruaje. Cuando Gilles llegó a la puerta principal, estuve a punto de besarlo delante de la cocinera y de papá.

El padre Franchicourt no ha mejorado desde mi última carta. La cocinera y yo hemos estado a su lado de manera constante durante los últimos días. Nada de lo que se le ha ocurrido darle ha funcionado. Cuando hasta papá había comenzado a preocuparse, estuvimos una hora debatiendo sobre cómo proceder.

Mientras te escribo, Gilles y papá están llevando al padre Franchicourt a una de las habitaciones de las plantas superiores. Gilles no sabe si la mala ventilación del sótano, donde tanto tiempo ha pasado, puede haber contribuido a su dolencia. Nos ha aconsejado que dé pequeños sorbos de tisana de jengibre tan a menudo como podamos convencerlo de que beba y nos ha dejado instrucciones para prepararle un remedio que lo ayude a dormir. No cree que se trate de una fiebre pútrida, lo cual es un alivio para todos.

Este susto que nos ha dado el padre Franchicourt nos ha dejado muy poco tiempo para pararnos a pensar en la insurrección de París, pero, a cada momento, rezo por Guillaume, por tu familia y por ti. La ciudad debe de haberse sumido en el caos. Cuánta muerte. Cuánta pérdida.

Mamá ha estado histérica desde esta mañana y se ha quedado bastante tiempo en su dormitorio. Sé que será difícil, pero si hay alguna forma en la que puedas encontrar a Émile y suplicarle que nos escriba, hazlo, por favor. Ya nos había advertido que era posible que nos escribiera con menos frecuencia y solo ha pasado una semana desde la última vez que recibimos noticias suyas, pero mi madre siempre teme lo peor.

Y si no es mucha molestia, pídele a Émile que te informe sobre el estado de Maxence Étienne. Aunque detestaría tener que darle malas noticias a su familia, se merecen estar más al corriente del estado de su hijo y hermano.

❀❀❀

Gilles cerró la puerta del pequeño dormitorio en el ático de los Daubin. La tenue luz de una apartada ventana iluminaba el pasillo con un tono azulado. Cuando estaba en el mar, le encantaba el momento del crepúsculo, justo antes de que el barco viviera el ajetreo de la mañana y justo antes de que se sumiera en el sueño de la noche. Cerró los ojos, se imaginó por un momento la serenidad de aquellos momentos en soledad y dejó que la calma invadiera su alma.

Había hecho lo correcto. Fuera o no jacobino, su deber como médico sería ofrecer su ayuda. Ya se enfrentaría a las consecuencias. El sacerdote se sentía débil, pero la modesta gratitud que le había demostrado lo reafirmó en su decisión. A pesar de no cumplir con la nueva legislación sobre la religión, el padre Franchicourt no se merecía que su sobrino fanático lo persiguiese por toda la ciudad y le diese caza.

Eso era obra de Caroline. A Gilles no le importaba lo más mínimo la opinión política de la joven. Francia no necesitaba una monarquía que había pasado años abusando de su poder. Pero ella tenía razón en una cosa: se equivocara o no, el pueblo de Francia merecía decidir cuáles eran sus creencias sin ser perseguido por ello.

Un crujido en las escaleras le hizo levantar la cabeza. Se encontró con el rostro radiante de Caroline.

—¿Gilles?

¿Por qué esbozaba una sonrisa como si el peligro real en el que lo había puesto no fuera más que una anécdota sin importancia?

La joven corrió a su lado con una vela en la mano de llama temblorosa.

—¿Se pondrá bien?

Él asintió.

—Creo que lo más probable es que se trate de una intoxicación alimentaria. La cocinera dice que recibió algunas provisiones de un feligrés. Probablemente esa haya sido la causa. —Mantuvo el tono de voz bajo para que no lo oyeran la cocinera y el sacerdote en el dormitorio de al lado.

—Un feligrés. —Caroline bajó la vista al suelo—. Como si siguiera existiendo una verdadera parroquia. A veces me pregunto si todo esto no será en vano. ¿Por qué va nadie a defender sus creencias cuando hay legiones enteras listas para asaltar cualquier lugar seguro y asesinar a quienquiera que se les oponga?

Étienne sintió el peso del anillo de su abuela sobre el meñique. «Nunca en vano».

—Tal vez algún día encontremos una solución con la que ambos bandos puedan estar de acuerdo. Pero eso no sucederá si se rinde.

Ella frunció el ceño.

—¿Quiere que luche?

—Me encanta cuando lo hace.

Sintió un cosquilleo por el brazo cuando la joven cerró los dedos alrededor de los suyos. No lo miró a los ojos, solo fijó la vista en sus manos unidas.

—Lo siento por todo. Sé que no quería verse involucrado en esto. Pero gracias por venir.

Gilles le acarició la fría piel con el pulgar.

—La vida nos pone por delante más situaciones que no elegimos que las que buscamos. —Como enamorarse de la mujer que tenía enfrente. Eso era algo que él no habría buscado antes de su humillante primer encuentro, pero tampoco cambiaría sus consecuencias por el botín más preciado que un marinero pudiera imaginarse.

—Supongo que esto es un adiós. —Soltó una risa desganada—. El viernes por la tarde creí que sería la última vez que lo vería. Debería estar agradecida.

Gilles inclinó la cabeza, pero la joven seguía sin mirarlo a los ojos.

—¿Quiere que lo sea?

—No disfruto particularmente de las despedidas. —Se le escapó un rizo del recogido y le cayó sobre la cara, pero no soltó a Gilles Étienne para apartárselo.

¿Haría algo más la joven? Étienne contuvo la respiración mientras aguardaba.

—No quiero despedirme de usted —añadió. Le apretó la mano y él sintió que el corazón le latía como una salva de cañonazos. Se le paralizó la lengua. Tuvo que tragar saliva varias veces antes de ser capaz de hablar.

—Estaría encantado de que volviese a insistir en que no quiere besarme. —Le tomó el rizo suelto con delicadeza entre los dedos y se lo apartó del rostro, vuelto hacia él con un ceño fruncido poco convincente—. Yo tampoco quiero despedirme de usted. Ni esta noche ni nunca.

Caroline cerró los ojos mientras él le atusaba el pelo y elevó la comisura de los carnosos labios.

«Bésala». Dios Santo, cuántas ganas tenía de hacerlo. ¿Volvería a apartarse ella? El mechón ya estaba en su sitio, pero él mantuvo los dedos sobre el sedoso cabello.

—Solo hay una forma de asegurarnos de que eso no suceda nunca —murmuró Caroline. Bajo la luz de la vela, las pestañas de la joven creaban unas sombras como plumas oscilantes.

Solo había una forma. Casarse con ella, dejar atrás sus desavenencias y encontrar puntos en común. Atar a un corsario descuidado a una elegante fragata era algo cómico, pero tal vez él fuese capaz de procurarle la protección que la prestigiosa posición de su padre le había proporcionado en el pasado. Quizá le compensara vivir de manera humilde mientras Gilles se formaba para contar con seguridad en el futuro, aunque no sabía si ella pensaría lo mismo. Gilles se llevó la mano de la joven a la boca y le dio un dulce beso entre los nudillos. Percibió un aroma de lavanda que le recordó la sensación de los labios de la joven moviéndose con firmeza sobre los suyos en mitad de los campos en flor.

—Me dio su palabra —susurró ella, sin rastro de acusación en el tono de voz. Sí, le había prometido que no la besaría, pero habían pasado muchas cosas desde aquel domingo en el sendero junto a los viñedos.

—¿Desea que mantenga mi promesa? —dijo él, sin despegar los labios de la mano cálida de la joven. Étienne no se movió. Ella se habría apartado si hubiese querido. O, al menos, eso habría hecho la Caroline que conocía.

—Ya no.

Gilles le apretó la mano, aproximándola más a él.

—¿De verdad?

—No sé muy bien a qué está esperando.

Él tampoco lo sabía. Llevó la mano a la nuca de la joven, acercándole el rostro al suyo. El beso que ella le había robado en los campos de lavanda tan solo había hecho que deseara eso aún más. El calor le recorrió las venas como si estuviera disfrutando de una puesta de sol en el Mediterráneo.

Unas bisagras chirriaron al final del pasillo. Ambos se separaron, volviéndose para ver al intruso. Era la cocinera, que llevaba una taza de té. Gilles intentó controlar su agitada respiración.

—Se ha terminado. —La mujer frunció los labios mientras desplazaba la mirada de uno a otro—. Creo que a *madame* le vendrá bien algo de té. ¿Quiere llevárselo usted, *mademoiselle*? —La cocinera se acercó a ellos con premura, dedicándole a Caroline una mirada expectante.

—Por supuesto. —La joven adoptó un semblante de indiferencia. Dadas las circunstancias, Gilles no sabía cómo lo había conseguido.

—Gracias por su ayuda, *monsieur* —comentó la cocinera, con una brusca reverencia—. ¿Le acompaño a la puerta?

—Ah, no. —Lo había tenido a su alcance y había perdido la oportunidad de besarla. Otra vez—. Tengo un asunto que tratar con *monsieur* Daubin.

La cocinera asintió.

—Está en su estudio. —Le hizo un gesto con la mano para que se dirigiera hacia las escaleras.

Tras echar una mirada fugaz al rostro impasible de Caroline, Gilles se apartó de su lado. Tendría que esperar para compensar aquella absoluta decepción. Pero juró que no esperaría mucho tiempo.

Solo tenía que tratar antes el asunto con su padre.

CAPÍTULO 25

18 de agosto de 1792
Marsella

Querida Sylvie:

Mamá ha estado tocando el piano esta mañana. No recuerdo la úl-
tima vez que lo hizo. Y, de entre todas las cosas que podía tocar, ha
escogido En el puente de Aviñón, *la canción que tengo metida en*
la cabeza desde que he vuelto a la Provenza. Llevaba siglos sin oírla
tocar hasta que bajé esta mañana a desayunar. Fue algo muy curioso
verla interpretando esa alegre melodía. Hace un par de días, cuando
papá fue a buscar a Gilles, ella estaba al borde de la histeria, y llevaba
inquieta desde que el padre Franchicourt llegó a casa. Sin embargo,
esta mañana estaba más relajada de lo que la he visto desde mi regreso
y no comprendo el motivo. Le he preguntado si ha recibido noticias de
Émile y me ha dicho que no. Creía que al recordárselo volvería a su
humor habitual, pero solo lo ha hecho ligeramente. Tampoco tiene
noticias de Guillaume y, a pesar de esta tregua feliz, te pido que le di-
gas a ese pequeño bribón que le escriba a su madre para que, al menos,
no tenga que preocuparse por uno de sus hijos.

Los últimos tres o cuatro días, papá ha estado raro durante el desa-
yuno, que se ha tomado sentado a la mesa con nosotras en lugar de en su
estudio o de camino a la fábrica. ¡Hasta me ha dirigido la palabra du-
rante la comida! Ha sido de lo más impactante. Cuando ha terminado
esta mañana, me ha deseado que tenga un buen día antes de marcharse.

Después de la tensión que vivimos hace un par de noches, no tengo ni idea de qué les pasa a mis padres por la cabeza. No parecen los mismos. Quiero encontrar el modo de acudir a la fábrica para preguntarle a Gilles si ha notado algo extraño, aunque dudo que tenga mucho que contarme. No me importaría verlo esta mañana.

Ay, ¿a quién quiero engañar? Estoy deseando verlo esta mañana. Y cada mañana. Eso sin mencionar cada tarde. Y durante todo el día. ¿Fui así de insufrible con Nicolás? Sé sincera conmigo.

El padre Franchicourt mejora un poco cada día. Ha sido capaz de comerse unas cuantas gachas y de beberse la tisana de jengibre que le recomendó Gilles. Duerme varias horas, lo que me hace pensar que está recuperándose, ya que apenas había dormido desde el sábado hasta el martes. Tal vez sea cierto lo que Gilles le dijo a la cocinera, que hubiera mejorado de todas formas sin su ayuda, pero que viniera hasta aquí parece haber tenido un efecto positivo en la casa.

Le pido al cielo que ninguno de tus clérigos invitados requiera de un médico. Estoy segura de que será mucho más difícil encontrar a alguien de confianza en París. Soy muy afortunada, ya que una de las pocas personas en las que confío adquirió mucha experiencia como ayudante de un cirujano en el mar, continúa empeñado en aprender sobre la materia y es más atractivo que cualquier otro trabajador de la fábrica.

Estamos rodeadas de peligros en estos tiempos turbulentos. Aun así, no dejo que me hundan. ¿Dónde han ido a parar el miedo y la frustración? Han desaparecido bajo una sonrisa traviesa y un par de ojos de un cálido tono castaño. Soy una causa perdida, y, pese a todo, tengo más esperanza de la que he tenido desde hace más de un año.

Con cariño,
Marie-Caroline

❖ ❖ ❖

Gilles sacó su reloj y lo sostuvo bajo la luz que salía por la ventana del salón de los Daubin en la parte trasera de la casa. Quedaban tres minutos para las nueve en punto. Respiró profundamente para calmarse y se pasó una mano por el cabello. Su madre se había ofrecido a cortárselo esa tarde. Debería haber dejado que lo hiciera en lugar de pasearse por su habitación durante dos horas después de la cena.

En la oscuridad, la calle frente a la casa de los Daubin estaba prácticamente vacía, algo que agradecía. Atraer miradas indiscretas desde el otro lado del muro bajo del jardín podría hacerle perder el coraje.

—Marie-Caroline, esta noche estás preciosa. —Le llegó la voz chillona de *madame* Daubin a través de la ventana entreabierta.

—No me he cambiado después de la cena. —El tono dulce de la joven hizo que Gilles sintiera una calidez comparable a la del mar del Sur. Pese a no poder verla, la imagen de ella sentada junto al hogar, con la ceja enarcada de esa forma tan particularmente suya, cruzó su mente, y estuvo a punto de esbozar una sonrisa. No debería haber dado por sentado que la madre actuaría con naturalidad. Debería haber sabido que la hija acabaría sospechando—. Mamá, de verdad, ¿qué sucede? Llevas todo el día comportándote de un modo muy extraño. ¿Quieres que te acompañe a tu habitación?

—Por supuesto que no. Me siento maravillosamente. De hecho...

¿Ya era hora? Gilles se apartó del muro. El canto de los grillos inundaba el aire templado de la noche y el de un ruiseñor lejano le daba ánimos.

—¿Te apetece oír algo de música, hija mía? —Oyó unos pasos por el salón.

—Hoy estás muy musical. —Cómo no, Caroline sospechaba algo. Gilles se alisó el chaleco. El tejido era fino y perfecto para esa noche, pero aun así se sentía acalorado. Bordeó la zona de luz que se proyectaba desde el salón sobre la suave hierba—. Creo que voy a ir a ver cómo está el padre Franchicourt.

Gilles se quedó inmóvil. No, no podía irse. Se arriesgó a mirar a través de la ventana, pero no pudo ver nada más que un pliegue de la falda lila de Caroline.

—Enviaré enseguida a la cocinera. Lo que de verdad me apetece es que me traigas un par de hortensias del jardín. ¿Te importaría ir a cortarme algunas? Creo que quedarán muy bien sobre el piano.

Las flores redondas y azules de la hortensia se balanceaban no muy lejos de donde se encontraba Gilles, agitando las corolas de forma alentadora. Había llegado el momento.

—¿Ahora? —preguntó Caroline.

—Sí. Toma, tengo unas tijeras.

Étienne se acercó a las puertas dobles que comunicaba el salón con el jardín y cuadró los hombros.

La voz de Caroline flotó en el aire.

—Esta noche has venido muy preparada, mamá.

Gilles hizo girar el anillo de su abuela sobre el meñique. Quería pensar que Caroline aceptaría, pero no podía quitarse de la cabeza que tenía muchos motivos para rechazarlo. Era un oficinista. El hijo de un corsario. Un jacobino. Sintió el corazón en la garganta cuando vio crecer el haz luz entre las puertas y aparecer la silueta de la dama, que se adentró en la oscuridad y cerró la puerta.

Caroline se detuvo por un momento.

—Ah, aquí estás, Gilles. Sabía que lo encontraría aquí.

—¿Tan obvio ha sido? —Estaba deseando deshacerse de la tensión que sentía en los hombros.

Caroline se deslizó hacia él y su pálido vestido fue adquiriendo una tonalidad azul celeste hasta transformarse en un púrpura claro bajo la luz de la luna. Avanzó por la hierba, donde *madame* Daubin había marcado un sendero con casi todas las velas de la casa.

—Supongo que tenía la esperanza de que estuviera aquí fuera.

Gilles esbozó una sonrisa cuando se paró ante él. Qué maravilloso era verla en un ambiente relajado, algo que no ocurría desde hacía semanas.

—Me alegro de haber satisfecho tus esperanzas.

Deseaba alargar la punta de los dedos hacia la cintura de la joven y acercarla a él. Casi era capaz de sentir la seda brillante de su vestido en las palmas de las manos. Por fin, de una vez por todas, iba a ser él quien acercara sus labios a los suyos. Disfrutaría del momento. Y, por primera vez en su vida, iba a poner todo su corazón y sus sentimientos en un beso.

Pero aún no.

Echó un rápido vistazo hacia la casa y vio una sombra cruzar por delante de una ventana de la planta alta. No debería inquietarlo después de haber tratado aquel asunto en varias ocasiones durante los últimos días con *monsieur* Daubin. Pero, aun así, se puso nervioso. Tenía que seguir el orden establecido.

Caroline lo observaba con el atisbo de una sonrisa irónica en los labios. Como siempre, lo intuía todo. Gilles tragó saliva e intentó adoptar una postura tan relajada como ella. *Madame* Daubin iba a darles un par de minutos antes de empezar, pero él se había quedado en blanco. Tal vez debería haberse preparado un guion.

—¿Qué le trae hoy por aquí? —preguntó la joven—. ¿Ha venido a preguntar por el convaleciente?

—Su padre me ha dicho que se está recuperando. —De entre todas las cosas de las que podían hablar, tenía que ser del sacerdote...

—Entonces, ¿ha venido a tratar asuntos de negocios con mi padre? —¿Se había acercado más a él? La brillante luz de la luna se reflejaba en su mirada y la brisa nocturna le hacía llegar su perfume de lavanda.

«Respira, Gilles».

—He venido a bailar.

Caroline ladeó la cabeza y un grueso rizo le cayó sobre el cuello.

—¿Bailar? ¿Aquí?

Gilles carraspeó.

—Por supuesto. ¿Por qué no?

—¿Va a enseñarme una de sus farandolas revolucionarias? —Por el modo en el que enarcó una ceja, él supo exactamente qué pensaba al respecto.

—De hecho, estaba considerando una alemanda. —Había estado practicando con su madre y con Florence durante las últimas tres noches y había dominado los pasos más complicados. Al menos, la mayoría.

A Caroline se le iluminó la mirada, pero esta vez no era un efecto de la luz de la luna.

—No tenemos música. ¿También va a cantarme?

Como si hubiera estado oyéndolos, la señora Daubin tocó las primeras notas al piano. La alegre melodía de *En el puente de Aviñón* salió por la ventana abierta e inundó el jardín. A Caroline se le suavizó la expresión y dejó atrás su actitud burlona.

—¿Servirá con esto? —Gilles le tendió una mano. Un escalofrío le recorrió el brazo incluso antes de que ella se la tomase. No se había puesto guantes y sabía que la joven tampoco los llevaría—. Le pido disculpas si esto no es tan elegante como debería. Nuestra sala de baile está un poco sucia y no se me ocurrían más personas que quisieran unirse.

—Tampoco disponía de una pista de baile en condiciones, refrigerios, una orquesta, iluminación...

Caroline le apretó la mano.

—Es perfecto.

La hizo girar para comenzar el baile. Se le escapó una leve risa mientras balanceaba la falda. Él pasó por debajo de sus brazos unidos mientras se movían en un amplio círculo por el jardín.

¿Debería pedírselo en ese momento? No, antes iba a dejarla bailar. ¿Sería mejor durante el baile? ¿Dónde estaba Max cuando necesitaba su consejo? Debería habérselo preguntado a su madre antes de salir de casa.

Dieron vueltas y más vueltas, guiados por la melodía. Casi de forma inconsciente, dejó caer la mano sobre la cintura de Caroline mientras entrelazaban los brazos formando las distintas figuras. Pasado un momento, la joven le devolvió el gesto. Le recorrió la parte baja de la espalda con los dedos y al él se le aceleró el pulso, que sintió cómo le retumbaba en los oídos. La luz de las velas iluminaba la sonrisa traviesa de Caroline.

Por todos los cielos.

Gilles dejó de seguir los pasos y la sostuvo entre sus brazos. Ella se movió para continuar el baile y se echó a reír cuando estuvieron a punto de caerse sobre la hierba. Ya era suficiente, le iba a estallar el pecho.

—Caroline —dijo sin aliento—. Debo...

—¡*Monsieur* Gilles! —Una voz procedente de la calle interrumpió la alegre melodía al abrir la verja del jardín.

Caroline se volvió, separándose de su pareja de baile. Étienne reaccionó como si despertara de un sueño y se zambullera en un mar glacial. Una mujer caminaba hacia ellos y agitaba algo en la mano.

—¿Florence? —Gilles intentó controlar la irritación en su tono de voz. Ella conocía sus planes para esa noche.

—Soy una tonta —le dijo a medida que se acercaba, entregándole el papel doblado—. Me guardé la carta en el bolsillo esta mañana y pretendía dársela a *madame,* pero lo olvidé hasta que volví a mi casa. Cuando me acordé esta tarde, corrí de vuelta y... —Gilles no supo si estaba quedándose sin aire o sollozando.

—Cálmate, Florence. —Extendió la mano para tomar el papel, contrariado por la interrupción. ¿Una carta? ¿Y eso no podía esperar?

—Se la entregué a *madame* —continuó Florence, como si no lo hubiera oído—, la leyó y me dijo que viniera directamente aquí.

Gilles sintió un escalofrío. ¿Se habría hundido el barco de su padre? Durante treinta años, su madre había estado constantemente preocupada por la posibilidad de que su marido no regresara. Bajó la mirada hacia la página doblada. Una rasgadura alrededor del sello estampado revelaba la prisa que había tenido su madre en abrirlo.

Pero su padre no se había marchado hacía tanto. Era demasiado pronto para recibir noticias de un barco hundido o atacado. Aquello solo podía significar una cosa.

—¡*Monsieur* Maxence! —gritó la pobre Florence, antes de llevarse los puños a la boca.

Gilles acarició con el pulgar la marca del sello y se le secó la boca repentinamente. Pasado un momento, metió un dedo por debajo del borde del papel y abrió lentamente la carta. La letra enérgica de su hermano desfilaba por la parte superior de la página y una hoja más pequeña y doblada estuvo a punto de caer del interior. Solo ponía «Madre» en el anverso y no parecía estar abierta.

¿Una última carta?

Dirigió la mirada hacia la fecha. El 13 de agosto. Se le aceleró el pulso. Eso había sido después del asalto de los federados al palacio de las Tullerías. Max había sobrevivido a ese ataque. ¿Habría ocurrido alguna desgracia pocos días después?

Se acercó hacia la luz que salía del salón. La alegre melodía que estaba tocando la señora Daubin parecía tan lejana que apenas invadía el silencio del jardín.

Madre:

Te escribo para decirte que estoy bien. Asaltamos el palacio hace tres días y derrocamos al tirano, tal y como dijimos que haríamos. La monarquía ya no existe. El despotismo se ha acabado. Y en su lugar surge el poder de la libertad y la igualdad.

Hemos pagado un alto precio por acabar con la guardia suiza del rey. Muchos buenos patriotas han perdido sus vidas. A mí me hirieron con una bayoneta y, aunque he recuperado mis fuerzas lo suficiente como para escribirte, debo pedirte que perdones mi brevedad.

Su hermano no había muerto. Sin duda, estaría peor de lo que daba a entender, pero era buena señal que pudiera escribir.

Solo quedaban unas pocas líneas más. ¿Iban a enviarlo a casa? ¿Quería su madre que fuera a buscarlo? Por muy maravillosa que fuera aquella noticia, no lograba entender por qué su madre había mandado a Florence a que se recorriera la ciudad para entregar la carta justo esa noche.

Adjunto una carta que quiero que mi hermano le entregue a los Daubin.

Aquello lo dejó sin aire.

—¿De qué se trata? —Caroline le cubrió una mano con la suya.

Gilles no podía levantar la vista. Siguió con los ojos fijos en la última frase que había leído, incapaz de seguir adelante, incapaz de devolverle la mirada a la joven. Aquello podía cambiar el mundo para siempre, aunque no tanto para él como para... Apretó la mandíbula. Se suponía que esa sería una noche que recordaría toda la vida. Pero por un motivo feliz, no doloroso. ¿Cómo iba a ser capaz de seguir leyendo?

No tenía elección. Debía saberlo. Y, lo más importante, la familia Daubin debía saberlo. El estómago le ardía como un lote de jabones que llevaba demasiado tiempo al fuego. Siguió leyendo.

He perdido a mi querido amigo y hermano Émile a manos de uno de esos perros de la Guardia Suiza.

Caroline. Gilles sintió que se le rompía el corazón.

Erré el tiro y el guardia respondió al disparo. A mí me pasó de largo, pero dio en un blanco de mucho más valor. Me aseguré de que tuviera un entierro digno de un verdadero francés y un amigo de la libertad.

Viva Francia.
Maxence

Al joven se le entrecortó la respiración.

Caroline lo tomó de las manos.

—Gilles, dime algo. —Se inclinó hacia él, que reproducía con los labios, sin pronunciar, las horribles palabras de Maxence.

Junto a ellos, Florence se cubrió la cara con el delantal y se dio la vuelta. La pobre mujer había tenido que recorrer a toda prisa las calles por la noche.

—Gracias, Florence. Si nos das unos minutos, puedo acompañarte a tu casa.

Caroline lo agarró con más fuerza.

Florence negó con la cabeza.

—Me ha acompañado mi marido. Lo lamento muchísimo, *monsieur*.

Étienne asintió mientras la mujer se daba la vuelta y se apresuraba a cruzar de nuevo la verja. Palabras. Necesitaba palabras. Pero los engranajes de su mente habían dejado de funcionar.

—¿Por qué no me respondes? —susurró Caroline—. ¿Se trata de tu hermano?

Dios Santo. Le ardían los ojos mientras tomaba la hoja doblada que había adjuntado Max.

—No se trata de mi hermano. Es... —Y se la extendió.

Caroline se quedó mirando ese trozo de papel. Llevó los brazos a los costados. Gilles esperó a que empezara a llorar, a que sollozara. Pero no hizo nada de eso.

—¿Qué ha dicho tu hermano? —le preguntó. Le temblaba la voz.

—Ha dicho que... —No le salían las palabras—. Émile no ha sobrevivido al enfrentamiento en las Tullerías.

Caroline palideció y se le pusieron los ojos vidriosos, como si su mente ya no estuviera allí. El silencio le retumbó a Gilles en los oídos. Aguardó, en tensión. «Di algo».

La joven le arrebató la carta de Maxence de las manos y se dio la vuelta para examinar la página. Él bajó la cabeza. Caroline necesitaba un momento para poder asimilarlo todo. Y luego, la embargaría un vacío igual que le había pasado a él.

—Maldita revolución.

Étienne se mordió el labio y se acercó a ella, que permanecía rígida, con la espalda totalmente recta. La tomó por los brazos y la acercó hacia él con delicadeza para darle un abrazo. No iba a dejar que sufriera eso sola.

Pero ella no cedió y Gilles Étienne dejó resbalar las manos por las mangas de seda.

«Por favor, déjame ayudarte».

—Malditos sean los jacobinos y sus estúpidos ideales —escupió la joven con aún más vehemencia—. Los maldigo a todos y a todo lo que defienden. —Se volvió, con la mirada ardiente—. Maldito sea Émile por creerse sus mentiras y tu hermano por convencerlo.

Estaba gritando. Gilles levantó las manos, intentando apaciguarla.

—Deberíamos entrar. Tus padres deberían saberlo. —Por mucho que Caroline necesitara aquel momento, maldecir a los jacobinos tan abiertamente podía atraer la ira del club sobre esa casa—. Por favor, querida.

Caroline le arrancó la carta de Émile de entre los dedos y se la agitó delante del rostro.

—Maldita sea esta tierra. Maldita sea esta supuesta libertad. Maldito sea cada hombre que haya apoyado a esta revolución. —Su tono de voz se había vuelto estridente.

Intentó volver a tomarla entre los brazos, pero lo apartó.

—Y maldito seas tú por hacerme creer que alguna vez podría solucionarse todo.

Arrugó la carta de Maxence entre las manos y la tiró a la hierba. Gilles sintió que el dolor en el pecho iba a asfixiarlo.

—Siempre hay esperanza de que vendrán días mejores. —Mantuvo los brazos pegados a los costados, aunque deseaba con todo su ser volver a extenderlos hacia ella. No podía ni imaginarse el dolor que debía de estar sintiendo en ese momento. Pero haría lo que fuera para aliviarlo. Todo lo que estuviera en su mano.

—Malditas sean tus esperanzas. Todo ha sido en vano.

El joven dio un paso atrás. Había temido enfrentarse a un gran pesar, pero no a esa rabia.

—¿Qué puedo hacer?

Ella alzó la barbilla y la luz de las velas le iluminó el gesto.

—Marcharte.

Gilles parpadeó.

—Caroline, por favor. Déjame ayudarte. Te qui...

—¡Márchate! —Se giró sobre los talones—. Y no vuelvas. —Se encaminó airada hacia las puertas del salón—. Hemos sido unos idiotas. —Habló tan bajo que apenas pudo oírla por encima del sonido que producía el roce de su falda en las hortensias.

No supo si la joven gimió o si lo que oyó fue el chirrido de la bisagra de la puerta cuando la cerró de golpe. Étienne dio un respingo. No podía haber hablado en serio. No podía ser posible. El dolor por la pérdida la había confundido.

La música del piano se detuvo de forma abrupta y dio paso a gritos de histeria. Sintió que los ojos se le humedecían y se llevó las manos a la cara. Había visto burla en el rostro de Caroline, y también incredulidad. Pero nunca había visto un odio como el de su semblante esa noche. Al menos, no dirigido a él. La mirada que le había lanzado cuando había intentado besarla la primera noche palidecía en comparación.

Se alejó de la casa, sumida en la tristeza de sus ocupantes al conocer la terrible verdad. Le pesaban las piernas y los brazos. No recogió la carta de Maxence antes de dirigirse hacia la verja. Caroline no lo quería allí. Y esa noche iba a cumplir sus deseos. Lo que fuera con tal de aliviar aquella angustia inimaginable.

Miró por encima del hombro al cerrar la verja. Se humedeció los labios resecos y luego susurró una frase que jamás había pronunciado en voz alta y que la joven había interrumpido.

—Te quiero.

¿Alguna vez le daría otra oportunidad para decírselo?

CAPÍTULO 26

Se ha ido, Sylvie. Hasta mientras escribo estas palabras me cuesta creerlo. Todo lo que antes me resultaba familiar ahora me parece extraño. ¿Cómo se atreve el mundo a seguir girando igual que antes cuando nos han arrebatado toda nuestra luz? Estos tres días no han servido de mucho para aplacar la confusión. Ni el dolor.

Me había permitido a mí misma soñar que las muertes cesarían. Tal vez algún día ocurra, pero no ha sucedido a tiempo para salvar a mi familia. Parece que este purgatorio de pensamientos retorcidos y de fervor patriótico continuará rodeándonos como una plaga que nadie consigue exterminar. Creía que estos pensamientos míos acabarían provocando la ira del Señor, pero he empezado a preguntarme si Dios puede acaso intervenir.

Mamá llora hasta quedarse dormida. Papá apenas ha dicho una palabra desde el sábado por la noche. Y yo me paseo por los pasillos viendo a los fantasmas de tiempos pasados, antes de que Émile comenzara a abrazar esas alocadas ideas. Veo su rostro a cada rato, sobre todo esa sonrisa extasiada que esbozó al marcharse hacia París. ¿Qué más podría haber hecho para suplicarle que se quedara? ¿Tuvieron mis argumentos la culpa de que se marchara? ¿Debería haberle seguido más el juego con sus pensamientos revolucionarios y asegurarme de que se sentía tan cómodo aquí como en sus cafés y en sus reuniones con el club?

Eso solo puede saberlo Dios. Ya hemos sobrepasado el punto de no retorno.

La criada de los Étienne nos trajo la noticia, que les había enviado el hermano de Gilles. Tal vez solo esté imaginando haber

273
★★★

visto cosas porque es lo que deseo, pero creía que Gilles iba a declarárseme. Había preparado una velada tan fantástica... Estaba lista para lanzarme a sus brazos a pesar de que mis padres estaban mirándonos desde las ventanas. Creía que anhelaba esas palabras. Me aferré a cada sonido que escapaba de sus labios, desesperada por que me hiciera la pregunta. ¿En qué estaba pensando al creer en esa fantasía? Hizo falta que cayera la muerte sobre nosotros para que recuperara la cordura.

He rezado muchas horas por la seguridad de Émile. Por la de Guillaume. Por la de toda mi familia. Creía que Dios atendería mis plegarias. ¿Qué he hecho para merecer esto? ¿Qué ha hecho cualquier hombre o mujer de este país para merecer que les arrebaten a sus seres queridos a causa de la desconfianza, el odio y la guerra? ¿Por qué nos toca recorrer la senda de los mártires?

Esas cosas que esta mañana tenían tanta importancia: el futuro de la fábrica de jabón, los disturbios en Marsella, los ataques nerviosos de mamá... parecen ahora insignificantes. Pero hay un sentimiento que desearía que desapareciera igual que el resto. En mitad de toda esta pena por la muerte de mi querido hermano, ¿por qué siento un vacío en mi interior al lamentar que lo de Gilles sea un sueño imposible?

❊ ❊ ❊

Gilles se agarró a una de las ramas inferiores del árbol y apoyó el pie contra el tronco. Parecía lo suficientemente robusta como para aguantar su peso. La luz de la luna lo guio mientras trepaba. Las ramitas y las hojas rozaban el balcón mientras él se acercaba todo lo que se atrevía.

El corazón le latía desbocado, y no solo por el esfuerzo, aunque llevaba sin hacer nada parecido desde que había coronado el mástil del *Rossignol* dos años atrás. Pero entonces no tenía la preocupación añadida de que los padres de una joven lo sorprendieran en su dormitorio.

Aunque no había cambiado nada en la fachada, la casa de los Daubin le parecía distinta después de lo sucedido. En el vidrio de las ventanas se reflejaba una luna triste que apenas iluminaba las habitaciones. Las situadas justo encima del balcón estaban abiertas. Unas cortinas espectrales ondeaban bajo la brisa de medianoche. El viento le agitaba los rizos y le secaba el sudor de la frente.

Caroline lo escucharía. Estaba convencido. Se quitó el anillo de su abuela del dedo. Refulgió brevemente mientras acariciaba con el pulgar las letras doradas que recorrían su superficie. «Nunca en vano».

—¿Caroline? —Su tono de voz resultó demasiado vacilante, así que volvió a intentarlo—. Caroline, ¿estás ahí?

Contuvo el aliento y escuchó. ¿Eso había sido un crujido? ¿Y eso, otro? ¿Pasos? Volvió a llamarla, lo más alto que se atrevió.

El pomo de la puerta se movió y apareció un rostro entre las sombras.

—¿Qué haces aquí, Gilles?

El joven sintió un escalofrío al oír su voz. Solo habían pasado tres días, pero sentía que llevaba esperando toda una vida para volver a oírla de nuevo.

—¿Estabas dormida?

—No. —Suspiró y cruzó el umbral de la puerta para salir al balcón—. No deberías estar aquí.

Por un momento, él se quedó contemplándola y olvidó qué había ido a hacer allí. El cabello le caía en una trenza satinada sobre un hombro. La brisa jugueteaba con el bajo de su bata vaporosa, que la joven se agarraba con firmeza por delante con los brazos cruzados. Gilles solo la había visto luciendo vestidos inmaculados y a la moda. Aquella imagen sin pretensiones hizo que sintiera una punzada en el pecho.

—¿Cómo estás?

—Lo mejor que puedo.

Gilles apretó el anillo contra la palma de la mano.

—Te pregunto de verdad.

Ella apretó los labios.

—¿Cómo crees que estoy?

Agotada. Desconcertada. Enfadada. Desesperada.

—Puedo hacerme una idea, pero quiero oírte decirlo.

La joven apartó la mirada.

—Necesitaremos tiempo, pero nos repondremos. No tienes que preocuparte.

¿Que no tenía que preocuparse?

—No puedo evitar preocuparme por ti. Te quie...

—No lo digas.

Se le cerró la garganta.

—Por favor, quiero ayudar.

—No hay nada que puedas hacer. —La joven cuadró los hombros—. Te agradezco tu preocupación. Ahora deberías ir a descansar.

—Espera. —Bajó la mirada hacia el aro dorado que tenía en la mano. Sentía el anillo cálido contra la piel—. He venido a entregarte algo. —Y entonces se lo ofreció.

Caroline vaciló y luego se acercó para verlo. Respiró hondo antes de echarse hacia atrás.

—No, no puedo aceptarlo.

—¿Por qué no? —Esa negativa no le sorprendía, pero no había anticipado que fuera a dolerle tanto.

Mientras reculaba, la joven negaba con la cabeza.

—Creo que deberíamos haber sido más listos desde el principio. Sabíamos que esto no podría funcionar. ¿Por qué seguimos atormentándonos inútilmente?

«Nunca en vano». El lema grabado en el anillo que agarraba con fuerza entre los dedos había calado hondo en él.

—Nunca voy a aceptar que el tiempo que hemos pasado juntos ha sido inútil.

A Caroline se le escapó una risa desganada.

—No sacaremos nada de esta relación.

—Pero sí que hemos sacado algo. —Extendió un brazo, acercándole más el anillo—. En los meses que han pasado desde que te conozco, soy un hombre mejor. No se puede negar el efecto que has tenido en mí.

La joven hizo una leve mueca, el amago de una sonrisa.

—Ya eras un buen hombre. Solo que no lo sabías.

—Entonces, me ayudaste a descubrirlo. Y me enseñaste que hay muchas cosas que van más allá de mi limitada visión del mundo.

—No puedo atribuirme el mérito de eso. —La joven había adquirido una postura relajada y por fin lo miraba a los ojos—. No pueden vernos aquí juntos.

Desde luego que no. *Monsieur* Daubin estaba hosco y saltaba con facilidad desde que había recibido la noticia de la muerte de Émile. No podía culparlo, pero tampoco quería hacerlo enfadar más.

—Por favor, acepta esto.

Cuando ella volvió a retroceder, el joven se apresuró a añadir:

—Este regalo no viene con pretensiones. Solo quiero que me recuerdes cuando lo veas. Y que sepas que, a pesar de todo lo que ha sucedido, nuestra... —Tragó saliva para poder seguir hablando—. Nuestra amistad nunca ha sido en vano.

Pasaron unos segundos antes de que por fin extendiese una mano hacia él. La áspera corteza del árbol le arañó la piel al estirarse un poco más para llegar hasta ella. La joven le rozó los dedos con la punta de los suyos mientras tomaba el anillo. Los escalofríos le recorrieron todo el cuerpo, como la caricia leve de la brisa de un mar en calma. Deseó que esa sensación llenara el vacío que sentía.

—Gracias. —Caroline se dio la vuelta y volvió a la puerta—. Ahora, vete. Y te suplico que no vuelvas.

—Buenas noches, mi amor —susurró, a pesar de tristeza.

Caroline se detuvo en el umbral. Apretaba el anillo con la mano y respiraba de forma agitada.

—Buenas noches.

Y entonces, se marchó.

CAPÍTULO 27

29 de agosto de 1792
Marsella

Querida Sylvie:

¿Por qué no me escribes? Este asfixiante vacío que ha inundado esta casa durante las últimas semanas es más de lo que puedo soportar. He estado aguardando con anhelo el alivio de una de tus cartas. Solo espero que no te haya ocurrido nada malo. Confío en que tu silencio se deba a algún asunto de gran importancia y buenas perspectivas, sobre todo relacionadas con cierto apuesto caballero.

Dondequiera que mire, solo veo recuerdos. Émile y su sonrisa cruzando la puerta de entrada. Su risa mientras toma una copa de vino durante la cena. Su mirada burlona desde un rincón del salón mientras debatimos sobre la revolución con los hermanos Étienne.

Esta mañana he entrado en su dormitorio. No creo que nadie haya estado allí desde que recibimos su última carta por medio de Maxence Étienne. Parecía que nada hubiese cambiado. Era como si fuese a volver de Montpellier en cualquier momento y a encerrarse en esa habitación para reflexionar sobre las grandes ideas revolucionarias que sus amigos jacobinos le habrían inculcado. ¿Cómo es posible que todo parezca igual cuando todo nuestro mundo ha cambiado?

No he vuelto a ver a Gilles Étienne desde esa noche en el balcón. Intento no pensar en él, pero el vacío que siento en mi interior es como una herida abierta. ¿Se puede llorar la pérdida de alguien que no ha muerto y que realmente no se ha marchado? Sobre todo cuando eres tú la causa de su ausencia. Qué ridiculez. Y, aun así, lloro igual que hice con Nicolás. De algún modo, saber que Gilles está en esta ciudad, que sigue con su trabajo, que sigue persiguiendo su futuro como médico y que sigue relacionándose con mi padre hace que todo esto sea más difícil de soportar. ¿Es que todo a mi alrededor sigue su curso mientras mi vida se ha detenido?

Odio esta revolución. El mundo que nos ha sido impuesto.

Por favor, escríbeme pronto. Asegúrame que la felicidad sigue siendo posible en esta vida y que he hecho bien en apartarlo de mi lado. Dime que el hermano que me queda está bien atendido por nuestra adorada familia. Y también, pídele que le escriba a nuestra madre, que está de luto. Necesita desesperadamente tener noticias de Guillaume.

Con cariño,
Caroline

❋ ❋ ❋

—Así que esta es tu fábrica de jabón.

Gilles miró hacia la puerta, de donde procedía la voz familiar que le había hecho perder la concentración. Era la primera vez que la oía en la fábrica. Su padre miraba a su alrededor, con las manos metidas en los bolsillos de la casaca. Tenía el pañuelo del cuello suelto y una gorra ladeada que contrastaba con los atuendos elegantes de los compañeros de trabajo de Gilles, quienes intercambiaron miradas desde las mesas. El señor Étienne no era como los clientes que solían recibir.

—No esperaba que volvieras tan pronto a casa. —Tapó el tintero y se apresuró a levantarse. ¿Cómo había entrado allí sin que lo oyeran llegar?

—El viento ha sido bueno y el estado del mar nos ha favorecido, así que no ha habido sorpresas. —Su sonrisa irónica no lo irritó tanto como en otras ocasiones. Tal vez el cansancio lo había dejado sin fuerzas para enfadarse, o quizá su última conversación había conseguido que confiara algo más en él.

Claro, que la esperanza tras aquella charla había nacido cuando todavía guardaba alguna esperanza con Caroline...

—¿Necesitas algo? —le preguntó.

Su padre terminó de examinar la estancia poco amueblada.

—Tengo una propuesta para *monsieur* Daubin. Me habías mencionado que tal vez estuviera interesado en mi negocio.

Cómo no. Los otros trabajadores reanudaron sus tareas y Gilles corrió hacia la puerta. Los demás debían de sospechar sobre las dificultades del negocio, pero Daubin aún no les había comunicado la gravedad de la situación. Condujo a su padre hacia el despacho de su jefe, al final del pasillo.

El hombre de mar lo siguió con paso grácil y tarareando una vieja melodía marinera. En el pasado, él se le habría unido, pero en ese momento no estaba con ánimo. ¿Qué le esperaría detrás de la puerta de ese despacho? Tal vez un tipo borracho, dormido o que aparentara llevar semanas sin descansar. Había visto las tres versiones en los últimos días.

Llamó a la puerta, pero no fue capaz de entender la respuesta. Al menos estaba despierto. Abrió un poco y vio al jabonero paseándose por delante de la mesa con un papel entre las manos.

—¿*Monsieur*?

Daubin se llevó una mano a un lado del rostro.

—Se han ido.

Gilles tragó saliva. Su jefe tenía el semblante pálido. Incluso más de lo habitual tras conocer la noticia de la muerte de Émile.

—*Monsieur,* ¿va todo...?

Daubin se volvió. Tenía los ojos muy abiertos, como si Gilles lo hubiese abofeteado para sacarlo de su ensimismamiento.

—Se han ido. Han huido.

Pensó que tal vez era mejor que su padre regresase en otro momento. Algo había salido terriblemente mal, no sabía si en la mente de Daubin o en el mundo real.

—Mi padre ha venido a hablarle de negocios. ¿Le pido que vuelva mejor mañana?

El jabonero levantó el papel anonadado y lo arrugó.

—Los Valois. Se han ido. Y Guillaume...

Valois. La familia del hermano de *madame* Daubin, con la que habían vivido Caroline y su hermano pequeño en París.

—¿Se han ido? Pero ¿adónde? —Gilles alzó una mano para indicarle a su padre que esperase y luego se adentró en el despacho—. ¿Cómo lo sabe?

Daubin le tendió la carta.

—Se marcharon justo después del ataque al palacio. ¿Quién sabe adónde habrán ido? —Se frotó los ojos inyectados en sangre y se dio la vuelta—. ¿Qué voy a decirle a Angelique? ¿Y a Caroline? Mi esposa no soportará otra pérdida.

Gilles fijó la mirada en el papel. Quien lo había escrito no se había esforzado en que la letra fuese legible, y quien lo hubiese enviado debía de haber esperado a que pasara algo de tiempo, ya que la carta estaba fechada un día después del ataque a las Tullerías. Leyó aquellas palabras que anunciaban la huida de la familia del país después de que se supiera que daban cobijo a sacerdotes refractarios. Igual que hacían los Daubin.

Un escalofrío le recorrió la espalda mientras leía el final: Guillaume iba a escapar con ellos. La familia Valois se había marchado justo a tiempo. ¿Tendrían tanta suerte Caroline y sus padres si su amigo Martel descubría su secreto? El escalofrío se le extendió por los brazos y le llegó hasta la punta de los dedos.

—Tal vez vuelvan a escribir cuando estén en un lugar seguro. —Gilles intentó devolverle la carta, pero Daubin no la recogió. ¿Quizá muy pronto Marie-Caroline Daubin también desaparecería? Mientras ella siguiera en Marsella, aquella exasperante chispa de esperanza, la estrella que lo guiaba en el mar a medianoche, le permitiría confiar en que algún día el caos terminaría y que tal vez tuviera una oportunidad. Pero si se marchaba de Francia, todo estaría perdido.

—No se arriesgarán durante un tiempo —gimió Daubin—. ¿Y si no han logrado salir? ¿Nos enteraremos algún día? Dios Santo, ¿qué voy a decirle a mi esposa?

Gilles nunca había visto al jabonero, orgulloso y severo, en tal estado. El hombre se balanceaba hacia delante y hacia atrás; el suelo crujía bajo sus pies. Desaliñado y con el semblante pálido, no se parecía en absoluto al empresario que lo había contratado a él y había rechazado a Martel.

—Creo que lo único que puede hacer es contarles la verdad, *monsieur* —repuso. Se merecían saberlo. No podía olvidar el profundo dolor de Caroline, que había visto reflejado en aquellos ojos oscuros la noche en la que se habían enterado de la muerte de Émile. Se le encogió el estómago. ¿Cómo podría Caroline asimilar aquello? Y, además, sola, ya que su padre volcaría todos sus esfuerzos en consolar a su madre.

Habría salido corriendo de la fábrica en ese mismo momento hacia la casa en el distrito de Belsunce, pero ella no quería que se le acercara. Cómo le dolía todo aquello.

No se había sentido tan impotente desde que el *Rossignol* había zarpado en busca de un botín mientras que el doctor Savatier se encontraba a punto de morir en la tenebrosa oscuridad reinante bajo cubierta. Al menos, entonces tenía a alguien a quien echarle la culpa. En ese momento, solo podía culpar al mismo grupo que iba a acabar condenándolos a todos ellos por traición.

CAPÍTULO 28

4 de septiembre de 1792
Distrito de Panier. Marsella

Caroline:

No tengo palabras, motivo por el cual soy incapaz de expresar cómo me siento ahora mismo. Solo te escribo para preguntarte qué puedo hacer y para suplicarte que me dejes ayudarte en este terrible momento. Si lo único que puedo hacer es ocultar lo mucho que adoro a la mujer que amo, ocultar el anhelo de volver a tenerte entre mis brazos, eso haré. Haré lo que me pidas, sin importar el sacrificio que conlleve.

Todo mi amor,
Gilles

✿ ✿ ✿

Gilles contemplaba la taza de café sin tocarla. El vapor se había disipado hacía ya varios minutos mientras jugueteaba con las gachas frías en su cuenco. Su madre y Florence lavaban los platos tras el desayuno.

—Me sorprende que Daubin haya aceptado la oferta —comentó su padre mientras le daba un bocado a una tostada—. Creía que tendría que regatearle antes de llegar a un acuerdo.

Gilles levantó la cuchara y dejó que los grumos espesos de las gachas volvieran a caer lentamente sobre el cuenco. Habían pasado tres semanas y una dama en particular seguía siendo su mayor preocupación. Debía comer algo. Pronto requerirían su presencia en la fábrica de jabón. ¿Habría recibido Caroline la carta que le habían enviado hacía dos días? No había obtenido respuesta. Lo que ya de por sí era una respuesta.

—¿Has leído la prensa esta mañana?

Gilles levantó la cabeza cuando su padre le pasó una página por encima de la mesa. Ninguno de los dos solía leer los periódicos. Martel siempre le contaba a Gilles lo que necesitaba saber. La letra en negrita en la parte superior de la página decía: «La purga de París». Gilles bajó la cuchara.

—¿Qué es esto?

Aquel brillo que su padre solía tener siempre en la mirada ahora había desaparecido.

—La guardia nacional y los federados han ejecutado a más de mil prisioneros en París.

Mil prisioneros. A Gilles se le revolvió el estómago.

—¿Contrarrevolucionarios?

—Algunos. —Su padre rodeó la taza con los dedos como si necesitara calentárselos—. Entre ellos también había sacerdotes, mujeres y niños.

¿Mujeres y niños? Leyó el texto que tenía delante para intentar librarse de la horrible imagen de Caroline entre esas personas. No es que la joven se encontrase cerca de París, pero cuando las noticias llegaran a Marsella... A medida que leía, notaba una presión cada vez mayor en el pecho. Con las tensiones en París escalando de ese modo, no era de extrañar que la familia Valois hubiera intentado escapar.

—Marat va a pedir que las provincias sigan el ejemplo —masculló mientras leía—. Quiere exterminar a los monárquicos. —El político jacobino Jean-Paul Marat siempre había adoptado unas decisiones de lo más severas sobre cómo actuar ante los contrarrevolucionarios. Pedía a menudo que se derramara sangre, pero Gilles no podía concebir una ejecución a tal escala. Pocas, por no decir ninguna de esas personas, habría tenido un juicio justo.

—Tu hermano habrá estado allí.

Asintió lentamente. Él mismo había estado a punto de estar allí. Ahora estaban reclutando a un segundo batallón de federados para acudir a París. Martel le insistiría para que fuera.

—Siempre hay un sitio para ti en el *Rossignol.* —Su padre se puso en pie y recogió su taza y su plato vacío.

Por primera vez en años, creyó sentir la llamada del mar. Una mañana en calma sobre las aguas despejaban hasta a la mente más atribulada. El océano hacía que una persona olvidara todas las preocupaciones de tierra firme.

Debería haberse enfadado al recibir una oferta tan tediosa. En cambio, asintió sin mirar a su padre a los ojos. Incluso después del trato que había cerrado con Daubin para comprarle todo el jabón y llevárselo en su próxima travesía, no parecía que la fábrica fuera a sobrevivir más allá de finales de año. El gobierno revolucionario había permitido que la facultad de Medicina de Montpellier siguiera abierta debido al valor que aportaba a la sociedad, pero ¿quién sabía por cuánto tiempo?

Su padre se dirigió a la cocina y abandonó a Gilles en la quietud del comedor. El joven dejó que el periódico cayera sobre la mesa y hundió la cabeza entre las manos. Al otro lado de la ventana, un pájaro cantaba, ajeno a los desastres personales y sociales que lo rodeaban.

Si regresaba al mar, no pasaría ni un día más esperando a que Caroline cruzara su puerta. Y solo por eso ya merecía la pena.

Jugueteó con el mantel de la mesa. Quizá, por primera vez, no era capaz de ver un camino claro delante de él. Cada sendero parecía cubierto por una niebla de dudas o sembrado de los escombros de los planes frustrados. Ninguno de los caminos lo llamaba. Por el contrario, todos parecían intentar disuadirlo. ¿Dónde iba a encontrar un lugar que pudiera hacer suyo? Nunca había sentido una incertidumbre igual.

❄❄❄

8 de septiembre de 1792

No sé por qué sigo escribiéndote cada día. Estoy aquí sentada con ocho cartas dobladas sobre la mesa, todas ellas dirigidas a ti, aunque sé que nunca las leerás. Desearía que hubiera algún modo de que pudieses escribirnos y decirnos que estáis bien, pero sé que por el momento es imposible. No quiero dedicarle demasiado tiempo a pensar en otra posibilidad que no sea que tú, mi hermano, mi tía y mi tío estéis a salvo y muy lejos de este purgatorio en que se ha convertido Francia.

Junto a todas estas cartas hay una de Gilles. Lo cierto es que se trata más de una nota. Deseo desesperadamente responderle y tirarla a la chimenea al mismo tiempo. No fue él quien convenció a Émile de que se uniera a los federados. El dolor no me ciega tanto como para culparlo sin razón. No. Considero responsable absoluto de este sinsentido y de las mentiras que les cuentan a sus seguidores al Club de los Jacobinos. Gilles forma parte de él, aunque es mucho más civilizado y comprensivo que el resto. Sin embargo, al final, no renegará de sus insensibles camaradas.

Ay, Sylvie, ¿cómo me he metido otra vez en este lío? ¿Es que no aprendí nada con lo de Nicolás? Sí que aprendí algo. Sabía que esto jamás funcionaría. Y, aun así, mi corazón juró que esta vez sería distinto. Gilles no es tan vehemente en su defensa de la revolución como lo era Nicolás, pero siempre ha creído en ella.

La revolución me ha arrebatado a Émile para siempre. Me ha arrebatado también a Guillaume, y no sé por cuánto tiempo. Por no mencionarte a ti, mi querida amiga y prima. Le ha arrebatado el sustento a mi familia, tal y como nos ha confesado mi padre esta noche. También me ha arrebatado mi religión. Y mi fe en la bondad de la humanidad. Cuando las cenizas se asienten, ¿quedará algo en pie? ¿O esta lucha dejará a nuestra querida Francia reducida a montones de escombros sobre un terreno yermo?

Llevo este anillo más a menudo de lo que debería y, cuando tengo a gente cerca, me lo guardo en el bolsillo. «Nunca en vano». ¿Cómo van a ser ciertas esas palabras? Toda mi vida parece haber sido en vano. Aun así, una pequeña chispa en el fondo de mi alma se enciende cada vez que contemplo esas letras en dorado sobre la superficie del anillo. No puedo creerlas, aunque lo desee.

Mándale mi cariño a Guillaume, estéis donde estéis. Rezo porque estéis a salvo. Es todo lo que puedo hacer.

Marie-Caroline

❁ ❁ ❁

Martel se encontró con Gilles en las escaleras de Saint-Cannat antes de la reunión de jacobinos. Intentó devolverle la sonrisa de satisfacción a su amigo, pero apenas logró esbozar una mueca tensa.

—He oído que pronto tendrás que buscar un nuevo trabajo —dijo Martel, siguiéndolo al interior de la iglesia decomisada.

Contuvo las ganas de darle un manotazo como si fuera una mosca molesta. ¿Cómo se había corrido la voz? Daubin solo se lo había mencionado a un par de personas.

—No es algo seguro.

—Sé de buena tinta que será más pronto que tarde. Muy pronto diría yo.

La risa mal disimulada le chirrió en los oídos. ¿Dónde se habría enterado de eso? ¿Serían especulaciones de su jefe?

—Yo no estaría tan seguro. —Por supuesto, Martel iba a sentirse exultante por la desventura de un hombre de negocios, sobre todo de Daubin.

Con el oscurecer adelantado por la llegada del otoño, habían encendido las velas alrededor de la nave de la iglesia. Se sentó en el banco, con la esperanza de que Honoré encontrara a una persona más entusiasta con la que hablar.

Su larguirucho amigo se apretujó a su lado.

—Ambos sabemos que Daubin es un monárquico y un tirano. Será una caída digna de presenciar.

—Nunca se ha opuesto al nuevo gobierno. —Se deslizó sobre el banco para dejar más espacio entre ambos.

—Si un hombre no puede declararse a favor del nuevo gobierno, sin duda es porque debe de estar en contra. —Martel se inspeccionó las uñas—. Y si ese hombre se encuentra involucrado en algo que va en contra de la revolución, debe sufrir las consecuencias.

Gilles apretó los dientes. Su amigo no tenía ninguna prueba. Tal vez hubiera llegado a un callejón sin salida en su búsqueda de Franchicourt y ahora estuviera intentando mantenerse ocupado con otros asuntos. El presidente de su división se encontraba de pie junto a la puerta para darle la bienvenida a los asistentes. ¿No era ya hora de empezar?

Honoré se inclinó hacia Gilles, bajando la voz lo suficiente como para simular discreción al mismo tiempo que se aseguraba que sus palabras se oyeran en todo el templo.

—He oído que Daubin ha insistido en destruir el uniforme de federado de su hijo.

Un hombre que se hallaba sentado delante de ellos volvió la cabeza.

—¿Eso ha hecho?

—No deshonremos a los muertos con rumores y especulaciones —bramó Gilles. Menuda acusación más ridícula—. Daubin ha sacrificado a su hijo para sacar al rey de su palacio. Eso se merece un respeto.

Martel se encogió de hombros.

—El que merece respeto es Émile Daubin, no su padre, a quien solo le importa vender esos jabones que nadie puede permitirse comprar.

—No es algo malo querer mantener a la familia de uno. —¿Se ofendería mucho su amigo si se desplazaba hasta el extremo contrario del banco para escapar de esa conversación?

—Cuando eso se antepone al bien de Francia, es algo muy malo —replicó el hombre del banco de delante—. Nuestra familia ahora es Francia.

Sintió un escalofrío ante la mirada oscura y calculadora de Martel.

—Claro, que estarás muy ocupado como para necesitar trabajar —dijo Honoré.

Gilles entornó la mirada. ¿Ocupado? No empezaría sus estudios, como muy pronto, hasta enero, pensó mientras anhelaba un soplo de brisa marina en el aire viciado de la iglesia. También tenía otras opciones, si es que lograba descubrir cuál era su lugar.

—El batallón... —Martel extendió el brazo sobre el respaldo del banco en un gesto desenfadado—. No me digas que sigues siendo tan cobarde como para no presentarte voluntario.

Maldición. El nuevo batallón que los líderes de Marsella deseaban enviar para fortalecer a las tropas de federados en París. Sintió que los nervios lo atenazaban al recordar los titulares de la prensa. Mil muertos. Mujeres y niños encerrados en prisiones. Sintió un escalofrío a pesar del bochorno del interior de la nave.

—Ya he añadido tu nombre a la lista. —Honoré le dio una palmadita en el hombro, como si le estuviera dando ánimos, pero el tono de su voz incitaba a Gilles a protestar.

—Gracias. —Fingió acomodarse en el asiento, alejándose más. ¿Cuándo iba a partir el batallón? Tenía reseca la garganta. Dios Santo. ¿Cómo podría librarse esta vez?

Mil muertos.

Mujeres y niños.

El presidente de su división se encaminó hacia el frente de la sala y todas las conversaciones cesaron. Gilles no oyó su saludo. Se quedó mirando el respaldo del banco de delante, intentando controlar la respiración.

Martel estaba tan ladeado sobre el asiento que casi podía tumbarse.

—Daubin recibirá lo que se merece. Cuenta con ello —prometió Honoré, antes de enderezarse y responder con entusiasmo a una pregunta del presidente.

Gilles se tocó el meñique con el pulgar para hacer girar el anillo de su abuela, a pesar de que no lo tenía desde hacía dos semanas.

Que el cielo los asistiese a todos.

CAPÍTULO 29

Gilles contemplaba el tenue fuego de la chimenea en la penumbra de la cocina. Sus padres se habían retirado hacía ya al menos una hora. Él se había quedado para apagar el fuego, pero no lo había hecho.

Desde la última reunión, no lograba olvidar la advertencia y la sonrisa maliciosa de Martel. Incluso en ese momento casi podía ver los ojos saltones de su amigo entre las llamas oscuras. Sabía algo sobre Daubin. ¿O estaría solo jactándose de la caída en desgracia de un hombre de éxito? Era imposible que hubiese descubierto lo de Franchicourt.

Debería haber acudido al distrito de Belsunce para advertir a los Daubin en lugar de pasarse todo el domingo dándole vueltas al asunto. Qué idiota. Caroline no le habría echado en cara aquella visita si tenía que ver con la seguridad de su familia. Tal vez ni siquiera se hubiera encontrado con ella. Iría a la fábrica al día siguiente temprano para hablar con su patrón. Al menos quizá pudiera ayudarlo a idear un plan en caso de que las cosas se torcieran.

Suspiró y apoyó los codos sobre la mesa de la cocina. No ver a Caroline habría sido tan malo como verla.

A su madre no le gustaría que su hijo saliera a esas horas. Las masacres en París habían propiciado una serie de ataques contra los monárquicos en Marsella. Él había evitado unirse a esos linchamientos cuando iba de camino a su casa después de la reunión con los jacobinos la noche anterior. Pese a que no había visto a ninguna víctima, las antorchas y las cuerdas que se agitaban en el aire ante un coro de gritos de furia solo podían significar una cosa.

¿Desde cuándo la libertad era solo para aquellos franceses que compartieran sus ideas? Se puso en pie con movimientos lentos y rígidos. Del fervor revolucionario que antes ardía con fuerza en su interior ante las palabras de Max y Émile solo quedaban ascuas y cenizas. Francia se merecía algo mejor de lo que estaba recibiendo. Ya habían quitado del trono a Luis XVI. ¿Acaso eso no era suficiente?

Se acercó a la chimenea y se golpeó el dedo del pie contra el cubo de agua de lavar los platos, reservada para echarla sobre el fuego y apagarlo. Tras un gruñido, dio saltitos de nuevo hasta llegar al banco. ¡Florence! ¿Por qué siempre tenía que...?

Toc, toc.

Dio un respingo al oír que alguien llamaba a la puerta de la cocina que daba a la calle. Era casi medianoche. ¿Quién podría ser a esas horas? Oyó un murmullo mientras volvían a llamar. Una de las voces era la de un hombre, así que no era su cuñada, que podría acudir a pedirles ayuda. Y Víctor no regresaría hasta que pasaran un par de semanas.

Entonces recordó las protestas que había presenciado la noche anterior. Tomó el atizador que había junto a la chimenea. Las pistolas de su padre estaban en su dormitorio, pero si alguien había llevado hasta allí a una turba, tampoco iban a servirle de mucho.

Volvieron a llamar, esta vez una mujer y con más ímpetu.

—¡Gilles!

Aquel grito hizo que soltara el atizador. El corazón le dio un vuelco mientras corría hacia la puerta, desplazando sin querer el banco situado junto a la mesa debido a las prisas. Forcejeó con los cerrojos hasta que consiguió abrir la puerta de golpe.

Alguien cruzó corriendo el umbral y cayó entre sus brazos. Él apoyó la espalda contra la pared para evitar caerse.

—Caroline, ¿qué...? —Santo cielo. La joven llevaba puesto el camisón. Gilles ya la había visto con aquella bata blanca y sedosa, con encaje alrededor del cuello y las muñecas, cuando había trepado al balcón. El conjunto era completamente decente, sobre todo con la capa que se había puesto por encima. Pero abrazarla de esa forma mientras lucía ese conjunto casi le hizo perder el juicio.

Otra figura con vestimenta oscura cerró la puerta después de entrar y se apoyó contra ella, cubriéndose el rostro con las manos. Franchicourt. La luz del fuego de la estancia se le reflejaba en la calva.

—Nos han encontrado. —Caroline gemía con el rostro pegado al chaleco de Gilles. El cabello trenzado se le había despeinado. Le temblaba todo el cuerpo entre sus brazos.

El clérigo se deslizó hacia el suelo con la espalda apoyada aún en la puerta cerrada.

—Que Dios se apiade de nosotros —murmuró.

Étienne se quedó sin aliento al recordar la amenaza de Martel durante la reunión. «Daubin recibirá lo que se merece. Cuenta con ello».

Le había dicho que su patrón no tardaría en caer. Debía de estar al tanto de todo.

—¿Cómo lo han descubierto? —Gilles miró alrededor de la cocina. Si los revolucionarios iban tras ellos, no había tiempo para quedarse allí hablando.

Caroline levantó la cabeza. Tenía los ojos rojos y brillantes.

—Un lacayo nos ha traicionado y luego, cuando ha sentido que le pesaba la conciencia, ha tenido la decencia de informarnos de lo que ha hecho.

—No podéis quedaros aquí. —¿Dónde iba a esconderlos? El sótano parecía la mejor opción, pero quedaba demasiado cerca de la entrada de la cocina.

Caroline le hundió los dedos en los brazos.

—Gilles, no tenemos a dónde ir. Por favor, te lo suplico...

El joven la sujetó con más fuerza. ¿Cómo podía pensar que iba a echarla?

—Me refiero a que no podéis quedaros en la cocina. Debemos encontrar un lugar donde esconderos.

Ella apoyó la cabeza en su hombro, tras borrar del semblante una expresión de horror. Gilles deseaba poder detener el tiempo en aquel momento, disfrutar de la sensación de tenerla pegada a él.

Una sombra se movió por el umbral de la puerta que daba al comedor.

—¿Qué sucede?

Caroline se apartó al oír esa voz. Era su padre, comprobó aliviado Gilles.

—Martel va a por los Daubin. —Tomó a Caroline de los hombros y la condujo hacia la entrada de la cocina, haciéndole un gesto al religioso para que los siguiera—. Han estado dándole cobijo a este sacerdote y los ha descubierto.

El señor Étienne frunció el ceño.

—¿Dónde están los señores?

—En casa —respondió Caroline—. Mamá y papá siguen en casa. Él cree que podrá razonar con los *sans-culottes,* sobre todo cuando vean que el padre Franchicourt no está allí. Hemos salido por la puerta trasera y atravesado el callejón, pero había gente reuniéndose al final de la calle.

—Tu madre no será capaz de controlar su miedo. Acabará confesando. —Gilles se echó el pelo hacia atrás. Martel se percataría si intentaban ocultarle la verdad.

—Seguía dormida cuando me marché. Papá espera haber acabado con todo esto antes de que ella se dé cuenta. —Caroline hablaba de manera vacilante, como si comenzara a ser consciente de la gravedad de la situación a medida que hablaba.

El padre de Gilles se acarició la barbilla.

—Después de los disturbios en París, no confió mucho en ese plan. Tu escurridizo amigo es demasiado cuidadoso como para no registrar toda la casa.

Gilles asintió. Martel acabaría encontrando algo. Y luego quemaría la casa hasta los cimientos.

—Iré a Belsunce. Tú escóndelos aquí. —Su padre se encaminó hacia el pasillo para dirigirse a su dormitorio.

Gilles lo agarró del brazo.

—Si Honoré te ve, sabrá que estamos involucrados y dónde puede encontrarlos.

La sonrisa socarrona de su padre debería haberle molestado. Sin embargo, sirvió para apaciguar su nerviosismo.

—¿No te fías de mi sigilo? Soy pirata desde mucho antes de que nacieras, muchacho.

—Creía que lo tuyo era el comercio.

La luz menguante del fuego brilló sobre la mirada de su padre.

—Solo son palabras. —Tras encogerse de hombros, desapareció en la oscuridad del comedor.

❀❀❀

Gilles cerró la puerta del dormitorio de Maxence, lo que hizo que la vela que llevaba en la mano titilara. Max gruñiría como un lobo herido si se enteraba de que un sacerdote católico se estaba escondiendo debajo de su cama. Gilles se preguntó si alguna vez se lo contaría a su hermano. ¿Acaso volvería a verlo para tener la oportunidad?

Era mejor no pensar en ello. Se volvió hacia las escaleras y le hizo un gesto con la cabeza a Caroline para que lo siguiera arriba. La joven se envolvió con su capa, con la vista fija en el suelo.

—Lo siento mucho, Gilles. No sabía a qué otro sitio ir.

—No me hubiera gustado que hubieras ido a otro sitio. —Le hizo entrega de la vela para que pudiera iluminar el camino a medida que subían las escaleras hacia su dormitorio.

Su madre dormía en el piso de abajo, y un momento antes, la puerta trasera se había cerrado, lo que le indicó que su padre ya se había marchado. El sacerdote estaba a salvo en su escondite. El joven abrió la puerta del cuarto. Su acompañante se detuvo en el umbral, echando un vistazo hacia las sombras. Estaban prácticamente solos en la oscuridad, con el dulce ámbar de su perfume en el ambiente. Gilles cerró los puños y apartó los ojos de los suaves rizos que le caían a Caroline sobre una ceja y el cuello. Era lo único que podía hacer para no tomarla entre los brazos de nuevo y besarla. Todo su ser le gritaba que lo hiciera. ¿Y si aquella era la última oportunidad? Solo el cielo sabía qué podía traer el mañana.

Pero, si algo era seguro, era que Caroline ya no estaría.

Gilles se encogió ante el dolor que sintió en el pecho. Probablemente no sabría adónde iría aquella mujer. Solo de pensar en vivir en un mundo sin ella ... Cerró los ojos. «Mañana». Ya pensaría en ello al día siguiente.

—No fui amable —dijo la joven—. Aquella noche, en el jardín...

—Estabas dolida. Confundida. Todo está perdonado. —La guio con delicadeza hacia el interior del dormitorio tomándola del codo con la mano. Los libros de medicina a los que no había podido dedicar tiempo desde hacía semanas se encontraban desperdigados y abiertos sobre la cama—. Siento no tener un lugar mejor en el que ocultarte. Cuando nos encontremos con tus padres, tal vez podamos dar con un sitio mejor. —Se arrodilló y tanteó con las manos debajo de la cama, comprobando que no se le hubiese caído por allí algún libro o cualquier otra cosa.

Caroline se agachó a su lado para alumbrarle mientras lo hacía. El suelo parecía muy áspero en la penumbra.

—Prefiero estar a salvo que cómoda. Ya has hecho más que suficiente por mí esta noche. —Dejó el candelabro sobre el suelo y se echó el cabello hacia atrás, lista para meterse debajo de la cama.

—Ten, toma esto. —Gilles agarró una almohada y la dejó bajo la cama. Puede que le elevara demasiado la cabeza como para caber allí, pero sufría ante la idea de dejarla tumbada durante horas sobre el suelo de madera.

—Ah, no. No puedo aceptarla.

Gilles aguardó a que hablara. La habitación se había quedado tan silenciosa que oían su respiración como olas llegando a la orilla.

—Creía que funcionaría —dijo la joven al fin, con la voz ahogada. Levantó la cabeza—. Quería que funcionara más de lo que he querido nada en mi vida. Incluso más de lo que quería que las cosas funcionaran con Nicolás.

Gilles asintió. Entonces, lo amaba.

—Esperaba que... Es decir, después de que todo esto acabe, había pensado que quizá... —Que quizá pudiera compartir el resto de su vida, sin importar cómo acabara siendo, con la única persona cuya ardiente pasión había traído luz a su existencia de un modo que jamás habría imaginado.

—No creo que esto vaya a acabarse nunca, Gilles.

Él suspiró.

—Continuará durante mucho tiempo. —Años. Tal vez décadas.

—Es mejor dejarlo así —dijo ella con un tono de voz que no resultaba muy creíble.

El joven le tomó la mano y la sostuvo entre las suyas. Rozó con los dedos el frío metal del anillo que ella llevaba en el pulgar. Sus letras doradas brillaban. El anillo de su abuela.

Gilles se llevó la mano de Caroline a los labios y le besó la piel tersa y con aroma a ámbar. Su padre necesitaba su ayuda. Tenía que avisar a su madre. La casa debía parecer completamente normal en caso de que llegara alguien. Pero habría dado lo que fuera por continuar así toda la noche. Si no hubiera recibido la horrible carta de Max, ¿hubieran pasado una noche como esa, juntos y felices, en la comodidad de los brazos del otro en lugar de tener que agazaparse en el suelo duro a causa del miedo?

—Caroline, quiero...

Unos golpes en la puerta principal retumbaron por la casa. Se miraron a los ojos.

Caroline corrió a meterse debajo de la cama justo cuando volvieron a llamar. Gilles tomó la vela y se apresuró a ir a la puerta. Miró por encima del hombro para asegurarse de que no podía ver a Caroline y luego corrió hacia la escalera.

Despacio. Tenía que fingir que se acababa de despertar. Tenía la ropa demasiado lisa como para haber salido en ese momento de la cama. Con una mano, se quitó el pañuelo del cuello, el chaleco, los zapatos y los calcetines. Continuaron llamando y una voz, irreconocible desde el piso de arriba, habló a través de la puerta. Dejó las prendas que se había quitado en una pila al lado de su puerta y corrió hacia abajo, para llegar al dormitorio de Max. Se desabrochó el botón que le cerraba la camisa por arriba.

—Gilles, ¿qué ocurre? —La voz áspera de su madre salía de su cuarto cuando llegaba al piso de abajo—. ¿Sigue tu padre dormido?

—Iré a ver. —Se alborotó los rizos con la mano que tenía libre, con la esperanza de que estuviera lo bastante desaliñado como para resultar convincente. Iba a necesitar el talento de un gran actor de la Comédie-Française para engañarlo.

Se armó de valor y rezó a cualquier deidad que se apiadara de él. Luego, abrió la puerta, donde lo recibió el gesto torcido de Martel.

CAPÍTULO 30

—Tengo espías en cada calle de Belsunce —le contó Martel cuando el carruaje que había alquilado siguió su camino por las calles adoquinadas—. Cuando dé la señal, entramos. Esta vez mi tío no se escapará.

—Esperemos que no —dijo Gilles. ¿Qué le habría respondido antes de saber nada sobre el sacerdote? Estaba al corriente del secreto de los Daubin desde hacía solo un mes, pero parecía que hubiera pasado toda una vida. Tenía que luchar contra el frío que sentía por dentro y mostrar la mayor naturalidad.

Las antorchas salpicaban el camino cuando llegaron a la calle de los Daubin. Una decena de ciudadanos formaban pequeños grupos que se hacían más numerosos a medida que se acercaban a la casa. Gilles estiró el cuello, pero no pudo ver a su padre entre la multitud. ¿Habría llegado a tiempo? Las luces en las ventanas daban a entender que la familia estaba en casa, pero quizás todo era una treta.

Martel saltó del carruaje cuando este se detuvo y se encaminó hacia los escalones principales. Le hizo un gesto a un hombre con un hacha, uno de los *sans-culottes* que Gilles reconoció del asalto anterior.

Étienne salió a toda prisa del carruaje, tropezó en la calle y estuvo a punto de caerse.

—¡No! Honoré, espera. —Nadie extendió un brazo para ayudarlo a estabilizarse. Los murmullos y las sonrisas de satisfacción se multiplicaban mientras contemplaban al líder de aquella noche avanzar hacia su presa. Eran como sabuesos hambrientos que se relamían con el olor a carne.

Gilles se abrió paso entre la multitud para dar alcance a su amigo.

—No podemos entrar sin previo aviso.

—Los traidores no se merecen ese respeto. —Martel le hizo un gesto de aprobación al *sans-culotte,* que llevaba un gorro que adquiría un furioso tono escarlata bajo la luz de las antorchas—. Fíjate en la luz que sale por las ventanas. Sin duda, nos están esperando. Pretendo darles un golpe a la altura del delito que han cometido.

El hombre alzó el hacha y Gilles se apartó de su trayectoria. Martel permaneció donde estaba, con gesto de satisfacción en el rostro, mientras la hoja destrozaba los bonitos acabados de la puerta con un crujido.

Étienne apartó la mirada. «Por favor, que no estén los Daubin». La mayoría de los hombres allí reunidos lucían gorros frigios. Buscó la gorra de marinero de su padre. Otro crujido.

La puerta se abrió de par en par. Allí estaba Daubin completamente vestido. El caballero levantó las manos al ver al gigantesco hombre alzando el hacha para asestar otro golpe.

—¿Qué significa todo esto?

Gilles se preparó para saltar sobre el hombretón, que parecía listo para atacar a su jefe con el hacha. Abrió la boca para gritar. No podían tomarse la justicia por su mano de ese modo.

Al fin el exaltado bajó el hacha.

—Creo que sabe muy bien qué es todo esto —bramó Martel.

Daubin fijó la mirada en Gilles.

—Desde luego que no.

El joven Étienne le hizo un leve gesto de asentimiento al patrón, queriendo darle a entender que su hija estaba a salvo.

—Está dándole cobijo a un sacerdote refractario, *monsieur* Daubin.

—¿Un sacerdote? Se equivoca, joven. —El semblante hosco del caballero habría podido engañarlo.

Honoré dio un paso hacia delante y se plantó cara a cara con el dueño de la casa.

—Me lo ha dicho su criado.

—¿Un criado, Martel? —intervino Gilles—. Sin duda, eso no puede considerarse una prueba irrefutable. Los criados...

Su amigo giró sobre los talones.

—Mantén la boca cerrada, Étienne.

Lo tomó del brazo.

—Sé que quieres dar con Franchicourt, pero ¿podemos abordar esto de una forma más pacífica?

Martel se zafó de él y le dedicó una mirada de rabia.

—Esto ya se ha alargado demasiado y tengo la intención de que cada hombre contrario a la revolución se enfrente a la justicia.

—No estoy luchando contra la revolución —replicó Daubin.

Una voz aguda les llegó desde el interior de la casa, y el jabonero se dio la vuelta para responder. Gilles se limpió el sudor de las manos en los pantalones. No confiaba en la capacidad de la señora Daubin para guardar un secreto.

—Lleváoslo a él y a todo el que esté en la casa mientras la registramos —bramó Martel al enorme *sans-culotte*.

El caballero no tuvo tiempo de reaccionar y resistirse mientras el hombre tiraba de él para sacarlo de la casa. Su esposa chilló desde dentro. Varios hombres con gorros frigios se adentraron en la vivienda, empujándose unos a otros a causa de sus ansias por ponerle las manos encima al preso.

—Sacad a *madame* y a la hija. —Martel le dedicó a Gilles una sonrisa desdeñosa—. Sé que a algunos de nosotros nos gustaría pasar un buen rato con ella.

Gilles ardía de rabia. Se mordió la cara interna de la mejilla para evitar gritar. Marie-Caroline estaba a salvo en su casa, debajo de su cama, pero la lujuria en la mirada de Honoré hizo que quisiera apuntar a aquella rata escuálida con un cañón de doce libras.

—Mi hija ha regresado a París —gruñó Daubin, sin enfrentarse a sus captores tal y como Gilles esperaba.

Al recibir la orden, los hombres comenzaron a proferir gritos.

Martel ladeó la cabeza.

—Está mintiendo, *monsieur*. La he visto esta misma mañana en su balcón.

Al hombre se le encendió el rostro.

—Y no creo que sea la única mentira que nos ha contado esta noche.

Los *sans-culottes* arrastraron a una histérica *madame* Daubin a la puerta, con el camisón arrugado y una capota cayéndole sobre los ojos. Étienne no era capaz de entender los lamentos que mascullaba. La empujaron hacia su marido y estuvo a punto de caerse sobre el pavimento.

—Yo vigilaré a los prisioneros —dijo Gilles. Tenía que haber algún modo de sacarlos de allí sin que nadie se diese cuenta.

—Desde luego que no. —Martel lo agarró del hombro—. Quiero que busques conmigo.

No podía perder de vista a los Daubin. Las horribles historias de la prensa sobre las masacres en París hacían que sintiera como si los pies se le pegaran al suelo. Si entraba en la casa, no tenía forma de saber si volvería a ver con vida a los padres de Caroline.

—Vamos, Étienne.

Uno de los hombres que sujetaba a los dueños de la vivienda le indicó con un gesto que entrara. Su gorro frigio le tapaba los ojos. Entre el cuello alto de su chaleco y el borde del gorro, un pequeño aro dorado brillaba bajo la luz de las antorchas. Gilles entornó la mirada. «¿Padre?».

—Registrad cada mueble —gritó Martel—. No dejéis ninguna puerta sin abrir.

Por todos los cielos. Su padre estaba allí.

Entró al edificio detrás del que había sido su amigo y se dirigió hacia las escaleras. Pasó por el lugar en el que Caroline había estado sentada aquella noche después de cenar, con su falda lila, hablando de la revolución. Habían cambiado muchas cosas desde aquella noche. Corrió hacia su dormitorio. Ya habían echado la puerta abajo.

—No está aquí —declaró uno de los tres hombres que registraban el cuarto.

—Comprobad el resto de dormitorios. Debe de estar escondida. —Habían abierto el armario y tirado la ropa por el suelo. El hombre que había hablado se apresuró a cumplir las órdenes, pero los otros dos se quedaron mirando los vestidos.

—Si escondemos unos cuantos en un rincón, no los encontrarán —masculló uno—. Podemos volver más tarde a por ellos.

Menudo fervor patriótico. Solo habían ido hasta allí para robar. Étienne se encaminó hacia la mesa como si fuera a rebuscar entre los papeles. ¿Qué podría salvar? Muy poco, a no ser que se quedara hasta que todo acabara, cuando los alborotadores se hubieran dispersado. ¿Qué haría

Martel cuando no encontrara allí a Franchicourt? Sin duda, saquear la vivienda, como ya había hecho en otras ocasiones. Tenía que encontrar algo para Caroline. Había acudido a su casa sin nada. Aquellos ladrones rastreros podían arrebatarle todo lo que poseía.

Vio un montón de cartas sobre la mesa. Las tomó como si estuviera examinándolas en busca de pistas. Todas estaban dirigidas a Sylvainne, su prima, aunque no veía ninguna dirección. Todas salvo...

Se quedó pálido. Su nota. Se escondió la hoja en el bolsillo de forma tan apresurada que se cortó con el papel en el dedo. Si encontraban eso allí, irían directamente hasta su casa en el distrito de Panier.

Intentó oír lo que decían los demás. Los hombres a su espalda seguían discutiendo sobre los vestidos: cuáles podrían vender más caros y cuáles podrían llevarles a sus esposas. Gilles recorrió con el pulgar la pila de cartas. ¿En cuántas de ellas lo mencionaría? Tal vez en ninguna, pero no podía saberlo a no ser que rompiera los sellos. No tenía espacio en el bolsillo como para llevárselas todas.

Abrió el cajón de la mesa. Rezó para que nadie más se acercase allí hasta que pudiera volver a por ellas. Vio una hoja de papel escrita con la letra de Caroline encima de todo lo que contenía el cajón. «Querido Gilles».

Le dio un vuelco el corazón. Le había escrito. Tomó la carta y se la escondió en el chaleco. Por Dios, ¿cuántas cosas en esa casa podrían vincularlo con sus propietarios más estrechamente de lo que estaría un simple empleado? Guardó la correspondencia dirigida a su prima en el fondo del cajón. Los vestidos seguirían sirviendo de distracción a aquellos hombres si no se ponía en evidencia.

Caroline le había escrito. Y él no sabía si sentirse en una nube o esconderse entre las sombras.

※ ※ ※

Querido Gilles:

He estado escribiendo muchas cartas a mis seres queridos que sé que nunca leerán. Cartas a Sylvie, a Émile, a Guillaume. Aún no te había escrito ninguna a ti, aunque deseo hacerlo desde que recibí tu nota hace semanas. No sé por qué he tomado la pluma esta noche. Es evidente que no sé qué es lo que me conviene.

A veces, cuando el sueño me esquiva en las noches largas y oscuras, acabo pensando en ti. Tu sonrisa tranquila me produce una calma que no puedo encontrar en ningún otro sitio. Cuando estoy contigo siento calidez y ligereza. Por tanto, no es de extrañar que me hayas hecho tener esperanza de un modo que no creí que fuera posible cuando regresé a Marsella.

Hay noches en las que siento que vuelvo a estar contigo en el jardín, con las hortensias florecidas y con la optimista interpretación de mamá de En el puente de Aviñón *escapándose a través de la ventana abierta. Sueño que tu criada nunca aparece. Que no nos entregan ninguna carta. Y cuando nos hemos cansado de bailar sobre la hierba esa alemanda, una y otra vez, me tomas entre tus brazos y me pides que sea tu esposa. Por supuesto, yo acepto, porque no puedo rechazar la idea de levantarme a tu lado cada mañana para ver cómo la luz del sol te ilumina la sonrisa.*

Pero las ilusiones y los sueños solo traen consigo más lágrimas cuando recuerdo todo lo que se ha perdido: las vidas, las oportunidades, el amor y la felicidad.

Otras noches, te imagino en la proa de un barco y envidio al viento que juega con tu cabello. No sé por qué, ya que nunca te he visto a bordo de un navío, pero desde aquel primer día en el despacho de mi padre, me parece de lo más natural imaginarte en el mar. Me odiarás por decir esto, lo sé, pero pareces haber nacido para esa vida y no para estar sentado en un despacho cerrado a las órdenes de mi padre. Deseaba poder verte algún día allí, en un elemento tan natural para ti, pero se trata de otra cosa que no podrá ser.

Hay veces que deseo con todo mi ser no haberme enamorado de ti. Ya he comprobado que un romance entre una monárquica y un revolucionario no puede funcionar. No me diste opción a resistirme, a pesar de tus estúpidos jueguecitos y del aire libertino que desprendías cuando nos conocimos. Creo que, incluso entonces, intuí que Gilles Étienne era mucho más que la máscara que llevabas en presencia de Émile y Maxence.

Es en esos momentos cuando contemplo el anillo que me regalaste la otra noche en el balcón. Creo que prefiero haberte amado y haber vivido la magia de tu amor que no sentir nunca este fuego. «Nunca en vano». Sin duda, este pedacito de cielo no ha sido en vano, y dondequiera que acaben nuestros caminos, recordaré todo esto como un regalo de Dios en lugar de como la maldición de la revolución.

Algún día los recuerdos dejarán de partirme el corazón.

Estuve a punto de permitir que me besaras aquella noche en el balcón, tal y como habías querido hacer desde hacía meses. Lo necesitaba desesperadamente. La razón se impuso entonces, pero ahora me pregunto si me arrepentiré toda mi vida de no haber aprovechado esa oportunidad.

Caroline

❀ ❀ ❀

Los muebles caían a su alrededor. Los cristales se rompían. Los gritos y las sacudidas hacían retumbar la casa. Sin embargo, Gilles se mantuvo inmóvil y en silencio junto a la ventana del ático, donde una tenue luz procedente de la calle iluminaba la caligrafía de Caroline. Debería guardarla antes de que regresara alguien, pero dejó que cayera a su lado.

Menudo desastre. Apoyó la espalda contra la pared y cerró los ojos. A principios de ese año se había convertido en un nuevo jacobino, había ardido con pasión patriótica y había deseado poder seguir los ideales de su acérrimo hermano. Solo un año más de trabajo y habría ahorrado lo suficiente para pagarse la facultad de Medicina en Montpellier, cerrando por fin la puerta a la posibilidad de volver al barco de su padre. Eran tiempos difíciles en Francia en el año 1792, igual que lo habían sido desde el inicio de la revolución hacía tres años. Sin embargo, la paz no le parecía algo imposible.

Entonces, había conocido a Marie-Caroline Daubin y todo su mundo había cambiado. Ahora ese futuro, tan claro hacía tan solo un par de meses, se veía envuelto en la incertidumbre. Hasta había comenzado a plantearse por un momento volver al mar.

Esbozó una sonrisa sin alegría. Solo eso bastaba para demostrar lo inestable que era su situación.

Unos pasos retumbantes recorrieron el pasillo y Gilles volvió a esconderse la carta en el chaleco.

Apareció Martel, con la rabia reflejada en su mirada.

—Se ha ido. —Soltó el par de imprecaciones más vulgares que había oído desde que había abandonado el *Rossignol*—. Se ha ido y no tenemos ninguna pista sobre su paradero. —El cabecilla del asedio le dio una patada a un baúl, volcándolo y esparciendo todo su contenido por el suelo. Luego, se acercó corriendo a la ventana—. Míralos. Solo han venido aquí a saquear.

Y así era. Algunos ya se habían marchado. Oyeron riñas en el piso de abajo, peleándose por las posesiones de los Daubin. Gilles tragó la bilis que le subía por la garganta ante la avaricia de aquellos hombres. ¿En qué se diferenciaban de los aristócratas cuya codicia mantenía a la clase trabajadora sumida en la pobreza?

—Vamos a la fábrica de jabón. Ahora. —Martel abrió la ventana.

¿Iba a abandonar la casa para que la saqueasen en mitad de la noche solo para seguir con su cruzada?

—Yo me quedaré e interrogaré a los Daubin —se ofreció Gilles—. Y me aseguraré de que la multitud se disperse. No queremos que haya disturbios entre los *sans-culottes*.

—Los disturbios son la menor de mis preocupaciones. Los Daubin se vienen con nosotros. Los interrogaremos por el camino.

Maldición. ¿Reconocería Honoré a su padre? Lo siguió hacia la calle, con la carta de Caroline arrugándose contra su pecho. Debía evitar a toda costa que descubriera a quién apoyaba realmente. Ella estaba a salvo siempre y cuando él fuese capaz de comportarse con naturalidad. De lo contrario, los Daubin... No sabía qué les depararía a ellos esa noche.

En el piso de abajo, los *sans-culottes* le abrieron camino a Martel mientras este se dirigía hacia la puerta de entrada. Hombres y mujeres, algunos completamente ebrios, ocuparon la casa. Uno acuchilló un retrato de la familia mientras soltaba improperios. Un par de mujeres tiraron de las elegantes cortinas que colgaban sobre una ventana hasta que la varilla se partió y cayeron entre aclamaciones. Otros seguían recorriendo las estancias con los brazos cargados de prendas y objetos de valor. El calor de las antorchas y las velas, que se habían encendido en cada habitación como si se estuvieran burlando de la extravagancia de todo aquello, hacía sudar a Gilles.

Una vez fuera, Honoré se encaminó hacia el lugar donde tenían retenido a los Daubin. Gilles buscó a su padre, pero no lo vio entre el gentío.

—¿Qué significa esto? ¿Dónde están? —bramó Honoré, deteniéndose.

Étienne se chocó contra la espalda de su amigo y se sacudió. ¿A dónde habían ido? Sintió un escalofrío en la piel a pesar del sudor. No podían haber desaparecido. ¿Dónde estaba su padre?

Martel agarró a un hombre de la manga de la camisa.

—Los Daubin. ¿Dónde están?

El hombre se encogió de hombros.

—Se los han llevado. No cabe duda de que acabarán recibiendo lo que se merecen.

—¿Hace cuánto de eso? ¿En qué dirección se marcharon? —gritó Gilles. ¿Estaría su padre con ellos? Él no permitiría que les sucediera nada, pero ¿y si eran muchos? Los Daubin podrían yacer ya muertos sobre las calles.

El cabecilla volvió a maldecir.

—No tengo tiempo para esto. —Apoyó las manos sobre las caderas, examinando la caótica escena—. ¿Acaso alguien en esta ciudad piensa con la cabeza?

Un hombre fornido apareció a unos pasos de distancia. Iba vestido casi igual que el resto, con un atuendo sencillo y desgastado y un gorro frigio. Llamó la atención de Gilles con aquella mirada imperturbable.

Lo conocía. Era el contramaestre de su padre en el *Rossignol*. El hombre arqueó una ceja y agachó la cabeza.

¿Una señal?

El contramaestre se dio media vuelta y se alejó de la multitud. Gilles no tardó en perderlo en la oscuridad.

Debía de tratarse de una señal. Su padre le estaba haciendo saber que los Daubin estaban a salvo. No quería creer otra cosa.

—Iré a buscarlos. —Le dio un golpecito a Martel en el hombro—. Tú ve a la fábrica. Iré allí con los Daubin en cuanto los haya encontrado.

Su amigo sonrió con malicia.

—Buena suerte si quieres encontrarlos de una pieza. —Pasado un momento, Martel asintió despacio—. Ve y nos encontraremos en la fábrica dentro de una hora. Hay que interrogarlos. Imbéciles. ¿Quién se lleva a los prisioneros antes de interrogarlos?

Una multitud rabiosa alentada por la ira y el alcohol.

—Haré lo que pueda. —Había una docena de calles que llevaban de vuelta al distrito de Panier, si es que era allí donde los había llevado su padre.

—No quiero que hagas lo que puedas —le espetó Honoré. Le arrebató la antorcha a alguien que pasó por su lado y se volvió hacia la casa. Dentro continuaban los ruidos. El ruido de una gente ansiosa de las riquezas de una familia burguesa trabajadora—. Quiero que lo hagas y punto.

Su amigo se encaminó hacia la vivienda y, antes de que Gilles pudiera gritar, lanzó la antorcha hacia la fachada pintada de blanco del hogar de los Daubin.

—¿Qué estás haciendo? —gritó.

Las llamas saltaban desde la antorcha. Se extendieron por el suelo y lamieron con sus lenguas naranjas las paredes bien cuidadas. Martel fijó la mirada en Gilles, pero este solo pudo mirar, con los ojos muy abiertos, cómo se propagaba el fuego.

—Qué diantres. ¿Estás loco?

—Una hora, Étienne. —Se dio la vuelta y se marchó.

Gilles no esperó a que Honoré desapareciera de su vista. Corrió hacia la casa. El fuego, avivado por algún tipo de acelerante de la pintura, había ascendido por la pared. Lo pisoteó en vano. ¿Cuántas personas seguirían dentro?

Martel no era ningún patriota. Apenas era un jacobino. Era un monstruo irresponsable que actuaba movido por un odio que él jamás comprendería.

Corrió hacia la puerta principal.

—¡Todos fuera! ¡Fuego! ¡Salid! —Oyó gritos. Hombres y mujeres que minutos antes disfrutaban de la destrucción que ocasionaban corrían hacia las puertas y las ventanas. Escapaban de allí como ratas huyendo de un nido perturbado. Algunos cargaban con lo que podían. Otros se desprendían de todo para poder correr.

Gilles Étienne los esquivaba mientras subía por las escaleras para avisar a los que quedaran dentro. Fuera cual fuese el sueño que tenían Martel y el resto de jacobinos para una nueva Francia, si incluía aquella destrucción sin sentido, no quería formar parte de él. La gente tiraba los candelabros al salir huyendo y pequeñas llamaradas nuevas se prendían por toda la casa.

—¡Salid! ¡Fuego!

El brillo infernal no tardó en inundar toda la vivienda, y el humo hizo el aire más denso. A pesar de que Caroline estaba a salvo debajo de su cama, él podía ver su rostro lívido por todas partes. Eso era lo que la joven siempre había temido y criticado de los revolucionarios.

Francia se encontraba atrapada entre la anarquía de la muchedumbre jacobina y la tiranía de los Borbones. Siguió gritándole a la gente que huyera de allí mientras bajaba por las escaleras. ¿De verdad no les quedaba otro camino? A no ser que encontraran uno, Francia, Marsella, su familia, todo y todos a los que amaba, acabarían envueltos en las llamas de las grandes ideas.

*** *** ***

La luz del amanecer entraba por una rendija entre las cortinas en el otro extremo del dormitorio cuando Gilles cruzó la puerta sin hacer ruido. Tenía las mangas de la camisa manchadas de hollín. Había perdido su casaca. Seguramente se la habría quitado algún *sans-culotte*.

Se dejó caer de rodillas para comprobar debajo de la cama. Caroline estaba hecha un ovillo sobre la almohada, de espaldas a él. Aunque su cama lo estaba llamando como si fuera el canto de una sirena y le dolían los brazos y las piernas, no se atrevía a tenderse sobre ella. No recordaba cuánto tiempo hacía desde que había estirado las cuerdas que sujetaban el jergón. No quería despertar a Caroline al aplastarla contra el suelo.

Sintió las astillas, las rozaduras y las quemaduras mientras se arrastraba hacia la pared. No era nada grave. El dolor físico no era peor que la desazón y la confusión. La casa de los Daubin había desaparecido. La fábrica de jabón había sido asolada por un incendio similar, con el humo cubriendo la ciudad. Y solo Dios sabía dónde habían ido a parar sus propietarios.

Su padre no había regresado. Su madre no dejaba de pasearse en el piso de abajo, esperándolo, aunque le había dicho que estaba esperando a Florence para comenzar su limpieza diaria. Nunca la había visto con semejantes ojeras, a pesar de haberse pasado veintidós años presenciando cómo aguardaba a que su marinero regresara sano y salvo.

Gilles se sentó contra la pared y echó la cabeza hacia atrás hasta que descansó contra la madera. Dejó las manos inertes a los costados, tocando el suelo, y no fue capaz de mantener los ojos abiertos. El sueño se apoderó de él, aunque fuera por un momento. Con la luz cada vez más intensa colándose en la habitación, sin duda Caroline no tardaría en despertarse.

Y cuando lo hiciera, tendría que contarle que todo su mundo había dejado de existir.

CAPÍTULO 31

11 de septiembre de 1792
Distrito de Panier. Marsella

Gilles:

Te pido disculpas por usar tu material de escritura y por fingir que estaba dormida mientras esperaba que te fueras al piso de abajo. Tenía que aprovechar este momento para darte las gracias y dudo ser capaz de expresar correctamente mis sentimientos.

No te merecías verte involucrado en todo esto. No entiendo por qué tu familia iba a hacer esto por la mía y por mí, sobre todo cuando nuestras creencias son tan distintas. Tu compasión en un momento como este no solo es una lección de humildad, sino que me llena de esperanza.

No me gustan las despedidas. ¿Hay alguna persona en este mundo al que le gusten? Aun así, creo que este adiós será mucho más difícil que cualquier otro. Me han arrebatado tantas cosas últimamente... Aún no supero que nuestro hermoso hogar ya no exista. La vida que antes daba por sentada ya no existe, pero hay una cosa que debo dejar atrás que me dolerá mucho más que la pérdida del resto. Pensar que voy a salir por la puerta de tu casa en cuestión de horas y que nunca más podré volver a disfrutar de tu sonrisa o a estar entre tus brazos me ha provocado un dolor paralizante y constante en el pecho que ha aumentado hasta alcanzar una intensidad insoportable. Todo lo que podría haber sido de nosotros se encuentra hecho pedazos en el suelo, y desearía con todo mi ser que tuviéramos tiempo para ver si las piezas podrían volver a recomponerse.

No debería haberme apartado de tu lado aquella tarde en los campos de lavanda. Entonces seguía aferrándome a mi estúpida vanidad desde nuestro encuentro en el despacho de mi padre. Me creía mucho mejor que esas chicas con las que jugabas. Me creía con más sentido común, más pasión, más ingenio y más estilo. No quería que vieras y, sobre todo, no quería ver yo misma, que era igual de incapaz de resistirme a ti que la mayor coqueta entre las chicas de los cafés de Marsella. El único consuelo que me queda es haber conocido a un Gilles Étienne muy distinto al que conocieron ellas y me siento afortunada de que me hayas permitido ver un poco de tu alma benevolente a pesar de la dureza de mi rechazo.

Te quiero, Gilles. Debería haberme tragado mi estúpido orgullo y demostrarte mucho antes que te amo. Ahora es demasiado tarde. No debo pedirte nada más, ya que me has dado mucho, pero podré sobrellevar mejor mi desazón por todo lo que hemos perdido sabiendo que me recordarás sin rencores.

«Nunca en vano».
Marie-Caroline Daubin

❁ ❁ ❁

Caroline entró en el comedor con un chal sobre los hombros y Gilles hizo todo lo posible por no levantarse de su asiento e ir a abrazarla. Su padre lo miró como si esperara precisamente eso, pero el joven puso toda la atención en las gachas.

—Sus padres están deseando verla —le dijo el marinero a la joven cuando ella tomó asiento.

La señora Étienne apareció desde la cocina con un cuenco de gachas acompañado de una cucharada de mermelada de higos. Caroline sonrió forzadamente cuando la mujer le dejó el desayuno delante. El susurro de agradecimiento apenas se oyó al otro lado de la mesa.

—Yo también tengo ganas de verlos. ¿Ha mejorado mi madre?

Étienne padre torció el gesto, y si Gilles hubiese estado de mejor humor, hubiese hecho lo mismo. La señora Daubin soportaba a duras penas el balanceo del bergantín desde que su padre y su tripulación los habían escondido en el *Rossignol* dos noches antes. Si no podía soportar estar en el barco en el muelle, iba a llevarse una desagradable sorpresa cuando zarparan.

—Ayer por la tarde estaba mejor que por la mañana. —Su padre se terminó el café de un sorbo rápido—. Pero debemos pensar cómo llevarla a usted y al sacerdote sin que nos vean. —Dejó la taza y asintió en dirección a su hijo—. Tu amiguito tiene el muelle plagado de espías.

Gilles bajó la cabeza para cubrirse la cara con las manos.

—También los ha apostado en cada camino que sale de la ciudad. Me lo ha dicho. —Martel lo había citado en la taberna la noche anterior para compartir con él sus próximas actuaciones. Él solo había acudido para descubrir qué era lo que sabía. De hecho, no había tardado en dejarlo, prácticamente nadando en cerveza y roncando, para que pagara la cuenta y se fuera solo a casa. Si Gilles hubiera dado más de un sorbo, quizá habría sentido lástima por él.

No. Tampoco la habría sentido.

La imagen de las llamas saliendo de la bonita casa y de la fábrica apareció en su mente. Jamás sentiría lástima por nada de lo que volviera a sucederle a Honoré Martel. Dejaría que siguiera autocompadeciéndose por no haber atrapado a su presa. Ojalá eso le proporcionara tiempo para sacar a los Daubin de Marsella.

—Por desgracia, sabe exactamente lo que tiene que buscar esta vez. —Gilles suspiró—. Los últimos refugios de Franchicourt no pertenecían a conocidos de Martel, pero a los Daubin sí que los conoce.

—¿Qué podemos hacer? —La dulce voz de Caroline parecía proceder de otra persona. La fuerza que él había observado durante sus riñas en verano había languidecido. Aquel tono de derrota le dolió. No se atrevió a mirarla.

Su padre se encogió de hombros.

—Tal vez sea demasiado obvio, pero puedo llevar hoy mi baúl al *Rossignol*. Cabe una persona.

No sería cómodo, pero era una posibilidad.

—¿Y tus cosas?

—Ya encontraremos una forma de sacarlas de aquí. Tengo algo de experiencia en ese tipo de actividades. —Su padre esbozó una sonrisa pícara.

Gilles se reclinó hacia atrás. Podía funcionar, sobre todo si lo hacían durante las horas más ajetreadas del día y si podían camuflarse entre los otros carruajes de alquiler que cargaban con baúles voluminosos.

—Pero necesitaremos dos. —Dos baúles no cabrían en la parte de atrás de la mayoría de los carruajes de alquiler sin levantar sospechas.

—Sigues conservando tu baúl.

Gilles asintió. En ese momento lo tenía cargado de libros de Medicina. Su padre se puso en pie y recogió la taza de café y el cuenco.

—Partiré con el sacerdote lo antes posible. Él es quien corre más peligro. Tú trae a *mademoiselle* Daubin tan pronto como puedas.

Gilles por fin miró a Caroline. No estaba acobardada en un rincón del comedor, pero la mirada que antes había sido radiante parecía vacía, y aquello le llegó al alma.

—¿Dónde está el sacerdote? —preguntó su padre mientras se dirigía hacia la cocina.

—Arriba. Rezando. —Caroline se envolvió aún más con el chal. Todavía no había probado las gachas.

El padre de los Étienne se rio, aunque no había burla detrás de aquella risa.

—Eso es algo que deberíamos hacer todos ahora mismo si queremos vivir un día más.

❋❋❋

Gilles bajó las escaleras como pudo con el baúl en brazos. Todos los libros que contenía hasta entonces reposaban en filas ordenadas a los pies de la cama. Con unos pasos calculados, descendió por la estrecha escalera esforzándose en mantener el equilibrio. Mantenía la espalda apoyada contra el pasamanos para bajar con seguridad.

Caroline y la madre de los Étienne permanecían en el vestíbulo principal del piso de abajo. Su madre estaba arreglando el cierre frontal del viejo vestido que le había prestado a la joven. No le quedaría de todo bien, pero rara vez se rendía.

—Nunca he estado en Saint-Malo, pero mis hijos siempre disfrutan de la estancia allí. —Le enganchó otro alfiler y dio un paso atrás. Suspiró y luego le ajustó el pañuelo blanco para que le cruzara por delante y atar los extremos a la espalda—. Con esto tendrá que bastar. Roger tiene hilo y aguja que podrá tomar prestado para arreglarse la parte delantera en condiciones. Tendrá tiempo de sobra durante la travesía.

El tejido de lino azul grisáceo parecía demasiado sencillo en comparación con el atuendo habitual de Caroline. Gilles llegó al último escalón y se detuvo para recuperar el aliento. Incluso con aquel vestido tan humilde, no se le ocurría ninguna visión más maravillosa. Los rayos de sol matutinos le iluminaban la cofia blanca que le cubría los rizos gruesos y oscuros que se había recogido en un moño.

—¿Estás lista? —le preguntó. Pasó a su lado y dejó el pesado baúl junto a la puerta.

Caroline no respondió, pero se volvió hacia la señora Étienne y la tomó de las manos.

—Gracias por todo. Su familia se ha puesto en un gran peligro solo por ayudarnos.

Su madre le devolvió el apretón.

—No se preocupe. Es lo menos que podíamos hacer por nuestros amigos.

Gilles tuvo que apartar la mirada. Observar a su madre y a la mujer que amaba juntas amenazaba con echar abajo su entereza. Mientras había estado disponiéndolo todo aquella mañana, había fingido no estar afectado.

Después de despedirse, su madre abandonó el vestíbulo para volver con Florence a la cocina. Gilles tragó saliva. ¿Sería capaz de decirle adiós a la joven?

Caroline se metió una mano en el bolsillo y sacó de él una carta.

—Quería entregarte esto. Y darte las gracias.

—No tienes por qué dármelas. —Aceptó el papel, esperando que el temblor de la mano no fuera tan evidente como creía—. Ya sabes que habría hecho lo que hiciera falta.

Ella entornó la mirada y agachó la cabeza justo cuando se le escapó una lágrima.

—Eres de las mejores personas que conozco, Gilles Étienne.

Al joven se le había formado un nudo en la garganta que le impedía hablar, así que levantó la tapa del baúl y sacó el montón de ropa que había metido dentro de sus días de marinero. Cuando volvió a erguirse, se dio cuenta de que Caroline se había acercado más a él.

Se le aceleró el pulso cuando lo tomó de las mangas. Le acarició la mejilla con unos labios tan suaves como el aroma a lavanda en la brisa veraniega nocturna. Caroline comenzó a apartarse, pero él la agarró por la cintura y la mantuvo cerca. El sol producía destellos en los ojos humedecidos de la dama.

—No sé cómo seré capaz de levantarme mañana. Cuando me despierte y sepa que no estás —susurró.

—Puedes venir al muelle y vernos partir.

¿Estaría mal tomarla entre los brazos, como si no se estuviera preparando para marcharse para siempre? ¿Y destrozar el trabajo de su madre al pasar los dedos por el cabello bien arreglado de Caroline? ¿Y besar aquellos labios temblorosos y transmitirle cualquier fuerza que le quedara en su interior con cada caricia anhelante?

¿Se arrepentirían siempre de aquella última muestra de lo que podría haber sido?

—Allí estaré —dijo con la voz ronca—. Aunque deberías permanecer escondida bajo cubierta hasta que el *Rossignol* haya zarpado.

—Solo con saber que tú estarás allí... —Caroline se echó hacia atrás y él la soltó. Sintió que el vacío en su interior reverberaba en el silencio del vestíbulo.

El joven le ofreció una mano para ayudarla a meterse en el baúl. Caroline tuvo que hacerse un ovillo para caber dentro. La joven se envolvió entre sus faldas. Luego, Gilles puso su ropa y algunas mantas alrededor para amortiguar la dureza de la madera y camuflarla en caso de que alguien decidiera echar un vistazo al contenido del baúl. Se aseguró de que podía respirar bajo aquellas capas de lino y lana. Le pediría al conductor que se diera prisa para que no tuviera que sufrir demasiado tiempo.

Cuando llegó el carruaje, el conductor y él arrastraron el baúl y lo aseguraron en la parte de atrás. Gilles se encogió cada vez que el hombre lo golpeaba sin cuidado contra algo. El joven aseguró los nudos precipitados que había hecho el conductor alrededor del arca. Era obvio que aquel tipo no era un marinero, pero las ataduras aguantarían.

Alguien se aproximó cuando fue a subirse al carruaje. De forma instantánea, le comenzaron a sudar las palmas de las manos al ver a aquel joven delgado.

—¿Martel? No esperaba verte esta mañana. ¿No deberías estar en el trabajo?

Honoré lo contempló con la mirada penetrante, como si estuviera leyéndole los pensamientos. Una barba incipiente le cubría las mejillas y todavía llevaba puesta la misma ropa de la noche anterior en el café, aunque arrugada y manchada.

—¿Cuándo te marchaste anoche?

Cuando se había hartado.

—Habías terminado de hablar y yo tenía que ayudar a mis padres.

Martel apoyó una mano contra el baúl.

—¿A dónde vas?

«Sigue respirando».

—Al muelle. He aceptado un puesto de administrativo en el negocio de mi familia.

—¿Para una semana? —Honoré entrecerró los ojos para mirar hacia el sol, como si estuviera maldiciéndolo por brillar con tanta intensidad a las nueve de la mañana. Aunque parecía lúcido, no podía estar del todo sobrio después de lo que había bebido la noche anterior.

Gilles cada vez tenía más ganas de marcharse. Caroline tenía que salir de ese maldito baúl.

—Hasta que haya ahorrado lo suficiente para acudir a Montpellier.

El recién llegado se irguió.

—El batallón parte dentro de una semana.

—He... —Gilles se mordió el labio. ¿Qué sucedería si le decía claramente que no tenía intención de ir? Debían marcharse sin demora al puerto. Ponerse a discutir sobre problemas y promesas incumplidas solo los entretendría más.

—¿Qué es esto? —Martel le dio un golpecito a la tapa del baúl. Incluso al aire libre, apestaba a alcohol.

—El baúl de mi padre. Vuelve a partir mañana. —Un reguero de sudor le bajaba por la nuca bajo del pañuelo. Aunque estaban en septiembre, hacía calor—. Debo llevárselo enseguida. —Buscó a tientas la manilla de la puerta hasta que se dio cuenta de que el conductor ya se la había abierto—. ¿Nos vemos mañana en el café?

Honoré seguía tamborileando con los dedos sobre la tapa.

—Tu padre ya se marchó con su baúl hace un par de horas.

Dios Santo. ¿Cuánto tiempo llevaba en esa calle?

—Claro, en ese llevaba su equipo. —Intentó sonreír—. Mi madre no había terminado de guardarle sus efectos personales.

Martel tiró de la tapa y a Gilles le dio un vuelco el corazón. La cerradura no cedió. El peso de la llave en su bolsillo no sirvió para reconfortarlo. Aquel hombre se había metido en situaciones arriesgadas solo para dar con la información que buscaba. Una simple cerradura no parecía suficiente para proteger a Caroline de aquella cacería obsesiva.

Étienne se dispuso a subir al carruaje.

—Si quieres, puedo pedirle al conductor que nos lleve a tu casa antes de dirigirme al muelle. —Caroline tendría que permanecer un rato más en el interior del baúl, pero era la mejor opción para poder deshacerse de Martel.

—Te vas a la mar, Gilles —le espetó su amigo.

—¿Cómo? —parpadeó.

Martel avanzó hacia él como si fuera un gato salvaje detrás de un ratón de campo.

—No tienes ninguna intención de ir con el batallón a París. Crees que te puedes esconder en el barco de tu padre.

Gilles cuadró los hombros.

—No tengo ninguna intención de abandonar Marsella. Pero creo que ayudaríamos más a Francia plantándonos contra la tiranía que concentrando todas nuestras fuerzas en París. —Y esa tiranía puede proceder tanto de un rey como de la turba.

Honoré escupió.

—Eres un jacobino patético. Y no eres digno de considerarte hermano de Maxence Étienne o amigo de Émile Daubin.

—El tuyo no es el único modo de luchar por la libertad, amigo mío.

—¿Crees que la paz y la compasión van a ayudar a ganar esta guerra? —resopló—. Eres un necio. Tal y como pensaba. Imaginaba que tu falta de dedicación se debía a que no estabas familiarizado con los métodos jacobinos. Ahora me doy cuenta de lo que es realmente: una cobardía manifiesta que no tiene cabida entre los amigos de Francia.

Gilles no fue capaz de contenerse.

—Si Francia cae, será por culpa de sus presuntos amigos, que han acabado convirtiéndose en los mismos déspotas que afirmaban querer erradicar. Si los defensores de la libertad solo protegen la de quienes piensan como ellos, ¿de verdad pueden considerarse adalides de la causa? ¿O es que no son mejores que los tiranos que reinaron antes que ellos?

Martel enredó los dedos alrededor de uno de los nudos que mantenían sujeto el baúl al carruaje. Su rostro adquirió una tonalidad similar a la de los gorros frigios de los *sans-culottes*.

—Estás rozando la traición, Étienne.

Gilles agarró al hombre por la muñeca y se la apartó con firmeza de las cuerdas.

—No es ninguna traición querer igualdad para todos y no solo para una facción. Y si el partido que gobierna ha sido el que ha impuesto esa ley, entonces no quiero formar parte de ello.

Honoré se soltó el brazo de golpe.

—Te arrepentirás de esto. —Reculó mientras hablaba, remarcando cada palabra y señalándole con un dedo acusador—. Cuando hayamos purgado a esta tierra de la tiranía y reclamemos la gloria para Francia, te arrepentirás de la cobardía que te empujó a huir. Francia quiere hombres, no niños. Aquí no habrá sitio para ti.

—Pues que así sea.

Martel se marchó sin mirar atrás. Tras dejar caer los hombros, Gilles se subió al pequeño y destartalado carruaje, deseando que Caroline hubiera seguido en el interior de la casa durante aquel intercambio en lugar de dentro del baúl. Acababa de enemistarse con cada miembro de su club de jacobinos. Honoré no se lo guardaría para sí mismo. Pero tal vez había llegado el momento de adoptar la postura que tanto miedo le había dado antes.

Ojalá hubiese tenido la valentía de hacerlo a tiempo para ayudar a Caroline.

CAPÍTULO 32

El carruaje aminoró la marcha para doblar una esquina antes de llegar al muelle. Tras oír un golpe sobre el techo, Gilles relajó las manos, cuyos nudillos se le habían quedado blancos debido a la fuerza con la que se había estado agarrando el asiento, y sacó la cabeza por la ventana y ver qué quería decirle el conductor. Este se inclinó para poder verlo.

—Perdone, *monsieur,* pero hay otro carruaje que lleva un rato siguiéndonos. He aminorado la marcha para dejarlo pasar, pero frena y acelera cuando lo hago yo.

Gilles miró atrás. El otro carruaje doblaba la esquina en ese momento y pudo distinguir, antes de que se detuviera, la prominente nariz de Martel a través de la ventana.

Qué diantres... Se pasó una mano por la cara. Aquel hombre era el propio diablo.

—¿Quiere que lo pierda de vista? Por otra libra no me importaría asumir el riesgo.

Un poco más de dinero que añadir a la tarifa merecía la pena para librarse de esa rata.

—Vaya lo más rápido que pueda. —El conductor cumplió su petición de inmediato, escabulléndose por otra esquina. Incluso si tenía un estómago fuerte, Caroline sentiría náuseas después de ese viajecito.

«Aguanta, amor mío». Gilles agarró aún más fuerte al asiento. El conductor gritó y usó el látigo. Pudo ver por la ventana a varias personas asustadas ante la velocidad que llevaban. El carruaje saltaba descontrolado, y Gilles temió vomitar todo el desayuno. Después de haber estado dos años en tierra, se había ablandado más de lo que creía. Ni siquiera la brisa que entraba por la ventana abierta lograba calmarle el estómago.

Tenían que llegar al muelle. Allí era donde le había dicho a Martel que iría, así que no podía cambiar su destino. ¿Y si los Daubin estaban en cubierta cuando llegaran o uno de los tripulantes mencionaba que el sacerdote estaba escondido bajo cubierta?

Se secó el sudor de la frente con la manga. Esperaba que los Daubin estuviesen escondidos y que la tripulación cerrara el pico. Eran contrabandistas y corsarios. No tenía motivos para preocuparse.

La cabeza se le fue hacia delante cuando el vehículo chocó contra algo en la carretera. Acabó a dos ruedas, y Gilles, en el suelo. Logró ponerse en pie, pero se quedó inmóvil debido al terrible choque que se había producido. Se movían con más ligereza, como si de repente se hubieran desecho de una carga pesada.

¡El baúl!

—¡Detenga el carruaje! —El balanceo casi provocó que volviera a caer de rodillas mientras forcejeaba para abrir la puerta. Por fin pudo abrirla—. ¡Deténgalo! —El baúl se encontraba tirado de lado sobre la cuneta, unos metros detrás de ellos. El vehículo de Martel lo rodeó, a punto de chocar contra un carromato que iba en dirección contraria.

El conductor continuó haciendo chasquear su látigo. No había oído a Gilles, que decidió dejarlo llegar hasta el muelle. Eso alejaría a Martel. Él tenía que atender a Caroline.

Se lanzó por la puerta y se giró en el aire para caer sobre la espalda. Unos gritos resonaron a su alrededor y sintió un terrible dolor en las costillas y por la columna vertebral. Se dejó caer rodando por el suelo sucio con los brazos en el pecho para proteger su ya dolorido costado. Cuando dejó de rodar, jadeó en busca de aire.

—¡*Monsieur!* ¿Se ha hecho daño? —Alguien lo ayudó a levantarse. Gilles se quedó un momento contemplando los rostros a su alrededor.

—¡Idiota! ¿Por qué ha hecho eso?

—¡Ha saltado de un carruaje en marcha!

Gilles levantó las manos mientras intentaba deshacerse del aturdimiento.

—Estoy bien, gracias. —Resollaba. Agitó las manos para quitárselos de encima y se escabulló de ellos. Tenía que llegar hasta el baúl.

Alguien no se apartó.

—*Monsieur* Étienne, menudo salto. —Cabello claro. Ojos grandes. Una de las hijas del panadero. Se inclinó hacia él, agitando aquellas pestañas tan largas mientras lo seguía hasta el baúl. Él se protegió las costillas con el brazo para evitar que la joven lo tocara en la zona dañada.

—No ha sido nada. —Intentó reírse.

—Cuánto alboroto por un simple baúl —dijo la muchacha con dulzura—. ¿Por qué no le pidió al conductor que se detuviera?

—No... No quería detenerse. Y no podía dejar que me robaran las cosas. —Se palpó discretamente las costillas bajo el abrigo. No parecía tenerlas rotas, solo magulladas. Pero no podía saberlo a ciencia cierta.

La joven arqueó una ceja y ladeó la cabeza.

—*Monsieur* Martel no me había avisado de que usted acabaría tirándose a mis pies.

Gilles se detuvo de golpe.

—¿Martel?

La hija del panadero se llevó las manos a la espalda, como si estuviera ocultando algo. Se había ruborizado. ¿Esa timidez tan perfecta sería ensayada?

—Me dio un par de monedas y un beso para que le avisara si lo veía a usted por el muelle.

¿Cuánto tiempo hacía que Honoré Martel sospechaba que Gilles se daría a la fuga?

—Pues qué suerte que no ha estado ocupada esta mañana. —Llegaron hasta el baúl y Gilles le dio la vuelta con cuidado. No supo si una especie de débil gemido que oyó procedía de la madera o del interior. No podía abrir la tapa delante de una cómplice de Martel.

La chica se interpuso entre él y el baúl, y se sentó encima de este antes de que él pudiera hacer nada. Levantó el rostro hacia él.

—¿De verdad va a marcharse al mar como ha dicho *monsieur* Martel?

Era mejor dejarlo con la duda hasta que el *Rossignol* hubiera zarpado de forma segura del puerto de Marsella. Si le seguía el juego a esa distracción, Honoré no tendría tanto tiempo para ocuparse en la búsqueda de los Daubin.

—Aún no me he decidido.

—Debe de ser emocionante estar en el mar —le respondió con un suspiro exagerado—. Siempre en movimiento. En busca de nuevas tierras y conociendo a gente interesante.

—La verdad es que la mayoría de los días son bastante aburridos. —Tenía que conseguir que se levantara. Pero ¿y luego qué? Le dolía el hombro a causa de la caída y, si se movía demasiado, sentía una gran molestia en las costillas. No iba a poder arrastrar el peso solo, ni tampoco sacar a Caroline de allí sin que la viese nadie. Cualquier afín a los jacobinos correría a buscar refuerzos al ver a una mujer saliendo de un arca tirada a un lado de la calle.

—¿Quiere contarme cómo es?

Gilles miró por encima del hombro. Martel podría dar la vuelta en cualquier momento.

—Tal vez en otra ocasión. —¿Sería capaz de arrastrar el baúl hasta el callejón que quedaba a unos metros de distancia? Después, tendría que cubrir a Caroline con su ropa y echar a correr hacia el *Rossignol*.

La amiga de Honoré se quedó sentada en el mismo sitio, pero se inclinó hacia él tanto que casi podía tocarlo.

—Entonces, se marcha. —Lo miró fijamente a la cara con los ojos bien abiertos—. Por un beso y un par de monedas le diré a *monsieur* Martel que no lo he visto. —Como si fuera capaz de ocultarle un secreto a ese monstruo.

—Ya está al tanto de que me dirijo al muelle. Me ha seguido. —Tiempo atrás hubiese disfrutado de la cercanía a una conquista fácil, pero en ese momento sentía que el estómago se le revolvía. Se irguió, lo que avivó el dolor en los huesos. No podría arrastrar aquel cajón él solo.

—Pero ¿estará al corriente de que lleva a una persona dentro de un baúl? —le dijo la joven con aire inocente.

Gilles se quedó frío.

—Así que es verdad. —La chica sonrió—. Me preguntaba qué sería ese movimiento que sentía debajo.

Maldición. Había sido una trampa. Examinó la calle que quedaba detrás de él. Si sacaba a Caroline allí en medio, ¿cuánto barullo formaría? Si esa joven daba alarma o, peor aún, los seguía, no tendrían ninguna oportunidad. Ella no sería la única colaboradora de Martel por aquella zona.

—No diré nada, *monsieur*. —Arqueó las cejas. Gilles detectó un cierto temblor en su voz. ¿Cuántos años tendría? ¿Dieciocho? Y era evidente que estaba desesperada por demostrar que era lo bastante hermosa como para llamar la atención de un hombre.

Gilles respiró hondo. Podía hacerlo. Comprar su silencio el tiempo suficiente como para poder huir. Hacía un par de meses lo habría hecho sin parpadear, sobre todo al tener a una chica que se lo suplicaba a unos centímetros de distancia. Por los Daubin, por Caroline, podía besar a aquella joven para hacer que se fuera.

¿Cuándo se había vuelto tan selectivo? Tal vez había sido después de entrar en un despacho una cálida tarde de mayo y, sin saberlo, haberle entregado su corazón a una seductora mujer de ojos oscuros. Lo había cambiado de un modo que él jamás habría imaginado y no creía que fuera a recuperarse nunca de aquello.

Caroline. Tenía que sacarla de allí. Tenía que llegar al muelle.

Maxence se hubiera reído a carcajadas de cuánto tiempo estaba tardando en besar a la chica que tenía delante. Era un simple beso. No tenía por qué alargarlo. La joven intentaría prolongarlo, igual que había hecho la última vez que la había besado después de que su hermano lo retara, pero se apartaría. Haría lo que tenía que hacer y se marcharía.

Pero ¿cómo iba a ser capaz de hacerlo teniendo a Caroline tan cerca? ¿Y cómo no iba a hacerlo si eso significaba salvarla de la caza de Martel?

La joven se puso de puntillas, inclinándose hacia él. Solo un beso. Un beso. Podía darle a alguien un beso tonto y sin sentido. Por Caroline. Sintió el aliento de la chica en los labios. Apenas tenía que hacer nada: ella haría todo el trabajo por él.

—No. —Gilles dio un paso atrás, agarrándose las costillas.

A la joven le demudó el rostro.

—Pero... ¿quiere que se lo cuente todo a Martel?

—No mereces que te traten así solo para que disfrute alguien que no tiene más intenciones para contigo.

La joven reculó hasta que chocó con los talones contra el baúl.

—Eso no fue lo que me dijo la última vez.

Étienne apartó la mirada, pasándose una mano por el cabello. Estaba poniéndolos a todos en peligro.

—Fui un idiota irrespetuoso. Pero no volveré a cometer el mismo error.

A la muchacha se le inundaron los ojos de lágrimas.

—Miente. Lo que pasa es que no cree que merezca su atención.

Gilles le tomó la mano.

—Creo que eres demasiado buena como para que hombres como yo te prestemos atención. —Se inclinó sobre la mano de la chica—. Y espero que algún día encuentres a un hombre que no se detenga ante nada para demostrártelo.

—¡Gilles!

Ambos se volvieron. Su padre corría calle abajo en direción a él. Gracias al cielo.

—¿De verdad cree eso? —le preguntó la joven.

La miró a los ojos y asintió.

—No puedes medir tu valía por el número de pobres infelices que se fijen en ti.

A pesar de la carrera, su padre respiraba con calma a medida que se acercaba.

—*Mademoiselle,* es un placer ver que ha encontrado nuestro baúl.

La joven sonrió vacilante.

—Mi hermana está en la calle de al lado. Debería ir con cautela. —Se alejó del baúl cuando su padre se dispuso a levantarlo por un lado. Gilles sintió por fin un poco de alivio. Podrían lograrlo.

—Gracias —le dijo a la joven.

—El carruaje estaba vacío cuando llegó —masculló su padre—. El conductor estaba fuera de sí por la confusión.

El joven emitió un gruñido a causa del dolor del costado y la espalda cuando los dos levantaron el baúl y comenzaron a recorrer la calle. Justo antes de doblar la esquina, miró hacia atrás para ver a la hija del panadero aún de pie en el mismo sitio, mirándolos a ambos.

❀ ❀ ❀

Gilles gimió cuando comenzaron a subir por la pasarela y el peso del baúl cayó más sobre él.

—Al suelo, al suelo —siseó su padre—. No te hagas más daño. —Dejaron el arca en el suelo—. ¡Moureau! ¡Laurent!

El joven se secó la frente con la manga justo cuando aparecieron dos hombres del *Rossignol* y bajaron para ayudar a su padre. Se avergonzó de su debilidad. Le temblaban las rodillas por haber cargado con el peso toda esa distancia. Habían tenido que cambiar de ruta, obligados a dar un rodeo para evitar a la otra hija del panadero.

Su padre carraspeó y señaló con la cabeza.

—El jacobino.

Gilles no quiso mirar hacia Martel.

—¿Me ha visto?

—Se dirige hacia aquí, pero no te está mirando.

Rodeó a Laurent y a Moreau y se apresuró a terminar de subir por la pasarela. Oía los pasos de los tripulantes detrás de él. Tendría que haberles avisado de que tuvieran cuidado.

La voz nasal de Martel le llegó desde el muelle mientras se encaminaba hacia la escotilla. No podía verlo desde abajo, pero se le puso la piel de gallina. ¿Estaría Caroline a salvo con Martel husmeando por allí? Debería haber dejado que su padre transportara también ese baúl. Había conducido a la rata directa hasta el premio.

—Mi hijo bajará enseguida. —La voz de su padre retumbaba por encima del sonido del puerto—. Puedes esperarlo aquí.

Se detuvo y le hizo un gesto a los tripulantes que cargaban con el arca.

—¡Daos prisa! —No era capaz de entender que decía Honoré, solo las respuestas de su padre, pero sí que podía imaginarse la furia del jacobino tras haberle negado la entrada. Les hizo un gesto a los otros miembros de la tripulación—. Venid a ayudar. Bajadlo con el lado derecho por delante.

—No quiero que entorpezcas el trabajo de mi tripulación. Estoy seguro de que lo comprendes. —La voz de su padre era demasiado tranquila, tanto que resultaba condescendiente.

Gilles temía que le fallasen las piernas mientras bajaba por la escalera detrás del baúl. No tenía mucho tiempo, pero necesitaba verla.

Llegaron hasta el centro del barco y la conversación en el muelle dejó de oírse. Parpadeó mientras se habituaba a la oscuridad. Había una pequeña linterna en un rincón, detrás de una fila de cajas.

—Por aquí —dijo—. Con cuidado.

La señora Daubin comenzó a llorar antes de que el arca hubiera tocado el suelo. La tripulación se apartó y Gilles cayó de rodillas. Tenía magulladuras que no recordaba haberse hecho y que le dolieron al hacer ese movimiento. Buscó la llave en el bolsillo, jadeando aún por el esfuerzo para llegar hasta el bergantín.

Gilles metió la llave en la cerradura y la giró, con el corazón en un puño. Abrió la tapa de par en par.

En el interior, un revoltijo de prendas. Las apartó, descubriendo a Caroline hecha un ovillo y protegiéndose la cabeza con los brazos.

—¿Caroline? —No se movía. Extendió una mano hacia ella—. ¡Caroline!

La joven gimió. Apartó los brazos lentamente. Incluso bajo aquella mortecina luz, podía ver que tenía los ojos rojos. Levantó la cabeza con rigidez y la ayudó a sentarse dentro del cajón antes de acercarla a él. Sintió una docena de dolores distintos en el cuerpo, pero ninguno tan agudo como el del pecho.

—¿Estás herida? —Con aquella caída que había sufrido debía de estar cuando menos dolorida.

Caroline se agarró a la casaca de Gilles, temblando como una hoja, y apoyó el rostro en el hombro del joven.

—Me duele la cabeza y el costado, pero nada grave. —Pese a que intentaba quitarle hierro al asunto, le temblaba la voz.

—Lo siento mucho —le respondió él apesadumbrado y con ojos llorosos—. Debería haber atado yo mismo esos nudos.

La señora Daubin casi gritó el nombre de su hija, pero su marido enseguida la detuvo.

—Un momento, Angelique. Espera.

—¿Estamos a salvo? —susurró Caroline, rodeando a Gilles con los brazos por la cintura.

La abrazó con más fuerza. Se sentía completo a su lado. Solo les quedaban un par de minutos para que, con ella por fin segura, él tuviera que irse.

—Lo estaréis —murmuró, rozándole el cuello con los labios—. Te lo prometo.

Se quedaron sentados en la oscuridad, uno en brazos del otro, hasta que dejaron de temblar. Gilles le apartó los brazos. Caroline no se inmutó.

Entonces, el joven le acarició los costados, rezando para que no tuviera nada roto, pero no era capaz de apreciar nada a través del corsé.

—¿Puedes ponerte en pie? —Él se incorporó a duras penas, apretando los dientes, y se inclinó para ayudarla.

—Creo que he salido mucho mejor parada que tú. —Lo tomó de las manos y dejó que la ayudara a salir del baúl—. ¿Qué ha pasado?

—*Monsieur* Gilles. —Le llegó la voz de Laurent desde la escalera—. Ese hombre no quiere marcharse. Está comenzando a escupir amenazas.

Siempre tenía que arruinarle los momentos con Caroline. Maldeciría a Martel hasta el día de su muerte

—Subiré enseguida —le dijo él.

La joven abrió mucho los ojos.

—¿Quién es?

—Nuestro jacobino favorito. —Cerró los ojos. Otra despedida. ¿Cuántas veces tendría que decirle adiós?

—Te debemos la vida, Étienne —le dijo Daubin desde donde estaba sentado—. No sé si algún día podremos pagarte que hayas ayudado a una familia con unas ideas tan distintas a las tuyas.

Gilles le agarró con más firmeza las manos a Caroline.

—Creo que hacer lo correcto es más importante que decidir quién tiene la razón.

Nadie dijo nada durante un momento. Al menos, ese sería el último adiós. Tendría que hacerse a la idea de que aquello no volvería a repetirse. Se dio la vuelta para marcharse.

Caroline lo detuvo, sosteniéndole el rostro entre las manos. Le acarició las mejillas con los pulgares, y Gilles se dio cuenta entonces de que las tenía húmedas. Ella le echó hacia atrás los rizos rebeldes y sintió que la caricia le quemaba.

—Hasta que volvamos a vernos —dijo ella. Un débil haz de luz se le reflejaba en aquella mirada orgullosa y jugueteaba sobre los labios carnosos. Cuánto deseaba poder besarlos por última vez.

Él sonrió débilmente. Ojalá pudiera abrigar la esperanza de volver a verla.

—Adiós. —Se apartó de su lado, con la intención de correr escaleras arriba, pero solo consiguió cojear. Se detuvo en la escalera antes de abrir la escotilla. Necesitaba un momento para recuperar el aliento, para despejar la mente y recuperarse del dolor, tanto del corazón como del cuerpo. Decidió que estaba listo para desembarcar. Martel se abalanzaría sobre él al más mínimo indicio de debilidad.

—Ese hombre es persistente. —Su padre se encontraba en la barandilla, mirando hacia la pasarela.

Gilles se puso a su lado. Abajo, en el muelle, Martel paseaba de un lado a otro como un sabueso que hubiera acorralado a su presa sin haberla atrapado todavía.

—Gracias por tu ayuda —le dijo en voz baja. Le debía a su padre mucho más de lo que podía expresar con palabras.

—Pareces un poco deprimido, hijo mío.

Se aclaró la garganta.

—¿Cómo no voy a estarlo con todo este desastre? —Señaló hacia la ciudad. Tendría que ir directo al despacho de su tío abuelo y simular que se ponía a trabajar allí.

Su padre se acarició la barbilla.

—Es un grandísimo desastre, ¿verdad?

La gente recorría el muelle, empujando a Martel a su paso.

—No puede acabar bien.

—Ah, yo no diría eso.

Gilles suspiró y se frotó la frente.

—He intentado tener esperanza. He intentado transmitirles esperanza a otros. Pero no he conseguido nada.

—¿Recuerdas cuando eras más joven y fuiste al viñedo de mi tío para plantar higueras? —le preguntó su padre.

A su pesar, se rio.

—Lo recuerdo.

—Estabas tan enfadado cuando no dieron frutos a la semana siguiente... —Soltó una carcajada—. Tu madre intentó explicarte una y otra vez que los árboles necesitan tiempo para crecer y dar frutos. Aquello desconcertó a tu pequeña mente.

—Ahora no estamos hablando de frutos —repuso, enderezándose—. Hablamos de personas y de vidas que se han perdido a causa de un odio que nadie puede frenar. —Se encaminó hacia la pasarela. Cuanto más tiempo dejara a Honoré allí abajo esperando, más se enfadaría.

—No pierdas la esperanza solo porque el árbol que hayas plantado aún no te dé frutos.

Se detuvo, con un pie en la pasarela.

—Tienes que creer que volverá a haber paz. Riega ese árbol lo mejor que puedas y algún día verás los resultados —añadió el padre.

Gilles no sabía cómo recuperar la esperanza.

—Eso espero.

—Mi oferta sigue en pie. —Sonrió con picardía—. No podrás decirme que este viaje va a ser tan malo como los anteriores. —Lanzó una elocuente mirada hacia la zona bajo cubierta.

Estuvo a punto de sonreír. Una travesía con Caroline parecía casi un paraíso. Sin embargo, aunque su padre creyera que su madre y su cuñada iban a estar a salvo, debía mantener vigilado a su antiguo amigo. Se sentía agotado solo de pensar en las pistas falsas que tendría que ir sembrando y el tiempo que tendría que dedicar a convencerlo de que no era un traidor.

—Sabes que no puedo irme.

El hombre asintió, cruzó las manos y las apoyó en la barandilla.

—Tu madre me había advertido que dirías eso. Pero debes saber que, por una vez, ella piensa como yo. —Volvió a mostrar un brillo en la su mirada.

—Buen viaje, padre. —La brisa del mar le acarició el rostro, lo que le hizo recordar los días cálidos en las aguas claras. Ojalá. Decidió bajar la pasarela antes de que le fallaran las fuerzas y los pusiera a todos en peligro.

❄ ❄ ❄

Gilles se sentó con cuidado en el último escalón bajo la luz del crepúsculo. Volvió a doblar la última carta de Caroline, que por fin había tenido un momento para leer de camino a casa desde la oficina de la compañía naviera. No le salían las lágrimas. La certeza de estar vigilado por los espías de Martel hacía que las reprimiera. Había visto a Luc Hamon sentado al otro lado de la calle, entre las sombras, en un callejón, observando la casa un momento antes.

Arqueó la espalda y luego se estiró intentando aliviar el dolor en las costillas. La noche anterior había dormido bien; sus pensamientos no lo habían atormentado. Después de todo lo que había pasado en los últimos días, un sueño profundo tal vez era mucho pedir.

Una risa grave le llegó desde la puerta de la cocina y lo hizo detenerse. Su padre se había ido. Ya se había despedido de su madre. Zarparían antes de que se pusiera el sol. Y también estaba seguro de que no podía ser Max.

Se guardó la carta en el bolsillo. Las ensoñaciones con Caroline se habían terminado. Lo mejor era que siguiera adelante. Debía trabajar para su tío abuelo y ahorrar para la universidad. Tenía gente a la que ayudar y una familia a la que proteger. Debía demostrarle a Martel que se equivocaba, al menos hasta que se marchara con su batallón, algo que esperaba impaciente.

Se puso en pie lentamente y subió los escalones. No estaba de humor para recibir visitas, pero la curiosidad lo obligó a moverse. Tal vez se tratara del marido de Florence. Los saludaría a todos y luego se retiraría.

Cuando entró en la cocina, fijó la mirada en un par de hombros fornidos y en una cabeza plagada de rizos cortos y cubierta por una gorra de marinero. Un hombre se encontraba en la mesa frente a su madre. Gilles dejó caer los brazos a los costados.

—¿Víctor?

Su hermano mayor levantó una taza hacia él a modo de saludo.

—¿Cómo estás, Gilles?

—He estado mejor. —No servía de nada ocultar la verdad—. ¿Qué estás haciendo aquí? Creía que no volverías hasta dentro de unas semanas.

—Hemos esquivado las tormentas y ha hecho buen tiempo. —El mayor de los Étienne se terminó la bebida. Víctor era un hombre de pocas palabras, algo de lo que él y Max solían burlarse. Sin embargo, había llegado a apreciar esa cualidad. Esa noche no iba a recibir ningún sermón rimbombante sobre la revolución.

—Ven y siéntate —le dijo su madre, señalando al banco frente a Víctor—. Te haré un chocolate. —Se levantó y se dirigió hacia el fuego.

No se sentía con energía como para negarse, así que se sentó diligentemente. ¿Qué estaría haciendo Caroline en ese momento? Esperaba que durmiese durante su monótona huida.

—Enhorabuena por...

Su madre se volvió hacia él, negando vehementemente con la cabeza.

—... tu buena travesía —terminó Gilles.

—Víctor ha venido directamente aquí desde el muelle antes de ir a sorprender a Rosalie. Es muy amable por su parte, ¿no? —dijo con dulzura la mujer.

Ah. Víctor no sabía aún lo del bebé. Gilles se ruborizó. Rosalie era una persona muy paciente, pero podía no serlo tanto si él desvelaba su secreto antes de tiempo.

El recién llegado asintió.

—Debería irme, pero quería avisaros de que he llegado sano y salvo. —Se levantó de la mesa. Los dos hermanos tenían la misma constitución y un cabello denso y oscuro, igual que la familia de su madre. No obstante, a diferencia de Gilles, el mayor había tenido la suerte de heredar la estatura de su padre, que sobrepasaba incluso en unos centímetros—. Esperaba ver a padre antes de que zarpara. Se encontrará buen tiempo en Barcelona, espero que se mantenga estable durante el resto de la travesía.

Gilles asintió. Iban a atracar en España y dejar al padre Franchicourt en un lugar en el que aún aceptasen su religión. Luego, llevarían a los Daubin a la ciudad portuaria de Saint-Malo, el lugar preferido por los marineros y personas con problemas ante la ley. Allí podrían mezclarse con los variopintos habitantes sin que les hicieran demasiadas preguntas. ¿Se encontraría su padre con el doctor Savatier? Si Gilles abandonaba algún día su plan de acudir a Montpellier, sería para acabar como aprendiz del doctor en lugar de embarcarse con su padre.

Además, Caroline estaría allí.

Su hermano mayor fijó la mirada en él.

—Me sorprende que sigas aquí.

Se rascó la barbilla. ¿Esa barba le había salido de un solo día sin afeitarse? En realidad, no recordaba cuándo era la última vez que lo había hecho. Debía de tener muy mal aspecto.

—No habré reunido el dinero para ir a Montpellier hasta dentro de un tiempo. Pero espero que para el próximo verano ya haya ahorrado lo suficiente.

—Lo que quería decir es que me sorprende que no estés a bordo del *Rossignol*.

—Pues... —Su madre le esquivó la mirada. Cómo no, se lo había contado todo a Víctor. Entre los hermanos, él era quien mejor sabía escuchar—. Tengo que estar aquí. Para proteger a mamá. Y a tu familia.

El mayor arqueó una ceja.

—No volveré a marcharme durante un tiempo.

—Y debo evitar que Martel se ponga a buscar a los Daubin. Si descubre que están en Saint-Malo, formará su propio batallón para ir en su busca.

Su madre levantó la cuchara con la que removía el chocolate.

—Creía que iba a partir pronto con un nuevo batallón.

Volvió a arquear la espalda. Su madre tenía razón. Pero, hasta entonces, tenía que vigilarlo.

—Cuenta con espías. Se pondrá furioso si descubre que me he unido a la tripulación de padre en lugar de a los federados.

Víctor recogió su taza y la llevó hasta el cubo. En lugar de limitarse a sumergirla bajo el agua y dejarla allí para que la lavara otro, se agachó y comenzó a enjuagarla.

—Trabajar no va en contra de la revolución. No tiene ningún motivo razonable para ir a por ti.

Gilles movió los hombros en círculo. En algún momento tendrían que curársele las costillas.

—Estoy a punto de cumplir mi objetivo de estudiar en Montpellier. No quiero tener que renunciar a eso. —No era típico de su hermano discutirle algo. Llevaba mucho tiempo fuera de casa.

—Mmm. —Su madre removió con energía el chocolate, haciendo que la cuchara golpeara los laterales del cazo—. A mí me parece que vivirías una experiencia mucho más útil bajo la tutela de un cirujano tan bueno como Savatier en lugar de sentarte en un aula a oír las lecciones de un médico cualquiera.

No le faltaba razón. Se estiró otra vez. Sintió un fuerte crujido en la espalda y alivio en la zona. Retorció el torso de un lado a otro con cuidado. No había logrado poner en su sitio cada hueso, pero era un comienzo.

—Me he comprometido a trabajar para el tío abuelo. —Sus excusas perdían cada vez más fuerza.

Su madre se llevó una mano manchada de chocolate contra la cadera.

—Si no quieres ir, solo tienes que decir: «No quiero ir».

—No puede decirlo porque no es cierto. —Víctor se irguió y dejó su taza limpia sobre la mesa para que se secase. Tenía cierto brillo en la mirada—. Gilles nunca ha sabido mentir.

Empezaba a dudar de su determinación. ¿Por qué no iba? ¿De qué le servía quedarse allí?

—Pero Martel... Tiene espías esperando a verme poner un pie fuera de esta casa.

—Ya los has evitado una vez —le dijo Víctor, encogiéndose de hombros.

Estiró de nuevo la espalda. El corazón le palpitaba con intensidad. Pum. Pum. Pum. Suspiró cuando se libró de aquel dolor. Aún sentía el costado dolorido, pero cuando se irguió, todo volvió a su sitio. Si pudiera arreglar el resto de su vida de la misma forma...

—Te agradezco tu preocupación, hermano. No sabía que nuestra familia disfrutase tanto emparejando a la gente.

Víctor se cruzó de brazos. Su madre ladeó la cabeza, tirando un poco de chocolate de la cuchara al suelo.

Gilles levantó las manos. Aquello era demasiado. Después de todo lo que había sucedido, no podía resultar tan fácil.

—Al fin y al cabo, es una monárquica. Y yo soy... —Tragó saliva. Tampoco era un jacobino acérrimo—. Estoy a favor de la revolución. ¿Cómo iba a funcionar lo nuestro? —Durante todo el verano, ya habían comprobado que su relación estaba abocada al fracaso.

—Sois una mujer y un hombre que os amáis —replicó su hermano—. Las etiquetas no importan. Si ambos os comprometéis a hacer que lo vuestro funcione, ¿por qué ibais a fracasar?

Se mordió la cara interna de la mejilla. Subirse a bordo de ese barco supondría abandonar todo su mundo. Sus sueños, sus planes, su vida en Marsella. A su familia.

—Tendría que dejarte a ti. Puede que para siempre. —Bajó la vista hacia la mesa después de mirar a su madre. Se acabarían las conversaciones a altas horas de la noche con ella ante una taza de chocolate, o las noches tranquilas estudiando en su dormitorio. Y también los atardeceres cálidos caminando por los campos de lavanda. Caroline no podría regresar a ese lugar y, si se casaba con ella, él tampoco.

La señora Étienne se acercó a él y se sentó a su lado en el banco. Enlazó un brazo con el de Gilles.

—Hijo mío. La guerra en Francia no será eterna. Siempre tendrás a tu familia, aunque te alejes de casa. —Le tembló la voz, pero sonrió.

—Pero... Ni siquiera sé si ella quiere hacer que esto funcione. —Se le hizo un nudo en la garganta.

Víctor se quitó la gorra y se la lanzó a la cara. Él la agarró antes de que le cayera sobre el regazo.

—¿Para qué es esto?

Su hermano hizo un gesto hacia el puerto con la cabeza.

—Para que puedas hacerte pasar por mí y engañar al espía de ahí fuera. Solo hay una forma de saber si ella sigue dispuesta, y solo te quedan un par de horas.

Se puso la gorra. No era tan ceñida como su gorro frigio, pero se adaptaba lo suficiente como para resultar cómoda. Delante tenía un camino libre de obstáculos. Debería sacrificar todo lo que había querido en la vida. Sin embargo, aquel camino desembocaba en la luz de un futuro incierto y emocionante. Miró a su hermano y a su madre, y esbozó una sonrisa.

CAPÍTULO 33

12 de septiembre de 1792
Marsella

Querido Gilles:

Nuestra primera noche a bordo no ha sido tan horrible, pero tu padre, con ese humor tan particular, nos ha asegurado que de ahora en adelante solo empeorará. Lo creo, pero me aferro a la esperanza de que acabemos acostumbrándonos a este simple habitáculo. Nos hará más fuertes para afrontar nuestra nueva vida en Saint-Malo.

Es duro pensar que dentro de un par de horas dejaremos Marsella atrás para siempre. En mayo detestaba la idea de regresar a este lugar. Ahora odio tener que irme. ¿No es curioso cómo toda tu perspectiva sobre algo cambia a causa de una sola persona?

Anhelo con todo mi ser subir a cubierta para poderle echar un último vistazo a la ciudad. Pero, sobre todo, deseo verte por última vez. Anoche soñé que venías de polizón con nosotros. Supongo que tendré que contentarme con ese feliz sueño.

Con cariño,
Marie-Caroline

❊❊❊

Un chico de ojos brillantes corrió hacia Gilles con una sonrisa de asombro en la cara. El joven no entendía cómo ese crío tenía la energía para caminar así cuando todos habían tenido que despertarse a una hora tan intempestiva. Aunque probablemente él hubiera estado igual con doce años.

—El rumbo está fijado, señor. El capitán dice que puede ir bajo cubierta.

Gilles asintió y le guiñó un ojo. El muchacho sonrió más abiertamente. Se fue corriendo a encargarse de sus obligaciones, dejándolo solo en la popa. En la distancia se veía el puerto de Marsella pintado de azul, como si esperara que el sol apareciera por detrás de la colina. Cerró los ojos y casi pudo oler la tierra de los viñedos de su tío abuelo cubiertos de rocío y el intenso aroma de un lote de jabón listo para ser removido en la fábrica. Echaría de menos las mañanas en Marsella.

Oyó unos leves pasos por la cubierta de popa que se detuvieron cerca de él, junto a la barandilla. Esperaba que se tratara del grumete feliz, que iría a transmitirle un mensaje del capitán. Ensayaba unas palabras burlonas, que se le atragantaron cuando vio de quién se trataba realmente.

Caroline miraba hacia la bahía, agarrándose con fuerza a la barandilla. Se había recogido el pelo en un moño sencillo. Unos mechones ya se le habían soltado debido al viento que los empujaba hacia el mar. Aún no lo había mirado. Debía de haberlo confundido con otro miembro de la tripulación. Tras embarcar la noche anterior, Gilles se había apresurado a bajar a la bodega, pero para entonces, los Daubin ya estaban dormidos.

—Deberías seguir abajo —le dijo Gilles—. Aún no hemos perdido de vista la bahía. —Aunque no había muchas posibilidades de que sucediera, si alguien de un barco cercano estuviera buscando a la familia y mirara con el catalejo hacia el *Rossignol,* podría reconocer a la joven.

—Sé que debería estar abajo —respondió, volviéndose hacia él—. Solo quería echar un último vis... —Se quedó boquiabierta—. ¿Gilles?

El joven esbozó una sonrisa parecida a la del nuevo grumete. Inmediatamente, Caroline le echó los brazos al cuello.

—Cuando dijeron que el hijo del capitán había subido a bordo, creí que se referían a tu hermano mayor. —Gilles apenas podía entender lo que decía. La joven se había quedado sin voz.

—Víctor capitanea su propio barco. —Todas las molestias que se había tomado para subirse a hurtadillas al barco, pasando por delante de las narices de Martel, habían merecido la pena solo por el gesto de pura felicidad de Caroline. No recordaba cuándo había sido la última vez que la había visto sonreír de verdad.

Ella se retiró hacia atrás para mirarlo a los ojos.

—Pero ¿qué estás haciendo aquí? ¿Y tu familia? ¿Y Montpellier?

Qué idiota había sido al pensar en dejarla marchar. La agarró con más fuerza.

—Mi madre es una mujer fuerte. Hace poco aprendí que no conviene hacer enfadar a una mujer fuerte que ha tomado una decisión.

—Creía que habías jurado no volver nunca más al mar.

Menuda promesa más ridícula. Su padre había estado en lo cierto. Había nacido para la caricia del viento y los abrazos de las olas. Pero, quizá, era más acertado decir que había nacido... para Caroline.

—Tengo un amigo que es cirujano en Saint-Malo. Me ha pedido que sea su aprendiz.

Ella lo agarró por los brazos. La pequeña escarapela blanca que llevaba prendida del abrigo subía y bajaba al ritmo de su agitada respiración.

—¿Vas a venir con nosotros a Saint-Malo? —Apoyó la frente contra su hombro—. Creo que sigo soñando.

Él sonrió.

—Eso parece. —El océano pasó por los costados del bergantín, acallando el parloteo de la tripulación en la cubierta principal, justo detrás de ellos. Eso sería lo más parecido a estar a solas durante semanas—. Pensé que a tu padre le vendría bien contar con ayuda para adaptarse a su nuevo trabajo. —Iba a pasar a ser empleado del hermano de su padre, algo que era de lo más extraño—. Y para encontrar alojamiento para tu madre y para él, ya que conozco la ciudad. —Hablaba, pero sin decir lo que realmente quería.

Caroline ladeó la cabeza.

—¿Y no buscarás alojamiento para mí?

Gilles tragó saliva, incómodo. Mecidos por el viento, ¿cómo podía ser que se hubiera quedado sin aire?

—Esperaba... Es decir, quería pedirte... —Dios Santo, lo estaba complicando todo otra vez—. Mi amigo me ha ofrecido alojamiento durante mi periodo de aprendizaje y... —Vaya, eso sí que era poco romántico. Sintió cómo le ardía la piel.

Caroline Daubin lo contemplaba, alzando poco a poco las comisuras de la boca.

—Te gustaría que viviera contigo.

—Creo... Creo que estaría bien —dijo, y se encogió de hombros.

—¿Qué tipo de acuerdo estás proponiéndome exactamente?

Y ahí estaba de nuevo esa seductora y fingida timidez que tanto había echado de menos las últimas semanas. Ahora solo le quedaba redirigir el rumbo de aquella conversación.

—El tipo de acuerdo en el que yo llego a casa después de un duro día de trabajo...

—¿Para encontrarte preparada una buena comida que haya hecho yo? Debo advertirte que no se me da nada bien la cocina.

—No, llego a casa y tú me hablas de todas las personas a las que has ayudado durante las horas que hemos pasado separados. —Le acarició con los dedos el dobladillo del chal, que le cubría hasta por debajo de la cintura. «Ah, dilo ya, Gilles»—. Hablamos de las novedades del día, acabamos discutiendo sobre la dirección que está tomando nuestro nuevo gobierno...

—Una discusión en la que ganaré con frecuencia.

Cómo adoraba lo cabezota que era aquella mujer, que ni siquiera le permitía que le pidiera la mano sin hacerse valer.

—Por supuesto. Pero, en lugar de retirarnos enfadados, reconoceremos los puntos en los que coincidimos y luego te besaré, porque seguiré sin creerme que haya tenido tanta suerte de tenerte como... esposa.

Gilles observó el rostro impasible de la joven en busca de alguna pista sobre lo que pensaba. Tal vez, con el tiempo, aprendiera a leer mejor sus expresiones.

—¿Qué te parece ese acuerdo? —le preguntó pasado un momento.

Caroline ladeó la cabeza.

—Creo que tendrás que besarme primero. Aún no sé si eres capaz de desempeñar tu papel en condiciones.

Sintió cómo la emoción se apoderaba de él al llevar las manos hacia el rostro de la joven. Los labios suaves de Caroline lo llamaban.

—Para ser justos, nunca me has dado la oportunidad.

La dama arqueó una ceja.

—Creía que, con solo sugerírtelo, te lanzarías a besarme en lugar de plantarte ahí y quejarte de...

Gilles presionó los labios contra los de Caroline. Al principio, con dulzura. Pero entonces ella lo envolvió con los brazos, acercándolo. Le devolvió el beso con una pasión con la que Gilles llevaba soñando desde hacía semanas y, por un momento, el mar y el *Rossignol* desaparecieron. Se encontraban de nuevo en los campos de lavanda y la brisa del océano había sido sustituida por el fuego de un atardecer dorado.

Gilles dejó que ella llevara las riendas y, mientras los labios de la joven se movían con pasión sobre los suyos, los besos hicieron que se fundieran en uno. Gilles no sabía dónde terminaba uno y comenzaba el siguiente, la cabeza le daba vueltas debido al ardor de aquel momento que jamás pensó que llegaría. La calidez del aliento de ambos se mezcló con la fresca brisa del mar. La joven no cejó en su empeño ni Gilles quería que lo hiciese.

Así que aquello era a lo que Caroline se refería cuando había dicho que sus besos no eran dulces...

Un silbido y una carcajada hicieron que Gilles separara la boca de la de Caroline. Pudo ver a su padre retirándose del alcázar. Caroline no le soltó la casaca, impidiéndole moverse mucho.

—Lo siento. Este no es el mejor sitio para hacer esto. —Se ruborizó mientras se ahuecaba el pañuelo del cuello. Aquella había sido una buena forma de hacer correr los rumores. No contarían con un momento de intimidad durante el resto del viaje a causa de las burlas que sufrirían.

Ella apartó la mirada para contemplar Marsella.

—No volveremos a verla nunca, ¿verdad? —preguntó con emoción contenida. Gilles apenas podía pensar, tenía el corazón desbocado. ¿Cómo lo conseguía ella?

—Al menos, no como era antes. Toda Francia se convertirá en un lugar muy distinto. —La agarró por los hombros—. Pero la cambiaremos para bien. Juntos.

La dama esbozó una leve sonrisa. Entrelazó los dedos con los de Gilles y le apretó la mano.

—Sí, juntos.

El joven apoyó la frente en la suya.

—¿Significa eso que el beso ha sido satisfactorio?

—Creo que le falta algo, y estoy segura de que es una triste consecuencia de tus estúpidos jueguecitos.

Gilles se echó hacia atrás.

—¿Que le falta algo? —La cabeza aún le daba vueltas después de haber saboreado sus labios.

—Sí. —Le recorrió el cuello con los dedos y los enterró en su pelo—. Me ha parecido demasiado corto.

¿Corto?

—Pero, la tripulación... —jadeó Gilles justo cuando Caroline se inclinó hacia él.

—¿Qué pasa con la tripulación? —Las palabras le rozaron los labios al pequeño de los Étienne.

Bueno, si a ella no le preocupaba...

Caroline le devolvió el beso, con las esbeltas manos negándose a dejarlo escapar. Y, a medida que sus labios se movían al ritmo de las olas, Gilles no puso reparos en cumplir su petición durante todo el tiempo que ella desease. Daba igual las piedras que la revolución les pusiera en el camino, capearían el temporal siempre y cuando pudiera abrazar a esa mujer.

EPÍLOGO

Septiembre de 1793
Saint-Malo, Bretaña, Francia

Los jóvenes desfilaban por las calles en dirección sur, hacia París. Los ciudadanos de Saint-Malo se alineaban a su alrededor, saludándolos con la mano y cantando el conmovedor himno, tan popular en Marsella. Algunos lloraban. Otros vitoreaban. Pero Gilles y Caroline observaron en silencio hasta que el batallón desapareció de su vista.

—Deberías estar agradecido —dijo ella cuando se volvieron hacia la puerta de su pequeña vivienda. Él no pudo evitar sonreír al seguirla. La presencia de Caroline alumbraba todo rincón oscuro.

—¿Por qué debería estar agradecido? —Cerró la puerta y se apoyó contra ella para contemplar cómo caminaba hacia la cocina. Una luz tenue le iluminaba las facciones mientras tomaba un cuenco con masa reposada cerca del fuego.

—Si no te hubieras casado conmigo, estarías marchando con ellos. —Destapó el cuenco y vertió su contenido. La masa cayó lentamente en la pequeña mesa que tenían en la cocina abarrotada.

Él se paseó por la estancia.

—Supongo que estás buscando que te dé las gracias. —En un banco solitario y desvencijado había un par de viejas medias. Caroline había comenzado a quitarles las costuras la noche anterior para añadir más encaje. Había insistido en que necesitaba que fueran más grandes, aunque a Gilles no le parecía que hubiese engordado mucho.

La mujer se encogió de hombros, luego se echó hacia atrás un rizo suelto con el reverso de la mano manchada de harina.

—Sabes que siempre valoro la gratitud —dijo con picardía, pero Gilles pudo detectar la preocupación que se escondía tras su tono de voz. Algún día, era posible que el gobierno llamase también a los casados a que se unieran a la lucha contra los invasores extranjeros. Pero, por ahora, tenía la suerte de que solo llamaran a los jóvenes solteros.

Él le tomó el rizo y con delicadeza lo apresó debajo de la cofia.

—Gracias, mi Caroline, por casarte conmigo para que no tenga que ir a la guerra.

Ella asintió satisfecha mientras amasaba. Conteniendo una sonrisa traviesa, su esposo se sentó en el borde de la mesa.

—¡Gilles! —Le dio un manotazo—. Estás manchándote los pantalones de harina.

—Y gracias por casarte conmigo para no tener que buscar comida en la basura.

La joven se llevó las manos a las caderas, con cuidado de no mancharse la ropa con los dedos pegajosos. Aquel movimiento hizo que el delantal se le ciñera más a la barriga que le crecía. Tal vez sí que necesitara una talla más últimamente. Pero llevaban casados suficiente tiempo como para saber que no debía decir eso en voz alta.

—Eres mucho mejor cocinero que yo.

—Pero insistes en ocuparte tú de la cocina, algo por lo que te estoy agradecido. —Se apoyó sobre los codos, sin dejarla seguir con su trabajo—. Y gracias por casarte conmigo para que no tenga que irme a la cama solo cada noche.

—No seas ridículo. Tengo que hacer este pan o no tendremos para cenar esta noche. —Intentó apartarlo de en medio propinándole un golpecito con el codo.

«No debería...». Pero no pudo resistirse. Se tiró sobre la mesa y aplastó la masa con la espalda.

—¡Gilles!

Se rio cuando Caroline lo golpeó en el pecho con los puños. Se le quedaron pegados pequeños grumos al chaleco. Los chillidos de protesta de su esposa se convirtieron en carcajadas desesperadas.

—¡Maldito zoquete! Había trabajado duro para hacer eso. —Se cruzó de brazos y los dejó sobre el pecho—. ¿Y ahora qué vamos a cenar?

Gilles intentó poner cara de no haber roto un plato.

—Compraré una *baguette* en la panadería.

Caroline apretó los labios.

—Hemos tenido que hacer eso demasiado a menudo en el último año.

—Merece la pena si te hace feliz. —Aquello la hizo sonreír—. Pero no he terminado de darte las gracias.

Caroline arqueó una ceja.

Gilles la envolvió con los brazos y se le aceleró el pulso.

—También quería darte las gracias por hacer que esta vida sea mucho más maravillosa de lo que jamás habría imaginado. Te quiero, mi amor.

La joven suavizó el gesto de las cejas y se inclinó hacia él, dándole un beso en la frente.

—Yo también te quiero. —Lo besó en los labios y Gilles se vio perdido en una tarde veraniega sin fin.

Caroline no tardó en apartarse con un suspiro y el ceño fruncido. El embarazo le estaba haciendo engordar rápidamente en las últimas semanas.

—¿Qué sucede? —Gilles se incorporó sobre un codo y le tendió una mano. La masa se estiró, pegada a la casaca, hasta volver a caer en la mesa detrás de él.

Caroline mantuvo la mano en alto, agitando el anillo grabado.

—Te encanta repetir eso de «nunca en vano» cuando algo va mal. Y la mayoría de las veces te creo. —Resopló—. Pero incluso tú debes admitir que todo el trabajo que había invertido en preparar esa masa ha sido en vano.

Gilles se estremeció.

—Te pido disculpas. Pero, sin duda, el beso ha merecido la pena.

—Hasta dónde eres capaz de llegar por un beso. Eres un coqueto desvergonzado. —Sacudió la cabeza y volvió a besarlo.

AGRADECIMIENTOS

No podría haber escrito esta novela sin la ayuda de un par de amigos y críticos muy queridos. Jennie Goutet me ha prestado una inestimable ayuda al debatir conmigo sobre la historia, la cultura y el idioma de Francia, lo que hizo que pudiera tomar las mejores decisiones para este libro. Megan Walker ha sido el apoyo que necesitaba en los altibajos durante el proceso de escritura. Deborah Hathaway ha creído en esta historia desde el principio, a pesar de haberla leído capítulo a capítulo, cuando aún era un primer y desastroso borrador. Joanna Barker (a quien le dedico diez puntos y coma de este libro) también me hizo una valoración maravillosa como parte de mi equipo de lectores alfa, y Heidi Kimball me animó a lo largo del proceso de crecimiento que tuvo esta novela. Chicas, sois maravillosas.

Muchas gracias al equipo de Shadow Mountain, sobre todo a Heidi Gordon por su entusiasmo y a Alison Palmer por todo su trabajo para hacer que mis historias brillen. Agradezco mucho las horas que pasamos planeando, editando, diseñando y promocionando.

Gracias a mis amigos y a mis familiares, que tanto han apoyado mi sueño de escribir. Sois demasiados para nombraros a todos, pero os agradezco vuestros mensajes, vuestras publicaciones en redes sociales, las primeras lecturas, las propuestas de cuidar a mis hijos, y todo lo demás. Debo hacer una mención especial a *madame* McFarland y a la familia Devarenne por inculcarme el amor por Francia, su lengua, su cultura y su historia.

A Jeff y a nuestros hijos, gracias por darme espacio para crecer y para crear. Os agradezco cada momento que os ocupasteis de mantener nuestra casa intacta mientras entraba en un estado de abstracción propio de una profesora. Saber que me apoyáis a cada paso es uno de los mayores consuelos del mundo.

Y al Padre Celestial, gracias por otorgarme este don y la oportunidad de compartirlo.

Descarga la guía de lectura gratuita
de este libro en:
https://librosdeseda.com/